JN267345

毒見師イレーナ

マリア・V・スナイダー
渡辺由佳里 訳

POISON STUDY
BY MARIA V. SNYDER
TRANSLATION BY YUKARI WATANABE

ハーパー
BOOKS

POISON STUDY

BY MARIA V. SNYDER

Published by K.K. HarperCollins Japan, 2015

毒見師イレーナ

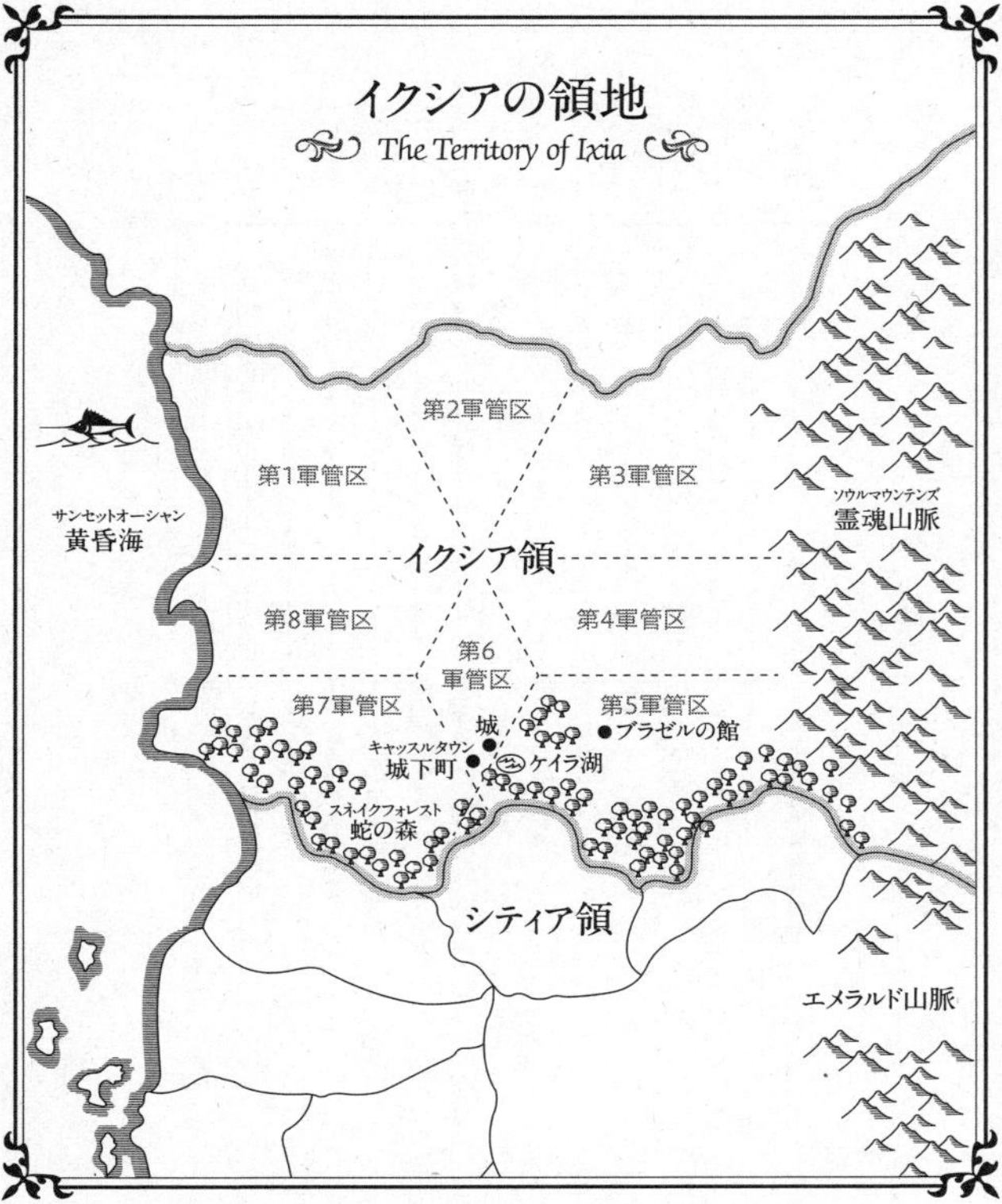
イクシアの領地
The Territory of Ixia
第2軍管区
第1軍管区
第3軍管区
黄昏海《サンセットオーシャン》
霊魂山脈《ソウルマウンテンズ》
イクシア領
第8軍管区
第4軍管区
第6
軍管区
第7軍管区
第5軍管区
城
ブラゼルの館
城下町《キャッスルタウン》
ケイラ湖
蛇の森《スネイクフォレスト》
シティア領
エメラルド山脈

おもな登場人物

イレーナ——死刑囚の少女
メイ、カーラ——イレーナの孤児院仲間
ヴァレク——イクシア領防衛長官
アンブローズ——イクシア領最高司令官
マージ——イレーナの世話役。家政婦
ディラナ——裁縫師
ランド——料理人
ブラゼル——第五軍管区将軍
レヤード——ブラゼルの息子。故人
ムグカン——ブラゼルの顧問役
アーリ——最高司令官付兵士
ジェンコ——最高司令官付兵士
マーレン——兵士
ニックス——兵士
アイリス——シティア領の師範級魔術師

1

生きながらにして棺の中に埋葬されたような暗闇だ。希望の光が一筋も差しこまないこの場所では、少しでも気を緩めると、思い出したくない過去がまるで現実のように襲いかかってくる。

突然、白い炎が目の前に現れた。頬にはあのときの灼熱感《しゃくねつ》が蘇《よみがえ》る。突きつけられた松明《たいまつ》から逃れようとしたが、身体《からだ》を柱にくくりつけられているせいで、それ以上あとに退《ひ》けない。

のけぞらせた背中に、後ろ手に縛られた両手が食いこむ。炎がさらに近づき、額が耐えがたいほど熱くなり、何かが燃える匂いがした。顔を焼かれる……そう覚悟した瞬間、炎が遠ざかった。だが、眉と睫毛《まつげ》はすでに焦げ落ちていた。

〝松明の火を消してみろ!〟男の荒々しい声が命じる。わたしはひび割れた唇から必死で息を吹いた。炎の熱と恐怖で口の中はからからに乾いていて、歯はまるでかまどで焼かれたかのように熱い。

〝ばかもん！〟男は悪態をついた。〝口で消すんじゃない、意志を使え。精神力で火を消すんだ〟

慌てて目を閉じ、炎が消えてなくなるよう念じる。それがどれほどばかげたことでも、この男を満足させるためなら、なんでもするつもりだった。

〝意識を集中させろ！〟ふたたび炎が顔に近づいてくる。

〝髪に火をつけてやればどうですか？〟別の男が提案した。先の男より若くて、貪欲な声だ。〝そうすればこいつも、もっとやる気を出しますよ。ほら、父上、わたしにお任せください〟

その声の主が誰なのかに気づき、恐ろしさで全身が引きつった。拘束を解こうとしてもがくうちに、どこからともなく振動音が聞こえてくる。その低い音は、どうやらわたしの喉の奥から出ているようだ。音響の中、意識が散り散りになっていく。響きはしだいに音量を増し、室内を満たし、ついに炎をかき消した――。

そのとき、鍵を開ける金属音が鳴り響き、悪夢のような記憶から現実へとわたしを引き戻した。暗闇をほのかな黄色の光が切り裂き、独房の重い扉が開くにつれて、光の帯が石の壁を伝ってくる。灯火《ともしび》に顔を照らされ、眩《まぶ》しさに目をきつく閉じ、独房の隅で身をすくめた。

「さっさと来い、ドブネズミ。でないと鞭《むち》が飛ぶぞ！」

看守がわたしの首についている金属の首輪に鎖をつけ、身体ごと引き起こした。躓《つまず》いて前のめりになり、喉が潰《つぶ》れそうになる。震える足でなんとか立ち上がると、看守たちはわたしを後ろ手にし、手際よく手錠と足枷《あしかせ》をつけた。

ふたりの看守に連れられて両脇に檻《おり》が連なる地下牢《ちかろう》の廊下を歩く間、角灯《ランタン》のちらつく光から目を背けた。得体の知れない汚物がたまった牢獄の床を裸足《はだし》で小刻みに歩いていると、四方から囚人の野次《やじ》が飛んでくる。

「は、は、は。誰かさんが吊《つ》られるようだぞ」

「餌を食い潰すドブネズミが一匹減って、いいこった」

看守は囚人たちの声には耳を貸さず歩み続けるが、わたしの心臓は投げかけられる言葉にいちいちびくりと反応する。

「ボキッ！　ポキッ！　そして、最後の晩餐《ばんさん》が足を伝って流れ落ちる」

「俺も、俺も連れていってくれ！　俺も死なせてくれ！」

看守が立ち止まった。うっすらと開けた目に見えたのは階段だ。最初の段に上ろうとしたが鎖に躓いて倒れ、首を引っ張られた。石階段の尖《とが》った角が肉に食いこみ、むき出しになっている腕や脚の皮膚が削《そ》ぎ取られる。

いくつかの扉を引きずられるようにして通り抜けたあと、看守はわたしを乱暴に放り投げた。ぶざまな格好で床に転がったわたしの目に、まばゆい光が降りかかる。陽《ひ》の光を見るのは本当に久しぶりだった。固く目を閉じると、涙が頬を伝った。

ついに最期のときがきたのだ。そう思ったとたん、パニックに陥りかけた。けれども、死刑になれば地下牢での惨めな日々も終わるのだと考えたら、心が静まった。

ふたたび看守に引き起こされ、従順にあとをついていった。汚れた藁《わら》の上で寝起きしていたので、全身が虫刺されだらけで痒《かゆ》く、ドブネズミのような悪臭を放っている。与えられた水では喉の渇きを癒すのがやっとで、身体を洗うことができなかったのだ。

目が明るさに慣れてきたので、周囲を見渡した。城の主要な廊下は、かつて金の燭台《しょくだい》や豪華なタペストリーで飾られていたと聞くが、今歩いている廊下の壁には何もかかっていない。冷たい石畳の床は、中央の部分だけがすり減って滑らかになっている。たぶん、使用人や護衛専用の隠れ廊下なのだろう。

開け放たれた窓の前を通り過ぎるとき、どんな食べ物でも満たすことができない飢えを覚え、外の風景を見やった。鮮やかなエメラルド色の草が、目に染みた。木々は豊かな葉をまとい、草花は歩道を縁取り、木樽《きだる》に植えられた花はこぼれ落ちんばかりだ。新鮮な風は高級な香水のようにかぐわしくて、思いきり胸に吸いこんだ。排泄物《はいせつぶつ》と体臭の酸っぱい匂いばかりを嗅いでいたから、澄んだ空気はまるで上質のワインのような味がした。暖かい空気が肌を優しく撫《な》でる。常にじっとりと湿って肌寒い地下牢とは違い、癒される心地よさだった。

どうやら、暑い季節が始まったばかりらしい。ここイクシア領には六つの季節がある。わたしが囚《とら》われたのは暑さが和らいだころだったから、牢獄に閉じこめられていたのは五つの季節ということになる。あれから、もう少しで一年が経《た》つ……死刑が決まっている囚人を閉じこめておくには、あまりにも長すぎはしないか。

鎖に繋《つな》がれたまま歩くのは辛《つら》く、息を切らしていると、広い執務室に連れこまれた。イクシア領とそれを取り囲む領土の地図が壁を覆っている。床には本を積み上げた山がいくつもあり、まっすぐに歩くことができない。

部屋のあちこちに短長異なる使いかけの蝋燭《ろうそく》が散らばっていて、蝋燭の炎を近づけすぎたのか焦げあとができた書類もあった。部屋の中央を占領している木製のテーブルには書類が散乱し、六脚の椅子がまわりを取り囲んでいる。

執務室の奥にある机に、男が座っていた。その背後にある大きな窓から吹きこむ風が、肩まで届く男の髪をなびかせている。

死刑囚は処刑の前に、役人の前で自分の罪を告白しなければならない——独房の囚人が、ささやき声でそんな噂話《うわさばなし》をしていた。ここがその部屋だとしたら、告白を終えたら次は絞首台だ。全身が震えおののき、身体につけられた鎖がその振動で音をたてた。

机に座っている男は、襟にふたつの赤いダイヤ模様が縫いつけられた黒いシャツと、黒いズボンを身にまとっている。最高司令官の顧問官の身分を示す制服だ。無表情の顔には疲労がにじんでいたが、サファイアを思わせる青い目は、わたしを射抜くように鋭く観察した。

突然自分の身なりを意識して、恥ずかしさがこみあげた。汚れた足にはタコができていて、長い黒髪は脂ぎってもつれた塊だ。薄っぺらな赤い囚人服はぼろぼろに破け、垢《あか》が染みついた素肌が透けて見えている。羞恥と鎖の重みで、気が遠くなった。

「女じゃないか」男の目が驚きで見開かれた。「次に処刑される死刑囚は女なのか?」凍りつくような冷たい声だ。

〝処刑〟とはっきり言葉に出されて、さっき取り戻した冷静さが吹き飛んだ。もし看守たちがそこにいなかったら、床に崩れ落ちてすすり泣いていただろう。だが、弱みを少しでも見せたら看守から痛い目にあわされる。

男は黒い巻き毛を耳にかけて、誰ともなしにつぶやいた。「もう一度、事件の関係書類を読んでおくべきだったな」それから看守たちを追い払った。「下がっていい」

看守らが退出したあと、男は身振りで、机の前にある椅子に座るよう命じた。わたしは鎖をガチャガチャと鳴らしながら椅子に浅く腰かけた。

男は机の上にあるフォルダを開け、じっくりと中を読んだ。「イレーナ、今日は君にとってとても幸運な日かもしれないぞ」

思わず口にしそうになった皮肉をのみこんだ。地下牢で学んだのは、絶対に反抗してはならないという教訓だ。口答えせず、頭を垂れて男と目が合うのを避けた。

男はしばしの間無言でいた。「品行方正で礼儀正しい、か。だんだん君が適任者に見えてきたな」

部屋の乱雑さにもかかわらず、机の上は整頓されていた。フォルダと筆記具のほかには小さな彫像しかない。銀の斑紋が光り輝く黒豹《くろひょう》二頭は、本物そっくりの精密さだ。

「君はブラゼル将軍のひとり息子レヤードを殺害した容疑で裁判を受け、有罪判決を受けた」男はそこで言葉を切り、指でこめかみを撫でた。「ブラゼルがなぜ城にいるのか不思議だったが、理由はこれだったのか。異常なほど処刑に興味を持っているのも納得できるな」わたしというよりも、自分に話しかけているようだ。

ブラゼルの名前を耳にして、胃がこわばった。けれど、どうせもうじき彼の手が届かない場所に行くのだと自分に言い聞かせて、心を落ち着かせた。

イクシア領の軍隊が政権を握ったのはほんの一世代前のことで、その統治者は『行動規範』という厳しい法律を作った。戦時中の例外を除き、人を殺したら死刑になるのが定めだ。自己防衛や過失致死であっても弁解にはならない。有罪の判決が下ったら、殺人犯は城の地下牢に送られ、公衆の面前で絞首刑になる。

「おそらく君は罪状に抗議するつもりでいるんだろう？　濡《ぬ》れ衣《ぎぬ》を着せられたとか、自己防衛だったとか」男は椅子の背に反り返り、うんざりしたようにわたしの答えを待った。

「いいえ、そのつもりはありません」小声でささやいた。長い間使っていなかった声帯では、声を出すのもやっとだ。「わたしはレヤードを殺しました」

黒い制服の男は背筋を伸ばして座り直し、厳しい視線でわたしを見据えた。それから、

「これは、思ったよりうまくいくかもしれないな」と声を出して笑った。

「イレーナ、君に選択肢を与えよう。死刑か、最高司令官アンブローズの新しい毒見役になるか、どちらかを選びなさい。つい先日、最高司令官の毒見役が死んだから、後継者が必要なんだ」

唖然《あぜん》として男を見つめた。胸が高鳴った。でも、冗談を言っているに違いない。たぶん、からかって楽しんでいるのだ。笑うのには最高の方法じゃないか。囚人の表情が喜びに輝くのを見てから、絞首台に送って希望を打ち砕くなんて。

わたしは騙《だま》されたふりをして調子を合わせた。「愚か者でない限り、毒見役になるのを断ったりはしないでしょう」わたしのかすれ声はさっきより大きくなっていた。

「だが、これは一生辞められない仕事だぞ。それに、毒見役の訓練は厳しい。毒の味を知らずして最高司令官の食事に毒が入っているかどうか判断できないからな。訓練中に死ぬこともある」男は書類をフォルダの中に片付けた。

「城の中に寝る部屋は与えるが、日中のほとんどを最高司令官と過ごすことになる。休日はない。結婚も、子どもを産むことも許されない。死刑を選ぶ囚人もいる。次の一口で死

ぬかもしれないと怯《おび》え続けるよりも、処刑の場合は少なくともいつ死ぬかわかるからな」

男は獰猛《どうもう》な笑みを浮かべた。

この人は本気だ。興奮で全身が震えた。生き延びるチャンスがある！　最高司令官のために働くのは地下牢に戻るよりましだし、もちろん絞首刑よりずっといい。だが、頭に疑問の数々が浮かんできた。なぜ人を殺したわたしに、こんなにも重要な仕事を与えるのか？　最高司令官を殺すかもしれないし、逃げ出すかもしれない。それを、どうやって防ぐつもりなのか？

けれども、そんな質問をしたら、この人は自分の過ちに気づいてわたしを絞首台に送るかもしれない。代わりに別のことを尋ねた。

「今は誰が最高司令官の毒見をしているんですか？」

「わたしだ。だから、代役を早く見つけたい。それに『行動規範』では、空席ができたら次に処刑される予定の者が埋めることになっている。命を奪った罪の代償として、自分の命を提供するわけだ」

じっと座っていられなくなり、立ち上がった。壁に貼られた地図に目をやると、軍の戦略的な配置が記されている。散らばっている本の題名は国防と諜報《ちょうほう》技術に関するものだ。蝋燭の数と溶け具合は、彼が深夜遅くまで働いていることを示している。

あらためて、顧問官の制服を着た男を見つめた。この男はヴァレクに違いない。最高司令官に直接仕える防衛長官で、イクシア領の膨大な諜報ネットワークの指揮官だ。
「死刑執行人にどう伝えようか？」ヴァレクが尋ねた。
きっぱりと答えた。「わたしは愚か者ではありません」

2

ヴァレクはフォルダをおもむろに閉じて入り口に向かった。薄氷を横切る雪豹《ゆきひょう》のように、優雅で軽やかな動きだ。扉が開いたとたん、廊下で待っていた看守たちは、ぴしっと姿勢を正した。

それからヴァレクは何やら看守たちに指示を出し、頷《うなず》いた看守のひとりがこちらに近づいてきた。わたしは身構えた。また地下牢《ちかろう》に戻されるのだろうか？　思わず逃げ道を探して部屋を見渡す。だが、看守はわたしを後ろに向けて手足の枷《かせ》と首の鎖を外しただけだった。囚《とら》われたときからずっと手枷がついていたため、手首の皮は帯状に擦《す》りむけている。同じく金属の首輪がつけられていた首筋に指で触れると、ぬるりとした血が付着した。

ふらつき、とっさに椅子の背を掴《つか》んだ。鎖の重みから解放されたとたん、身体《からだ》が浮き上がるような、気が遠くなるような、奇妙な感覚に襲われたのだ。卒倒しないように目を閉じて、何度も深呼吸を繰り返した。

ようやく気分が落ち着いて目を開けると、ヴァレクはすでに机に戻り、立ったままふたつのゴブレットに飲み物を注《つ》いでいた。扉が開いた戸棚にはさまざまな形の瓶と色とりどりの壺《つぼ》がぎっしりと並んでいる。ヴァレクは手に持っていた瓶を戸棚に戻し、扉に鍵をかけた。

「マージが来るのを待っている間、飲み物でもどうかと思ってね」ヴァレクは、琥珀色《こはくいろ》の液体が入った大きな錫《すず》のゴブレットをわたしに手渡した。そして、自分のゴブレットを掲げて乾杯をした。「新任の毒見役イレーナへ。前任者より長続きしますように」

ゴブレットに口をつけかけていたわたしは、そこで手を止めた。

「気にするな。いつもどおりの祝杯の言葉だ」

喉が渇いていたので、ごくごくと飲んだ。滑らかな液体は喉元を過ぎるとき、わずかにひりつくような痛みをもたらした。水以外の液体を飲むのは久しぶりだったので、つかのま、胃が受けつけないのではないかと案じたけれど、どうやら取り越し苦労だったようだ。

前任の毒見役がどうなったのか尋ねかけたとき、飲み物の成分を当てるように命じられた。そこで、あらためて少量を飲んでから答えた。

「蜂蜜で甘みをつけた桃ですね」

「よろしい。ではもう一度。今度は飲みこむ前に液体を舌でかき混ぜてみなさい」

驚いたことに、柑橘系《かんきつけい》の味がかすかにした。「オレンジですか？」

「そのとおり。次はうがいをしてみなさい」

「うがい?」尋ね返すと、ヴァレクは頷いた。ばかばかしいと思いながら残りの液体でうがいをして、つい吐き出しそうになった。「腐ったオレンジ!」

笑うヴァレクの目のまわりに笑い皺《じわ》ができていた。さっきまでは金属でできているみたいに硬くて冷たい顔だったのに、微笑《ほほえ》むと柔らかくなる。ヴァレクは自分のゴブレットをわたしに手渡すと、もう一度実験を繰り返すよう命じた。

やや狼狽《ろうばい》しながら一口すると、さっきのようにわずかにオレンジの味がした。腐った味に身構えつつうがいをしたところ、今度はオレンジのエッセンスが強まっただけだったので、ほっとした。

「さっきよりましか?」ヴァレクは空っぽになったゴブレットを受け取りながら尋ねた。

「はい」

ヴァレクは机に座って、ふたたびさきほどのフォルダを開けた。羽根ペンを取り上げ、書類に記入しながらわたしに話しかけた。「これは最初の毒見の訓練だ。君の飲み物には《蝶の塵《バタフライズ・ダスト》》と呼ばれる毒が盛られていたが、わたしのものには入っていなかった。この毒が入っているかどうかを察知する唯一の方法は、うがいをすることだ。君が味わったあの腐ったオレンジのような風味が《蝶の塵》だ」

反射的に立ち上がった――目の前が真っ暗になった。「致死的な毒ですか?」

「量が多ければ二日以内に死ぬ。二日目まで症状は出ないが、出たときには手遅れだ」

「わたしが飲んだのは致死量ですか？」息を止めて、その答えを待った。

「もちろん。それ以下だったら毒の味には気づかなかったはずだ」

とたんに胃が痙攣《けいれん》して、吐き気をもよおした。だが、この男の前で嘔吐《おうと》する屈辱を避けるために、必死に胆汁を飲みこんだ。

ヴァレクは書類の山から顔を上げ、わたしの表情を観察した。

「訓練は危険だと言っただろう。しかし、君の身体が栄養失調で弱っているうちは身体が持ちこたえられない毒を与えるわけにはいかない。《蝶の塵》には解毒剤がある」そう言って、白い液体が入った小さなガラス瓶を見せた。

椅子に崩れ落ちて、ほっと安堵《あんど》のため息をついた。だが、他人を寄せつけない冷たい表情に戻っているヴァレクを見て、彼が解毒剤をくれると言っていないことに気づいた。

「君が訊《き》くべきだったのに訊かなかった質問への答えが、これだ」ヴァレクは小さなガラス瓶を持ち上げて振った。「最高司令官の毒見役が逃亡できないようにする対策だよ」

わたしはその言葉の意味を理解しようとしてヴァレクをじっと見つめた。

「イレーナ、君は人を殺した人間だ。抑止対策なしに最高司令官に仕えさせると思うのか？　護衛が厳重に守っているから君が最高司令官を襲うのは無理だが、《蝶の塵》はそれ以上に制御の効果がある」ヴァレクは解毒剤の瓶を、窓から差しこむ陽《ひ》の光の中でくるくるとまわした。「君が生き延びるためには、毒が身体にまわって死なないようにしてくれる解毒剤を毎日飲む必要がある。毎朝君がわたしの執務室に赴く限りは解毒剤を与えるが、一日それを怠ったら、翌日君は死ぬ。犯罪や謀反をおかせば、毒が君の身体を蝕《むしば》みつくすまで地下牢で過ごすことになる。わたしなら逃亡も犯罪も考えないな。激しい腹痛と嘔吐に見舞われ、いっそ殺してくれと懇願しながら死にゆく毒だから」

自分の置かれた状況をまだ把握しきれずにいると、ヴァレクの視線がわたしの背後に向けられた。振り向くと、家政婦の制服を着た恰幅《かっぷく》のよい女が扉を開けて入ってくるところだった。わたしの世話をしてくれるマージだと、ヴァレクが紹介した。マージは、ついてこいとも言わずに、さっさと大股で部屋から出ていった。

わたしはヴァレクの机の上にある瓶に目をやった。

「明日の朝、またわたしの執務室に来るように。マージが連れてきてくれる」

退出を命じられているのは明らかだったが、尋ねそこねたたくさんの質問をしたくて戸口で足を止めた。けれども、それらをのみこんだ。数々の疑問は重い石のように胃に沈み、わたしは扉を閉めて、どんどん先に歩いていくマージのあとを急いで追った。

マージはまったく歩みを緩めようとしなかったので、ついていこうとすると息が切れる。道中の廊下や曲がり角を覚えようとしてみたものの、マージの大きな背中と早足に集中するのに精一杯で、途中で諦めた。マージの黒いスカートは床に届くほど長かった。家政婦の制服はウエストがぎゅっと締まった黒いスカートと首から踝《くるぶし》まである白いエプロンで、エプロンには縦に二列の赤いダイヤ模様の縞《しま》がついている。

ようやくマージが大きな浴場の入り口で立ち止まったので、眩暈《めまい》がおさまるまで床に座りこんだ。

「あんた、臭いよ」マージは嫌悪感をむき出しにして、肉付きのいい顔をしかめた。人に指図するのに慣れているらしく、奥にある浴槽《よくそう》を指差して命令した。「湯船に浸《つ》かるのは身体を二度洗ってからだぞ。制服はその間に持ってきてやる」

身体を洗えるとわかって、ふいに元気になった。囚人服を脱ぎ捨てて洗い場に急ぐ。頭上にある蛇口をひねると、熱い湯が流れ落ちてきた。城の浴場には湯が入ったタンクが設備されているらしい。ブラゼルの豪華な館にすらなかった贅沢品《ぜいたくひん》だ。

マージに命じられたように、髪と身体を二度洗った。擦りむけている首や手首や足首に石鹸《せっけん》がひどくしみたけれど、気にはならなかった。二度洗い終わったあとで、また二度洗う。なかなか落ちないしつこい汚れをこすり続け、それが痣《あざ》だと気づいてようやく洗うのをやめた。

身体の外側は綺麗《きれい》になったが、内側は今この瞬間にも、《蝶の塵》に蝕まれている。明日の朝、解毒剤を飲まなければ、明後日には毒が全身にまわって死ぬ。明日を生き延びても、死ぬまで《蝶の塵》から逃れられないのだ。

毒のことを忘れたくて、頭に叩《たた》きつける熱い湯の中にじっと立った。なぜか、湯の滝に打たれているのが自分の身体だという実感が湧いてこない。肉体は投獄された苦痛と屈辱を覚えているけれど、遠くから他人を眺めているような気もする。ブラゼルの館で過ごした最後の二年間に、わたしの霊魂《ソウル》がどこかに行ってしまったからだろうか？

いきなり、目の前にブラゼルの息子レヤードの姿が浮かんだ。怒りで歪《ゆが》む端整な顔の生々しさに反射的にあとずさりし、両手を盾にして自分をかばう。目を閉じて鞭《むち》が飛んでくるのを待ち構えたが、何も起こらなかった。こわごわ目を開けると、レヤードの姿は消えていた。

だが、震えは止まらない。幻覚にしては、あまりにも鮮明だった。レヤードの亡霊が呼び起こした醜い記憶を忘れるために、何かしていようと、櫛《くし》を探すことに神経を集中させた。

ようやく見つけたものの、もつれきった髪にはなかなか櫛が通らない。今度は髪を切る鋏《はさみ》がないかと探している最中、視界の隅に誰かがいることに気づいた。そちらに目を向けると、屍《しかばね》が立っていた。頬がこけ、肋骨《ろっこつ》と骨盤が浮き上がっている。棒のように細い脚が上半身を支えているのが不思議だったが、緑色の瞳は、まだ生きている人間のものだ。

突然、凍りつくような恐怖とともに気づいた——あれは、わたしじゃないか。変わりはてた自分を正視できず、慌てて鏡から目を背ける。でも、弱虫、と自分を叱りつけてもう一度じっくりと見た。わたしはこんなに変わってしまったのだ。外見だけでなく、内面も。

十六歳までの無垢《むく》なわたしは、もう存在しない。

けれどレヤードが死んだことで、わたしの霊魂は隠れていた場所から戻ってきたかもしれない。そこで霊魂を呼び戻そうとしてみたが、無駄だった。仕方がないことだろう。今やわたしの身体は、毒見をして安全な食事だけをアンブローズ最高司令官に渡す道具であり、彼の所有物なのだ。わたし自身のものではない身体に霊魂が戻ってくるはずもない。

諦めて、鏡に映る自分から目をそらした。

もつれた髪をなんとか解きほぐし、後ろで長い三つ編みにする。ほんの数時間前まで唯一の望みは死刑の前に清潔な囚人服に着替えることだったのに、今はこうして城の風呂に浸かっているのだから、幸運だと思わなければ。

「長風呂はもう十分だよ！」

湯の中でうつらうつらとしていたわたしは、マージの大声にびくりとした。

「制服を持ってきたから、着替えな」マージの表情は硬く、非難たっぷりだった。わたしが身体を拭いている間も、苛立《いらだ》ちを隠さない。

下着と一緒に手渡されたのは毒見役の制服だった。幅広の帯がついた赤いサテンのシャツと黒いズボンの組合せで、シャツの両袖には肩から袖まで小さな黒いダイヤ模様がついている。でも、マージがくれた制服は明らかに男性用だ。身長が一メートル六十二センチで栄養失調のわたしは、ままごとでお父さんの役をしている子どものように見える。仕方がないので帯を三重に巻き、シャツの袖とズボンの裾をまくった。

マージは鼻で笑った。「ヴァレクには食事を与えたら部屋へ連れていけと言われたけど、これじゃあ、先に裁縫師のところに行かなくちゃだめだな」浴場を出かけたマージは立ち止まって口をへの字に曲げた。「ああ、ブーツもいるのか」

わたしは道に迷った子犬のように、従順にマージについていった。

裁縫師のディラナは、わたしの格好を見て朗らかに笑った。ふっくらした頬と小さな顎をブロンドの巻き毛が包み、蜂蜜色の瞳と長い睫毛《まつげ》が彼女の美しさを際立たせている。

ようやく笑いを押し殺すと、ディラナは言った。「厩舎《きゆうしや》の職員のズボンと同じ色だし、厨房《ちゆうぼう》の女給も赤いシャツを着るから、ちゃんと探せばサイズにあった制服が見つかるわ」

その努力すらしなかったのをディラナにたしなめられ、マージはへの字の唇をさらに曲げた。

ディラナは若いくせに、まるで孫の相手をするお婆《ばあ》さんのようにこまごまと世話を焼いてくれた。心が温まり、彼女と友だちになれたらと思った。でも、ディラナにはすでにたくさん知り合いがいて、交際を求める男性にもいつも取り囲まれているだろう。

わたしのサイズを測り終えると、ディラナは部屋にある赤、黒、白の服の山からわたしに合った制服を探し始めた。

イクシアでは、最高司令官が政権を握ったときから制服制度が義務になり、ひと目で身分がわかるようになっていた。ここでは成人全員が働かねばならず、働く者は制服を着なければならないのだ。

イクシア領は八つの軍管区に分かれており、それぞれの区域を将軍が統治している。将軍を含む高級官僚と顧問官の制服はふつう全身が黒で、襟には階級を示すダイヤ模様が縫いつけてある。そのほかの職種についても、制服のデザインは領内で統一されていて、シャツの袖かズボンの脇に並んだダイヤ模様で職種や階級がわかるようになっている。

所属する軍管区は使う色で識別できる。黒と赤は最高司令官の色で、城の兵士と使用人の制服は、白、黒、赤三色のいずれかを組み合わせたもの。ほかの軍管区ではそれぞれ異なる色の組み合わせを使っていて、たとえば家政婦の黒い制服のエプロンに紫色のダイヤ模様がついていたら、第三軍管区の者だとわかる仕組みだ。

ディラナは探してきた服をわたしに手渡して、部屋の端にある更衣場を示した。「さっきのよりはサイズが合うと思うわ」

着替えているとき、「ブーツも必要よ」というディラナの声が聞こえた。自分に合った服に着替えて少し威厳を取り戻したわたしは、さっきまで着ていた制服を彼女に手渡した。

「これ、以前毒見役だったオスコヴのだわ」ディラナの顔は一瞬悲しげに曇ったが、辛《つら》い思い出を捨て去るかのように首を横に振った。

最高司令官の毒見役と親しくなるのは、相手にとって感情的に大きなリスクなのだ。そう気づいて、ディラナと友だちになるという夢は砕けた。

ふと、ブラゼルの館に残ったメイとカーラの姿がまぶたに浮かび、寂しさで胸が潰れた。カーラの三つ編みを直したりメイのスカートの歪みを直したりしたくて、指が震える。けれども、今手の中にあるのはカーラの絹糸のような赤毛ではなく、ただの制服だ。ディラナはわたしを椅子に座らせてその前に屈《かが》みこみ、靴下の次にブーツを履かせた。ブーツは柔らかな黒の革製で、ふくらはぎの途中で折り返していた。ディラナは、ズボンの裾をブーツにたくしこみ、わたしを助け起こした。

ずっと靴を履いていなかったので靴擦れができるのではないかと思ったが、ブーツはクッションがきいていて、足にぴったりと合っていた。これまで履いた中で、最高のブーツだ。寂しさを少しの間だけ忘れて、にっこりと笑った。

ディラナもそれを見て微笑み返した。「わたしは足を測らなくても必ずぴったりのブーツを見つけられるのよ」

マージはわざとらしく咳払《せきばら》いした。「ランドのブーツのサイズは間違えたくせに。かわいそうなランドときたら、あんたにぞっこんだから文句も言えないでいるんだ。そのせいで厨房で足を引きずってるじゃないか」

「マージの言うことは気にしなくていいのよ」わたしに向かってそう言うと、ディラナはマージのほうを向いた。「ほかに仕事があるんじゃないの？　意地悪してると部屋に行ってスカートを全部短くするわよ」そして、気立てよくわたしたちを追い払った。

それからマージに連れられて使用人専用の食堂に行った。与えられたのは少量のスープとパン。スープがあまりにもおいしくて、いっきに平らげておかわりを求めた。

「だめだ。たくさん食べたら胃が受けつけない」というマージの冷たい返事に心残りを覚えながらも器をテーブルに置き、彼女のあとについてわたしが使う部屋に向かった。

「日の出には出勤できるようにしておきな」

遠ざかるマージの背中を見送ったあと、あてがわれた部屋をじっくり眺めた。

マットレスに染みがついた金属製のベッド、飾り気のない木製の机と椅子、室内用便器、衣装箪笥《だんす》、角灯《ランタン》、ストーブ。ひとつだけある小さな窓は閉じていて、灰色の石壁にはなんの飾りもなく、殺風景だ。硬いマットレスは、座ってもほとんど凹《くぼ》まなかった。それでも地下牢とは比べものにならないほど居心地がいいのに、なぜか満足できない。

柔らかいものが何もないからだ。心に浮かんでくるのは、ヴァレクの金属のように冷たい表情や、マージの批判的な態度や、制服の強い色彩と無味乾燥なデザインだけ。ふかふかした枕や毛布の手触りが恋しい。わたしを傷つけない、柔らかなものにしがみつきたい。

衣装箪笥に替えの制服をかけると、窓に向かった。窓台は腰をかけられるほど広く、鎧戸《よろいど》には鍵がかかっていたが、掛け金は内側にある。震える手で掛け金を外して鎧戸を大きく開くと、眩《まぶ》しい光がいっきに差しこんできた。手で覆い、目を細めて外を見て、目の前の光景に驚いた。わたしの部屋は城の一階なのだ！　それも、窓から地面までたったの一メートル五十センチほどだ。

この部屋と厩舎の間には、犬舎と馬のための訓練場がある。厩舎の職員と犬の訓練員はわたしが逃亡しても注意を払わないだろう。簡単に窓から飛びおりて逃げることができる。二日以内に死ぬという現実を別にすれば、心そそられる。

今ではなくとも、いつかきっと。二日間の自由に死ぬ価値があると思えるときがきたら。それくらいの希望は持ってもいいだろう。

3

「もたもたするな！」レヤードの鞭《むち》が肩に食いこんだ。

焼けつくような痛みによろめきながら、間髪いれずに襲いかかる革の触手から身をかわした。けれども、手首をロープで柱に繋《つな》がれているので自由に動けない。続けざまに鞭がしなり、腕や脇腹の皮膚が裂ける。ぼろぼろに破れたシャツは肌をかばってはくれない。

「止まるな、もっと速く動け！」

そのとき、頭の中で誰かが慰めるようにささやいた。〝逃げなさい。暖かくて、思いやりに満ちた場所に。心を遠くに送って、肉体を解放しておやり〟

レヤードやブラゼルのものではない滑らかな声だ。もしかして、救いの神だろうか？　死を受け入れてしまえば、拷問から逃れて楽になれる。心引かれるが、生きる望みを捨てたくはない。

飛んでくる鞭を避けることだけに神経を集中させ、革紐《かわひも》が音をたてて空気を切るたびにハミングバードのように素早く右へ、左へ走りまわる。けれども、疲労は限界に達していた。これ以上は動けない……。そう思ったとき、わたしの全身が細かく震え始めた。

目覚めたら、周囲は真っ暗だった。汗で身体《からだ》がぐっしょり濡《ぬ》れ、制服が絡みついている。夢の中の震動は、何かを打ちつける音に変わっていた。誰かが扉を叩《たた》いているようだ。そういえば、寝ている間に侵入されないように、扉の取っ手を椅子の背で固定しておいたのだ。扉が叩かれるたびに椅子がカタカタと揺れる。

「起きてます！」大声で答えると、ようやく喧騒《けんそう》が静まった。ドアを開けると、角灯《ランタン》を掲げたマージがしかめっ面で立っている。大急ぎで制服を着替えて廊下に出た。

「出勤は日の出の時間かと……」言いかけて、非難たっぷりのマージの視線に口をつぐんだ。

「もう日の出だよ」

マージについて迷路のような城の廊下を歩いているうちに、しだいに空が白んできた。わたしの部屋は西に面しているから、朝の気配を感じるのが遅いのだ。明日からは暗いうちに起きるようにしよう。マージが角灯を吹き消したとき、どこからかパンが焼ける匂いが漂ってきた。久しぶりに嗅ぐ甘い香りに、自分がいかに飢えているか思い知らされた。

「朝食はいただけるんですか？」物乞いをしているような自分の声が情けない。

「あんたの食事はヴァレクが与えることになってる」

毒が盛られた朝食を想像したとたん、食欲は吹き飛んだ。《蝶の塵》の解毒剤をすぐに飲まないと、毒が全身に行き渡って手遅れになってしまうかもしれない。不安と焦りで胃がこわばり、ヴァレクの執務室に着いたときには気を失いそうだった。

部屋に入ると、ヴァレクが湯気を立てる料理の皿を並べているところだった。昨日見たときにテーブルの上に散らばっていた書類は、隅に積み上げられている。ヴァレクが無言で指し示した椅子に座り、目で解毒剤を探した。

「ところで君は……」ヴァレクは言葉を切り、わたしの顔を凝視した。

わたしも、しっかりと見つめ返した。絶大な権力を持つ防衛長官の視線に怯《おび》えて、冷静さを失わないように。

「風呂と制服だけで、これほど見違えるものなのか」ヴァレクは上の空でベーコンを齧《かじ》りながら、ひとりごとをつぶやいた。「将来役に立つかもしれない情報だな。覚えておこう」

すぐさま事務的な態度に戻ったヴァレクは卵とハムがのった皿をふたつ並べた。

「さあ、訓練だ」

出勤したときに解毒剤をくれる約束では？　ヴァレクにはどうでもいいことかもしれないが、わたしにとっては命にかかわる問題だ。「解毒剤を先にください」不安と焦りにかられて、うっかり口を滑らせた。

ヴァレクは何も答えない。

怒らせてしまったのだ。どうしよう？　絞首台に戻されるのだろうか？

長引く沈黙に身をすくめていると、ようやくヴァレクが口を開いた。

「症状は今日の夕方まで現れないから大丈夫だ」

軽くあしらいながらも、ヴァレクは戸棚から大きな瓶を取り出してピペットで白い液体を量り始めた。その間に解毒剤が収納されている場所をそっと観察しようとしたが、ヴァレクはわたしの視線に気づいていて、奇術師のような手ぶりで一瞬にして戸棚の鍵を隠してしまった。ピペットをわたしに手渡すと、ヴァレクはテーブルの向かい側に座った。

「それを飲み終えたら、すぐに今日の訓練を始める」

一滴も残さないように解毒剤を口に絞り出した。身震いするほど苦い。わたしの手からピペットを取り上げると、ヴァレクは青い瓶を差し出した。

「嗅いでみなさい」

瓶の中には白い粉末が入っていた。見かけは砂糖に似ているが、紫檀《したん》のような匂いがする。ヴァレクは目の前にあるふたつの皿を指し示し、どちらに毒が盛られているか当てるよう命じた。猟犬が獲物の匂いを探すときのように料理に鼻を近づけると、左の皿のほうからかすかに紫檀の香りがした。

「左ですね」

「よろしい。最高司令官への食事からこの匂いがしたら手をつけずに、拒否しなさい。これは《チグタス》という名の毒で、たとえ一粒でも摂《と》ったら一時間以内に死ぬ」

ヴァレクは毒入りの皿をさげ、残った皿を指差した。

「君の朝食だ。まずは職務のために体力を取り戻す必要があるから、しっかり食べなさい」

何時間もこの調子で毒を嗅ぎ分けたので、一日の終わりには頭痛と眩暈《めまい》がしてきた。一度にたくさんの香りと名前を教わると、間違って覚えてしまうかもしれない。学んだことを記録しておきたかった。

「紙と書くものを貸してもらえませんか？」

ヴァレクは動きを止めて、わたしをまじまじと見た。

「君には驚かされてばかりだな。これまでの毒見役はろくに読み書きができなかったから考えもしなかった。そういえば、ブラゼル将軍は孤児にも教育を受けさせることで知られていたな。忘れていたよ」ヴァレクは雑記帳と筆記具をわたしの前に放り投げた。

「部屋に持って帰っていい。今日の訓練はここまでだ」

無言で雑記帳と筆記具をかき集めながら、自分の迂闊《うかつ》さを呪った。ヴァレクの冷たい表情を見れば、何を考えているのかすぐわかる。ブラゼル将軍は、親を失って路頭に迷っている孤児を救い出し、衣食住を与えるだけでなく教育まで受けさせた。それなのにわたしは恩に報いるどころか、彼のひとり息子を殺したのだ。外面とはまったく異なるブラゼルとレヤードの真の姿をヴァレクに話しても、絶対に信じてはくれないだろう。

ブラゼル将軍の孤児院は、ほかの軍管区の将軍たちの笑い種《ぐさ》なのだ。軍隊が政権を握ったのは十五年前だが、「あれからブラゼルはボケて甘くなった」と揶揄《やゆ》されている。この誤解は、ブラゼルの思う壺《つぼ》だった。慈善家の好々爺《こうこうや》を危険な競争相手とみなす者はいないので、第五軍管区の指導者としてのブラゼルの地位は安定している。

執務室を出ていくとき、分厚い扉に複雑な仕組みの錠前が三つもついているのに気づいた。上の空で鍵を触りながら戸口でもじもじしていると、ようやくヴァレクが尋ねた。

「今度はなんだ?」

「部屋への戻り方がわからないんです」

ヴァレクは、飲みこみが悪い子どもに話しかけるように言った。

「最初に見かけた家政婦か厨房《ちゅうぼう》の給仕に訊《き》けばいい。この時間帯なら、そのあたりにたくさんいるから。西翼一階の使用人宿舎だと言えば、道順を教えてくれる」

道を尋ねた厨房の女給は、マージとは違って、気立てがよくておしゃべりだった。洗濯室に立ち寄ってベッドのシーツまで探してくれる面倒見のよさに甘えて、浴場とディラナがいる裁縫部屋への道順も尋ねておいた。あの部屋にある大量の制服が、いつか役立つかもしれない。

部屋に戻ってすぐ窓の鎧戸《よろいど》を開けた。すでに日は沈もうとしている。大急ぎで机に向かい、薄暗くなっていく夕日を角灯代わりにして、今日学んだことをつぶさに書きとめた。歩いた道順も書いてみたが、地図にするには情報が足りない。城の内部を探索したかったけれど、もうくたくただ。ヴァレクが言うとおり、まずは体力を取り戻さなくては。偵察はそれからだ。でも、その機会ができるまで生き延びることができるのだろうか？

早朝にヴァレクの執務室に赴いて一日中訓練をする日々がしばらく続いた。二週間も毒の匂いを嗅ぎ分けたおかげで、わたしの臭覚は以前よりずっと鋭くなっていた。平穏な日常に慣れてきた十五日目の朝、なんの前触れもなくヴァレクが言い渡した。

「体力がついたようだから、そろそろ毒見の実践訓練に移る」

顔から血の気が引いていくのがわかった。

「最初に試すのは最も致命的な毒だ。この毒を乗り越えることができたら、ほかの毒では死にはしない。弱い毒から始めて最後に毒見役が死んだら、それまで訓練に費やしたわたしの時間が無駄になる。合理的なシステムだ」

ヴァレクは、赤い色の細長い瓶を取り出した。中身を眺める彼の目は、賛美するように輝いている。

「昔、夫に裏切られた妻がよく使ったので《あなた、一杯いかが？》《ハブ・ア・ドリンク・マイ・ラブ》という名前がついた猛毒だが、ふだんは《マイ・ラブ》と呼ばれている。即効性があって、飲むとすぐさま全身をおかし、著しい幻覚とパラノイアを引き起こす」

ヴァレクは、湯気の立つティーカップに二滴だけ液体を落とした。

「これより多い量を与えたら、確実に死ぬ。少量の場合には生存の可能性はあるが、生き延びても数日間は見当識障害から回復しない」

なぜ、毒見役に選んで生きる希望を与え、二週間も訓練したうえで命を奪うのか？　すでに毎日死と背中合わせの職務なのに、理屈に合わない。わたしは怒りに震えながら反論した。

「最高司令官が食事を口に入れる前に試すのが毒見役の役割ですよね。即座に効果を現す猛毒の《マイ・ラブ》が盛られていたら、わたしが一口食べて、その場に倒れて死ぬだけじゃないですか。なぜ、訓練で死ぬかどうか試さなくちゃならないんですか？」

もっと言いたいことはあったが、ヴァレクの厳しい視線に圧倒されて口をつぐんだ。

「毒見役の仕事は、もっと複雑なものだ。最高司令官の食事に含まれた毒物を識別すれば、毒殺を企《たくら》んだ者を推測するのも容易になる。口に含んでから気を失うまでの短時間に君が《マイ・ラブ》と叫ぶことができたら、わたしはその情報をもとに容疑者を絞りこめる。まず、この毒を好んで使う暗殺者は知られている。次に、《マイ・ラブ》は南部のシティア領でしか採れない。軍事政権になる前はイクシア領でもかなり自由に入手できたが、国境が閉鎖されてからは、闇市で買う財力がある者は限られている」

ヴァレクの言葉に、壁に貼られた地図に目をやった。わたしがいた第五軍管区はシティア領に隣接しているが、ふたつの領土が交流していた時代は知らない。シティア領も、そこだけに生えている毒草も、想像できなかった。

「イレーナ、君の職務は極めて重要なんだ。そうでなければ、わたしも訓練にこれほどの時間をかけたりはしない。抜け目がない暗殺者は、毒見役の行動を何日も克明に観察して一定のパターンを発見する。例えば、肉を試食するときにいつも左側の端だけを切り取るとか、飲み物をかき混ぜないとか、そういった癖だ。液体の表面だけをすする毒見役がいたら、底に沈むタイプの毒を使ってターゲットを殺すことができる。君が学ぶべきことはたくさんあるが、《マイ・ラブ》の味見はその導入部にすぎない」

ヴァレクは書類の山の間を優雅に動きながら説明した。踊りの名手と間違えそうな流麗な身のこなしは、実績を積んだ暗殺者のものだ。机に飾られた豹《ひょう》の獰猛《どうもう》な美しさとヴァレクの姿が重なり、身体の芯まで冷たくなった。

「毒を飲んだあとはマージが部屋に連れていって君の世話をしてくれる。《蝶の塵》の解毒剤も毎日マージに渡すから心配するな」

いつの間にか執務室に来ていたマージは、あたかも死刑執行人のようにわたしが毒を飲むのを待ち構えている。

わたしはお茶が入ったカップを両手で持ち上げた。緊張で冷たくなった指先が少しだけ温まる。飲む前に座ったほうがいいのだろうか？　それとも、横になったほうがいいのか？　まわりを見渡したが、何も目に入ってこない。腕がぴりぴりと痺《しび》れる。どうやら、息をするのを忘れていたようだ。

深く息をついて決意した。逃れる術《すべ》はないのだから、せめて威厳だけは保とう。ヴァレクに向かって乾杯するようにカップを掲げ、いっきに中身を飲み干した。

「酸っぱい林檎《サワーアップル》の味ですね」

ヴァレクが頷《うなず》くのは見えたが、カップを置く暇もなく、まわりの世界が溶け始めた。ぐにゃりと歪《ゆが》んだマージがわたしに向かって波打つ。巨大に膨らんだマージの眼窩《がんか》から花が咲いたかと思ったら、今度は頭がどんどん縮んで身体のほうが大きくなり、部屋いっぱいに膨らんだ。灰色の壁からは腕が生えてきて、その腕に鷲掴《わしづか》みにされ身動きできずにいると、床から現れた幽霊に小突かれて嘲笑《あざわら》われた。マージの化け物を押しやろうとしたが、全身に絡みつき、耳から穴を掘って脳を叩く。化け物が耳元でささやく。「人殺し。あばずれ女。どうせ、寝ている間に首をかき切ったんだろう。そのほうが簡単だからな。血がシーツに染みていくのを見て、楽しんだのかい？　おまえなんか人間じゃない。汚らしいドブネズミだ」

忌まわしい声を止めたくてあがくと、化け物はふたつに分裂して黒と緑の玩具《おもちゃ》の兵隊になり、わたしを押さえつけた。

「どうせこいつは毒死するさ。もし死ななかったら、おまえたちが好きにしていいよ」

マージの化け物がそう言うと、兵隊はわたしを闇に突き落とした。

意識を取り戻したとき、最初に気づいたのは吐物と排泄物《はいせつぶつ》の匂いだった。地下牢《ちかろう》の悪臭だ。また独房に戻ったのか？ 慌てて起き上がったら、吐き気に襲われた。膿盆《のうぼん》を探して周囲を探ると、何か冷たいものに手が触れた。ベッドの脚だ。その金属の棒にしがみついて何度もえずいたけれど、胃が痙攣《けいれん》するだけで何も出てこない。

むかつきがようやくおさまり、壁にもたれてほっと吐息をついた。なぜ床に転がっているのかよくわからない。でも、ベッドがあるのだから、地下牢でないことはたしかだ。それだけでもありがたかった。

ない力を振り絞って立ち上がり、角灯を見つけて明かりをつけた。乾いた吐物が顔にこびりつき、衣服は濡れて悪臭を放っていた。周囲の床にも汚物がたまっている。〝マージが世話をしてくれる〟というヴァレクの言葉を思い出して皮肉な笑いがこみあげた。でも、マージが現実的だということだけは認めてあげてもいい。もしベッドの上に寝かされていたら、マットレスが台無しになっていただろう。

生き延びられたことにほっとしたら、汚れた服を脱いで身体を清めたくなった。誰も起きていない深夜に目覚めたことに感謝し、壁を伝ってよろめく足で浴場に向かった。

風呂から戻る途中、寝室に続く廊下に近づいたときに話し声が聞こえてきて、足を止めた。素早く角灯を消し、声がする方向を角からそっと覗《のぞ》くと、わたしの部屋の前にふたりの兵士が立っていた。

角灯が照らしている男たちの制服は緑と黒。それは、ブラゼル将軍の軍管区の色だった。

4

あのふたりは、疑いなくブラゼルの軍管区の兵士だ。ひとりが鍵穴から中を覗《のぞ》こうとして角灯《ランタン》を掲げて屈《かが》んだ。ベルトからぶら下がったたくさんの武器がガチャガチャと音をたてる。何も見えなかったのか、男は立ち上がって、相棒にささやいた。

「あの女が死んだかどうか、確かめたほうがいいんじゃないか？」

「明け方には家政婦が解毒剤を持ってくるから、それまで待てばいい。臭すぎて、部屋に入る気になれやしない」背が高いほうの兵士は、顔をしかめて鼻をつまんだ。

「萎えちまって服をはぎ取る気にもなれんよな。だが、風呂場に引きずっていって洗い流せば、死んじまう前に少しは楽しめるかも」男の手が、腰につけた手枷《てかせ》に伸びた。

「やめろ。誰かに見られたら面倒なことになる。女が毒死していなければ、あとでたっぷり弄ぶ時間はあるさ。プレゼントの包みみたいに、開けるのを待つのも楽しいもんだ。それに、意識があるほうが嬲《なぶ》りがいがあるじゃないか」意味ありげな目配せを交わすと、ふたりは声をあげて笑った。

兵士たちが立ち去ったあとも、しばらくは壁に張りついたままで身動きできなかった。いま目にしたことは現実なのだろうか？　それとも、まだ毒の幻覚症状が残っているのだろうか？　脳みそが湯に浸《つ》かってふやけすぎたような感じで、しっかりと考えることができない。眩暈《めまい》と吐き気でくらくらする。

ようやく部屋に戻る勇気を奮い起こしたが、安心したわけではない。扉を大きく開け、角灯で中を照らし、誰も襲ってこないことを確かめてから足を踏み入れた。部屋の隅々からベッドの下まで念入りに調べる。安全を確認してほっとしたとたん、部屋に充満している悪臭のせいで、もどしそうになった。

窓を開け放って外の空気を吸いこんだ。病み上がりの身体《からだ》で汚物を片付けるなんて、想像するだけで気が遠くなる。けれども、このままでは一睡もできない。迷ったあげくに、家政婦が道具をしまっている場所から雑巾と水桶《みずおけ》を見つけて床を洗い始めた。毒が抜けきっていないのか、ときおり視野が暗くなり、部屋がぐるぐるまわる。胃はとっくに空っぽになっているのに、まだ中身を出そうとして痙攣《けいれん》する。床に四《よ》つん這《ば》いになって休みながら、なんとか最後までやり遂げた。

疲弊《ひへい》しきってベッドに倒れこんだが、気がかりなことが次々と浮かんできて眠れない。風呂にも入ったし、掃除がすんだ部屋は消毒剤の匂いしかしない。もし今、ブラゼルの兵士が戻ってきたら、格好の餌食になってしまう。それに、椅子の背で扉の取っ手を固定するのも忘れていた。

つのる不安が、生々しい妄想に変わった。部屋に侵入した兵士たちが、わたしを押さえこみ、手枷でベッドに繋《つな》ぐ。男たちの大きな荒れた手がゆっくりと服を脱がせていく。怯《おび》えるわたしの表情を味わうかのように、下卑た笑みを浮かべながら……。

壁が生き物のように拍動しているような気がして、恐ろしい想像がどんどん膨らみ、たまらず部屋を飛び出した。ブラゼルの兵士が扉の前で待ち受けているのではないかと思ったが、廊下は空っぽで静まり返っていた。

落ち着きを取り戻して部屋に戻ろうとしたものの、目に見えない枕を顔に押しつけられたような感覚がして足を止めた。なぜか、部屋に足を踏み入れることができない。〝この部屋は罠《トラップ》だ〟そんな確信めいた声が耳元でささやいている。防衛本能なのか《マイ・ラブ》によるパラノイアなのか判断できない。

扉の前でためらっていると、胃が鳴った。こんなときでも、お腹《なか》は空《す》くものらしい。どうせもう寝るのは無理だ。身体の要求に素直に従って、食べ物を探すことにした。

早朝だから誰もいなければいいと思ったのに、厨房《ちゅうぼう》に人影があったのでがっかりした。胸元にふたつ黒いダイヤ模様がある白い制服を着た若者が、ひとりごとをつぶやきながらオーブンのまわりをぎくしゃく動きまわっている。足を引きずっているのは、左膝が曲がらないからだ。気づかれないうちにそっと立ち去ろうとしたところを、見つかってしまった。

「僕を捜してるの？」

「いいえ、あの……食べるものがないかと思って」

　青年は右足のほうに体重をかけて立ち、眉をひそめてわたしの制服を見下ろした。飛び抜けて背が高い彼と目を合わせるためには、首を後ろに倒して見上げなければならない。料理人にしては痩せすぎに見えるが、ちゃんとした制服を着ているし、そもそもこの時間帯に起きているのは料理人くらいだろう。褐色の髪は短く刈られ、目は優しい飴色《あめいろ》。目立つタイプではないが整った顔立ちだ。もしかしたらこの人が、マージが話していた、ディラナに夢中だというランドだろうか？

　男は焼きたてのパンを指差した。「好きなだけ食べていいよ。給料の一週間分を稼がせてくれたお礼だ」

　おいしそうなパンの魅力に引き寄せられ、遠慮もせずに大きく切り分けながら尋ねた。

「わたしがお金を稼がせてあげたって、どういう意味なの？」

「君、新任の毒見役だろう？」

　パンを口いっぱいに頬張ったところだったので、黙ったまま頷《うなず》いた。

「ヴァレクが君に《マイ・ラブ》を飲ませたのは、みんな知っているよ。僕は、君が持ちこたえるほうに一週間分の給料を賭けたんだ」

男はくるりと振り向いてオーブンからパンを三斤取り出した。その間も休みなく話している。

「リスクは高かったんだ。君は、これまでで一番小柄で痩せっぽちの毒見役だから。ほとんど全員が、君が生き残らないほうに賭けていた。マージもそうさ」

若い料理人は戸棚からバターを取り出してわたしに手渡した。それから、今度はあちこちから食材を持ってきてボウルに入れ、かき混ぜ始めた。

「パンケーキを焼いてあげるね」

おしゃべりしながら仕事をするのが好きなタイプらしい。バターをたっぷりつけたパンを食べながら尋ねてみた。

「これまで毒見役は何人いたの？」

料理人は手を休めず答えた。

「最高司令官アンブローズが政権を握ってから五人。ヴァレクは毒薬が大好きなんだ。最高司令官の敵をたくさん毒殺しただけじゃなく、そのあともずっと練習し続けているのさ。毒見役が怠惰にならないように、ときどき抜き打ちでテストするんだよ」

背筋が寒くなった。パンケーキの滑らかな生地がフライパンでじゅうじゅうとおいしそうな音をたてる。

「それにしても、オスコヴはかわいそうだったよ。最初からヴァレクに嫌われていたからね。何度も試験を受けさせられて、プレッシャーに耐えられなくなったんだ。公式発表では自殺ってことになっているけど、僕はヴァレクに殺されたと信じている」

パタン。男がパンケーキを手際よくひっくり返すのを、茫然《ぼうぜん》として見つめた。ブラゼルのことばかり心配していたけれど、ヴァレクの逆鱗《げきりん》に触れたら、この料理人がパンケーキを裏返すくらい簡単に命がなくなるのだ。おそらく訓練では教えない毒がいくつかあり、毒見役が気に入らなくなったら使うに違いない。わたしの朝食に毒を盛るためにヴァレクが厨房に入ってくる様子を想像して、肩越しに背後を確かめた。毒見役の仕事に伴う危険は、最高司令官を狙う毒を食らう可能性だけではないのだ。考え始めたら、人なつこい料理人とのおしゃべりも楽しむことができない。

けれども、バターとシロップが滴るパンケーキの山を目の前に出されたとたん、不安を忘れて飛びついた。わたしが一心不乱に平らげている間にも、男はどんどん生地を焼いていく。

「オスコヴは僕の友だちだったんだ。それに、これまでの毒見役の中では一番優秀だった。毎朝、最高司令官の朝食の毒見をしたあとで厨房に来て、新しいレシピを作るのを手伝ってくれたんだ。同じ料理ばかりだと最高司令官に飽きられてしまって、職を失いかねないからね。僕の立場、わかってくれるよね？」

口元についたバターを拭きながら頷いた。

「僕の名前はランド」

差し出された手を握って答えた。「わたしはイレーナ。よろしく」

ヴァレクの執務室に向かう途中、開いた窓に差しかかって足を止めた。城の東側にある霊魂山脈《ソウルマウンテンズ》の背後からちょうど日が昇ろうとしているところだった。空には、まるで幼い子どもが水彩画に水をこぼしたかのように、赤、黄、緑、紫の極彩色があちこちににじんで混じり合っている。木々も野原も花盛りだ。活《い》き活《い》きとした生命力が漲《みなぎ》っている風景を見渡し、花の香りが充満する爽やかな空気を胸いっぱいに吸いこんだ。

早朝なのでまだ肌寒いが、陽《ひ》が差せばじきに暖かくなる。蒸し暑くて眠れない真夏までには、もう数週間あるようだ。《マイ・ラブ》を飲む前の訓練は二週間だったけれど、そのあと、何日気を失っていたのだろう?

美しい風景からしぶしぶ目を引き離し、執務室に向かった。ドアの手前に来たところで、中から出てきたヴァレクにばったりでくわした。

無表情だったヴァレクの顔が、わたしを見て笑顔に変わった。

「イレーナ!　持ちこたえたのか。三日も経《た》ったから、そろそろ心配になってきたところだったんだ」

ヴァレクの面持ちから隠れた本音を探ろうとしたが、心から喜んでいるようだ。

「マージはどこだ？」

「見かけませんでした」〝ありがたいことに〟と心の中で付け加える。

「では、今朝の分はまだだな」ヴァレクは執務室に戻ってわたしを呼び入れた。

《蝶の塵》の解毒剤をわたしが飲み干すやいなや、ヴァレクは「これから最高司令官の朝食の毒見だ」と告げて、ついてくるように身振りで命じた。執務室を出て早足で歩き始めたヴァレクを、息を切らしながら必死に追った。

「君も、そろそろ最高司令官に会って、実際の毒見のやり方を覚えたほうがいい」

公用の廊下に足を踏み入れたとき、驚いて躓《つまず》きそうになった。美しいタペストリーが無残に破られ、黒いペンキが塗りたくられている。国王が統治していた時代には、城の壁にかけられたタペストリーの数々は有名だった。金の刺繍《ししゅう》を施した美しいシルクの織物は、王国時代のそれぞれの地方を表現している。色とりどりの絹糸を使って描いた絵柄は、各地方の歴史を伝える物語だとブラゼルの孤児院で習った。ところが、それらの王国の繁栄の歴史を語る織物が、変わりはてた姿で最高司令官の権力を見せつけている。

イクシア領の国民なら誰でも知っていることだが、最高司令官は、前国王と王室の度を超えた贅沢《ぜいたく》や不公平さを嫌悪していた。それゆえ、政権交代後の改革は、貴族から軍隊まで徹底したものだった。厳格だけれども簡易な『行動規範』を、国民の大部分は歓迎した。でも、反抗して制服の着用を拒む者や、旅行のときに許可証を取らない者、国境を越えて南に逃げる者がいたのは事実だ。

造反者は『行動規範』に厳密に従って処罰された。制服を着なかったら、二日間、裸で町の広場に鎖で繋がれる。殺人と同じように、正当な理由があるかどうかは関係ない。どんな事情があっても、違反への懲罰は同じなのだ。賄賂もコネも通用しない。〝『行動規範』に背けば報いを受ける〟という最高司令官の方針は絶対だ。

タペストリーに気を取られているうちに、ヴァレクは豪壮な石造りのアーチの向こうに姿を消していた。打ち砕かれてぼろぼろになった木製の扉が、アーチの蝶番《ちょうつがい》からななめにぶら下がっている。もとは、珍しい鳥や枝の精巧な彫り物が施されていたようだ。この扉もタペストリーのように政権交代で破壊されたのだろう。最高司令官の意図を見せつけている。

アーチをくぐり抜けたところで、驚いて足を止めた。ここは国王の謁見室だった場所に違いない。室内には数えきれないほどの机が並んでいて、そこに座っているのは、すべての軍管区からやってきた将校や顧問官だ。部屋は活気に満ちていた。

この喧騒《けんそう》の中で人を見つけるのは難しかったが、ヴァレクはほかの者とは異なる滑らかな動きをするので捜し出せる。彼はちょうど部屋の奥にある開いたドアから別の部屋に入るところだった。机の迷路をくぐり抜けてようやく奥のドアにたどり着いたとき、冷めたパンケーキに文句をつけている男の声が聞こえた。

最高司令官のアンブローズは、質素な木製の机に向かっていた。趣味や個性を示す飾りがほとんどない部屋はヴァレクの執務室より殺風景で、特別な用途が思いつかない唯一の物品は、手のひら大の黒い雪豹《ゆきひょう》の彫り物だ。猛々《たけだけ》しい豹の背中にはシルバーの斑点がちりばめられ、銀の目が鋭く光っている。

最高司令官は、染みひとつない、完璧に仕立てられた制服をまとっていた。ヴァレクの黒い制服とまったく同じデザインだが、襟に縫いつけられているのはダイヤ型の模様ではなく、本物のダイヤモンドだ。白髪交じりの黒髪は、毛が立つほど短く刈り上げられている。

最高司令官が公の場にめったに姿を見せず、肖像画も描かせないということは、孤児院の学校で習った。実際の姿を知る者が少ないほうが、暗殺される可能性が低いからだ。被害妄想だと言う者もいるが、暗殺者やスパイを駆使して政権を取った最高司令官にとっては、現実的な対策にすぎない。

目の前にいる最高司令官は、抱いていたイメージとはまったく違った。勲章を胸に並べてたくさんの武器を腰からぶら下げた髭面《ひげづら》の頑強な男を想像していたのに、実際は華奢《きゃしゃ》で、綺麗《きれい》に髭を剃《そ》った繊細な面持ちだった。

ヴァレクは、わたしを机の前に立たせた。

「最高司令官、これが新任の毒見役のイレーナです」

アーモンド型の黄金色の目が、わたしをじっと見つめた。ナイフのような鋭い視線に、身動きが取れなくなった。心の奥底に隠しているものを引き出され、吟味されているような気がする。最高司令官がようやくヴァレクに目を向けたときには、緊張が解けて身体が揺れた。

「ブラゼルの大げさな苦情を聞いていたから、火を吐く怪物を想像していたんだがね」

ブラゼルの名前を耳にして、身体がこわばった。ブラゼルが最高司令官に直訴しているなら、絞首台に戻されるかもしれない。

「ブラゼルは愚か者ですよ。公衆の面前での縛り首みたいな見世物で、息子を殺された怨念を晴らすつもりでいる。わたしだったら、そんな祭り騒ぎを待たずに、さっさと殺していますね。ブラゼルにはその権利があったのですから」

ヴァレクは軽い調子で話しながら最高司令官の紅茶をすすり、パンケーキの匂いを嗅いでいる。一方、それを聞いているわたしは胸が締めつけられ、息ができなくなった。

「そもそも、毒見役の職を得るのが次の死刑囚だということは『行動規範』に明記されているし、ブラゼルは『行動規範』の共著者ですよ」

ヴァレクは、パンケーキの中心と端から一切れずつ取って口に入れ、ゆっくりと咀嚼《そしやく》してから皿を最高司令官に手渡した。

「しかし、ブラゼルの意見にも一理ある」

、最高司令官はそう言ったものの、ヴァレクから渡された朝食を見下ろして話題を変えた。

「新任はいつ仕事を始めるんだ？　冷めた食事にはもう飽き飽きしている」

「あと数日のうちには」

「それはよかった」

最高司令官は突然わたしのほうを向いた。

「わたしの食事と同時に到着して、速やかに毒見をするのだぞ。どこにいるのか捜さねばならないような事態は許さない。わかったな？」

気が遠くなるような思いで返事をした。

「はい。かしこまりました」

「ヴァレク、おまえがいつも食事に遅れるから、痩せてしまったよ。昼食は軍事作戦司令室でとるから、今度こそ遅刻しないでくれ」

「仰せのままに」

最高司令官の執務室を出ると、ヴァレクのあとについて、雑然とした机の間を縫うようにして歩いた。ヴァレクがほかの顧問と立ち話をしている合間にあたりを見渡すと、女性の顧問がいるのに気づいた。女の大佐がふたり、中佐がひとりいるのは、政権が変わったからこそだ。

王族たちが君臨していたころには、女の役割は妻か女中のどちらかしかなかった。しかし、最高司令官は女性に選ぶ自由を与えた。もちろん、そのまま伝統的な役割を引き継ぎたい女性はいたが、ほかの職業に就くチャンスに飛びついた者もいた。最高司令官は、性別にかかわりなく、知性と技能で人材を採用する。特に若い世代は素早く変化を受け入れ、女性の社会的地位はずいぶん向上した。

ようやくヴァレクの執務室に戻ると、マージがテーブルの上に積み上げられた書類の埃《ほこり》を払っているところだった。片付けるというより、書類の中身をこっそり読んでいたように見えるけれど、ヴァレクは気づいていないのだろうか？ 掃除以外に、彼はマージにどんな仕事をさせているのだろう？

マージはヴァレクに笑顔を向けた。でも、彼が視線をそらすやいなや、わたしを睨《にら》みつけた。わたしが生き延びたせいで、賭に負けて大損したに違いない。そこで、わざとにっこり微笑《ほほえ》んでみせた。ちょうどそのときヴァレクが机から目を上げたので、マージはなんとか憤怒《ふんぬ》を抑えたようだ。

「イレーナ、消耗しきっているんじゃないか？ 見ているだけでこっちが疲れる。横になりなさい。訓練は昼食のあとで再開するから、それまでに戻ればいい」

疲労はほとんど感じなかったが、たしかに身体を休めるべきだ。ありがたく忠告に従うことにした。

寝室に向かう途中、いつしか心の中でヴァレクのさっきの言葉を繰り返していた。あれは思いやりの片鱗《へんりん》なのだろうか？　そう考えると心が少し温かくなる。緊張が解けたせいかどっと疲れが出て、歩くペースが落ちてきた。身体を動かすのに精一杯で、気が緩んでいたに違いない。昨夜わたしの部屋の前にいたブラゼルの衛兵ふたりと、ぱったり鉢合わせしてしまった。

背が低いほうの兵士がわたしの手首を掴《つか》んで叫んだ。

「おい、レン！　ドブネズミを見つけたぞ！」

わたしは身をこわばらせ、兵士の襟についた緑色のダイヤ模様をじっと見つめた。

レンと呼ばれた男が相棒を褒めた。「お手柄じゃないか。獲物をブラゼル将軍に見せに行こうぜ」

「ブラゼル将軍は生きたドブネズミが嫌いだからなあ。特にこいつは」

乱暴に揺さぶられ、腕と肩と首に激痛が走った。助けを求めて周囲を見渡したが、人影はまったくない。

「そのとおり。でも、生きたまま皮をはぐのはお好きだろ」

もうたくさんだった。ドブネズミと呼ばれるのなら、ドブネズミらしいことをしてやろう。わたしは目の前の手を、血の味がするまで力いっぱい噛《か》んだ。男が痛みと驚きで大声をあげて悪態をつき、力を緩めた。

その隙に手を振りほどき、全速力で走った。

5

ブラゼルの兵士たちは予期せぬ反撃にひるんだものの、すぐに立ち直ったらしい。後ろから足音が追いかけてきた。

彼らのように重い武器を持っていないぶん、わたしのほうが身軽だし、危機感のせいでふだんよりスピードも出ている。今のところはやや有利だ。けれど、毒で消耗した身体《からだ》はじきに音をあげるだろう。事実、もう息切れしてきた。

この時間帯にはもっと人がいるはずなのに、なぜか廊下は空っぽだ。とはいえ、たとえ目撃者がいても、助けてくれるとは限らない。助かりたかったら、ネズミのように逃げこむ穴を見つけるしかない。

なんの策も思いつかないまま、追いかけてくる男たちより速く走ることだけに専念した。両脇の壁がどんどん後方に流れていく。わたし自身は静止していて、壁だけが動いているような錯覚すら覚えてきた。ここは、いったいどこなのだろう？　状況を確かめるために速度を落として周囲に目をやった。

廊下はしだいに暗くなっていく。足で床を蹴るたびに埃《ほこり》が舞う。どうやら、ふだんは誰も使わない、隔絶された場所に向かっているようだ。ひっそりと人を殺すには最適の場所ではないか。息が切れて大声で叫ぶこともできないから、静かに片がつくだろう。

追ってくる兵士の視界から逃れるために素早く右に曲がり、真っ暗な廊下に入った。最初に見つけた扉を体重をかけて押すと、みしみしと音がして少しだけ開いたが、それ以上はどうしても動かない。胴体はなんとか入るのに、これでは頭が通らない。

兵士が廊下を曲がってくる音が聞こえたので、勢いをつけて体当たりしてみた。ほんの数センチしか動かなかったけれど、それで十分だった。頭から真っ暗な部屋に飛びこみ、床に倒れた。

しかし、部屋はすぐに兵士たちに見つかってしまった。彼らが力ずくでドアをこじ開けようとするのを、内側から震えながら見つめた。なんとかしなければ……。闇に慣れてきた目で部屋を見渡すと、空の樽《たる》と腐った穀物袋が床に散らばっている。どうやらここは、しばらく使われていない半地下の貯蔵室のようだ。天井に近い窓の下には、壁に沿って絨毯《じゅうたん》が積み上げられている。

兵士たちの力に負けてドアの隙間がどんどん広がっていく。急いで絨毯の上に樽を積み上げて窓までよじ登ったが、小さすぎて抜け出せない。

不穏な音とともに、扉に亀裂が走った。もう時間がない。肘で窓ガラスを破り、窓枠についている破片を全部取り除いて床に捨てた。手が切れて血が腕を伝う。痛みを無視して樽から飛びおり、ドアの横の壁に張りついて息を殺した。

ついに大きな音をたててドアが開き、わたしの鼻先で止まった。ふたりが貯蔵室になだれこんでくる。

レンが相棒に命令した。「俺は入り口を塞いでおくから、窓を調べろ」

背が低いほうの兵士が、絨毯と樽の山のほうに向かったらしい。ブーツに踏みつけられてガラスが砕ける音がした。

こんな計画がうまくいくはずはない——窓から出たと思わせるのは時間稼ぎにしかならないし、レンは逃げ道を塞いでいる。

窓を調べていた男が言った。

「ここから出るには小さすぎる。まだこの部屋にいるぞ」

緊張で荒くなっていたわたしの息遣いは、ますます浅く、速くなった。過呼吸で頭がくらくらする。ネズミ捕りの鉄の歯に噛《か》みつかれたみたいに身動きが取れない。ついに罠《わな》にかかってしまったのだ。

いくつもの思いが交錯して何も考えられず、倒れてしまわないようにドアを掴《つか》んだ。そのとき、わたしの喉の奥から振動音が響き出した。止めようとしても無理だった。抑えこもうとすればするほど、音は大きくなっていく。

半ば諦め、よろめきながら扉の陰から出た。だが、男たちはこちらを振り向こうともしない。これほど大きな音をたてているのに、ふたりは凍りついたように身動きもしなかった。

肺が空気を求めて悲鳴をあげる。酸欠で失神寸前になったとき、身体からすっと音が離れた。もうわたしの口から音は出ていないのに、まだ部屋には空気を震わせるほどの大音響が続いている。

兵士たちは相変わらず固まったままだ。状況を理解するために時間を無駄にするつもりはなかった。いくつか深呼吸をしてから、部屋を飛び出した。

来た道を駆け戻るときにも振動音はわたしを追いかけてきたが、廊下に給仕の姿を見かけるようになったとたん、ぴたりと止まった。すれ違う人たちが、妙な面持ちでこちらを見ている。きっと異様な有様なのだろう。走るのをやめて、動悸《どうき》を静めようとした。

制服は汚れ、息切れで口の中が乾き、肘が痛む。指から真っ赤な血が滴っていることに気づいて肘を見ると、ガラスの破片で深く切ったらしい。床には血だまりができている。

走ってきた道筋にも、点々と血が続いていた。今さら傷ついた肘を胸に抱えても手遅れだ。ブラゼルの兵士は猟犬のように血の痕跡を追ってくるだろう。

案の定、広間の奥に兵士たちの姿が現れた。今、慌てて動いたら、注意を引いて見つかってしまう。目立たないように、移動する給仕の群れに加わった。早鐘を打つ胸に合わせて、傷がずきずきと痛む。

ようやく曲がり角に差しかかったので、肩越しにそっと様子を見た。兵士たちはわたしの血の痕が消えたところで立ち止まっている。何やら口論しているようだ。ふたりに気づかれずに廊下に出たところで、ヴァレクとぶつかった。

「イレーナ！　どうしたんだ？」

腕を掴まれて、痛みに身をすくめた。それを見て、ヴァレクは手を離した。

「転んだだけです。転んで、ガラスで手を切ってしまって」

われながら下手な言い訳だ。ごまかそうとして、急いで付け加えた。

「きちんとした格好に着替えてから職務に戻るつもりで、洗いに行くところだったんです」

そのまま脇を通り過ぎようとしたが、ヴァレクはわたしの肩を掴み、自分のほうに向かせた。

「医者に診てもらいなさい」

「あの、それほどたいした傷じゃないので、大丈夫です」

また脇をすり抜けようとしたけれど、ヴァレクは肩にかけた手を離さず、わたしをつれてブラゼルの兵士たちがいる広間の方向に歩き始めた。彼らに気づかれないよう祈っていたのに、無駄だった。兵士たちはにやりと笑って、ヴァレクとわたしのあとをついてくる。

横目でヴァレクの様子を窺《うかが》うと、まったくの無表情だ。けれども、わたしの肩を掴む手に力がこもった。人目がない場所に連れこんで、三人でわたしを殺すつもりなのだろうか？　この手を振りきって逃げたほうがいいのかもしれない。とはいえ本当にヴァレクがわたしを殺したいのなら、解毒剤を与えなければすむことだ。

　廊下から人影が消えたところで、ヴァレクはわたしの肩から手を離し、くるりと背後の兵士たちのほうを振り向いた。

「道にでも迷ったのか？」

「いいえ、閣下。われわれの囚人を返していただきたいだけです」

　ヴァレクよりも十センチ以上背の高いレンが、巨大な手を伸ばして後ろに隠れているわたしの腕を掴もうとした。

　ヴァレクはそれを素早くはねのけると、その場が凍るような冷たい声で尋ねた。

「おまえらの囚人だと？」

　兵士たちは、信じられないと言いたげな面持ちで互いの顔を見た。兵士たちは数々の武器を持っているが、ヴァレクは丸腰だ。相棒はレンほどの長身ではないにしても、筋肉隆々の巨漢。料理人のランドがここにいたら、ブラゼルの兵士が勝つほうに一カ月分の給料を賭けるだろう。

　兵士ふたりも同じようなことを思ったのだろう。小ばかにするような笑みを浮かべた。

「つまり、ブラゼル将軍の囚人ってことですよ。まあ、そういうわけですから、お引き下がりいただければ……」レンが脇に退《ど》くように身振りしたが、ヴァレクは微塵《みじん》も動かない。

「おまえらの雇い主に伝えておけ。わたしは部下への干渉を歓迎しないとな」

レンと相棒は、また相談するように顔を見合わせた。このふたりは、合わせてひとり分の脳みそしかないのかもしれない。ふたりは、さっきまでのにやけた笑いをかき消してヴァレクを睨《にら》みつけ、戦う構えを取った。

「将軍には、この女を連行するよう命じられている。使いっ走りではなく」

レンは腰にぶら下げている鞘《さや》から剣を抜いた。相棒のほうも、ガチャガチャと音をたてて武器を取り出す。武装した兵士ふたりを相手に、素手のヴァレクに何ができるだろう? わたしにできるのは走って逃げることだけ。いつでも走り出せるように、爪先に重心をかけた。

ヴァレクの右手首が目にもとまらない速さでしなった。敬礼したように見えたが、兵士たちが反応するより先に、ヴァレクはふたりの間に移動していた。近すぎて剣が使えない距離だ。ヴァレクがさっと屈《かが》みこんで床に両手をついて脚を旋回させると、ふたりはその場にひっくり返った。吹き飛んだ武器が床で大音響をたて、レンの肺から空気が抜け出し、相棒は悪態をついた。

兵士たちは倒れたまま身動きせず静かになった。不思議に思って見つめていると、ヴァレクは優雅に立ち上がって数を数え始めた。十まで数え、身動きしない男たちの首から小さな矢を抜いて平然と言い放った。

「汚い戦術だが、昼食の毒見に遅刻しそうだから仕方がない」

ヴァレクは、うつ伏せのまま動かなくなったブラゼルの兵士たちをまたいでこちらに近づき、わたしの腕の傷を調べた。

「見かけほど深くないな。死にはしない。まずは最高司令官の仕事を片付け、それから医者だ」

ヴァレクに急《せ》かされてあとに続いたものの、傷がうずいてゆっくりとしか進めない。最高司令官の冷酷な視線にさらされるのかと思うと、余計に歩みが遅くなる。毒見なんかより、医者に診てもらって、熱い湯船に浸《つ》かりたい。

6

最高司令官の軍事作戦司令室は、広々とした円形だった。床から天井まで届く細長い窓が縦縞《たてじま》のように並び、壁の四分の三を占めている。それぞれの窓にはめられた、万華鏡のように色とりどりのステンドグラスのせいで、独楽《こま》の中に閉じこめられたような奇妙な錯覚を覚える。眩暈《めまい》がしてよろめきかけたが、思いがけないものが視界に入ってその場に凍りついた。

作戦司令室の中央には長い木製のテーブルが鎮座し、ふたりの護衛を背後につけたアンブローズ最高司令官が上座についている。そして、手をつけていない昼食のトレイを前に不機嫌そうに眉をひそめる司令官の傍らに、三人の将軍がいるのが見えた。そのうちのふたりは一心に食べているが、残りのひとりはフォークを持つ手を宙で止めたままこちらを凝視している。反射的にその視線を避けて、相手の手に目を向けた。関節が白くなるほど力が入っている。つまり激怒している証拠だ。仕方なく、わたしはブラゼル将軍と目を合わせた。

ブラゼルは顔を引きつらせて、フォークを置いた。射るように睨《にら》みつけられたわたしは、逃げ場がない野原で狙われたウサギのように、恐怖で身動きが取れなくなった。

最高司令官が口を開いた。「ヴァレク、おまえは――」

「また遅刻ですね。わかっています」最高司令官の代わりに言葉を終えると、ヴァレクはわたしを引き寄せた。「ちょっとした諍《いさか》いがあったもので」

その言葉に反応して、残りの将軍ふたりも食事を中断してこちらに目を向けた。突然部屋中の視線を浴びて、頬が火照る。この場から逃げ出したくなったけれど、なんとかこらえた。ブラゼル以外の将軍は、名前も顔も知らない。これまで高官と接する機会がなかったので、見分けるとしたら制服の色だけだ。城の地下牢《ちかろう》に送りこまれるまで第五軍管区の外には一歩も出たことがなかったし、孤児院で暮らした最初の十年間は、ブラゼルや彼の家族を見かけることすらほとんどなかったのだから。

遠くから眺めていただけのブラゼルと息子のレヤードは、わたしが十六歳になったとたん、連日の悪夢に変わった。始めのうちは、孤児院の後援者から注意を向けてもらえたのが嬉《うれ》しかった。ブラゼルの白髪や、短く切り揃《そろ》えた髭《ひげ》、愛想がよい角ばった顔には威厳があるし、がっしりとした体格も頼りがいがある。父親代わりにずっと慕っていた人物が、わたしのことを〝引き取った孤児の中で一番賢い〟と褒めてくれたのだ。実験を手伝ってほしいと頼まれたときに、喜んで引き受けたのは言うまでもない。

あんなに感謝した自分の純真さと愚かさを思い出すと、吐き気がする。三年前のわたしは子犬のようなものだった。檻《おり》に捕らわれたことにも気づかずに、尻尾を振り続けていた愚かな子犬。

それから二年間、地獄のような毎日が続いた。思い出すだけで身がすくむ。そのブラゼルが、いま作戦司令室にいる。唇を固く結んで、顎を震わせているのは、憎悪を抑えかねているせいだろう。

不安と緊張で神経がすり減り、気が遠くなりかけたとき、ブラゼルの背後にレヤードの亡霊が見えた。切り裂かれた首の傷がぱっくりと開き、滴り落ちる血が寝間着を赤く染めている。殺された者が、復讐《ふくしゅう》を遂げるまで加害者に取り憑《つ》くという昔話をどこかで聞いたことがあるが、それなのだろうか。

目をこすったが亡霊は消えない。ほかの人にはレヤードが見えないようだ。見えないふりをしているとしたら、みんなたいした役者だ。そっと横目でヴァレクを窺《うかが》った。暗殺者の彼はどうなのだろう？　昔話が本当なら、数えきれないほどの亡霊に取り囲まれているはずだ。

レヤードとまだ縁が切れていないのではと不安が頭をもたげる。でも、自分がやったことへの後悔はまったくない。悔やむのは、機会はあったのに、ブラゼルを殺す勇気がなかったこと。そして、孤児院の弟や妹が十六歳になるのを止められないことだ。メイとカーラに警告を与えて逃してやれなかったのも心残りでならない。

最高司令官の声が、わたしを現実に引き戻した。子どもの失敗を大目に見る親のように、ため息混じりにヴァレクに尋ねている。

「諍いだと？　それで、何人死んだんだ？」

「死人はいません。新任の毒見役を殺そうとした軍人たちは、ブラゼル将軍の命令に従っただけですからね。殺すのは正当化できないと判断しました。頭があまりよくない奴《やつ》らだから、どちらにしても毒見役は逃げおおせていたでしょう。ただ、偶然にでくわしたおかげで、陰でこういうことが起こっているのを知ったのは収穫でしたよ」

最高司令官は、わたしを査定するようにじっくり眺めてからブラゼルに向き合った。

ブラゼルは、待っていましたと言わんばかりに椅子から飛び上がり、叫び出した。

「この女は死ぬべきだ、処刑していただきたい！　わたしの息子を殺したんですよ！」

ヴァレクが口を挟んだ。「しかし、『行動規範』では――」

「『行動規範』なんぞ知ったことか！　わたしは将軍だぞ。将軍の息子を殺した女が、おめおめと生きているなんて……」こみ上げてくる感情を抑えきれないのか、ブラゼルは声を詰まらせた。わたしの首を絞めあげたいと言わんばかりに、指先がぴくぴくと引きつっている。その背後には、嘲るような笑みを浮かべたレヤードの幽霊が浮かんでいる。「こいつを生かしておくのは、将軍のわたしの顔に泥を塗るようなものだ。侮辱だ！　ほかの囚人を毒見役として訓練すればいい。わたしはこの女の処刑を要求する！」

本能的にわたしはヴァレクの背後に隠れた。ほかの将軍もブラゼルに同意して頷《うなず》いている。怖くて最高司令官の顔を見ることができない。

「妥当な要求だ」最高司令官の声には、感情の欠片《かけら》もない。一瞬、目の前が暗くなった。せっかく逃れた絞首台に戻らなければならないのか。

だが、ヴァレクが口を挟んだ。

「しかし、最高司令官は一度も『行動規範』を破ったことがないではありませんか。一度でも例外を許したら、ほかの者もそれに倣うようになりますよ。それに、彼女を殺したら、これまでで一番有能な毒見役を失うことにもなります。訓練はもうほとんど終了していますしね」

そう言ってから、ヴァレクは、すっかり冷めてしまった最高司令官の昼食を指し示した。

ヴァレクの広い背中の陰から最高司令官の表情を眺めた。唇をすぼめて、ヴァレクの言い分を慎重に吟味しているようだ。わたしは張り裂けそうな胸をかばうように両腕を組んだ。全身の震えを抑えこもうとして、掴《つか》んだ上腕に爪が食いこむ。

最高司令官の気が変わりつつあるのを察知したブラゼルは、一歩前に踏み出した。

「この女が利発なのは、わたしが教育したからじゃないですか。信じられませんよ。あなたが、こんな成り上がりの、狡猾《こうかつ》で卑劣なこそ泥の助言に耳を貸すなんて……」

そこでブラゼルは、はっと口をつぐんだ。言いすぎたことに気づいたのだ。最高司令官がヴァレクを特別にかわいがっているのは、わたしの目にすら明らかなのに、そのヴァレクを侮辱したのだ。

「ブラゼル、今後、わたしの毒見役には手を出さないように」

最高司令官のその言葉を聞いて、思わず安堵《あんど》の息が漏れた。

諦められないブラゼルが議論を蒸し返そうとしたが、最高司令官は耳を貸さずに遮った。

「これは命令だ。だが、おまえが申請していた新しい工場の建設は許可しよう」

つまり、目の前に人参《にんじん》をぶら下げたわけだ。ブラゼルにとって新しい工場の建設許可は、わたしを殺すより価値があるのだろうか？

みな、黙ってブラゼルの反応を待っている。ブラゼルは憎悪がこもった目でこちらを見た。だが、レヤードの幽霊はにやにや笑っている。ネズミを捕まえた猫のように満足げなレヤードの表情からすると、工場新設の認可は、ブラゼルにとって大切なことに違いない。おそらく、最高司令官に知らせている以上に重要なのではないか。わたしが死刑を逃れるのは我慢ならないが、まず工場を建ててから殺せばいいとブラゼルは思い直したようだ。どうせわたしの居場所はわかっているのだから。

ブラゼルは無言のまま作戦司令室を出ていった。成り行きを面白そうに見守っていた幽霊も、わたしに「またあとでな」と口の動きで告げて、父親のあとを追った。

ブラゼルが姿を消すやいなや、残った将軍たちは口々に工場認可に抗議し始めた。最高司令官は何も言わずに聞いているだけだ。わたしは注意がそれたのを幸いに、ふたりの将軍をじっくり観察した。将軍たちの制服は、金ボタン付きの黒い上着を除けば、最高司令官のものとよく似ている。最高司令官の制服の襟についているのは本物のダイヤモンドだが、将軍の場合には紋章のような五つのダイヤ模様の刺繍《ししゅう》だ。メダルやリボンのような勲章や飾りはまったくない。イクシア領の軍人は、戦いと識別に必要な衣服しか身につけないことになっているからだ。

最高司令官の近くに座っている将軍のダイヤ模様は青い色だ。ということは、第五軍管区の西隣にある第六軍管区のハザール将軍だろう。銀色のダイヤ模様をつけているのは、ブラゼルの北の隣人で第四軍管区のテッソ将軍に違いない。

パン屋に新しいオーブンを設置するとか、民家を建てる程度の小さな工事の認可は、将軍の権限内だ。だが、工場建設や農地拡大のための森林伐採などの大きな事業になると、最高司令官の承認が必要になる。たいていの将軍は認可の申請手続きを参謀や補佐に任せているのに、ブラゼルは自分で陳情したらしい。

ハザール将軍とテッソ将軍の口ぶりからは、ブラゼルの申請手続きが初期段階だったことがわかる。第五軍管区と隣接するふたつの軍管区を交えた話し合いが始まったばかりで、最高司令官の補佐は、まだ工場の建設計画を調査して確認していないようだ。補佐が認可を薦めてから最高司令官が申請書に署名をするのが通常のプロセスだから、ブラゼルの工場認可は相当な例外ということになる。けれども、『行動規範』には、建設前に許可を得る義務しか記されていないので、最高司令官が慣例を無視して省略したいのであれば、問題はない。

『行動規範』は孤児院で学んだ。町におつかいに行く特権を得るためには、『行動規範』を完璧に暗唱しなければならない。ブラゼルの学校で学んだのは読み書きだけではない。数学や、最高司令官がイクシア領の政権を奪取した歴史についても教わった。国王が支配していた時代には裕福な階級の男子しか教育を受けることができなかったが、政権交代後には、階級や性別にかかわらず、すべての国民に学ぶ権利が与えられたのだ。

けれども、ブラゼルの手伝いをするようになってから、わたしの教育は変貌した。ふいに、鞭《むち》が肌に食いこむ痛みや髪が焦げる匂いが蘇《よみがえ》り、打ちのめされそうになった。火照った頬がこわばり、身体《からだ》が小刻みに震える。必死になって現在に意識を集中した。どうやら、将軍ふたりは最高司令官に反論を言い尽くしたようだ。そして、ヴァレクは冷めた昼食の毒見を終えて、最高司令官の前に差し出した。

「おまえたちが案じていることはわかった。だが、わたしの決断は変わらない」最高司令官は将軍たちに言い渡して、ヴァレクのほうに向き直った。「その毒見役に、おまえが売りこむほどの価値があることを期待しているからな。新任がひとつでも失態をおかしたら、おまえを左遷する前に新しい毒見役の訓練をさせるぞ。以上だ。下がってよい」

ヴァレクはわたしの腕を掴んで作戦司令室から連れ出し、無言で廊下を進んだ。けれども、後方で司令室のドアが音をたてて閉じるのを耳にすると、立ち止まった。表情が陶器でできた仮面のように硬くなっている。

「イレーナ――」

「何も言わないでください。脅されるのも、強要されるのも、ブラゼルのもとでいやというほど味わってきたから、もうたくさん。言われなくても、これまでで最も優秀な毒見役になってみせます。せっかく手にした生きる望みを、そう簡単に捨てたくはありません。それに、死んでブラゼルを喜ばせたくもないですから」

ヴァレクの顔を見ずにそばから離れ、そのまま歩き始めた。彼の表情の変化や、声色に含まれたわずかなニュアンスから機嫌を読み取ろうとするのは、もうごめんだ。ヴァレクは何も言わずにあとをついてくる。

廊下の分かれ道に差しかかったとき、彼が腕を取って左に導きながら何かを言った。でも、耳まで届いたのは〝医者〟という単語だけだった。一度もヴァレクのほうを向かないまま、しかし従順に診療所までついていった。

空いている診察台に座ると、疲れて焦点が合わない目を細めて、目の前の医者の制服を見つめた。襟についたふたつの赤いダイヤ模様以外、真っ白だ。頭が朦朧《もうろう》としていてしばらく気がつかなかったが、短髪のその医者は女だった。わたしは唸《うな》り声《ごえ》を漏らしながら、ベッドに横たわった。

女医が診療セットを取りに行くと、ヴァレクが声をかけた。

「ブラゼルが気を変えた場合に備えて、診療所の前に護衛を配置しておく」

診療所を去る前に、ヴァレクは女医に近づいて何やら話しかけた。医者は頷いて、こちらをちらりと見た。

ぴかぴかと光る医療器具とゼリーのようなものが入った瓶をのせたトレイを持って、女医が戻ってきた。アルコールで腕を消毒されて、あまりの痛さに叫び声をあげそうになったけれど、唇を噛《か》んで押し殺す。また出血してきた傷を調べていた医者が、窓ガラスを割るときに使った肘を指差した。

「ほかの傷は浅いけれど、これは深いから、処置をして閉じる必要があるわね」

「閉じる?」治療のほうが傷より痛そうだ。

女医はゼリーの瓶を取り出して説明した。

「安心して。これは深い裂傷を治療するために新しく開発された方法で、糊《のり》のように傷を閉じることができるの。そのうえ、縫合のように糸を抜かなくても、傷が治れば身体に吸収されてしまうから便利なのよ」

医者は瓶からゼリーをたっぷり取り出すと、指で肘の傷に塗布した。傷口にしみて、思わず顔が歪《ゆが》む。女医が皮膚をつまんで傷口をしっかり合わせている間、つい涙が頬を伝った。

「よりにもよって、最高司令官の料理人が発明した治療法なのよ。副作用はないし、お茶に入れてもおいしいの」

驚いて尋ねた。「ランドが発明したんですか?」

女医は傷口を合わせたまま頷いた。「四、五日は包帯をつける必要があるわ。それから、傷口を濡《ぬ》らさないように気をつけてね」

ゼリーを塗った場所に息を何度か吹きかけていた医者は、乾いたことを確認するとようやく手を離した。「ヴァレクは、今夜はここに泊まってほしいようよ。夕食を持ってくるから、それからゆっくり休みなさい」

疲れすぎてとても食事なんかできないと思ったのに、温かい食事を目の前に差し出されると、とても空腹だったことに気づいた。

けれど、お茶を口に入れたとたん、食欲が消え去った。

誰かがお茶に毒を混ぜていた。

「お茶に何か入ってます、ヴァレクを呼んで！」わたしは大声で医師を呼んだ。もう意識が遠のき始めていた。

やってきた女医は、焦るわたしを大きな瞳で見つめた。

「お茶に入っているのは睡眠薬よ。ヴァレクの指示で出したの」

それを聞いて、ほっと安堵《あんど》の吐息を漏らした。そんな反応を面白そうに眺めてから女医は部屋を出ていった。

食欲が失《う》せてしまったので、手をつけていない夕食のトレイを横に押しやる。じつのところ睡眠薬など必要なかった。とことん体力を消耗していたため、睡魔に抗《あらが》うのをやめるだけで眠れるのだから。

7

次の朝、目を開けると、ベッドの足元にぼやっとした白いものが立っていた。動いている。目を細めてよく見ると、昨日の女医だ。制服同様に実用性を優先したショートカットのせいで、面長で痩せた顔はイタチを思わせる。髪を伸ばせば印象が柔らかくなるのに。

「よく眠れた？」

「はい」

　悪夢を見ずに眠ったのは、久しぶりだった。とはいえ、口の中にはいやな味が残っているし、頭には綿が詰まっているようで、快適な目覚めとは言えない。

　医者は傷を診察しながらひとりごとのように見立てをつぶやき、もうじき朝食だと言い残して去っていった。

　朝食を待っている間に、診療所の中を見渡した。長方形の部屋にある十二台のベッドは、左右の壁に沿って六台ずつ規則正しく並び、病人が寝ていない寝台は、マットレスが反り返るほどきっちり整えられている。秩序が整いすぎているこの光景が、神経を逆撫《さかな》でした。ここでは何もかもが、徹底的に管理されている。わたしの身体《からだ》も、魂も、生きている世界も、自由にはならない。整然としたベッドの上に飛び乗ってシーツを皺《しわ》だらけにし、ベッドをあちこちに動かして列を乱したくなった。

　わたしのベッドは一番奥にあり、同じ側には空のベッドをふたつ挟んで患者が三人いる。でも、みな眠っていて話し相手がいない。石造りの壁には何もかかっていない。この無味乾燥さに比べたら、地下牢《ちかろう》のほうが、よほど面白みがある。ただ、少なくとも匂いはここのほうがましだ。深呼吸すると、アルコールと消毒剤が混じった、つんとした臭気が鼻孔を満たした。牢屋の悪臭よりは、たしかにこちらのほうがいい。そう思ったとき、診療室特有の空気に妙な匂いが混じっている気がした。確かめるために、もう一度鼻から息を吸ってみた。酸っぱい異臭には馴染《なじ》みがある。わたしの身体からにじみ出た恐怖の残り香だ。

わたしは、昨日死んでいたはずだった。ブラゼルの兵士に追い詰められ、逃げ道はなかったのに、あのブーンと唸《うな》る音に救われたのだ。自分の身体から出てくるのに抑制がきかない奇妙な振動音——悪夢のような日々の中で鳴り響いていた、原始的な生存本能の音だ。

昔の辛《つら》い記憶にかかわることだから、不思議な音については考えないようにしてきた。でも、忘れようとしても心に浮かんでくる。振動音がいつ、どんなときに鳴り出したか、感情を切り離して冷静に分析してみようと決めた。

ブラゼルの実験は最初の二、三カ月のうち、わたしの反射神経を調べるだけだった。投げつけられるボールや振りまわされる棒をどれくらい速くかわせるか、そういったことを試す間は、さほどひどい仕打ちではなかった。ボールがナイフに、棒が剣に変わるまでは。

思い出すにつれ、心臓が早鐘のように打ち始める。冷や汗で濡《ぬ》れた手で、首に残る瘢痕《はんこん》を無意識に触っていた。感情的になってはいけない——厳しく自分を戒め、恐怖を退けるように両手を払った。医者のように考えよう。そして、診断を下すのに必要な情報を聞き取るのだ。高熱を出してうわ言をつぶやく患者と、その傍らに座っている白衣の自分を想像し、自らへの問診を始めた。

〝それからどうなったの?〟

患者のわたしが答える。〝体力と持久力のテストをされました〟

最初は鉄アレイを持ち上げるだけの単純な作業だったのが、そのうちに重い岩を頭上に掲げる実験となり、数分がいつしか数時間に延びた。命じられた時間が過ぎる前に岩を落としたら、鞭《むち》で打たれた。その次は、ブラゼルかレヤードがよしと言うまで、天井から下がっている鎖につかまる実験だった。

初めて唸るような振動音を耳にしたのは、時間終了までに鎖から手を放して床に落ちる失敗が何度も続き、レヤードをかんかんに怒らせてしまったときのことだ。「もう一度試してみようじゃないか。今度はリスクを上げたから、まる一時間持ちこたえられるんじゃないか?」そう言ってレヤードはわたしを六階の窓から外に出し、窓枠につかまらせたのだ。

患者のわたしは、それ以上思い出したくなくて黙りこんでしまった。けれども、もう一度医者の立場に戻って〝次に何が起こったか、話してみて〟と促した。

その日はずっと鎖からぶら下がっていたので、腕にはもう力が残っていなかった。窓枠を掴《つか》んでいる指が汗で濡れ、筋肉は疲労のあまり痙攣《けいれん》し、パニックに陥った。そして、手が滑って指が窓枠から離れたとき、喉の奥から、生まれたての赤ん坊のような泣き声がほとばしった。その悲鳴が空間で変異し、なんらかの物質に転換し、拡張してわたしの全身を包みこんだのだ。まるで、温かい湯に浮かんでいるような感覚だった。

次に気づいたときには、地面に座っていた。さっきまでつかまっていた窓を見上げると、レヤードが興奮した顔つきでわたしを見下ろしていた。いつもは綺麗《きれい》に整っているブロンドの髪を乱したレヤードは、満面に笑みを浮かべ、唇に指を当ててわたしにキスを送った。六階から落ちたのに死ななかった唯一の理由は、魔術だ。いや違う……そんなことは絶対にあり得ない。患者として問診されているわたしは懸命に否定した。ちょうど強い風が吹いていたか、落ちる角度がよかったに違いない。魔術なんかではない。

アンブローズ最高司令官が政権を握って以来、イクシア領では魔術は固く禁じられている。魔術師は疫病の病原菌を運ぶ蚊のように忌み嫌われ、狩られ、囚《とら》われ、処刑された。魔力を持っていると疑われるのは、死刑宣告のようなものだ。生き延びるためには、シティア領に逃げるしかない。

診療所で休んでいるほかの病人たちが、こちらをじろじろと見ている。患者、つまりわたしが興奮状態になってきているからだ。やはり、一度にたくさんの記憶を冷静に分析するのは無理だ。少しずつにしよう。魔術かどうかは、またあとで考えればいい。とにかく、落下では死なず、レヤードはしばらくの間優しくなった。また実験に失敗するようになって、その優しさは消え失せたが。

落ち着きを取り戻すために、天井のひび割れを数えることにした。五十六まで見つけたところで、ヴァレクが現れた。片手に食事をのせたトレイを、別の手には書類フォルダを持っている。

わたしは、湯気を上げているオムレツを疑わしげに見た。

「今度は何を入れたんですか？　睡眠薬？　それとも別の毒？」全身の筋肉がこわばって、起き上がろうとしても起き上がれない。横になったまま皮肉を続けた。「たまには趣向を変えて、明るくなれるものをくれるのはどうですか？」

「君の命を繋《つな》ぐものはどうだ？」

ヴァレクはわたしを起こして座らせ、《蝶の塵》の解毒剤が入ったピペットを渡すと、料理が並んだトレイをわたしの膝の上に置いた。

「睡眠薬はもういらないだろう。ところで、医者の話では、夕食に入っていた睡眠薬の味を識別したらしいな」心なしか、賞賛するような響きがある。「この朝食を試して、最高司令官に食べさせても大丈夫かどうか判断しなさい」

この職に休日はない、という最初のヴァレクの忠告は大げさではなかったようだ。ため息をつきつつ、オムレツの匂いを嗅いだ。異臭はない。オムレツを四つに切り分け、中を覗《のぞ》きこんで異物を探す。それから、それぞれの切片から一部を切り取り、ひとつずつ口に入れてゆっくりと嚙《か》んだ。飲みこんだあとは、異様な後味がないことを確認する。紅茶はまず匂いを嗅ぎ、スプーンでよくかき混ぜて少しすする。口の中で液体をかきまわし、味を確認してから飲み下した。

「最高司令官が紅茶に蜂蜜を入れたくないなら別ですが、問題はないです」

「そう思うなら、食べたまえ」

そう言われて、ひるんだ。これは何かの罠《わな》なのだろうか？　だが、ヴァレクがわたしには教えていない毒を使ったのではない限り、この料理に毒は含まれていない。ヴァレクの視線を感じつつ、自分を信じて食事を綺麗に平らげ、紅茶も最後の一滴まで飲み干した。

「悪くない出来だ。毒は入っていない……今日のところはな」

そこに医療スタッフが別のトレイを持ってきた。オリーブ色の液体が入った白いカップが四つのっていて、ミントのような香りが漂ってくる。ヴァレクは、朝食のトレイを下げて、新しいほうをわたしの目の前に置いた。

「今日は、毒見のテクニックの練習だ。それぞれのカップにはミントティーが入っている。ひとつ選んで味見をしなさい」

一番自分に近いカップを選び、少しすすった。ミントの圧倒的な芳香が口中に充満してむせ返った。

ヴァレクはにやりと笑って尋ねた。

「ほかの味に気づいたか？」

もう一度口に含んだが、ミントの味が強すぎる。

「いいえ」

「では、今度は鼻をしっかりつまんでから試してみなさい」

包帯をした手でなんとか鼻をつまみ、ぎこちなくお茶を飲んだ。耳からぽんっと空気が抜ける。すると、さっきとは全然違う味がするではないか。「甘いです。それにミントの味がまったくしません」鼻詰まりの声がばかげて聞こえたのでつまんでいた指を離すと、とたんにミントの香りが甘さをかき消した。

「そのとおり。それでは、残りの三つを試してみなさい」

三つのカップは、酸味、苦み、塩味をミントが隠していた。

「このテクニックは、どんな食事や飲み物にでも通用する。臭覚を遮断すると、甘み、酸味、苦み、塩味以外の風味が感じられなくなる。毒薬の多くは、この四つの味覚のうちいずれかで判別することができる」

ヴァレクは、フォルダの中身をぱらぱらとめくって、紙を取り出した。

「人間に使う毒薬は、知られているだけで五十二種類ある。これは、すべての毒の名前と味の特徴を記したリストだ」

手渡された毒薬の目録に目を通すと、すでに嗅いだことがあるものがいくつかあった。《マイ・ラブ》は一番上に載っている。このリストさえ読んでいたら、眩暈《めまい》や吐き気、頭痛、そして今でもときおりぶり返す妄想といった毒の後遺症が避けられたのだ。

紙を空中に振りかざして、ヴァレクをなじった。

か？」

「なぜ《マイ・ラブ》を飲ませる代わりに、このリストを渡してくれなかったんです
ヴァレクは、ページをめくっていた手を止めた。

「リストからどれだけ学べると思うんだ？《キャッツガット》は甘いが、どんな甘さなのかわかるか？　蜂蜜のような甘さか？　それとも林檎《りんご》のような甘さか？　甘みにもいろいろな種類がある。それを学ぶには、自分で味わって経験するしかない。このリストを君に渡すのは、最高司令官が、新しい毒見役にすぐ仕事を始めさせるよう命じたからだ」ヴァレクは、フォルダを閉じた。「今これらの毒を試さないからといって、将来味わうことがないという保証はない。リストを暗記しろ。診療所から退院の許可が出たらすぐに君の知識を試す。試験に合格したら最高司令官の毒見役の仕事を始めてもらう」

「もし、合格しなかったら？」

「別の毒見役を新たに訓練することになる」

ヴァレクの声は平坦《へいたん》だったが、ゆるぎなかった。わたしの命は彼にとってその程度の重みしかないのだ。決して気を許さないよう、あらためて心の扉に鍵をかけた。

「ブラゼルは所要であと二週間城に滞在する予定だが、一日中君に護衛をつけておくわけにはいかない。だから、わたしの続き部屋の一室を君の寝室として用意するようにマージに命じておいた。いつ退院の予定なのか、あとで医者に確認しておく」

診療所を出ていくヴァレクの姿をぼんやり眺めた。敏捷《びんしょう》で、優雅な動きだ。それから、そんな考えを振り切るように、わたしは頭を振った。ヴァレクのことを考えている場合ではない。握りしめていた毒薬のリストに目を落とした。手の汗でインクがにじんでいないことを願いつつ、皺になった紙を丁寧に伸ばす。よかった。ちゃんと全部読める。ほっとして、暗記を始めた。

集中していたので、医者が創部を診察に来たのにもほとんど気づかなかった。いつの間にかミントティーのトレイも消えていたということは、それも下げてくれたのだろう。診療所内のすべての動きや雑音を遮断して根を詰めていたから、丸いケーキがのった皿が鼻先に現れたときには驚いて飛び上がりそうになった。

ケーキを差し出しているのはランドだった。機嫌がよさそうだ。

「診療所のおっかないママの目を盗んで、こっそり持ちこんだんだ。遠慮せずにさっさと食べて。ママが戻ってくる前に」

温かいデザートはシナモンの香りがした。上にのっている白いアイシングが溶けて滴り落ちている。持ち上げると、指に甘い液体が粘ついた。ケーキをじっくり観察し、異臭が混じっていないかどうか匂いを嗅いだ。少しだけ齧《かじ》って中を見ると、シナモンと生地が幾層にも重なっている。

「いやだなあ。イレーナ、僕が毒でも盛ったと思っているの？」ランドの表情が歪《ゆが》んだ。

じつはそのとおりだったのだが、素直に認めるとランドを傷つけてしまうだろう。しかし、彼がここに来た動機がよくわからない。優しくて、いい人のようだが、前任の毒見役オスコヴが死んだことに恨みを抱いているかもしれない。一方で、わたしを助けてくれる協力者になる可能性もある。毎日口に入れる料理を作るランドと、料理に毒を入れる忌々しい趣味を持つヴァレクのどちらを味方にするべきだろう?

「ごめんなさい。職業病なの」と言い訳をしたけれど、ランドはまだ不満そうだ。そこで今度はケーキに大口でかぶりついた。「すごくおいしい!」大目に見てもらうために、懸命にランドの自尊心をくすぐった。そのかいあって、ランドの表情が柔らかくなった。

「ね、おいしいだろう? 僕が作った最新のレシピなんだよ。長く伸ばした生地にシナモンをまぶして、くるくる巻いて丸くしてから焼き、熱いうちにアイシングをかけて出来上がり。でも名前をつけるのに迷っているんだ。シナモンケーキ、ボール、それとも渦巻き?」

おしゃべりをいったんやめて、ランドは椅子を持ってきた。曲がらない左脚の位置を何度も変えてようやく落ち着くと、また四方山話《よもやまばなし》をひとりで続けた。

「僕が差し入れしたこと、診療所のママに言ったらだめだよ。自分の患者が、薄めたお粥《かゆ》以外のものを食べるのをすごくいやがるから。お粥のほうが治癒力を高めるって言い張るんだ。そりゃ当然だよ。あんまり不味《まず》いもんだから、みんな、さっさとよくなってここから出ていこうとするんだ」

しゃべりながら両手を振りまわすランドの手首に、火傷《やけど》のあとがいくつかあった。大げさな身振りをするから、同室の患者たちがこちらをちらちら見ている。急にランドがわたしに顔を近づけて、小声で尋ねた。「それで、気分はどうなんだい、イレーナ?」まるで、牛肉の塊を比べて、どれがおいしいローストビーフになりそうか吟味しているような目つきだ。

猜疑心《さいぎしん》が芽生えた。ランドがわたしのことを心配する理由などないはずだ。

「また賭をしたんでしょう?」

ランドはわたしから身を離し、椅子に深くもたれた。

「僕たちはいつだって賭をしてるさ。使用人にとっての娯楽は、賭け事と噂話《うわさばなし》くらいだからね。ほかにすることなんかある?　ブラゼルのならず者たちに君が追いかけられていたときの賭の盛り上がり方はすごかったよ。見せてあげたかったくらいだ」

唖然《あぜん》とした。

「廊下は空っぽだったし、誰も助けに来てくれなかったのに」

「自分には直接関係ない状況にかかわっちゃいけないからだよ。使用人は、絶対にそういうことはしない。僕たちは、暗闇をごそごそ動きまわるゴキブリみたいなもの。光が当たったら、さっと散らばって隠れるんだ」

ランドは、細長い指を広げてゴキブリが分散していく様子を示した。

わたしは、光にさらされた不運なゴキブリというわけだ。近づいてくる靴に踏み潰《つぶ》されないように、常に逃げまわっていなければならない。

「ともかく、君が生き残る可能性は低かったから、ほとんどの奴《やつ》は大負けだった」ランドは劇的に言葉を切ってから続けた。「そして、ほんの一握りの人間が大勝ちしたってわけさ」

「ここに来たところを見ると、大勝ちしたみたいね」

わたしの内心も知らずにランドは笑顔を向けた。

「イレーナ、僕はいつだって君が勝つほうに賭けるよ。君は、最高司令官が飼っているテリア犬みたいなんだ。小さくて、かわいいだけのペットに見えるけれど、一度ズボンに噛みついたら二度と離さない」

「犬に毒入りの肉をやったらいいのに。簡単に厄介払いできるから」

わたしの苦々しい口調に、ランドの笑みが消えた。

「何か心配事でもあるの?」

ヴァレクが予定している毒見の試験をランドが知らないことに驚いた。城中に情報網が張り巡らされているのを考えれば、すでに賭が始まっていないほうが不思議だ。ここで気づかれてはいけない。ランドはおしゃべりだから、少しでも情報を漏らしたら、面倒なことに巻きこまれる。

「別に、これといったことはないけど。ただ、毒見役っていうだけで辛くなるときもあるし」この程度の言い訳でランドが納得してくれるのを祈った。

ランドは頷《うなず》いて、オスコヴが悩んでいたことや新しいレシピの案を、とりとめもなく話し続けた。だが、ヴァレクが部屋に現れたとたん、口をつぐんだ。青ざめて夕食の支度があるとぼそぼそつぶやき、椅子から飛び上がるようにして立った。途中で転びそうになるくらい大慌てで部屋を出ていくランドを、ヴァレクはじっと見ていた。

「なぜ、あいつがここにいるんだ？」

声も表情も平坦だった。けれども、あまりにも静かな立ち姿は、まるで何かに怒っているみたいだ。言葉を注意深く選びながら、ランドが予期せず訪問したことを説明した。

「あいつとは、いつ知り合ったんだ？」

何気ないように尋ねているが、重要な含みがあるのがわかる。

「《マイ・ラブ》の毒から回復したとき、食べるものを探しに厨房《ちゅうぼう》に行ったら、ランドがいたんです」

「ランドの前では、軽はずみな発言はしないように気をつけろ。あれは信用できない男だ。わたしなら配置転換するところだが、最高司令官がどうしても手放さない。料理に関しては天才的だからな。年少のころに国王に才能を認められて以来、愛護され、仕えてきた男だ」

ヴァレクは、凍りつくような目でわたしを見た。ランドとはかかわらないよう忠告しているのだ。だからヴァレクはオスコヴを嫌っていたのかもしれない。国王に忠誠を尽くしていたランドと親しくしたら、わたしも疑いの目で見られるようになるだろう。けれども、ヴァレクの脅しに簡単にひるむのは悔しい。平然とした態度に見えることを願いつつ、堂々と青い瞳を見返した。

ヴァレクが目をそらしたので、心の中で喝采した。わたしにとっては初めての勝利だ。だが、ヴァレクの素っ気ない言葉が、高揚感に冷水を浴びせかけた。

「診療所からの退院は、明日の朝だ。身なりを整えてから、わたしの執務室に来なさい。それから試験だ。たとえ合格しても君は毒見役としてはまだ未熟だと思うが、明日の昼食までに準備させろという最高司令官の命令には逆らえない」ヴァレクは苛立《いらだ》ったように頭を横に振った。「これは近道だ。近道は嫌いなんだが」

「なぜですか? わたしが毒見役になれば、もうあなたが命を危険にさらす必要がなくなるのに」言ったとたんに後悔した。

こちらを見返したヴァレクの視線には、殺気がこもっていた。「経験上、近道はたいてい死をもたらす」

「前任の毒見役が死んだのはそのせいですか?」好奇心を抑えきれずに尋ねた。ヴァレクの答えは、ランドの持論と同じなのだろうか？

「オスコヴのことか？」ヴァレクはしばし口をつぐんでから答えた。「あの男には、それだけの肝がなかっただけだ」

8

次の朝目覚めたとき、ヴァレクから渡された毒のリストをまだ手に握りしめていた。そのまま、医師がやってきて退院を告げるまで、一心不乱に頭に叩《たた》きこんだ。

ドアに向かって歩くと、全身の筋肉が悲鳴をあげた。無味乾燥な診療室を去るのが待ちきれなかったのに、いざ離れるとなると、不安で素直に喜べない。試験のことを考えただけで、ネズミに囓《かじ》られているかのように胃がきりきりと痛む。

診療所の外に兵士がふたり立っているのを見て、ぎくりとした。でも、ブラゼルの軍管区の制服ではない。そこでようやく、ヴァレクが護衛をつけると言っていたことを思い出した。

左右を見渡したが、自分の部屋がどちらの方向にあるのか見当もつかなかった。城で暮らすようになってしばらく経《た》つけれど、いまだに間取りがよくわからない。城を外から一度も見たことがないので、全体がどんな形をしているのか想像できないのだ。

第五軍管区からわたしを運んできた囚人護送用の荷車は、座席もないただの狭い箱だった。通気孔はあったが、檻《おり》に捕らわれた動物そのもののように外を覗《のぞ》きたくはなかった。城に着いたときも、鎖に繋《つな》がれ、身体《からだ》を弄《いじ》られ、地下牢《ちかろう》に引きずられていく苦痛を心から閉め出すために、目を固くつぶっていた。今考えると、逃げ道を考えるために注意を払っておくべきだった。でも、わたしはレヤードを殺したときに、処刑される運命を受け入れたのだ。

護衛に道を聞くのは気が進まないけれど、ほかに術《すべ》がない。しぶしぶ尋ねると、兵士のひとりがわたしの前に、もうひとりが後ろについて、無言で歩き始めた。部屋に到着すると、前にいた護衛がまず中を確かめ、ようやく入室を許された。

衣装箪笥《だんす》にかかっている制服はそのままだった。だが、引き出しにしまっていた日誌が机の上に広げてある。学んだ毒について記録していた日誌を、留守の間に誰かがこっそりと読んでいたらしい。部屋に戻るまでの不安が、固く、冷たい感情に置き換わった。憤りが、さっきまで胃の中で暴れていたネズミも殺した。

日誌を読んだのはヴァレクに違いない。他人の私物を探る不敵さは十分あるし、わたしが悪事を策略していないことを確かめるのは自分の義務だと正当化したのだろう。ヴァレクにとって、わたしはしょせん毒見役にすぎない。プライバシーを守る権利などないと思っているのだ。

日誌と制服を掴《つか》んで浴場に向かった。湯に浸《つ》かっている間も護衛たちは外で待っていたが、遠慮せずにゆっくり時間をかけた。ヴァレクも、試験も、わたしが行くまで待てばいい。彼の命令に黙って従うしか能がない操り人形になるのはごめんだ。ブラゼルの兵士に追われるのも、口に入れる料理のほとんどに毒を盛られるのも、競走馬のように賭の対象にされるのも忌々しいが、ヴァレクに日誌を読まれたのが一番悔しかった。

執務室に到着するやいなや、ヴァレクが高圧的な言葉を口にする前に尋ねた。

「試験はどこですか?」

かすかに面白がるような表情を浮かべると、ヴァレクは机から立ち上がった。そして、流れるように優雅な仕草で腕を広げ、会議用テーブルに二列に並んだ料理と飲み物を示した。

「この中で毒が入っていないものがひとつだけある。探し出して、それを平らげなさい」

すべてを頭から追いやって、毒薬の識別だけに集中した。ひとつひとつ匂いを嗅ぎ、うがいをし、鼻をつまみ、小さな欠片《かけら》を口に入れ、吐き出す。冷めてしまった料理もあった。風味があまりない料理は毒を見つけやすい。だが、フルーツジュースは毒が持つ独自の風味を隠してしまうので難しい。

最後の料理を調べ終え、くるりとヴァレクに向き直った。

「どれにも毒が入っているじゃないですか」なんて卑怯《ひきょう》な手口だろう。こういう罠《わな》を仕掛ける人間だと疑っておくべきだった。

「全部毒が入っているというのは、たしかか？」

「もちろんです。このテーブルにあるものは、どれにも手をつけたくなんかありません」

こちらに近づいてくるヴァレクの視線は無慈悲だった。

「イレーナ。気の毒だが、君は不合格だ」

胸を刺されたような衝撃を覚えて、よろめいた。茫然《ぼうぜん》としてテーブルを振り向き、試した料理のひとつひとつに目をやった。何を見落としたのだろう？　いや、どの毒にも確信がある。

「では、わたしが間違っていることを証明してください」

要求すると、ヴァレクはなんのためらいもなくカップのひとつを手に取った。

「これには毒は入っていない」

そのカップには覚えがある。苦みのある毒が入っていた。

「そう思うなら、飲んでみてください」

ヴァレクの手がわずかに震えた。彼が中の液体を口に含むのを見ながら、唇を噛《か》んだ。わたしの勘違いだったらどうしよう？　苦い毒は隣のカップだったかもしれない。ヴァレクはわたしと目を合わせたまま、舌で液体をかきまわした。それから突然中身を吐き出した。

歓声をあげてヴァレクの周囲を踊りまわりたかった。でも、代わりに冷静に付け加えた。

「《黒苺毒《ブラックベリー・ポイズン》》ですね」

「そのとおりだ」上の空で答えると、ヴァレクは手に持っているカップと、テーブルの上に並ぶ冷たくなった料理の皿を交互に眺めた。

「わたしは合格ですか？」

ヴァレクはまだ何かに気を取られている様子で、無言で頷《うなず》いた。そのまま机に戻り、カップをそっと置き、頭を横に振りながら書類を持ち上げて、読まずにまた元に戻している。

「こういう罠を仕掛ける人だと、最初から疑っておけばよかった。信用したわたしが迂闊《うかつ》でした」

わたしの憤慨した口調に驚いたのか、ヴァレクが目を上げた。その瞬間、黙っていればよかったと後悔した。

「ずいぶん逆上しているようだが、試験が原因ではないようだな。説明しなさい」

「なぜわたしが説明しなければいけないんですか？　説明してほしいのはこっちのほうです。なぜわたしの日誌を読んだんですか？」ついに言ってしまった。

「日誌だって？」ヴァレクは驚いたようにわたしを見た。「そんなものは読んでいない。たとえ読んだとしても、わたしにはその権限があるが」

「わたしの私物を読む権利が、あなたにあるんですか？」

ヴァレクは呆《あき》れはてたような表情になった。言葉が見つからないのか、何度も口を開けては閉じている。

「イレーナ、君は自分で殺人を告白したんだ。血まみれのナイフを持ってレヤードにまたがっているところを捕まったんじゃないか。ところが、殺害した動機を見つけようとして書類に目を通しても、すべての質問に黙秘を貫いたという報告だけだ。何も理由が見当たらない」

ヴァレクはわたしに一歩近づき、声を低めた。

「君がどんな理由で人を殺すのかわからないうちは、いつ、何がきっかけでまた殺人をおかすか予測できない。そういう者を毒見役にしたくはなかったが、『行動規範』に従う義務がある。だから君にこの職を与えたんだ」深く息をついて続けた。「それと、毒見役は毎日のように最高司令官に近い場所で過ごす。君を信頼できると確信するまでは、絶えず監視しておくつもりだ」

それを聞いて、さっきまで煮えたぎっていた怒りがすっかり消えてしまった。わたしがヴァレクを信頼していないのに、ヴァレクが信頼してくれるわけはない。落ち着きを取り戻し、冷静に尋ねた。

「どうすれば、あなたの信頼を得ることができますか？」

「レヤードを殺した理由を教えてくれ」

「あなたにはまだ、わたしの話を信じる心の準備ができていません」

ヴァレクは視線をそらして、テーブルのほうに目をやった。わたしは口を覆った。いったいなぜ、まだなどと言ってしまったのか。まだには、いつかヴァレクがわたしを信じる日が来るという含みがある。なんと甘い考えだろう。

「君の言うとおりだ」

この会話は、これ以上どこにも行かない袋小路にはまりこんだようだ。

「合格したようですから、解毒剤をいただけますか？」

あたかも何もなかったかのように、ヴァレクはピペットに白い液体を吸いこみ始めた。

「次の仕事は何ですか？」解毒剤を受け取りながら尋ねた。

「昼食の毒見だ。また遅刻だぞ」

急《せ》かされたわたしは、大慌てで苦い薬を飲み干した。

謁見室に近づくと、そこから漏れ出したいくつもの声が交じり合って、大広間に響き渡っていた。何事かと思いながら室内に入ると、中でふたりの顧問が議論していた。その背後には士官や兵士が二手に分かれて群がっている。最高司令官は、近くの机にもたれかかって熱心に耳を傾けていた。

どうやら、脱走者を捕らえる最も効率的な方法について討論を交わしているようだ。右のグループは兵士と猟犬を大量に動員する方法を推しているが、左のグループは優秀な兵士数人で十分だと主張している。つまり、力対知性の論争だ。

やりとりは声高だが、感情的ではない。部屋のあちこちに配置されている護衛たちもリラックスしているところを見ると、こういったディスカッションはよくあるのだろう。話題になっているのは実際の脱走者なのだろうか？　それとも戦略を立てるための想定訓練の一部なのか。

ヴァレクは最高司令官の横に立ったが、わたしは彼らの背後で身をすくめた。議論の内容が内容なだけに、つい、兵士たちに狩られる気の毒な脱走者に自分を重ねてしまう。息を切らしながら森を走り抜け、追手が近づく音に耳を澄ます自分を想像した。町で人混みに紛れこむことはできない。町を巡回する役割の兵士は暇だから、ふだん住民の顔を見るくらいしかすることがない。馴染《なじ》みのない顔が現れたらすぐに気づくだろう。

イクシア領では、国民はみな働かねばならない。政権交代の直後、すべての民に職業が与えられた。軍管区内や領内で住む場所を変えることは可能だが、公式の書類が必要だ。現在の上官の転職許可証と新しい職場の役職を証明する書類がなければ、移住の許可は降りない。訪問するだけでも書類が必要で、境界線を越えたところで兵士に証明書を見せなければならない。他所《よそ》の軍管区で見つかったときに書類を持っていない者は逮捕される。

なぜこんなことを知っているかといえば、ブラゼルとレヤードに隔離されていたとき、逃亡することばかり考えていたからだ。実験動物になった身の上を嘆くよりも、自由を夢見るほうが慰めになる。ブラゼルの孤児院以外には友だちも身内もいないので、逃げるなら南の国だと思った。むろん、厳重に警備されている国境を越えられたらの話だが。

シティア領にこっそりと逃げこみ、優しい家族を見つけて養子に引き取ってもらい、誰かと恋に落ちることをよく夢想したものだ。陳腐で感傷的で、あり得ないことだけれど、甘ったるい夢だけが心の支えだった。毎日、実験が始まると、わたしはシティア領のことを考えた。シティアに行って、鮮やかな色や優しい仕草や、親切な人を見つけよう。そう空想することで、レヤードに課せられる試練を乗りきった。

だが、たとえ逃げるチャンスがあっても実行に移したかどうかはわからない。血の繋がりがある家族はいなくても、ブラゼルの孤児院に住んでいる孤児たちがわたしの弟であり、妹であり、子どもだった。一緒に遊び、学び、面倒を見た家族を置き去りにしてひとりだけ逃げることなんかできない。メイやカーラがわたしの身代わりになるのは、想像するだけで耐え難かった。

頭を現実に引き戻すために、血が出るほど強く指を噛んだ。わたしはブラゼルから逃げおおせたが、あの男が二週間後に第五軍管区に戻ったら、きっと、また別のネズミを使って実験を続けるに違いない。それが誰であろうと不憫《ふびん》でならない。レヤードから救ってやることができたのが、唯一の慰めだ。

口から手を離して噛んだ場所を調べた。あまり深くないから傷は残らないだろう。わたしの手には、指の先からつけ根まで半円形の瘢痕《はんこん》が連なっている。ふと目を上げると、ヴァレクがわたしの手をまじまじと見ていた。慌てて手を後ろに組んで隠した。

最高司令官が手を上げて合図すると、即座に喧騒《けんそう》が静まった。

「どちらにも優れた論点がある。ふたつのチームに分かれて、どちらが有効かを試す実験をしよう」

最高司令官は、討論していたふたりの顧問を指差した。

「おまえたちふたりが指揮官になり、必要な人員を採用してチームを作り、脱走者捕獲の戦略を練りなさい。逃亡役は、ヴァレクが特別部隊の中から適任を選ぶ。準備期間は二週間だ」

最高司令官が司令官室に向かって歩き出すと、みな、いっせいに話し始めた。そのあとについてヴァレクとともに司令官室に入ると、ヴァレクはドアを閉じてざわめきを締め出した。

「マロックがシティアに逃げたことをまだ気にしているんですか？」

ヴァレクの問いに、最高司令官は顔をしかめた。

「そうだ。あの追跡はずさんだった。マロックは、おまえが第八軍管区にいて、ここにいないのを知っていたに違いない。おまえの代わりになるような優秀な部下を何人か育ててくれないと困るじゃないか」

ヴァレクは冗談っぽく大げさに傷ついたふりをした。

「そんなことをしたら、わたしが不用になってしまうではありませんか」

最高司令官はちらりと笑みを浮かべたが、ようやくそのとき部屋の端でもじもじしているわたしに気づいたようだ。

「これは驚きだ。ヴァレク、新任が賢いというおまえの意見は正しかったみたいだな。試験にちゃんと合格したようじゃないか」それからわたしのほうを向いて命じた。「こちらに来なさい」

緊張で早鐘のように打つ心臓とは裏腹に、足は最高司令官の命令に従って勝手に動いた。

「公式毒見役は、わたしの朝食と一緒に出勤しなければならない。朝食のときに一日の予定表を渡すので、飲食の機会があるときには、必ずその場に居合わせること。遅刻は許さない。わかったかね？」

「かしこまりました」身を正して答えた。

最高司令官は、今度はヴァレクに目をやった。

「今度の毒見役はか弱そうだな。体力のほうは大丈夫なのか？」

「ご心配なく」

最高司令官はヴァレクに保証されても納得しかねるようで、黄金の瞳が思案するようにヴァレクとわたしの間を行ったり来たりしている。わたしを首にする口実を探そうとしているのだろうか？　そうでないことを、必死で祈った。

「まあ、いいだろう。ヴァレク、今日は昼食を抜いたので早めの夕食を一緒にとろう。イレーナ、おまえは明日の朝からわたしの毒見役として働きはじめるように」

「かしこまりました」わたしとヴァレクは同時に答えて退室した。

ヴァレクの執務室に立ち寄って、替えの制服と日誌を取り、一緒に城の中央部にある彼の住居に向かった。途中、廊下の壁を見ていたら、色が明るいところと暗いところがあるのに気づいた。かつて絵がかかっていた場所は、石壁が汚れていないから明るく見えるのだ。明るい部分が圧倒的に多いことが、外された絵画の数の膨大さを示している。執務室や兵舎に変えられた、味気ない大きな部屋もいくつかある。

実用主義で、厳格な規律を重んじる最高司令官の好みのせいで、城は魂を抜かれてしまったみたいだ。残ったのは、実利的な目的を果たすように変貌させられた石の屍《しかばね》だ。

わたしは幼すぎて、政権交代以前の国民の生活がどのようなものだったかは覚えていない。ただ、王家が堕落していて国民が不幸だったということは、ブラゼルの孤児院で習った。政権交代は戦争というよりも、乗っ取りのようなものだった。王に仕えていた軍人のほとんどは、そのまま最高司令官への忠誠に切り替えた。技能や努力ではなく、賄賂やコネで出世が決まることに不満を覚えていた者が多かったのだ。それに、王や貴族の機嫌を損ねた者を処刑するよう命じられるのも、軍人たちにとっては苦々しいことだった。

男女同権を求める女たちも最高司令官の革命運動に加わり、優れたスパイになった。そして、ヴァレクは国王を支持する主要人物を次々に暗殺した。だから国王が軍の招集をかけたときに誰も現れず、最高司令官は戦争をせずに城と政権を奪うことができたのだ。貴族のほとんどは殺されたが、シティアに逃げおおせた者もいる。

目の前にどっしりとした木製の開き戸が現れた。ヴァレクは両脇に立っている護衛にわたしを紹介し、いつでも自由に入室させるよう指示した。入ったところには小さな玄関ホールがあり、ドアがふたつ並んでいる。ヴァレクは、左側のドアが最高司令官の居住区に繋がっていることを説明してから、もうひとつのドアの鍵を開けた。ヴァレクが住んでいるのは、いくつもの部屋がある大きな居住区だった。薄暗い廊下から足を踏み入れたので、L字型の居間の明るさに驚いた。縞《しま》のように細長い窓がいくつもあり、そこから太陽の光が差しこんでいる。部屋の隅とテーブルの上には本の山があり、白や色とりどりの水晶が混じった手のひらサイズの灰色の石があちこちに散らばっていた。

動物や花の形をした小さな黒い彫刻には、銀の斑点が光っている。よく見ると、部屋中に彫刻があった。ヴァレクの執務室に置かれていた黒い豹《ひょう》のように、いずれも繊細で、きめ細かく彫られている。

壁にはいくつもの武器がかかっている。もう何年も使われていない埃《ほこり》だらけの骨董品《こっとうひん》もあれば、ぴかぴかの新品もある。その中のひとつ、細長い刀には、まだ鮮血がついていた。真っ赤な液体が陽光の中で鮮やかに光っている。それを見て、背筋が凍った。哀れな犠牲者は誰なのだろう？

入ってすぐ左手に階段があり、居間の右の壁にはドアが三つある。ヴァレクは一番右側のドアを指差した。

「ブラゼルが城を離れるまでは、その部屋が君の寝室代わりだ。少し寝なさい」それから長椅子《カウチ》の脇にある小卓から本を三冊取り上げた。「わたしが戻ってくるまで外には出ないように。夕食はあとで持ってくる」いったん外に出かけたヴァレクは、もう一度戻ってきて付け足した。「わたしが出たら、部屋に錠をかけなさい。ここにいる限りは安全だ」

安全？　とんでもない。掛け金をかけながら思った。解錠の仕方を少しでも知っている者なら誰でも侵入できるし、いったん部屋に入ったら、ここにある武器を使って簡単にわたしを殺せる。そう思いながら壁にかかっている武器をつぶさに見て、ほっとした。壁にしっかりと固定してある。念のために鎚矛《つちほこ》を引っ張ってみたが、びくともしなかった。

なぜか、わたしの部屋の前にだけガラクタの山がある。中に入ってその理由がわかった。埃だらけの部屋で、床の四角い一箇所だけが綺麗《きれい》なのだ。マージは、物置として使われていた部屋から不要品の一部を移動しただけで任務完了と決めたのだろう。ベッドも机も引き出しも、分厚い埃がたまったままだ。

敵意を見せつけるために、わざと手抜き仕事をしているのだ。しばらくマージを避けたほうが賢明だろう。

シーツも布団も不衛生で、カビ臭い匂いが充満している。埃でくしゃみが出た。小さな窓があるので、苦労したあげくなんとか開けて、外の空気を入れた。

家具は高価な黒檀《こくたん》でできていた。椅子の脚や箪笥には、細かい木の葉や蔦《つた》の柄が彫りこまれている。ベッドのヘッドボードの埃を拭うと、花に蝶《ちょう》が戯れる優美な花園の風景が現れた。

汚れたシーツと布団をはがして、マットレスの上に直接寝転がった。そこから机に目をやって、ぎくりとした。これまでマージのことを不機嫌なだけで無害な人物だと思っていたけれど、それを見て、考えがすっかり変わった。

机の上の埃に、指でメッセージが書いてあった。

〈人殺し。絞首台が待ってるぞ〉

9

はじかれたようにベッドから飛び起きた。メッセージが見えなくなっても、心の乱れはおさまらない。次々に恐ろしい最悪のシナリオが浮かんできて、心臓が早鐘のように打つ。マージは警告しているのか、脅しているのか？　わたしをブラゼルの兵士に売り渡して、賭で負けたお金を取り戻そうとでもいうのか。

いや、考えすぎだ。落ち着こう。これまでの態度や耳にした噂《うわさ》から想像すると、マージはわたしのせいで仕事が増えたことに腹を立て、八つ当たりしているのだろう。わたしを震え上がらせて悦に入りたいのだ。だからこんな子どもじみたいやがらせは、気にしないか、気がついていないふりをするのが得策だ。今考えると、日誌を読んだのもマージに違いない。わたしを動揺させようとして、わざと机の上に広げておいたのだろう。

ヴァレクは休むように言ったけれど、神経が尖《とが》って眠れない。部屋を出て、居間に戻った。自分の本能を信じ、ほかの誰も信用してはならない。マージのいやがらせで、あらためてその思いを強くした。自分だけを信じよう。そうすれば、悩み事は毒見と、ブラゼルを避けることだけになる。

だが言うのは簡単でも、物事はそれほど単純ではないし、わたしはそんなに強くない。ブラゼルとレヤードのおかげで、無垢《むく》な心も、他人を無条件に信じる純真さも失った。ただ、心を許せる友に出会う夢はいまだに捨てきれないでいる。

ドブネズミでさえ、ほかのドブネズミが必要だということだろう。わたしにはドブネズミの気持ちがわかる。捕らわれるのではないかと怯《おび》えながら闇をこそこそと走りまわり、毒入りの罠《わな》ではないかと食べ物の匂いを嗅ぐところまでそっくりなのだから。

今のところは翌日まで生き延びることだけが目標だけれど、いつか、逃げ出す方法を見つけてやる。知識は力なり。当分は静観し、耳を澄まし、できる限りのことを学ぼう。まずはヴァレクの居間からだ。あちこちのテーブルに無造作に置いてある石をひとつ手に取り、部屋の調査を始めた。ヴァレクが罠を仕掛けているかもしれないので、表面だけ調べることにする。

毒についての教書があったので好奇心をそそられたが、中身は暗殺と陰謀に関することだった。ぼろぼろになった革製本のいくつかは、わたしには読めない古代文字で書かれている。ヴァレクは古文書の蒐集家《しゅうしゅうか》なのだろうか？　あるいは、前国王の図書室から盗みだしたのか。

階段の下にたどり着いたとき、右脇の壁にかかっている額縁に城の見取り図が挟まっているのに気づいた。ようやく役立つものを見つけた。これまでぼんやりしていた城の構造が、図を見て霧が晴れたように理解できた。

二階の探索はあとまわしにして日誌を取ってきた。目につくところにおおっぴらに掲げてあったものだから、ヴァレクは気にしないだろう。それどころか、いちいち道順を尋ねられなくなって、かえって喜ぶかもしれない。長椅子《カウチ》にのっているものを移動して場所を空け、そこに落ち着くと見取り図を日誌に写し始めた。

ぎくりとして目覚めた。日誌が床に落ちる音が響く。

蝋燭《ろうそく》の灯火《ともしび》に瞬《まばた》きしながら慌ててあたりを見渡した。ドブネズミが壁から溢《あふ》れ出して床を覆い、わたしに群がってくる夢を見ていたのだ。夥《おびただ》しい数の鋭い歯に服や皮膚や髪を噛《か》まれる感覚が、まだ残っている。

思い出して身震いした。夢だとわかっていても、反射的に床から足を浮かしてネズミの姿を探してしまう。ネズミはいない。その代わりに、ヴァレクが居間を歩きまわって角灯《ランタン》に火をともしていた。

ヴァレクの姿を眺めながら、彼もドブネズミ仲間なのだろうかと考えた。いや、絶対に齧歯類《げっしるい》ではない。猫だ。それも、ふつうの家猫ではなく、雪豹《ゆきひょう》。イクシア領で最も狩猟能力が高い肉食獣。名前のとおり雪のように真っ白で、大型犬の二倍もある。敏捷《びんしょう》で、身のこなしが軽く、襲われたら命はない。獲物は、自分が狙われていることに気づく前に殺されてしまう。一年中雪が溶けない北部に生息しているが、食料が乏しくなると、南部に姿を現すこともある。

　知られる限り、これまで誰ひとりとして雪豹を仕留めたことがない。猟師の匂いを遠くから嗅ぎつけるのか、音に敏感なのか、剣を使えるほどの距離には近づかないのだ。弓矢を使っても、弦が鳴った瞬間には稲妻のような素早さで走り去ってしまう。北の住民にできることは、餌をやり、人里から離れた氷原にとどまってくれるよう祈るだけだ。

　明かりをつけ終わると、ヴァレクは振り向いた。

「寝室が使えない理由でもあるのか？」

「眠れなかっただけです」

「なるほど」ヴァレクは冗談でも聞いたかのように鼻で笑い、食べ物がのったトレイをわたしに手渡した。「すまない。仕事が長引いたので夕食が冷めてしまった」

　無意識のうちに、匂いを嗅ぎ、うがいをする毒見のテクニックで食べていた。ヴァレクが気を悪くしていないか横目で探ったが、そんなことはなかった。不機嫌どころか、さっきの面白がるような笑みを浮かべている。食べながら、この部屋の鍵を持っている者がほかにいるかどうか尋ねた。

「最高司令官とマージだけだ。これで安心してゆっくり眠れるか？」

質問を無視してさらに質問した。

「マージは、あなた専属の家政婦なんですか？」

「わたしと最高司令官の両方に仕えている。信用できる人物でなければならないし、顔や身体《からだ》に特徴があって、一目で印象に残ることも重要だ。マージは政権交代の前から運動に加わっていたから、忠誠心には疑いの余地がなかった」

ヴァレクはいったん机に向かったが、椅子をくるりとこちらに向けた。

「作戦司令室に行ったときのことを覚えているか？」

いきなり話題が変わったことに戸惑いながら頷《うなず》いた。

「将軍が三人同席していただろう。ブラゼル以外のふたりが誰だかわかるか？」

「テッソとハザールです」正解を言えることを誇りに思いつつ答えた。

「それぞれの特徴を説明できるか？　髪の色はどうだ？　目の形と色は？」

思い出そうとして、戸惑った。将軍の制服を着ていたことは覚えている。それから昼食を食べていたことも。でも、それ以上の記憶はあやふやだ。わたしは首を振った。

「テッソ将軍には髭《ひげ》があったような気がします」

「君は、制服で将軍を識別し、顔の詳細は観察しなかった。違うか？」

「当たっています」

「そうだと思った。制服着用義務の問題は、そこにあるんだ。人間を怠惰にする。護衛は、家政婦の制服を見ると城で働いている者だと思いこむ。だから、外部から簡単に侵入できてしまう。わたしが忠誠心を確信した者だけで最高司令官を取り囲んでいるのは、そのためだ。マージにしか最高司令官とわたしの住居と公務室の掃除をさせないのも、同じ理由だ」

まるで、教室に戻ったような気分にさせられるやりとりだ。「国王に仕えていた使用人を全部解雇して、革命運動の同志だけを使えばいいじゃないですか」

「顧問や重職に就いているのは政権交代前に運動に加わった平民だが、現在の軍隊の半分以上は、かつて国王のもとで働いていた兵士なんだ。国王の使用人の一部には、乗っ取りの前からすでに賃金を渡していたし、ほかの者も、最高司令官が権力を得てからは給料が倍になった。稼ぎがいいほうが使用人は不満を抱かないからな」

「城で働いている人間は、全員給料をもらえるんですか？」

「そうだ」

「毒見役も？」

「毒見役には給与は出ない」

「なぜですか？」

ヴァレクが給料の話題を持ち出すまでは考えもしなかったのに、急に気になった。

「毒見役には前払いしているからだ。君の命の値段はいくらだと思う？」

10

ヴァレクは、わたしの答えを待たずに机に向かった。

ヴァレクの言い分はもっともだ。それ以上尋ねることもないので、黙って冷えきった料理を食べ終えた。トレイを脇に置いて部屋に戻ろうとしたとき、ヴァレクがくるりと振り向いた。

「金を何に使うつもりだ？」

「櫛《くし》と寝間着を買って、あとは、もし祭りに行けたらと」

欲しいものがすらすらと出てきて自分でも驚いた。寝間着が欲しいのは、制服のままで寝るのにうんざりしているからだ。かといって、下着のままで寝ると真夜中に廊下で追いかけられたときに困る。そして、年に一度の火祭《ファイア・フェスティバル》がもうじきやってくる。

最高司令官はすべての宗教を禁じたが、市民の士気を上げるための祭りは奨励した。とはいえ、許可されている祭りは火祭と氷祭《アイス・フェスティバル》だけだ。

アーティストや工芸職人が作品を展示する氷祭は、暖炉の前で手工芸品を作るほかにはなんの楽しみもない寒い季節のもので、火祭に比べると規模が小さい、地方単位のイベントだ。去年の氷祭には、わたしは地下牢《ちかろう》に閉じこめられていたので行けなかった。

火祭は暑い季節に催される大規模な移動式カーニバルで、夏が短い北の町からスタートして南下する。城に火祭が来るのは真夏。カーニバルに加えて催し物や各種コンテストが一週間続く。できることなら火祭に行きたい。午後はヴァレクから毒見の技術を学ぶ予定だけれど、訓練と最高司令官の食事以外の時間は自由に使ってもいいはずだ。

火祭には子ども時代の楽しい思い出がたくさん詰まっている。ブラゼルの館に住む孤児が一番楽しみにしていた催しで、わずかだがブラゼルが小遣いをくれたので毎年行った。それぞれが得意分野のコンテストに出場するために練習を積み、参加費が払えるように小遣いを貯《た》めたものだった。一年で一番楽しみだった火祭……でも、わたしがレヤードを殺したのも去年の火祭のさなかだった。

ヴァレクの事務的な声がわたしを現実に引き戻した。

「寝間着は裁縫師のディラナに頼めばいい。制服と一緒に渡すことになっていたはずだ。そのほかのものについては、あるもので間に合わせるしかないな」

火祭などもってのほかだということだろう。これが、わたしの新しい人生なのだ。かりに火祭を見ることができたとしても、昔のように屋台でぶどう酒や鶏《とり》の串焼きを買う楽しみはもう味わえない。

ため息をつきながら日誌を取り上げて部屋に戻った。窓から吹きこむ暖かい乾いた空気が頬を撫《な》でつける。埃《ほこり》を払ったが、マージのメッセージの半分は残しておいた。いやがらせにしても、なかば真実だ。実際に絞首台が待ち構えているし、わたしにはふつうの人生を送る望みはない。うっかり気を緩めないためにも、マージの警告は役に立つ。首を吊《つ》られて死ぬことはないかもしれないが、絞首台にかかる忌まわしいロープのイメージは、常に脳裏にこびりついている。わたしの運命は、毒見に失敗してお役御免になって殺されるか、最高司令官暗殺を阻止して毒死するかのどちらかなのだ。

翌朝、裁縫室に行くと、ディラナは鼻歌を歌いながら縫い物をしていた。朝日を浴びて、ブロンドの巻き毛が輝いている。なんだか入りづらくなって、部屋の外でたたずんでいた。仕事の邪魔をしたくなかったので踵《きびす》を返したら、呼び止められた。

「そこにいるの、もしかしてイレーナ？」

戸口に戻ると、ディラナは笑顔でこちらを見ている。「やっぱり。さあ、中に入って。あなたならいつだって大歓迎よ」縫い物を脇に置き、隣の椅子を軽く叩《たた》いて座るように促した。

日だまりの中に足を踏み入れると、ディラナは驚いたように目を見開いた。

「また痩せたんじゃないの？　わたしが持っている最上級の絹糸くらい細いわ。さあ、遠慮せずに座りなさい。何か食べるものを持ってくるから、ちょっと待って」

断ったが、ディラナは聞く耳も持たずにバターがついた大きなパンの塊を持ってきた。

「ランドが、焼きたての蜂蜜パンを毎朝持ってきてくれるのよ」

そう話すディラナの褐色の目は愛情たっぷりに輝いている。そのうえ、飢えているわたしがちゃんとパンを食べるのを見届けるつもりらしい。毒見をしたいけれど、これではこっそりできない。ディラナの気持ちを傷つけたくなかったので、口一杯に頬張った。それを見て、ようやく満足してくれたようだ。

「それで、用件は何かしら?」

パンを食べながら、寝間着のことを尋ねた。

「まあ。わたしったら、そんなに大事なことを忘れていたのね！　ごめんなさい」やにわに立ち上がると、部屋中を走りまわっていろいろなものをかき集め始めた。

「ディラナ、そんなにたくさんのものは必要ないから」わたしは慌てて止めた。

「どうしてもっと早く来なかったの？　マージも何か言ってくれればよかったのに」

ディラナは本当に失敗を気にしているようだ。

「マージは……」と言いかけてやめた。ディラナがマージのことをどう思っているのかわからない。もしかすると友だちかもしれない。

「マージは、いつも不機嫌で、卑劣で、性悪の鬼婆《おにばば》よ」ディラナは堂々と言いきった。

その言葉にびっくりして目をぱちくりさせていると、彼女は平然と続けた。

「新入りというだけで嫌うし、わたしたちにとっても疫病神みたいなものよ」

「でも、あなたには親切だったようだけれど」

「わたしもここで仕事を始めたときには、何週間もしつこくいやがらせをされたのよ。そこで、ある日部屋に忍びこんでスカートのウエストを全部縮めてやったの。マージったら、それに気づくのに二週間もかかったのよ。その間、スカートがきついのをずっと我慢していたんだから」ディラナは笑いながら、わたしの隣に座った。「マージは裁縫が全然できないの。だからプライドをぐっと抑えてわたしに助けを求めたわけ。それ以来、わたしを丁重に扱うようになったのよ」

ディラナは、両手でわたしの手を取った。

「かわいそうに、あなたはマージの新しい標的なのよ。でも、くよくよしたらだめ。マージが意地悪をしたら、即座にやり返すの。あなたがたやすい餌食じゃないとわかったら、興味を失ってくれるから」

こんなに愛くるしい女性がやり返すなんて信じられなかったけれど、よく見ると、笑顔にいたずらっぽいところがある。

ディラナは、たくさんの寝間着の上に、色とりどりのリボンをのせた。なんのためだろうと思っていたら、無言の質問に答えてくれた。

「火祭のときに使って。あなたのきれいな黒髪がきっと引き立つわ」

公式の毒見役として働き始めて十日が経《た》ち、ようやく最高司令官に近づいても、緊張で胃が痙攣《けいれん》することがなくなってきた。その日も昼食の毒見を終えいっときの平和を満喫していたのに、最高司令官と一緒に昼食をとる予定のヴァレクが到着して、台無しにしてしまった。

最高司令官は、間髪を置かずにヴァレクに質問した。

「演習用の脱走者は見つけたか？」

「はい。この役割にぴったりの者がいます」そう答えると、ヴァレクは最高司令官の向かいの席についた。

「誰だ？」

「イレーナです」

「なんですって？」毒見役に徹して会話を聞いていないふりをしていたのをすっかり忘れ、大声で叫んでしまった。

「説明してくれ」最高司令官は憮然《ぶぜん》としている。

予想どおりだったのか、それを見たヴァレクはにやりと笑った。

「わたしの部下たちは、敵に捕らえられないよう特別に訓練されています。特殊部隊の一員を脱走者に使うのは捜索する者に不公平でしょう。適度に困難なレベルの演習にするには、追手をかわす技術を学んだことがなく、しかも、すぐに捕まらないだけの知恵がある者が必要です」

ヴァレクは立ち上がって説明を続けた。「脱走者役には、なるべく長く逃げ続けてもらわねばなりません。けれども、最終的には城に戻ってくる強い動機が必要なので囚人は使えないし、使用人には、逃亡に必要な想像力を持つ者がいません。女医も候補として考えたのですが、事故や怪我《けが》などの緊急事態のためにも城に残すべきです。最高司令官直属の兵士を使うことを考慮したときに、イレーナのことを思いついたのです」

ヴァレクはわたしのほうを手で示した。

「まず、彼女は利発です。そして、真剣に演習に取り組み、なおかつ城に戻ってくる、強い動機があります」

「動機とはなんだ?」最高司令官が尋ねた。

「毒見役には給与がありません。ですから、この特別な職務や、将来同じような仕事をしたときに報酬があれば動機になります。捕まらない時間が長くなるほど受け取る報酬が多くなれば、努力もするはずです。城に戻る動機のほうは説明の必要がないでしょう」

最後の部分は、わたしに向けられた言葉だ。《蝶の塵》の解毒剤なしには、二日と生き延びることができない。翌朝までにわたしが戻ってこなかったら、脱走者ではなく死骸を捜すことになる。

「わたしが断ったらどうするんですか?」ヴァレクに尋ねてみた。

「兵士を雇うだけのことだが、がっかりはするだろうな。君なら、こういう挑戦を歓迎すると思ったんだが」

「でも――」

「もうよい!」最高司令官は冷淡にわたしを遮って、ヴァレクを見た。「いくらなんでも、奇抜すぎるじゃないか」

「そこが肝心なところなんです。兵士は、ほかの兵士が予測できる動きをするものです。けれども、イレーナの動きは誰にも読めない」

「おまえになら読めるだろう。だが、脱走者捕獲の計画を立てた者たちは、そんなに鋭敏ではない。そもそもこれは、おまえの助手になれる者を探すために提案した演習なんだぞ。気に入る者を探しているのはわかっているが、じきに見つかるとは思えない。もうそんなに待てないんだよ。今、必要なんだ」最高司令官は、深いため息をついた。これまで見た中で一番感情的な仕草だった。「ヴァレク、なぜおまえは、助手をつけろというわたしの命令に背き続ける?」

「これまであなたが選んだ候補者たちに賛成できなかったからですよ。ふさわしい人間が見つかれば、全力を尽くして訓練すると約束します」

最高司令官は、わたしが掲げていた昼食のトレイを受け取ると、熱い紅茶を持ってくるよう命じた。ふたりきりで討論するために追い払う口実だということは明らかだったが、喜んで命令に従った。

厨房《ちゅうぼう》に向かう途中、ヴァレクが提案した任務についてじっくりと考えてみた。最初に聞いたときは、とんでもないと思った。これ以上、面倒なことに巻きこまれたくはない。けれども、追手を煙に巻くという挑戦や、小遣いを稼ぐことを考えるにつれ、演習が魅力的に見えてきた。厨房に着いたときには、ヴァレクが最高司令官を説得してくれることを願っていた。何よりも、城の外で一日を過ごせるのが楽しみだ。脱走者の役割から学んだことが役立つときが来るかもしれない。

わたしの姿を見たランドが飛んできた。口のあたりが不安そうに引きつっている。

「料理に何か問題でもあったのかい？」

「いいえ、熱い紅茶を持ってくるように言われただけ」

安堵《あんど》でランドの表情が和らいだ。どうしてそんなに料理の出来を気にするのだろう？以前、不味《まず》い食事を作ることで最高司令官に反抗したのだろうか？　でも、すぐにその想像を打ち消した。調理の腕にプライドを持っているランドが、出来の悪い料理を出すなんてあり得ない。最高司令官とランドの間に何かわだかまりがあるとしたら、料理以外のことだ。

興味はあったが、口をつぐんだままでいた。ランドとはまだ友だちと言える仲ではない。人に知られたくない過去について尋ねたら、今後ぎくしゃくした関係になるかもしれない。ランドと知り合って二週間近く経つが、まだ、どんな人物なのか掴《つか》みきれないでいる。彼の気分はなんの前触れもなく、突然変わる。おしゃべりが好きで、しかも話すのは自分のことばかり。たまには質問もしてくるけれど、最後まで答えを聞かずにまた口を開くので、本当に興味があるのかどうかわからない。

ランドはおもむろに、本棚のようなケーキクーラーの上にのった白いケーキを取り出してきた。

「せっかく来たんだから、ちょっと味見してよ。感想を聞かせて」

ホイップクリームがのったケーキの中は、バニラ風味のスポンジとラズベリークリームが何層も重なっていた。最初の一口で毒見をしたのを気づかれないように注意した。

「香りの組み合わせがいいわね」

「でも、まだ完璧じゃないだろ？　どこに問題があるのか考えてるんだけど、いまひとつ突き止められないんだ」

「クリームがちょっと甘すぎるんじゃないかな」もう一切れ食べて付け加えた。「ケーキのスポンジは、もう少ししっとりしていたほうがいいかも」

「もう一度やり直してみるよ。今夜また戻ってきてくれる？」

「どうして?」

「専門家の意見を聞きたいからさ。このケーキを明日の火祭のコンテストに出すつもりなんだ。祭りには行くんだろう?」

「行けるかどうか、まだわからない」

報酬の使い道をヴァレクに話したとき、火祭に行ってはならないとは言わなかった。

「厨房の仲間で集まって行くんだけど、君もよかったら一緒においでよ」

「ありがとう。行けることになったらね」

最高司令官の執務室に戻る途中、いやなことを思い出した。わたしがヴァレクの続き部屋に移ったのは、城にいるブラゼル将軍と衛兵たちから身を守るためだ。ブラゼルたちが第五軍管区に向けて発《た》つのは火祭のあとだから、演習のときにはまだここにいるということになる。脱走者役がわたしだとブラゼルが嗅ぎつけたらどうなるだろう。それに、火祭でばったりでくわすかもしれない。

やはり、ブラゼルが去るまで城の中にとどまったほうが安全だ。ヴァレクの提案も、ランドの誘いも断ろう。

せっかくそう決めたのに、最高司令官に紅茶を届けたときには、すでにヴァレクが討論に勝っていた。わたしに口を挟む隙も与えず、ヴァレクは報酬について説明した。一日逃げおおせたら、報奨金が多額になるという。

ヴァレクは最高司令官に尋ねた。「演習は火祭の最中に予定されていますが、兵士にとって忙しい時期です。延期しますか？」

「いや、その必要はない。祭りの混雑で捜索が難しくなるほうが、訓練のためにはいい」

「そういうことだ、イレーナ。準備には数日しかないが、公平と言えば公平だ。あらかじめ逃亡ルートを計画する囚人もいれば、チャンスに飛びついて逃げる者もいるだろうし。ところで、この挑戦を受ける気はあるか？」ヴァレクが尋ねた。

「はい」理性では断るつもりでいたのに、言葉が先に出ていた。「ブラゼル将軍に知らせないと約束していただければ」

「君の安全を考慮していることは、わたしの住居に住まわせていることで十分明らかだと思っていたが」ヴァレクの声は不機嫌そうだった。どうやら、彼を侮辱してしまったようだ。

ランドの感情を傷つけたときにはすぐに取り繕ったけれど、ヴァレクの場合には、さらに苛立《いらだ》たせる言葉をかけたくなった。でも残念なことに、いい台詞《せりふ》がすぐに浮かんでこない。

アンブローズ最高司令官が割りこんできた。

「ブラゼルといえば、今日、贈り物を持ってきたよ。料理人が作った新しいデザートで、わたしの好みじゃないかと言っていた」

最高司令官が取り出した木の箱には、四角い形をした茶色の塊が、煉瓦《れんが》のようにぎっしりと積み上げられていた。表面は滑らかで光沢があるが、切り口はぎざぎざしていて薄片がはがれ落ちている。

ヴァレクは一個つまみ上げて匂いを嗅いだ。

「まさか、口にしていないでしょうね」

「いくらブラゼルとはいえ、毒を盛るほどあからさまなことはしないだろう。だが、食べてはいない」

ヴァレクは箱をわたしに手渡した。

「イレーナ、無作為にいくつか選んで毒見をしなさい」

命じられたように箱のいろいろな場所から塊を四つ選んだ。どれも親指程度のサイズで、四つ全部がすっぽりと手のひらにおさまる。デザートだと言われなければ、蝋《ろう》だと思っただろう。爪を当てるとあとがつき、つまんだ指にわずかに脂っぽい感じが残った。

口に入れるのは気が引けた。ブラゼルが持ってきたものだし、館の料理人は新しいメニューを発案するような者ではなかった。けれども、不安を押しやった。命令に従うほかはない。

見かけが蝋燭《ろうそく》なので、味もそんな感じを想像していた。固いキューブを噛《か》むと口の中でぼろぼろに砕けるだろうと思ったのだが、そうではなかった。わたしの表情の変化を見た最高司令官が腰を上げた。口の中に広がる感覚に陶酔して、言葉にならない。

デザートは、粉々になる代わりに口の中で溶けた。そのとたん、あらゆる味覚が舌を包む。甘み、苦み、木の実や果物のような香りが次々と現れ、ひとつの味を識別したと思うと、まったく別の味が見つかる。こんな味は初めてだ。気づいたら、四つ全部を平らげていた。それでも物足りなくて、もっと欲しかった。

「信じられない。これはいったいなんですか？」

ヴァレクと最高司令官は、不思議そうに顔を見合わせた。

最高司令官が答えた。「ブラゼルは、クリオロと呼んでいたが……なぜだ？　毒でも入っているのか？」

「いいえ、毒は入っていません。ただ、なんというか……」自分が体験したことをきちんと伝える言葉を思いつかなかった。「とにかく、試してみてください」と言うのが精一杯だった。

キューブを齧《かじ》った最高司令官の目が大きく見開かれ、驚いたように眉が吊り上がった。消えてゆく味覚のすべてを捉えようとして、舌が唇と歯の間を動きまわっている。そして、すぐさま次の塊に手を出した。

なのに、ひとつ味見をしたヴァレクは、平然と手についた茶色い粉を拭っている。

「甘いな。風変わりだが、どことい って特別な味じゃない」

今度は、わたしと最高司令官が目を見合わせる番だった。

ヴァレクと違って、アンブローズ最高司令官はおいしいものに目がない。優れた味を口にしたら、それに気づく人だ。


「あのドブネズミは一時間ももたないと賭けていいよ」

厨房に入ろうとしたとき、ドア越しにマージのくぐもった声が聞こえた。

「ドブネズミが一日もちこたえると思うような阿呆《あほう》には五十対一で賭に応じてやる。最後まで捕まらないと信じるカモには百対一だ」マージが配当率を発表すると、それぞれに賭ける声で部屋が騒然とした。

耳を澄ましているうちに、じわじわと恐怖が押し寄せてきた。まさか、マージは、わたしのことを話しているのだろうか？　なぜ、ヴァレクはマージに演習のことを教えたのだろう？　明日には城中に広まっているに違いない。もちろん、ブラゼルにも伝わる。

「僕は、イレーナが一日逃げおおせることに一カ月分の給料を賭ける」ランドの大声が響くと、厨房がしんと静まり返った。

ランドへの誇らしさと腹立ちが交互にやってきた。わたしを材料にして賭けるなんて許せないけれども、一カ月分の給料を賭けるほど評価してくれている。ただ、わたしの能力を本人より信頼してくれるのはありがたいが、この点ではランドよりマージに賛成せざるを得ない。

マージの笑い声がタイル貼りの壁にこだました。

「ランド、おまえは厨房にこもりすぎだよ。コンロの熱で脳みそがくたくたに煮えちまったんだ。もしかして、あのちびのドブネズミに惚《ほ》れたのか？　でも、あの女が厨房に来るときにはナイフをしまっておいたほうがいい。でないとあの女に——」

「わかったよ、もういい」ランドはマージを遮って、部屋中に声をかけた。「夕食は終わりだ。みんな、厨房から出ていけ！」

出てくる者たちに見つからないよう戸口から離れた。でも、ケーキの味見をする約束をしているから戻らないわけにはいかない。厨房から人が消えるのを待って戻ると、ランドは座って木の実を刻んでいた。テーブルの上には、ラズベリーとクリームのケーキがある。

ランドは、わたしを見るとケーキを差し出した。受け取って、ひと口、口に入れた。

「さっきよりもずっといいわ。とってもしっとりしてる。何を変えたの？」

「プディングの種を混ぜたんだ」

ランドはいつになく静かだった。彼のほうから賭のことを話さなかったので、わたしも尋ねなかった。

木の実を刻み終え、まわりを片付けてから、ランドはようやく口を開いた。

「そろそろ休むよ。僕たちは明日の夜に火祭に行くけれど、一緒に来る？」

「ほかには誰が来るの？」どうするか決めかねていた。火祭初日の夜を逃したくはないし、

唯一の楽しみをブラゼルに台無しにされるのも癪《しゃく》だ。でも、マージが来るなら、城に残

ろう。

「ポーター、サミー、ライザ。それから、たぶんディラナも」ディラナの名前を口にした

ときだけ、疲れきったランドの瞳が少し輝いた。「でも、どうして知りたいの？」

ランドの問いには答えず、反対に尋ねた。「何時に出発？」脱走者役を引き受けたとき

もそうだったけれど、わたしには、せっかく論理的で安全な選択を考えておきながら感情

的な結論を出す癖があるようだ。

「夕食のあと。みんなが自由になるのは、その時間だけだから。最高司令官は、火祭の初

日だけは簡単な食事を注文するんだ。そうすれば、みんな早く片付けて祭りに行けるから

ね。行きたくなったら、明日の夕食後にここに来ればいいよ」

ランドが厨房続きの自分の部屋に向かったので、わたしもヴァレクの住居に戻った。

ドアを開けて中に入ると、真っ暗で、誰もいない。中から鍵をかけ、手探りで火打ち石

を見つけた。部屋の角灯《ランタン》に火をつけてまわっているときに、机の上に書類がのっているの

に気づいた。まわりを見渡してヴァレクが隠れていないことを確かめてから、目を通す。

そこにはいくつかの名前が列記されていて、ひとつを除いて全部線で消されていた。わた

しの名前が丸で囲まれていて、脱走者役として最高の選択である理由が下に書いてあった。

マージは、たぶんここから知ったのだ。ヴァレクの執務室でマージが書類を読んでいたのを思い出した。この書類がしばらくここにあったことを考えると、マージはずっと前から知っていたのだろう。いつかマージに殺されかねない。それまでに対決しなければ。残念ながら、演習が終わるまで待たなければならないが。

脱走の計画を立てるために、山積みになっているヴァレクの本の中から役に立ちそうなものを探した。それらしい題名をいくつか見た覚えがあったが、ようやく見つけた。追跡の技術に関する本が二冊と、捕獲から逃れる方法を説く本が一冊。下調べするなとは言われなかったので、ヴァレクの本を借りて自分の部屋に戻った。

疲れて文字が読めなくなるまで勉強した。それから新しい寝間着に着替え、角灯を消してベッドに倒れこんだ。

しばらくして、誰かが部屋にいる気配を感じて目が覚めた。

恐怖で冷や汗がどっと出た。心臓が早鐘のように打ち始める。

突然、黒い人影が覆いかぶさってきた。一瞬のうちにベッドから引きずり出され、壁にぶつけられた。肺から空気が抜け、呼吸ができない。次は刺されるのか？　殴られるのか？　抵抗したくても、壁に釘付《くぎづ》けにされて身動きが取れない。ようやく喘《あえ》ぐように吸いこんだ空気が、鼓膜の中で轟音《ごうおん》をたてる。ひとつ、ふたつ、みっつ……。次の攻撃を待ち構える沈黙が、時間を引き延ばす。

目が暗闇に慣れてきて、ようやくわたしを攻撃した者の顔が見えた。

「ヴァレク？」

11

目の前に迫ったヴァレクの顔は、感情の欠片《かけら》もない冷たい彫刻のようだった。居間からわずかに橙色《だいだいいろ》の光が差しこんでいるが、凍《い》てつくような青い瞳はその温《ぬく》もりを拒んでいる。

「ヴァレク……どうかしたんですか？」

ヴァレクは、わたしを壁に押さえつけていた手を離した。足が宙に浮いていたことすら気づかなかったので、突然支えを失ったわたしは床に崩れ落ちた。ヴァレクは足元に横たわるわたしに目もくれず、踵《きびす》を返して部屋を出ていく。

茫然《ぼうぜん》としたまま起き上がった。あとを追おうとしても、動転して手足が言うことを聞かない。居間でようやく追いつくと、ヴァレクはこちらに背を向けて立っていた。

「借りた本のことだったら……」冷たく拒む背中に向かって話しかけた。指南書を無断で拝借したのを怒っているに違いない。

ヴァレクはくるりと振り向いた。

「本？　これが、本のことだと思っているのか？」一瞬呆《あき》れたような顔をしたが、すぐに冷淡で辛辣な口調になった。「わたしが愚かだったよ。君の生き延びようとする闘志と知性に感服してきたのに……」いったん口をつぐむと、ヴァレクは次の言葉を探すように部屋を見渡した。「使用人たちが演習のことを噂《うわさ》しているのを耳にした。君がどのくらい逃げおおせるかという賭だった。軽々しく言いふらすなんて……なぜそんなばかげたことをする？　あとで死骸を捜しに行くくらいなら、手間をはぶくために、今のうちに殺しておいたほうがましだ」

「誰にもしゃべってなんかいません」怒りをヴァレクに隠すつもりもなかった。「わざわざ自分の命を危険にさらすと思いますか？」

「じゃあ、ほかに誰がいる？　わたしたちのほかには、最高司令官しか知らないことなのに」

「会話を立ち聞きした人がいるかもしれないし、部屋に忍びこんで候補者のリストを読んだ人がいるかも……」誤解されたくないので、慌てて付け加えた。「机の上に置いてあったので、目についたんです。わたしが気づいたくらいだから、情報を探している人間が見つけるのは簡単だったはずです」

「何が言いたいんだ？　誰を糾弾している？」

何かを考えるようにヴァレクの左右の眉がゆっくりと眉間に寄っていった。顔にさっと懸念がよぎったが、すぐに彫刻のような無表情に戻った。わたしが情報を漏らしたと思いこんでいてほかの可能性を考えられないか、あるいは、秘密保持に欠陥があると認められないのだ。でも一瞬であれ、隙がないヴァレクを狼狽《ろうばい》させたのは収穫だ。いつか、さっきのわたしのように、ぶざまな格好で床に転がしてやりたい。

「疑っている人物はいます。でも、証拠を掴《つか》むまでは糾弾なんかしません。不公平だし、わたしの言うことを信じる人はいないでしょうし」

「いないだろうな」

ヴァレクは机の上の灰色の石を持ち上げ、いきなりわたしのほうに投げつけた。ヒュンという音をたてて石が頭のすぐ脇をかすめたかと思うと、背後で耳を劈《つんざ》くような炸裂音《さくれつおん》が響いた。壁にぶつかって粉々に砕けた石の破片が、凍りついたわたしの肩に散弾のように降りかかり、床に落ちる。息を止めたまま、身動きせずに次の攻撃を待った。あの石が当たったら、砕けるのはわたしの頭のほうだ。

「わたしのほかにはね」吐息のようにつぶやくと、ヴァレクは椅子にどさりと座った。「君を信じるのはリスクが伴うし、合理的ではない。なのに信じ続けるわたしは、もしかするとリスク中毒なのかもしれないな。あるいは本当に君が言うとおり、秘密漏洩《ろうえい》があるのか。内通者か、単なる噂好きか、スパイか。いずれにせよ、その男を探し出さねば」

「あるいは、その女を」

　わたしが付け加えると、ヴァレクは眉をひそめた。

「安全のために、別の脱走者役を任命すべきか。あるいは、演習そのものを中止すべきか。または、演習は計画通りに行い、君に脱走者と囮《おとり》の二役をやらせて、その男をおびき寄せるか」そう言ってから苦々しげに付け足した。「あるいは、その女を」

「でも、演習のときにブラゼルが襲ってきたら――」

「いや、まだ大丈夫だろう。工場が無事稼働するまでは君を殺そうとはしないはずだ。だが、いったん欲しいものを手に入れたら、ブラゼルは我慢する必要がなくなる。そうなったら、このあたりに怪しい者が現れて、がぜん興味深くなってくるだろうな」

「それは楽しみですね。あまりにも退屈な生活を送っているので、居眠りしそうですから」皮肉たっぷりに答えた。わたしが命を狙われるのを面白い暇つぶしだと思うのは、ヴァレクくらいのものだ。

　けれども、ヴァレクはわたしの嫌味を軽く無視した。「それで、演習はどうする？　君の選択に任せよう」

　わたしの選択？　選択する権利があるのなら、危険のない場所で暮らす道を選びたい。暗殺者の上官も欲しくないし、見知らぬ人物に狙われたくもない。そして何よりも、自由が欲しい。ヴァレクが考えているシナリオには、わたしの選択など含まれていない。

　ため息が出た。別の人に代わってもらうか演習を中止するほうが安全だ。けれども、どちらにしても根本的な問題の解決にはならない。困難を避け続けていても救われないことは、これまでの辛《つら》い経験で学んだ。危機に直面するたび、衝動のままに走って隠れてきたけれど、そのやり方では、逃げ道のない袋小路に追い詰められて、闇雲に反撃するしかなくなる。

その対応が功を奏したことはあまりない。窮地に立つと、いつも生存本能が勝手な行動を取ってしまう。頭の中で〝あれは魔術だ〟とささやく声が聞こえたが、そんなはずはないとはねつけた。もしわたしに魔力があるのなら、すでに誰かが気づいて通報しているだろう。でも、その誰かがブラゼルかレヤードだったら、どうなのか？

 首を振って余計な考えを追い払った。過去のことより、差し迫った問題を考えなければ。

「わかりました。魚を捕まえるために、釣り針にぶら下がる餌になります。誰が網を持って待ってくれるんですか？」

「わたしだ」

思わず、ほっと息を漏らした。さっきまでの胃が締めつけられるような感覚が、少し楽になった。

「君が立てた逃亡計画はそのままでいい。あとのことはわたしが手配する」

ヴァレクは候補者のリストを角灯《ランタン》にかざして火をつけた。「明日の火祭では、君のあとをつけたほうがいいかもしれないな。ランドの誘いを断って城に残るという合理的な選択をするなら別だが」そう言いながら、ヴァレクは燃える紙をそのまま宙に泳がせた。

「なんで、それを……」尋ねかけてやめた。ヴァレクがランドを信用していないのは周知の事実だから、密告者を厨房《ちゅうぼう》に配置していても不思議ではない。

それより、尾行を申し出てくれたところを見ると、火祭に行っても構わないということだ。せっかく与えてくれた外出の機会を断って、ヴァレクに弱虫と思われるのもいやだ。さっきまで迷っていたけれど、これで決断できた。

「いいえ、火祭には行きます。リスクがあってもどうってことはありません。最高司令官のお茶をすするのだってリスクですから。少なくとも火祭は楽しめます」

「持ち金なしでは火祭を楽しめないだろう」ヴァレクは、床の燃えかすをブーツの底で踏み消しながら言った。

「なんとかします」

「脱走役の報奨を前借りしてもいいぞ」

「いいえ、けっこうです。お金は、仕事への報酬としていただきます」

借りは作りたくない。それに、意外なヴァレクの心遣いをどう捉えていいのかわからなくて動揺していた。少しでも彼が柔軟になったら、綱引きのような微妙な関係が壊れるかもしれない。ヴァレクに対して温かい気持ちを抱くのは、たとえわずかでも危険だ。彼の技能は尊敬するし、戦いのときに味方についてくれるのはありがたい。だが、ドブネズミが猫を好きになる物語には、ろくな結末がない。ネズミが死んでおしまいだ。

「好きにすればいい。気が変わったら教えてくれ。それから、本のことは気にしなくていい。自由に読みなさい」

自分の部屋に戻る途中、ドアノブに手をやったところで立ち止まった。ヴァレク本人を見たくなくて、ドアに向かってささやいた。

「ありがとう」

「本のことか？」

「いいえ。前借りのことです」ドアの木目を見つめたまま言った。

「気にするな」


城は活気に満ちていた。廊下を小走りに通り過ぎる使用人たちは笑みを浮かべ、石壁に笑い声がこだましている。火祭の初日なので、開会式に間に合うように、みな大急ぎで仕事を片付けようとしている。昨夜ほとんど眠れなかったのに、まわりの高揚感に感化されて、わたしの心も子どものように浮き立ってきた。祭りのときに誰かにあとをつけられる不安を心の隅に押しやり、待ち遠しい気分を心ゆくまで楽しむことにした。

午後の訓練の時間も、そわそわと落ち着かない。ヴァレクは尾行を見破る方法を教えようとしてくれるけれど、常識的なことばかりだし、残りは昨夜借りた本で読んだ内容と同じなので、つい上の空になってしまう。それに、祭りの間ずっと背後を気にしているつもりはない。そういう心中を察してか、ヴァレクは講義を早めに切り上げた。

すぐさま着替えの制服とディラナがくれたリボンを持って浴場に向かった。まだ早い時間だったので、風呂には誰も入っていない。身体《からだ》をさっさと洗って、熱い湯に少しずつ慣らしながら身を沈めていく。首まで浸《つ》かると、「ああ」と至福のため息を漏らしながら全身の緊張を緩めた。

指の皮膚がふやけてきたので、ようやく風呂からあがった。牢獄《ろうごく》を出て一カ月の間ずっと鏡を見ないようにしていたが、ふいに興味が湧いて全身を映してみた。あの日見たような骸骨ではなくなっている。けれども、まだ頬はこけているし、肋骨《ろっこつ》や骨盤が飛び出していた。もっと肉をつけなければいけない。でも髪はずいぶんましになった。櫛《くし》が通らないほどもつれていたのに、艶が出て黒々と光っている。右肘の切り傷も、治りかけて紫色になっていた。

意を決して、鏡に映る瞳の奥をじっと見つめた。霊魂《ソウル》が戻ってきてくれたことを願いながら。ところが、代わりに見つけたのは、にやにや笑いを浮かべて背後から覗《のぞ》きこむレヤードの幽霊だった。振り向くと、すでに姿を消していた。

なぜ、レヤードはわたしにまつわりつくのだろう？　復讐《ふくしゅう》だろうか。でも、幽霊を相手にどう反撃すればいいのか。何にせよ、今夜はもう考えないことに決めた。

洗いたての制服に着替え、色とりどりのリボンを編みこんで、残りを肩に垂らす。夕食の毒見で軍規にそぐわない髪型を厳しく注意されることを覚悟していたら、最高司令官は片方の眉を吊《つ》り上げただけだった。

毒見が終わるやいなや、小走りで厨房に向かった。ランドは満面の笑みで迎えてくれたけれど、ほかの者は忙しそうに片付けをしている。ランドは厨房に君臨していて、調理場が汚れひとつない完璧な状態になるまではスタッフを解散させないようだ。立って待っているのは気が引けるので、スタッフに混じって調理台を拭き、床を磨くのを手伝った。

ランドが続き部屋で着替えるのを待つ間、一緒に行く面々が雑談しているのを眺めた。顔と噂話は知っていても、言葉を交わしたことはない。ときおりひとりかふたりが、こちらを不安そうにちらちら見ている。ため息をつきたくなるのを我慢した。気にしないようにしよう。わたしがレヤードを殺したのは周知の事実なのだから、彼らが神経質になるのも無理はない。

グループの最年長は犬舎の責任者のポーターで、ランドのように国王の時代からの留任者だ。ランドと同じく替えのきかない人物として重宝されているが、いつも苦虫を噛《か》み潰《つぶ》したような表情で、ランドのほかに友だちがいない。犬と心を通わせるらしいという噂があり、そのせいでのけ者にされている。ランドは、〝そんなばかげた話を信じる奴《やつ》がいるんだよ〟と呆れた調子で、ポーターについての逸話をいくつか話してくれた。

犬がまるでポーターの心を読むかのごとく応じる様子は、まるで魔術みたいだ。その程度の疑惑で使用人たちは彼を疫病神のように扱うけれど、誰も証拠は見つけていないし、最高司令官は犬を巧みに操るポーターの能力を買っている。

サミーは痩せっぽちの十二歳の少年で、ランドが必要なものを調達する使いっ走りだ。ランドはよくサミーを怒鳴りつけているけれど、そのあとで父親のように優しく抱きしめていることもある。

ライザはわたしより少し年上のもの静かな女性で、食料庫の管理責任者をしている。ポーターと話しながら神経質そうに制服の袖を引っ張っているのは、彼の魔術を恐れているからかもしれない。それでも、わたしよりはポーターといるほうがましらしい。

ランドが部屋から出てきたので、揃《そろ》って城を離れた。待ちきれないサミーはみなを置き去りにして駆け出し、ポーターとライザはさっきまでの会話を続けている。わたしとランドはそのあとをついていった。

夜の空気が清々《すがすが》しい。湿った土の懐かしい香りに混じって、薪《まき》を焚《た》く煙の匂いがする。巨大な石造りの胸壁に挟まれた城の門を出るとき、後ろをこっそり見た。一年ぶりの外出だ。月明かりがない夜なので、明かりがついた窓とそびえ立つ壁以外はほとんど闇に溶けこんでいる。城は空っぽみたいだ。ヴァレクが尾行しているかもしれないが、暗すぎて確認できない。

門から足を踏み出すと、日中の暑さが嘘のように爽やかな夜風が出迎えてくれた。少し両腕を広げて歩くと、制服が風にはためき、髪がなびく。深呼吸して、新鮮な空気の味を思う存分味わった。城の周囲五百メートル以内には何も建ててはいけない規則なので、城壁は芝生に囲まれている。そこを通り抜けて、一行は町のほうに向かった。国王が妻のジュエル女王のために城の南にある谷に作った町は、かつてジュエル町《ジュエルズタウン》と呼ばれていたのに、政権交代後にはただの城下町《キャッスルタウン》に改名された。城下町の西側にある広場が火祭の会場だ。

「ディラナは来ないの？」ランドに尋ねた。

「もうあっちにいるよ。今日の午後、緊急事態が発生したんだ。踊り手が衣装箱を開けたら、虫食いだらけになっていて、開会式に間に合うように大慌てでディラナに応援を頼んだってわけさ。大混乱で、きっと面白かっただろうなあ」ランドは笑った。

「あなたにとっては面白いかもしれないけれど、気の毒な衣装責任者にとっては笑い事じゃないでしょ」

「まあ、たしかに」ランドは黙りこくってしまった。足を引きずるランドに合わせてゆっくり歩いているので、ますますふたりだけグループから取り残されていく。

「競技会に出品したお菓子は？」ランドの機嫌を損ねたかもしれないので、話題を変えた。

「今朝、サミーに持っていかせた。出品した菓子を新鮮なうちに売れるように、結果は初日に発表されることになっているんだ。まず結果を見に行っていいかい？　ところで、なぜの競技会にも参加しなかったの？」

他意のない質問だ。ランドと親しくなってから、この調子で火祭についてあれこれ尋ねられ、そのたびに答えるのを避けてきた。以前は賭のために内部情報を集めるためだと疑っていたけれど、大きな賭はすでに終わっている。ということは、友だちとして、本当にわたしのことを知りたいのだろう。

「参加費がないから」それも事実だが、真の理由は別にある。でも、完全にランドを信頼できるまでは、火祭にまつわる思い出を語ることはできない。

ランドはうんざりしたように舌打ちした。

「毒見役に給料を払わないなんて、理屈に合わないよ。最高司令官の情報を手に入れたい奴にとっては、買収するのにぴったりの状況じゃないか」

ランドはひと呼吸置いてわたしのほうを見た。真剣な面持ちになっている。

「君なら、情報を売る？」

12

ランドの質問に身震いした。ただの好奇心なのか、それとも情報を売る気があるかと尋ねているのか？　かりに賄賂を受け取ってヴァレクに知られたら、どうなるだろう。彼の怒りに触れるくらいなら、一文無しのほうがいい。

「わたしなら売らない」

ランドは不満そうに唸《うな》って黙りこんだ。しばらく気まずい沈黙が続いた。わたしの前任者のオスコヴは、情報を売っていたのだろうか？　そうなら、ヴァレクがオスコヴを嫌っていた理由も納得できるし、オスコヴがヴァレクに殺されたとランドが信じる理由もわかる。

「よかったら、僕が参加費を払ってあげるよ。ケーキを作るときに貴重なアドバイスをもらったし、君には賭で十分儲《もう》けさせてもらったからね」ランドが申し出た。

「ありがとう。でも、準備ができていないからいい。お金が無駄になるだけ」それに、お金がなくても祭りを楽しめたことをヴァレクに証明したい。

振り向かないでおくつもりだったのに、つい肩越しに後ろを見てしまった。誰もいない。ヴァレクの姿が見えないのはいいことだと自分に言い聞かせた。わたしが気づくような尾行なら、ほかの人にも簡単に見破られるだろう。でも、ヴァレクが気を変えてわたしひとりで立ち向かわせることにしたのではないかという不安が消えない。くよくよ悩むのはよそう。ヴァレクがいてもいなくても、祭りで気を緩めてはならないのだ。

まるで綱渡りをしている気分だ。狙われていないかと周囲に注意を払いながら、祭りを楽しむことなどできるのだろうか？　できるかどうかわからないけれど、やるしかない。

「もし出場するなら、どの競技？」ランドが尋ねた。

答えようとすると、ランドは手を振って遮った。

「ちょっと待って！　言わないで。当てたいから」

「どうぞ」笑って促した。

「小柄で、痩せていて、優雅だってことは……踊り手かな？」

「はずれ」

「うーむ。君、窓際にずっと止まっているくせに、人が近づいたとたん飛び去るかわいい小鳥に似ているよね。歌鳥ってことで、歌手？」

「わたしが歌っているのを聞いたことがないんでしょ。ところで、推理のたびにわたしの容姿について長々と品評するつもり？」

「そのつもりはないよ。ちょっと黙ってくれる？　考えている最中なんだから」

祭り会場の明かりが近づいてきた。遠くから流れてくる音楽に、動物の鳴き声や人の話し声が混じって賑《にぎ》やかだ。

「指が細くて長いね。すると、糸紡ぎチームのメンバーかもしれない」

「糸紡ぎチームって何？」

「羊の毛を刈る係、梳《す》く係、紡ぐ係、編む係がチームになって競うんだ。羊毛からショールまでを真っ先に仕上げたチームが勝つのさ。見ものだよ」

ランドはわたしをじっくりと見た。アイディアを出し尽くしたのかもしれない。

「もしかして、騎手？」

「わたしが、競走馬を買えるほどお金持ちだったと思う？」呆《あき》れて尋ねた。競馬を遊びとして楽しむのは裕福な人だけだ。軍で馬を持っているのは高官や顧問で、ほかの馬は物資の移動に使われている。一般庶民にとって交通手段は足しかない。

「競走馬を持っている人は、自分では乗らずに騎手を雇うんだよ。君の体つきは騎手向きなんだから。そんな呆れ顔で見るのはやめてくれよ」

祭りの会場に着いたとたん、会話が途切れた。色とりどりの巨大なテントが並び、あちこちで見世物が繰り広げられている。この大混雑のまっただ中に立ち、火祭のエネルギーを心ゆくまで味わうのが子どものころの楽しみだった。いつも、火祭という名前はぴったりだと思っていた。暑い時期にあるからではなくて、祭りの雑音や匂いが熱波のように血を沸かせ、興奮させてくれたからだ。けれども、一年近く地下牢《ちかろう》に閉じこめられたあとには、五感への刺激が強すぎる。圧倒されてよろめいた。

あちこちで松明《たいまつ》の灯火《ともしび》が揺れ、焚《た》き火《び》が燃えている。じきに、昼間かと錯覚するほど明るい場所に着いた。見世物やコンテストの大きなテントが会場のあちこちに散在し、母親のスカートにしがみつく子どもたちのように、そのまわりを小さな屋台が取り囲んでいる。覗《のぞ》くと、珍しい宝飾品から蠅叩《はえたた》きまでありとあらゆる商品が売られていた。バーベキュー露店の近くを通るたびに肉が焼ける匂いが漂ってきて、お腹《なか》が鳴る。早く出かけたくて夕食を抜いたのを後悔した。

芸人やコンテストの参加者、見物人、大はしゃぎの子どもたちが、わたしたちの両脇を川のように流れていく。ときおり、急ぐ人々に後ろから押され、前に進もうとしても人の壁に遮られて身動きが取れなくなる。じきに、一緒に来た仲間たちを見失った。ランドが腕を組んでこなかったら、彼とも離れ離れになっていただろう。祭りの会場は、注意散漫になる誘惑だらけだ。楽しげな演奏を聞くとそこに行きたくなるし、立ち止まって寸劇を観《み》たくなる。でも、ランドは何よりも先に菓子競技会の結果を知りたいようだ。

歩きながらも、雑踏の中の人々の顔を確かめ、緑と黒の制服を着ている者がいないか注意を払った。今は手出ししないだろうとヴァレクは言ったが、ブラゼルと第五軍管区の衛兵たちは最初から避けたほうが賢明だ。しかし、怪しい者に気をつけるといっても、何を目印にすればいいのか見当がつかない。そこで、特徴がある顔を探すことにした。尾行を見極めるには間違った方法だとはわかっている。ヴァレクは、目立たない容貌で、自分に注意を引かないのが最も優れた諜報員《ちょうほういん》だと教えてくれた。あとをつけているのが有能なスパイなら、わたしが見つけられる可能性はほとんどないだろう。

菓子コンテストのテントには甘い香りが充満していて、空腹で胃が痛くなった。先に着いていたポーターとライザは調理人の制服を着た太った男としゃべっている。

わたしたちが中に入ると、彼らは会話をやめてランドを取り囲み、口々にお祝いの言葉をかけ始めた。太った男はコンテストの審判らしく、ランドの五年連続優勝は新記録だと高らかに告げた。

ランドが棚に並んだ出展作品を眺めている間、審判の男に第五軍管区のコンテストで一番になった菓子を尋ねた。ブラゼルの料理人がクリオロで勝ったかどうか知りたかったのだ。男は思い出そうとするように眉間に皺《しわ》を寄せた。太い眉が、カールのかかった短い黒髪にくっつきそうになっている。

「そうそう、ブロンダのレモンパイだ。この世のものとは思えないほどおいしいパイだったよ。どうして知りたいんだい？」

「ブラゼル将軍の料理人が優勝したのかと思って。ヴィンとは、同じ館で働いていたんです」

「ヴィンは二年前にクリームパイで一番になったけれど、それ以来毎年同じパイで勝とうとしているよ」

なぜヴィンはクリオロを出品しなかったんだろう？　その理由を考えていると、上機嫌のランドに誘われて、厨房《ちゅうぼう》の仲間たちと一緒に外に連れだされた。勝利を祝って全員にワインをふるまってくれると言う。

ランドに奢《おご》ってもらったワインをすすりながら、みんなで祭りを見物してまわった。ときおり群集の中からサミーが現れて、見つけたことを嬉《うれ》しそうに報告してはまた姿を消す。

人混みの中に、同じ顔を二度見かけた。厳しい表情をしたその女は、黒髪をきつく団子状に結い、鷹《たか》の調教師の制服を着ていた。身体訓練を積んだ者特有の優雅な動き方が印象的で記憶に残ったのだ。二度目はもっと近くにいたので、あえて目を合わせてみた。アーモンド型をしたエメラルドグリーンの目が挑戦するように細まり、こちらが目をそらすまで大胆に見つめ返してきた。どこか見覚えがあるような顔だ。ずいぶん経《た》ってからその理由に気づいた。

ブラゼルの孤児院にいる子どもたちと似ているのだ。イクシア領の国民はたいてい象牙のように白い肌をしているが、あの女の肌は褐色だ。日焼けではなく、生まれつきのもので、どちらかというとわたしの肌の色に近かった。

そんなことを考えているうちに、赤白の縞模様《しまもよう》の大きなテントに向かう見物人の流れにのまれてしまった。到着してみると、曲芸の競技会の会場だった。色とりどりの衣装を着た参加者たちが、予選通過を目指してトランポリン、綱渡り、床演技をしている。綱渡りの男性選手は見事な連続空中回転を決めたのに、次の技で失敗して失格になってしまった。

わたしをまじまじと見ていたランドの表情が勝ち誇ったように輝いた。

「どうしたの？」

「君は、曲芸師なんだ」

「もう違う。昔のことよ」

ランドははねつけるように手を振った。

「そんなの、どっちでも同じさ。当たりは、当たり」

わたしにとっては、同じではない。かつては、演技をするだけで心が喜びに震えたものだった。どんなことがあっても、曲芸さえできれば幸せだった。でも、レヤードに曲芸そのものを汚された今では、演技で幸福を覚えるなんて想像すらできない。

ランドたちはそのままベンチに座って演技を観ることにしたようだ。選手が力をこめたときに漏らす唸り声や、足が床に着地する音が会場に響く。選手の衣装がしだいに汗で濡《ぬ》れていく。会場の雰囲気に包まれているうちに、練習時間が足りないことだけが悩みだったあのころに戻りたくなった。

ブラゼルの孤児院の教師は、それぞれの子が何か得意分野で能力を発揮できるよう励ました。ある子は歌を選び、ある子は踊りを選んだ。わたしは初めて火祭に行ったときから、曲芸に魅了されていた。

孤児院では、わたしを含めて四人が曲芸を選んだ。厩舎《きゅうしゃ》の後ろに自分たちで練習場を作り、ゴミの中から拾ったり、教師にせがんだりして、必要な物品を集めた。ある日練習場に行ったら、馬糞《ばふん》の匂いがする藁《わら》が分厚く敷き詰められていた。失敗するたびに芝生に転がって痣《あざ》だらけになるわたしたちを、厩舎長が憐《あわ》れんだのだろう。

一日に何時間も練習したのに、最初の競技会では一次予選で敗退だった。落ちこんだけれど、決意を新たにすることで胸の痛みを癒した。それから一年は青痣だらけで捻挫を繰り返しながら激しい練習を続けた。そのかいあって翌年は一次予選を通過したが、二次予選で渡り綱から落下。そんなことを繰り返して毎年少しずつ上達し、ブラゼルとレヤードがわたしを実験用のネズミにする前の年に、ようやく決勝にまで進んだのだった。

ブラゼルとレヤードに曲芸を禁じられても、父親から与えられた仕事でレヤードが忙しいときを狙い、機会を見つけてこっそり練習を続けた。でもその年の火祭の一週間前に、すべてが破綻した。レヤードが予定より早く旅から戻ってきたのだ。練習に集中していたので、宙返りの演目を終えるまで馬から降りたレヤードに気づかなかった。憤怒《ふんぬ》と高揚感が混じった彼の表情を見て、汗だくのわたしの身体《からだ》は凍りついた。

彼の命令に背いたため、わたしは火祭に行くのを禁じられた。そして祭りの間、レヤードは夜になるたびに彼の前で服を脱ぐよう命じた。今後の戒めだという。暑い季節にもかかわらず裸で震えるわたしを、レヤードは残酷な笑みを浮かべてしげしげと眺めた。それから、わたしの首に金属の輪を、手首と足首には枷《かせ》をつけて鎖で繋《つな》いだ。大声で叫んで拳で殴りかかりたかったけれど、それ以上レヤードを怒らせるのが怖くて何もできなかった。

レヤードは、わたしに羞恥と恐怖を与えることで悦《よろこ》びを覚え、興奮した。裸になったわたしを鞭《むち》で打ち、彼のためだけに曲芸をするように命じた。動きが遅いと鞭が飛ぶ。焼けるような痛みが走り、皮膚が裂ける。必死に演じたけれど、技を繰りだすたびに鎖が揺れて身体に打ちつける。手足に重い金属がついているから、ふだんはたやすい宙返りができない。残り少ない力を振り絞り、よろめきながら演技を繰り返すうちに、首輪と手足の枷が擦れて皮がむけ、血が身体を伝って流れ落ちてきた。

実験の際も、レヤードには残酷なところがあった。ブラゼルが同席しているときには、細部まで父親の指示に従うのに、わたしとふたりきりになるとがらりと態度が変わる。ときどき主席顧問のムグカンも誘い、競うように次から次に残酷な実験を編み出していた。

わたしが恐れていたのは、レヤードが一線を超えることだった。どんな拷問を与えても、彼はレイプだけはしなかった。それはレヤード自身が決めた制約のようだったが、逆上すると止められなくなるかもしれない。だから、わたしは最後の砦《とりで》を守るために、鎖をつけたまま必死で宙返りをしたのだ。

ランドの腕が肩にまわされたので、びくりとして現実に戻った。

「イレーナ、どうかしたの？　目を開けたまま悪夢を見ているような顔だけど」

ランドが心配そうに顔を覗きこんでいる。

「ごめんなさい」

「謝ることはないよ。ほらこれ。サミーが買ってきてくれたんだ」

ランドがほかほか湯気を立てるミートパイを渡してくれたので、サミーにお礼を言った。ところが、わたしと目が合ったとたん、サミーの目は皿のように丸くなり、幼さが残る顔がさっと青ざめた。

その様子が少し気になりながらも、あまり考えずにパイを齧《かじ》って毒見した。何も入っていないのを確かめて食べ始めてから、ようやくサミーの態度について思いを馳《は》せた。あの年齢の子どもたちは、空想の恐ろしい話でお互いを怖がらせるのが好きだから、わたしにまつわる突拍子もない作り話でも聞いたのだろう。

孤児院でも消灯のあと、寝床の中でモンスターや魔法使いの呪いが出てくる物語をささやき合っては、息をのんだり、くすくす笑ったりしたものだ。孤児院を離れると消えてしまう〝卒業生〟のその後についても、陰惨な作り話を交わした。彼らがどこで働いているのか具体的には教えてもらえなかったし、館や町でも姿を見かけない。だから、わたししたちは勝手に彼らのむごい運命を創作したのだ。

レヤードとの実験を終えてようやくひとりきりになるたび、就寝前のおしゃべりを恋しく思った。実験材料になったときに女子寮からレヤードの続き部屋に移され、ほかの子どもたちから隔離されていた。心身がぼろぼろになってベッドに横たわる夜、仲間の孤児たちと交わした話を、眠りにつくまで何度も心の中で繰り返したものだった。

「イレーナ、ここから出ようか？」

「え？」びっくりしてランドを見た。

「曲芸を観《み》るのが辛《つら》いのなら、出てもいいよ。新しい火の踊りは壮観らしいから、それを観に行ってもいいし」

「気にしないで。ただ……昔を思い出していただけだから。でも、火の踊りを観たいなら、そうしましょ」

「思い出しただけでそんな顔になるなんて、よほど曲芸が嫌いだったんだね」

「そうじゃないの。曲芸そのものは大好き。空中を飛ぶのも、宙返りや回転をするときに自分の身体を完全に操っている感覚も、跳馬で完璧な着地ができるとわかる興奮も、何もかも好きだった」そこで言葉を止めた。

混乱しているランドの表情を見て、笑いたいような、泣きたいような気分になった。苦しい気持ちにさせるのは曲芸ではなくて、曲芸がもたらす記憶なのだと、どうしたら説明できるだろう？　練習を見つかって受けた残忍な罰、目を盗んで出場した火祭のコンテスト、それが引き起こしたレヤードの死。

思わず身震いした。レヤードの記憶は、心の隅に巣くう罠《わな》のようなものだ。まだそこに飛びこむ準備はできていない。

「いつか説明してあげる。でも今は、火の踊りを観に行きたいな」

厨房の仲間がテントを離れて人の波に加わると、じっとしていれられないサミーは、「先に行って、いい席を取っておくよ！」と肩越しに言い残して走り去った。

ふたりきりになると、ランドはわたしと腕を組んだ。そうでもしないと、あちこちから流れてくる人の群れに巻きこまれて引き離されそうになる。混雑に気を取られていたら、酔っぱらいの男がぶつかってきた。

男は呂律《ろれつ》のまわらない声で謝り、ビールが入ったマグで敬礼をした。それから丁寧におじぎをしたのはいいが、勢いあまって地面に転んでしまった。足元に横たわった男を助け起こそうとしたとき、目の前にいくつもの燃えさかる杖《つえ》が現れた。

火の踊りだ。炎の鮮やかな色と激しい踊りにすっかり目を奪われて、わたしはその場に立ち尽くした。地面から、足の裏を通じて拍動するようなリズムが伝わってくる。踊り手たちは炎のついた棒を頭上でくるくると回転させながらテントに入っていった。わたしは魅せられたように、酔っぱらいの男をよけ、そのあとについていった。

テントに入ろうとする群衆の押し合いの中で、ランドの腕が離れた。そして気づいたら、わたしは四人の巨大な男に取り囲まれていた。ふたりは鍛冶工の制服、あとのふたりは農夫の制服を身にまとっている。

すみません、と声をかけて脇を通り抜けようとすると、男たちは道を開けるどころか、さらに近づいてきて道を塞いだ。

13

恐怖が喉元までこみあげてきた。罠《わな》だ。

助けを求めて大声をあげたとたん、革手袋をはめた手に口を覆われた。思いきり噛《か》みついたが、革についた灰の味が口に広がっただけで、皮膚には届かない。振りほどこうとしてもがいていると、今度は鍛冶工ふたりが両脇からわたしの腕を掴《つか》んだ。

身動きが取れない。ランドはどこにいるんだろう？　まわりに気づく人はいないのか？けれども、農夫の身なりをした男たちが壁のように前に立ちはだかっていて、周囲の様子が見えない。前に進ませようとする鍛冶工たちに逆らい、足を地につけて踏ん張った。だけど、軽々と引きずられてしまう。力いっぱい蹴ってもあがいても、男たちの歩く速度を緩めることすらできない。火の踊りのテントを取り囲む喧騒《けんそう》のせいで、この状況に誰も気づかないようだ。

安全な明るい場所から、どんどん離れた場所に向かっている。逃げ道を探して首を伸ばしたら、わずかに残っていた視野を鍛冶工が塞いだ。そのとき、濃い顎鬚《あごひげ》が目についた。

半分は焦げ落ちていて、残りには煤《すす》がたまっている。

明かりがついていないテントの裏で止まると、前に立っていた農夫たちがすっと離れた。テントの中から現れた黒い人影が、男たちに尋ねた。

「誰にも気づかれなかったか？　あとをつけられはしなかっただろうね？」女の声だ。

「抜かりありません。誰もかも、火の踊りに気を取られていましたからね」革の手袋をしている鍛冶工が答える。

「よろしい。では、さっさと始末しな」

女が命じると、革手袋の男がナイフを素早く取り出した。わたしはそれを見て、ふたたびありったけの力を出して拘束を振りほどこうとした。けれども、農夫たちに両腕を押さえつけられ、焦げた髭の男に脚を掴まれて、身動きできない。革手袋の男が高く振りかざしたナイフの先が、わたしの首に向けられる。

「ばかもの！　ナイフなんか使うんじゃない。血だらけになって後始末に困るじゃないか」革手袋の男を叱りつけた女が、「これを使え」と紐《ひも》のようなものを男に渡した。次の瞬間、ナイフの代わりに、細いロープがわたしの首に迫った。

「やめて……」叫ぼうとしたが、ロープが首に食いこんで声が途切れた。息ができない。反射的に紐に手を伸ばそうとすると、農夫たちは押さえていた腕をさらに強く掴んだ。身体《からだ》を捻《ひね》って暴れても、紐は緩むどころかさらに食いこむ。視界が暗くなり、白い点が踊り出した。唇からかすかに振動音が漏れ始めたけれど、いつもの音量にならない。遠ざかっていく意識の片隅を無念さがよぎった。ブラゼルの衛兵とレヤードの拷問から救ってくれたわたしの生存本能は、今日は弱すぎる。

耳の中でごうごうと響く血流の音の向こうで、女が喚《わめ》いている。「早くしろ！　噴出しかけているじゃないか」

朦朧《もうろう》とする意識の中、もうだめだと諦めかけたとき、酔っぱらったような声が聞こえた。

「ごめんくだせえ、旦那方。おかわりはどこでいただけるんですかい？」

革手袋の男がナイフを取り出したので、首を締める力が少し緩んだ。わざと全身の力を抜くと、男は手を離してわたしを地面に落とした。残りの三人が、横たわったわたしをまたいで闖入者《ちんにゅうしゃ》に向かっていく。まだ生きていることを知られたくなかったので、大きく息を吸いこみたい衝動を我慢し、少しずつ酸素を取り入れた。

倒れた場所から、革手袋の男が酔っぱらいに飛びかかるのが見えた。男が酔っぱらいの胸めがけてナイフを突き出す。だが心臓を貫くかと思われたナイフはなぜかビールのマグに当たり、金属がぶつかる甲高い音が鳴り響いた。そのマグが目にもとまらぬ速さで動くと、ナイフは宙を飛び、テントの布に突き刺さった。間髪を置かずにマグは革手袋の男の脳天を襲い、男は地面に崩れ落ちた。

すぐさま残りの三人が飛びかかっていった。酔っぱらいは農夫たちに両腕を押さえられ、焦げた髭の男に二度顔を殴られた。しかし、自分を掴んでいる腕をてこにして軽々と両脚を持ち上げると、髭男の首に巻きつけた。骨が折れる鈍い音がして、髭男は倒れた。

そのまま酔っぱらいは、まだ手に持っているマグを大きく振り下ろして片方の農夫の股間に打ちつけた。男が痛みに身体を折り曲げると、今度はマグを上に振り上げて顔面を殴る。それから流れるような動きでマグを振り、もうひとりの農夫の鼻も強打した。血が飛び散り、男が叫び声をあげて手を離す。酔っぱらいがこめかみを一撃すると、最後の男も声もたてずにくずおれた。

ほんの数秒のことだった。その一部始終を、謎の女は身動きもせずに凝視していた。たった今まで気づかなかったけれど、祭りの会場を歩いているときに二度見かけた、褐色の肌の女だ。ならず者たちが倒れた今、どうするつもりなのだろう。

ようやく息ができるようなって意識がはっきりしてきたとき、テントに突き刺さったナイフが目に入った。女が気づく前に取りに行ったほうがいいだろう。顔についた血を拭っている酔っぱらいの足元には、身動きしない身体が四つ横たわっている。動くなら今だ。がくがく震える脚で立ち上がろうとすると、女が振り向いた。わたしのことをすっかり忘れていたようだ。女は、わたしを攻撃する代わりに歌を歌い始めた。心に染み入るような甘美な調べだ。おやすみなさい、と歌声がささやきかける。何も気にせず、横になって、動かないで、と。〝そうだ。そうしよう〟その場に沈みこみながら思った。身体から力が抜けていく。まるで毛布をかけられ、優しく寝かしつけてもらっているようだ。

だが、いきなりその毛布が顔の上にかかって口と鼻を覆った。払いのけようとして暴れたけれど、架空の毛布はどんどん重みを増していく。息ができない。

そのとき、忽然《こつぜん》とヴァレクが目の前に現れた。わたしの肩を揺すり、耳元で何かを叫んでいる。遅まきながら、ようやくさっきの酔っぱらいがヴァレクだと気づいた。よく考えたら、ビールのマグひとつで大男四人を倒せる人なんてほかにはいない。

ヴァレクが叫んでいる。「毒のリストを頭の中で暗唱しろ！」

わたしは命令を無視した。すごく疲れていて、抗《あらが》うのはもういやだった。今はただ、美しい調べに誘われるまま、闇の世界に沈みこんでしまいたい。

「毒の名前を全部暗唱しろ！　今すぐ。命令だ！」

習慣がわたしを救ってくれた。無意識のうちにヴァレクの命令に従い、毒の名前を考えていたのだ。すると、音楽がぴたりと止まった。顔にのしかかっていた圧力が消えて、鼻と口に空気が入ってきた。息ができる！　酸素を求めて大きく喘《あえ》いだ。

「暗唱を続けろ」ヴァレクが命じる。

女とナイフはいつの間にか消えていた。ヴァレクに引き起こされて立つと、身体がぐらりと揺れ、次の瞬間、力強い腕に肩を包まれた。思わず、支えてくれるその手にしがみついていた。ヴァレクは、わたしの命を救ってくれたのだ。このまま、胸に飛びこんで泣きじゃくりたかったけれど、その衝動をなんとか抑えた。

わたしが平衡感覚を取り戻すと、ヴァレクは倒れている男たちのところに戻って状態を調べ始めた。髭の男が死んだのはたしかだが、ほかの男たちはどうなのだろう?

うつ伏せになっている男をひっくり返したヴァレクは、吐き捨てるように言った。「南部の人間だ」それから残りの三人の脈を調べた。「ふたりはまだ生きているから、城に連行して尋問の手配をする」

「あの女はどうするんですか?」しわがれ声で尋ねた。声を出すのも辛《つら》い。

「逃げた」

「捜さないんですか?」

ヴァレクは怪訝《けげん》なまなざしを向けた。「イレーナ、あの女は南部の魔術師だぞ。いったん目を離したら、見つかるわけがない」

わたしの腕を掴むと、ヴァレクは祭りの会場のほうに導いた。襲われたショックで筋肉が震え、うまく歩けない。ヴァレクの言葉の意味を理解するのにも時間がかかった。

「魔術師? 魔術師はイクシアから追放されたんじゃ……」追放というよりも、殺されたと言ったほうが正確なのだが、その言葉を使いたくなかった。

「まったく歓迎しない客だが、それでもたまにイクシアを訪問する魔術師はいる」

「でも――」

「今は時間がないから、説明はあとだ。君はランドたちと合流してくれ。何もなかったふりをしろ。今夜はもうあの魔術師が襲ってくることはないだろうから、心配するな」

会場のほうを見やると、まばゆい炎の光で目が開けられないほどだった。ヴァレクと闇に隠れたまま探るうちに、曲芸テントの近くでランドの姿を見つけた。わたしの名前を大声で呼び続けている。ヴァレクは、ランドのところに行くように身振りで示した。

二歩足を踏み出したところで、ヴァレクに呼びとめられた。「イレーナ、待て」

振り向くと、ヴァレクが手招きしている。訝《いぶか》しく思いつつ近寄るなり、ヴァレクの手がわたしの首に伸びた。反射的にあとずさったが、気を取り直してその場に踏みとどまった。ヴァレクの長い指が首に触れたとき、わずかに痺れるような感覚が走ったけれども、彼はそれには気づかない様子で細いロープを首から外している。ヴァレクが毒蛇を触るような嫌悪感を露《あら》わに手渡してくれた紐を、ぞっとして地面に放り投げた。わたしを殺しかけた毒蛇だ。

人混みから出てきたわたしの姿を見て、ランドはほっとしたように全身の緊張を解いた。ちょっと大げさすぎる反応だ。何も知らないランドにとって、わたしは少しの間迷子になっていただけじゃないか。なのに、なぜそんなに心配していたのだろう？　近づいてくるランドから、ワインの匂いが漂った。

「イレーナ、どこに行ってたんだい？」舌がもつれている。

相当酔っているようだ。こんなに飲んでいたとは知らなかった。アルコールは人の感情を誇張させ、まともな思考をできなくさせる。だから、あれほど心配してわたしを捜しまわっていたのだろう。

「テントが混雑しすぎていたから、新鮮な空気を吸いに外に出ていただけ」

さっき首を締められて息ができなかったことを思い出して、少し喉が詰まる。暗がりのほうをちらりと振り返った。ヴァレクはまだこちらを見ているのだろうか？　それとも男たちを逮捕しに戻ったのか？　褐色の肌の女はどこにいるのだろう？　城を出たときには、外出が嬉《うれ》しくてたまらなかったのに、今は、城の頑強な壁に囲まれたい。安全なヴァレクの家に戻りたくてたまらない。それにしても、安全とヴァレクを一緒に考えるなんて、奇妙なことだ。

「あとで合流できると思ってたの」人の群れに注意を払いながら、ランドに嘘をついた。

彼を騙《だま》すのは気が引ける。なんといっても友だちなのだから。しかも、いい友だちかもしれない。はぐれただけでこんなに心配して捜してくれたし、わたしが殺されたら悲しんでくれるのは彼だけかもしれない。ヴァレクはわたしの命を救ってくれたけれど、たとえわたしが死んでも、新しい毒見役をまた最初から訓練する面倒を嘆くだけだろう。

火の踊りがちょうど終了したところで、テントからは人が流れ出している。外で待っている厨房《ちゅうぼう》の仲間には、ディラナも加わっていた。ディラナを見たとたん、ランドは素早くわたしの腕を離して駆け寄っていった。ディラナはランドに微笑《ほほえ》みかけ、「わたしと待ち合わせの約束をしていたのに毒見役を追いかけていたのね」とからかっている。

ランドは呂律《ろれつ》がまわらない口調で、菓子コンテストに勝たせてくれた恩人を失うわけにはいかないと言い訳し、懸命に許しを求めている。ディラナは朗らかに笑うと、わたしのほうに温かい笑顔を向けてからランドを抱きしめた。それからランドと腕を組んで城に向かった。

残りのみんなもふたりのあとについて歩き始めた。ふたたび最後尾についたところ、今度はライザと一緒になった。

ライザはしかめっ面でわたしを見た。「なんでランドはあなたなんかを気に入っているのかしら」

友好的な会話の切り出し方とは言えないけれど、冷静な声で応じた。

「どういう意味？」

「ランドはあなたを捜していたせいで、火踊りの公演を見損なったのよ。それに、あなたが現れてからというものの厨房の日課がめちゃくちゃになって、みんな困ってるんだから」

「何が言いたいのか、まったくわからないんだけど」

「ランドの機嫌の移り変わりが読めなくなっちゃったのよ。以前は、ディラナの機嫌がよくて、賭に勝てば、機嫌は上々。どっちかがうまくいかないときには不機嫌で荒れる。ちゃんと決まっていたのに……」ライザはそこでわたしを睨《にら》みつけた。「あなたと仲よくなってから、ランドは理由もなく厨房のスタッフに噛みつくようになったのよ。賭に勝っても八つ当たりするし、落ちこんじゃう。こっちは大変なの。みんなでなぜかと考えたんだけど、あなたがディラナからランドを奪おうとしているという結論に達したの。ランドから手を引いて。これからは、ランドにも、厨房にも、近寄らないで」

ライザがわたしと話をする機会を狙っていたとしたら、最悪のタイミングだ。もう少しで死ぬところだったときに、こんなにばかばかしい話は聞きたくない。平常心ではなかったので、怒りが簡単に燃え上がった。ライザの腕を掴んで身体をこちらに向け、真正面から鼻を突き合わせた。

「結論に達した？ 厨房のスタッフ全員の脳みそを集めても、蝋燭《ろうそく》一本すらともせないんじゃないの？ わたしとランドが親しくしようと、あなたたちには関係ないことだし、余計なお世話。その推測は考え直したほうがいいわ。厨房の問題も、厨房で解決して。わたしに文句を言うのは、時間の無駄」

言い終わると、ライザを突き放した。茫然《ぼうぜん》とした彼女の表情を見ると、わたしがこんなに荒々しい反応を示すとは予想していなかったようだ。

おあいにくさまだ。ライザを置き去りにして、急ぎ足でグループに追いつきながら思った。いったいライザは、わたしに何を求めていたんだろう。おとなしく言うことを聞いて、厨房が平穏になるようにランドと口をきくのをやめるとでも？　すでに十分問題を抱えているのに、ライザや厨房のいざこざまで引き受けるつもりはない。その数ある問題のひとつが、シティアの魔術師だ。あの女は、なぜわたしの命を狙っているのだろう？

城に到着して、ランドとディラナに「おやすみ」と言うと、ヴァレクの続き部屋に駆け戻った。すぐ中に入りたかったけれど、扉の前を守っている護衛のひとりに侵入者がいないことを確認してもらってからにした。殺されかけたうえに恐ろしい妄想がつきまとい、いつ不意打ちされるのかと神経がぴりぴりしている。居間の角灯《ランタン》全部に火をつけ、部屋の真ん中にある長椅子《カウチ》に座っても、まったく落ち着けない。明け方にヴァレクが戻るまで、安心できなかった。

「寝ていないのか？」尋ねるヴァレクの顎には、青白い肌にくっきりと目立つ、拳大の紫色の痣《あざ》ができていた。

「はい。でも、あなたもじゃないですか」

「わたしはこれから寝ればいいが、君は一時間後に毒見があるぞ」

「答えを知りたいんです」

「どの質問への答えだ？」ヴァレクは角灯を消し始めた。

「なぜ南部の魔術師はわたしを殺そうとしたんですか？」

「いい質問だ。ちょうど君に同じ質問をしようと思っていたところだ」

その返答に焦《じ》れてわたしは肩をすくめた。

「わたしが知ってるはずがないでしょう。ブラゼルの衛兵ならまだしも、魔術師だなんて。あちこち歩きまわって南部の魔術師を怒らせているわけじゃなし」

「ああ、それは残念だ。君には人を怒らせる類まれな才能があるからな」

ヴァレクは机に向かうと、両手で頭を抱えた。

「南部の魔術師だぞ、イレーナ。しかも、師範級の魔術師だ。シティアには魔術師範が四人しかいないのを知っているか？　たったの四人だ。政権交代以来、師範らは一度としてイクシア領に足を踏み入れていない。ときおり下級の魔術師を偵察に送りこんでくるが、必ず取り押さえて処分している。アンブローズ最高司令官は、イクシア領での魔術を絶対に許さないからな」

国王の時代には、魔術師は上流階級に属していた。貴族と同等で、国王への影響力も強かった。政権奪取の歴史書によると、イクシア領の魔術師をひとり残らず暗殺したのがヴァレクだ。けれども、今夜、あの女を取り逃がしたことを考えると、どうやってあれほど多くの暗殺をやり遂げたのか疑問だ。

ふいに立ち上がると、ヴァレクは机上の灰色の石を取り上げた。それを右手と左手の間で交互に投げながら、居間を歩きまわり始めた。

この前、ヴァレクから石を投げつけられたのを思い出したので、足をそっと床から浮かした。両膝を抱きかかえるようにして座り、なるべく小さな標的になろうとした。

「南部が、大きなリスクをおかしてまで魔術師範を送りこんだ理由は、きっと……」ヴァレクは、手の中で石を転がしながら言葉を探した。「極めて重大なはずだ。なのに、なぜそれが君なんだ？」ヴァレクはため息をついて、長椅子で縮こまっているわたしの隣に座った。「論理的に考えてみよう。まず、遺伝の観点からは、君に南部の血が混じっているのは明らかだ」

「えっ？」

遺伝など考えたこともなかった。わたしは路上でうろついているところを見つかり、ブラゼルに引き取られた——教えられたのはそれだけだが、両親についても、死んだから孤児になったのか、それとも捨てられたのかが気になっただけだ。孤児院に着くまでの記憶はまったくなく、ブラゼルに救ってもらってありがたかったことだけを覚えている。だから、ヴァレクから単刀直入に指摘されて驚いた。

「君の肌の色は、典型的な北部の人間の肌より少し褐色がかっている。顔つきも南部の特徴がある。緑色の目は、イクシア領ではまれだが、シティアにはよくある」ヴァレクは凍りついたようなわたしの表情を誤解したようで、付け加えた。「だが、南部の血を恥じる必要はない。国王が君臨していたころには貿易のために国境は開いていて、どちらの国民も南北を行き来していた。結婚する者がいても当たり前だ。政権交代の直後にパニックを起こした者たちが国境閉鎖の寸前に慌てて南部に逃げたので、君はその混乱の最中に置き去りにされたんだろう。あのときの騒乱はひどかった。最高司令官が政権を取ったら、大量殺人が起きるとでも思ったんだろうか？　国民全員に制服と仕事を与えただけなのに」

混乱して頭がくらくらした。なぜ、これまで自分の家族のことに興味を抱かなかったのだろう？　保護されるまでは路上生活をしていたというが、どの町で見つかったのかも知らない。ブラゼルの孤児院では、衣食住と教育、そして小遣いまで与えてもらうわたしたちがどれほど幸運なのか、毎日のように教えこまれた。両親がいる子どもでさえこれほど豊かな暮らしはしていないと何度も聞かされた。あれは一種の洗脳だったのか？

「つい、脱線してしまったな」ヴァレクは沈黙を破ると、立ち上がってまた歩き始めた。「だが、あの魔術師が離れ離れになった君の家族ということはないだろう。わざわざ殺しには来ないはずだ。レヤードを殺すほかにも、何かやったのか？　たとえば殺人を目撃したとか、謀反の計画を耳にしたとか。思いあたることはないか？」

「いいえ、何も」

ヴァレクは、石で額をこつこつと叩《たた》いた。

「では、レヤードに関連していると仮定しよう。レヤードは南部の魔術師と何かしら悪事を練っていた。なのに君がレヤードを殺したので計画が台無しになった。もしかすると、南部はイクシア領を奪おうとしているのかもしれない。そして、君がその計画を知っていると思いこんでいるのかも。だが、シティアがイクシアとの戦争を企《たくら》んでいるという噂《うわさ》はまったく耳にしたことがないな。そもそも理由がない。最高司令官がイクシア領を治めるだけで満足しているのはシティアもよく承知しているし、シティアのほうもそうだ」手のひらで顔をこすってから続けた。「ブラゼルに悪知恵がついてきたのかもしれないな。南部の者を使えば、君を殺しても自分が怪しまれずにすむ。だが待てよ。それでは理屈に合わない。ブラゼルなら殺し屋は雇えばすむわけで、魔術師を雇う必要はない。もっとも、ブラゼルと魔術師の間にわたしが知らない関係があれば別だが、それは考えにくいな」

ヴァレクは、立ち止まって部屋を見渡した。角灯を消しかけて中断していたことに気づいたようだ。石を机に戻して残り半分の作業にとりかかっているうちに、空が白み始めた。

何かが頭に閃《ひらめ》いたかのようにヴァレクが動きを止め、険しい顔つきでわたしを睨んだ。

「なんですか？」

「魔術師は、自分の仲間を安全な場所に救い出すために北に侵入することがある」ヴァレクはわたしをしげしげと見た。でも、こちらが否定する前に、自問に答えるようにつぶやいた。「だとしても、なぜ君を殺そうとするんだ？　霊魂の探し《ソウルファインダー》びとならともかく」

ヴァレクはあくびをして、顔にできた青痣を指で触った。「疲れすぎて頭がまわらないな。もう休むよ」そう言って二階の寝室に向かった。

〝霊魂の探しびと〟とはなんだろう？　聞いたこともない。でも、わたしにはもっと差し迫った用事がある。

「ヴァレク」呼びかけると、ヴァレクは階段に片足をのせたまま振り向いた。

「解毒剤をください」

「ああ、そうだな」それだけ言うと、階段を上っていった。

ヴァレクが戻ってくるのを待ちながら考えた。これからの人生で、何度同じことを頼まなければならないのだろう？　ヴァレクにとってはうっかり忘れられる些細《ささい》な雑事にすぎないけれど、わたしにとっては命を繋《つな》ぐ重要な問題。この違いが、わたしたちの関係そのものなのだ。決して同等ではない。考えれば考えるほど心が沈む。身体を毒におかされているだけではなく、解毒剤がなければ生き延びられない事実に心も蝕《むしば》まれているのかもしれない。

二階から下りてきたヴァレクは、解毒剤を渡しながら言った。

「今日は髪を下ろしておいたほうがいいだろう」

「なぜですか？」思わず頭に手をやった。昨夜編みこんだリボンは裂けて髪ともつれあっていた。

「首の痕を隠すためだ」

毒見までにまだ少し時間があったので、ヴァレクが二階に行ったあと、大急ぎで風呂を浴びた。身なりを整えて洗濯したての制服に着替えたが、紐で締められた真っ赤な痕は、髪を下ろしても隠しきれない。

最高司令官の執務室に向かう途中、ライザとすれ違った。わたしの顔を見ると、ライザは口をへの字に曲げて、顔を背けた。またひとり怒らせてしまったようだ。ヴァレクが言うように、類まれな才能があるのかもしれない。憤りの矛先をライザに向けたのは悪かったけれど、謝るつもりはない。喧嘩《けんか》を売ってきたのは彼女のほうなのだから。

数少ない楽しみのひとつが、夜のうちにクリオロに毒が盛られていないのを確認するために、朝食で毒見することだ。ビタースウィートな味と木の実のような香りが舌の上で溶けあうあの感覚を想像しただけで、生唾が出る。最高司令官は、毎食後必ず一切れクリオロを食べるようになった。そのつど毒見をしようかとヴァレクに提案したのだが、最高司令官はクリオロを自分で囲いこんでいて、一日一回以上は毒見させたくないようだ。ランドから聞いたところでは、クリオロの補充とレシピをブラゼルに要求したらしい。

毎朝執務室に行くと、最高司令官はたいていわたしを無視する。静かに毒見してトレイを机に置き、その日のスケジュールを受け取って退席するのがわたしの役割だ。だが、いつもは一言も交わさないのに、今朝はトレイを置くと、座るように命じられた。ぎくりとした。最高司令官の机の前にある椅子に浅く座り、怖がっているのが顔に出ないよう、両手を固く握り合わせて無表情を保った。

「ヴァレクから昨夜《ゆうべ》の事件の報告を受けた。また命を狙われるようだと、演習に差し障るのではないかと心配だ」最高司令官は、紅茶をすすりながら、わたしをまじまじと見た。

「ヴァレクはこの謎を解きたいようで、おまえを生かしておくことが答えを突き止める近道だと保証する。しかし、本当に最後まで殺されずに脱走者役が果たせるのか？　ヴァレクの話では、尾行中わざとぶつかったのに気づかなかったそうじゃないか」

いったん開きかけた口を閉じ、考えた。慌てて説明したり、非合理な説得をしたら、かえって納得してもらえないだろう。それに、危険な演習を断るとしたら、願ってもないチャンスだ。そもそも、なんだってわたしが最高司令官の演習のために命をかけなくちゃならないのか？　わたしは訓練を重ねたスパイじゃないし、ヴァレクが尾行していることを知っていたのに気づかなかったくらいだ。とはいえ、危険なのは演習そのものじゃない。襲撃者が狙っているのはわたしだ。こちらからおびき寄せなければ、あちらの都合がいい時間と場所を選んで襲ってくるだろう。

論旨の数々を頭の中で比較して秤《はかり》にかけた。安全な着地の方法がわからないまま綱渡りをしているようなものだ。いつも自分では決められずに行ったり来たり悩んでいるうちに、横やりが入っていきなり突き落とされ、下りる方向が決まる。

慎重に言葉を選びながら答えた。

「わたしは、逃げたり追いかけたりという演習の経験がありません。訓練を受けていない者が、騒々しくて混雑した祭りの会場で尾行を見つけるのはとても困難です。歩き始めたばかりの赤ん坊に走れと言うようなものです。けれども、静かな森の中でひとりきりになったら、尾行に気づくのは簡単ですし、わたしの能力でもできます」そこで言葉を止めたが、最高司令官が何も言わないので続けた。「昨夜の魔術師を誘い出すことができれば、わたしを殺そうとした理由がわかるかもしれません」

最高司令官は、まだ蠅《はえ》が近づくのを待つ蛙《かえる》のように、微動だにせずわたしを見つめている。仕方なく、切り札を使うことにした。

「それに、ヴァレクがわたしを追跡すると保証してくれていますから、大丈夫です」

最高司令官が使った〝ヴァレクの保証〟という表現をそのまま使ってみたのだが、思惑どおりに効果があった。

「それでは予定どおり演習を敢行しよう。だが、おまえが遠くまで逃げられるとは思っていないから、魔術師が現れることも期待していない」最高司令官は、まるで腐ったものを口にしたかのように〝魔術師〟という言葉を吐き出した。「この演習について口外してはならない。命令だ。下がっていい」

「かしこまりました」答えてから退出した。

演習は明日の早朝開始なので、残った時間で必要な物品を集めてまわった。まずはディラナの裁縫部屋と鍛冶場だ。ヴァレクの名前を出しただけで鍛冶工の態度は一変し、要求したものを素早く調達してくれた。一方ディラナは、欲しいものならなんでも与えてくれるつもりでいたらしく、革製の背嚢《はいのう》を借りたいだけだと言うと、がっかりした様子だった。

「誰も使わないから返さなくていいわよ。わたしがここで仕事を始めたときから、ずっと足元で埃《ほこり》をかぶっていたんだから」

ディラナはわたしの要求どおりに制服を直しながら、最近の城内の噂話《うわさばなし》をし、もっとたくさん食べろとたしなめた。

最後に向かったのは厨房だ。ランドがひとりきりになる時間を狙い、スタッフが夕食の片付けを終えるまで待った。わたしが厨房に入ったときには、ランドはカウンターの前に立ってメニューを練っていた。一週間分の献立を最高司令官に提出し、許可を得てからライザに渡して食材を確保してもらうのが規則なのだ。

「僕より元気そうだね」いつになく、ひっそりした声だ。そのうえ、頭の上に水桶《みずおけ》でものせているかのように注意深く歩いている。「今日は、食べさせてあげられるものが何もないよ。気力がなくてね」たしかに顔色が悪く、目の下に隈《くま》ができている。

「気にしないで。あまり邪魔はしないから。借りたいものがあるだけ」

好奇心を刺激されたらしく、ランドはいくぶんふだんの陽気な感じに戻った。

「たとえば？」

「パン。それから、あなたが発明した糊《のり》。診療室のママがあの糊を使って腕の傷を閉じてくれたけど、とってもよく効くのね」

「ああ、あの糊のことか。僕のレシピの中でも最高傑作だよ。あれをどうやって発明したか話したっけ？　十段もある巨大なウエディングケーキを作んなくちゃいけなくなって、食べられる糊があったらなあ、と思ったんだ。それで――」

わたしは慌てて遮った。「ランド。とっても面白そうな話だけれど、今度にして。今日はどっちも睡眠不足みたいだし」

「ああ、それもそうだね。欲しいものは好きなだけ持っていっていいよ」ランドは、積み上げられているパンの山を指差し、引き出しを開けて白い糊が入った壺《つぼ》を取り出した。

「粘着力は一週間くらいしかもたないよ。ほかに欲しいものは？」

「ああ……うん」どうしようか迷った。じつは、ランドだけしかいないときを狙ったのは、このお願いのためなのだ。

「何が欲しいの？」

「ナイフ」

ランドの頭がびくりと動いた。わたしがレヤードを殺した方法が、脳裏をよぎったに違いない。この奇異な要求と、まだ歴史が浅いわたしたちの友情を頭の中で秤にかけているのが目に見えるようだ。

なぜナイフが必要なのか訊《き》かれるだろうと思ったのに、ランドの質問はまったく別のものだった。「どれがいい？」

「一番怖そうに見えるやつ」

14

朝日が霊魂山脈を縁取り始めたころ、南門に向かった。じきに眩《まばゆ》い陽光が谷間を満たし、演習が始まる。挑戦への心躍る気持ちと、危険にさらされる恐怖とが混じり合って胸が高鳴る。高揚感と不安は奇妙な取り合わせだけれど、おかげで足取りが軽くなり、背嚢《はいのう》の重みすら感じない。

最初は、ものを持ちこむのはルール違反かもしれないと心配した。でも、脱獄を計画している囚人なら、配給のパンを蓄え、警備室から武器を盗み出し、鍛冶場からあれこれ失敬しても不思議はない。少々拡大解釈かもしれないが、それがどうだというのだ。何も持たずに逃げろとは誰も言わなかった。

脱走者役に選ばれたときよりも、逃げきる意志が固くなっている。報奨はおまけ程度の意味しかなく、重要ではない。それよりも、最高司令官が間違っていることを証明したい。すぐに捕まると決めこんでいるばかりか、わたしが死んだら演習が台無しになると案じている最高司令官の鼻を明かしてみせる。

城の敷地を離れる前に振り返った。日中に建物全体を眺めるのは初めてだけれど、まるで子どもが積み木で建てた城みたいだ。基盤は長方形で、それに三角、四角、円と、あらゆる形のブロックがでたらめに積み上げられたように見える。唯一対称なのが城の四隅にある塔で、極彩色のステンドグラスがついたその四つの塔は、空に向かって壮大にそびえている。

城の幾何学的なデザインは興味をそそる。別の角度からも見てみたいけれど、時間がない。ヴァレクからは夜明けに出発するようにと言われている。それから追手がスタートするまでたった一時間しかない。時間がきたら兵士と猟犬はわたしが出た門を見つけ、そこから追跡が始まる。ヴァレクは、犬に嗅がせるために、わたしの制服の上着を持っていった。不在の間に誰が最高司令官の毒見役をするのか尋ねたところ、曖昧な返事だった。こんなときのために特別に訓練した者が何人かいるようだが、貴重な人材だから毎日は使えないらしい。つまりわたしと違って、かけがえのない命ということか。

城は、第五、第七軍管区の間に楔《くさび》のように食いこんだ第六軍管区にあり、シティア領への国境にとても近い。前国王は、暖かい気候が好きだったので、南端に城を構えたのだ。だから国境がある南に向かうのが逃亡者にとって論理的な選択だ。兵士もそう思いこんでくれるといいのだが。わたしも最初は南に向かうが、そのまま進み続けるつもりはない。

小走りと早歩きを繰り返しながら、城下町を避けて蛇の森《スネイクフォレスト》に入った。ヴァレクが所有する地図を昨夜調べて、城下町が三方向を森に囲まれていることを知った。町の北部は城に面していて、蛇の森は、まるで緑色の細いベルトのように東と西に伸びている。けれども、国境にあたる部分は、東の霊魂山脈から西の黄昏海《サンセットオーシャン》までおよそ三十メートル幅が伐採されている。政権交代のときに、アンブローズ司令官が兵士に命じてやらせたことで、イクシア人であれ、シティア人であれ、この線を越えるのは犯罪だ。

蛇の森の中を駆け抜け、目立つ痕跡を残した。あちこちの小枝を折り、土をわざと踏んで足あとをつける。そのまま南に進み、小川を見つけたところで立ち止まった。先駆けの一時間がもう終わりかけている。そろそろ兵士と犬がスタートする時間だ。川の縁にしゃがみこんで、底から泥をすくい取り、ザルのように指を少し開いて水気を切った。手のひらに残った泥を顔と首に塗る。髪をきつく頭上でまとめていたので、露出している耳や首の後ろにも塗った。追手は、ここで水を飲んだと思うだろう。小川に入ったと誤解してもらうように、川岸のあたりにも足あとをつける。それが終わると、ここに来るまでの道をあと戻りしながら、ちょうどよい木を探した。

ぴったりの木があった。立っているところから二メートルほど離れた場所にベルバットの滑らかな幹が見える。一番低い場所にある枝でも、頭上五メートル近い高さだ。追手のために残した足あとを乱さないように気をつけながら背嚢を外し、鍛冶工から借りた鉄の鉤《かぎ》を取り出した。鉤には細いロープをつけてある。

すでに一時間を費やしてしまった。森の中から兵士と犬たちが飛び出してくる光景が脳裏を横切る。突然焦りを覚えてよく構えもせずに枝に向かって鉤を投げた。ちょっとの差で枝に届かない。落ちてきた鉤を受け止め、すぐにもう一度投げる。今度は枝をかすめもしない。犬の牙が目に浮かび、手が震える。投げれば投げるほど的が外れていく。

余計なことを頭から追い出して作業にだけ集中しよう。早鐘のように打つ心臓をなだめて、深呼吸した。それから、ゆっくりと枝を狙って構える。今度はちゃんと鉤が枝に食いこんだ。ロープに体重をかけて引っ張り、外れないことを確認してから腰に巻いて結び、余った部分をたくしこむ。地面を引きずって怪しい跡を残したくないからだ。背嚢を背負い、両手でロープを握った。ゆっくりと身体《からだ》を地面から持ち上げ、両脚をロープに巻きつける。地面を蹴って勢いをつけたほうが簡単だが、そうすると痕跡が残ってしまう。

曲芸で鍛えた方法でロープを登るのは久しぶりだ。一年使わなかった腕と肩、背中の筋肉が悲鳴をあげている。ようやく登りきって枝にまたがると、鉤とロープを背嚢にしまった。

西から強い風が吹いてくる。犬の風下にいたいため、東に向かって枝から枝へ移動した。三十分もすると最初にたどったコースからは十分離れられた。小柄で曲芸ができることが、たまにはこうして役立つこともある。

チェキートの木を見つけたので、地面からは見えない、幹に近い部分の枝に座った。蛇の森に生えている木の中では、チェキートの葉が一番大きい。緑に茶色の斑点がある円形で、探していたものにぴったりだ。しばし身動きせずに耳を澄ました。野鳥のさえずりと虫の鳴き声が聞こえる。葉っぱをがさがさと踏んでいるのは鹿だ。かすかに犬の吠《ほ》える声が聞こえたようだが、気のせいだろう。ヴァレクの気配はしない。でも、彼のことだから近くにいるのは間違いない。

背嚢からランドの糊《のり》を取り出し、チェキートの葉をありったけむしり取った。シャツを脱いで、糊で布地に葉っぱをくっつけていく。下着だけでいるのが気になって、作業を急いだ。

シャツが終わると今度は、ズボン、ブーツ、背嚢も葉っぱで覆った。髪には大きな葉を、両手の甲には小さな葉を。動かさなければならない指はそのままにする。〝糊は一週間しかもたない〟とランドが忠告していた。ということは、一週間は頭と手に葉っぱをつけて城を歩きまわることになる。それを見たときのランドの顔を想像して、思わずにやりと笑った。

鏡がないので確認できないけれど、緑と茶色で全身をカムフラージュしたつもりだ。赤いシャツさえ覆うことができたら、ズボンと髪の黒い部分が少々見えても構わない。

一箇所に長くとどまるのは不安だ。準備を終えると、すぐに移動を再開した。できるだけ速く、なるべく静かに。地面に降りたくないので、まっすぐに東に向かうことはできない。ときには北や南にそれることになる。鉤とロープを使って枝を近くに引き寄せ、枝から枝に飛び移る。筋肉の疲労は極限に達していたけれど、無視した。難しい移動に成功するたび、笑いがこみあげる。木々の間を自由に飛びまわるのが、純粋に楽しくてたまらない。午前中ずっと、汗だくになりながら笑顔のままで過ごした。けれども、いずれは南に向かわねばならない。亡命した脱走者が安全を得られる場所は南部だから。

シティア領は、イクシア領からの脱走者を歓迎している。国王がイクシアを統治していたころには友好関係にあり、香辛料や布、食料、金属、貴金属、鉱物を取引していたのだ。最高司令官が貿易を止めてから、イクシアからは贅沢品《ぜいたくひん》が消え、シティアは原料の供給元を失った。当初は、枯渇している原料を得るためにシティアが北を侵略するのではないかと恐れられていた。けれども、シティアの地質学者がエメラルド山脈を発見して不安が消えた。霊魂山脈に続くエメラルド山脈は鉱物を多く含んでいる。自給自足に満足しているように見えるシティアだが、イクシアは隣国への警戒心を緩めていない。

やがて木々がまばらになり、眼下に小道が見えた。土に深く刻まれた荷車の車輪の跡もある。東西を繋《つな》ぐ商取引用の主要道だろう。道はこのまま東に続き、ケイラ湖の手前で北に数キロメートル曲がって、湖を半周したらまた東に向かう。湖は、第五軍管区への境界を越えたところにある。

そこから道を観察できる丈夫な枝を選び、幹に背をもたせかけて少し休むことにした。

昼食をとりながら次の動きを考えることにしよう。森の音が心地よくて、食事のあとつい居眠りしそうになった。

「何か見えるか？」

下から聞こえてきた男の声が、森の静けさを破った。びっくりして木から落ちそうになり、慌てて枝を掴《つか》む。捕まった――ショックで全身が硬直した。

「いや。人影はない」別の声が少し離れた場所から答えた。荒っぽい口調には苛立《いらだ》ちが混じっている。

警戒を促すような犬の吠え声は聞こえなかった。ということは、別のチームだ。猟犬の心配をするあまり、少人数の精鋭部隊の存在をすっかり忘れていた。まったく自信過剰だった。早々に捕まって当然だ。

下りてくるように命じられると思ったのに、何も起こらず、下を覗《のぞ》き見ても兵士たちがどこにいるのかわからない。もしかすると、見つかっていないのかもしれない。がさごそと音がして、鬱蒼《うっそう》とした茂みから男がふたり出てきた。わたしのように、緑と茶色の迷彩色を身につけている。ただし、泥の代わりにフェイスペイントを施し、糊で葉っぱをつけたような即席ではなく、専門職のために作られたつなぎを着ている。

「東に来るなんて、ばかばかしい発想だ。今ごろ、あの女は南部への国境に着いているだろうよ」荒い声の男が相棒に向かって愚痴をこぼした。

「それは、猟犬組の青二才たちの推察じゃないか。あいつらのハウンド犬は途中で匂いを見失ったんだぞ」相棒のほうが返した。

それを聞いて、ひそかに微笑《ほほえ》んだ。どうやら、猟犬を出し抜けたようだ。少なくとも、それくらいはやり遂げられたのだ。

「あの女が東に向かうという理屈がわからん」

いかつい声の男が不平を漏らすと、別の男がため息をついた。

「理屈を考えるのはおまえの仕事じゃない。大尉が東へ行けと命じたら、東に行くのが僕たちの任務だ。大尉は、逃亡者が第五軍管区に向かったと思っているようだ。彼女にとって馴染《なじ》みがある領域だからな」

「もし、女が逃げきって戻ってこなかったらどうするんだ？　毒見役を使うというのもばかげてる。あの女は犯罪者なんだぞ」最初の男はまだ納得できないようだ。

「おまえには関係ない。ヴァレクが心配すればいいことだ。だが、たとえ彼女が逃げても、ヴァレクがちゃんと処分するさ」

ヴァレクはこの会話を聞いているのだろうか？　逃げても捕獲する必要がないことは、彼とわたしが一番よく承知している。《蝶の塵》が効くまで待てばいいのだから。けれども、このふたりは明らかにそれを知らない。どうやら、わたしが毒を与えられていることは周知の事実ではないようだ。

「さあ、行くぞ。湖で大尉と待ち合わせることになっているんだから。それと、もう少し静かに歩けないのか？　動揺したヘラジカみたいにうるさいぞ」

賢いほうの男にたしなめられて、相棒も言い返す。

「そりゃ、森の動物みたいに歩く特殊訓練を受けたおまえには、そう聞こえるよな。自分だってまるで交尾中の鹿みたいな音をたててるくせに」

ふたりは互いの冗談に笑うと、瞬く間に茂みに姿を消した。兵士たちが動く音に耳を澄ましたが、何も聞こえない。

いなくなったかどうか定かではないけれど、これ以上待てない。彼らが向かった湖は東にある。木々の間を飛び移りながら、今後は南を目指した。

移動している間、奇妙な感覚につきまとわれた。さっきの男たちにあとを追われているような気がしてならない。もっと速く動かねば、という抑制の効かない衝動にかられる。力強い手に背中を押されているように、どんどんスピードが上がる。もう我慢できない。これまでは音をたてないよう細心の注意を払っていたが、それも頭から消え去った。地面に飛び降り、全速力で走りだした。

木が生えていない小さな空き地に着いて立ち止まった。さっきまでの圧倒的な恐怖心がすっと消えたのだ。息が切れて、脇腹が痛む。背嚢を肩から下ろし、地面に崩れ落ちた。喘《あえ》ぎながら、パニック状態に陥った自分を心の中で罵った。

「なかなかすてきな扮装《ふんそう》じゃないか」聞き覚えのある声が響いた。恐怖のあまり、疲弊しているのをすっかり忘れて勢いよく立ち上がった。

誰の姿も見えない。

背嚢を引きちぎるように開けてナイフを取り出した。肋骨《ろっこつ》の中で心臓が跳ねまわる。森に注意を払いながら、ゆっくりと周囲を見渡す。わたしを殺しに来た声の主は、どこだ？

15

嘲るような笑い声がわたしを取り囲んだ。

「そんな武器なんか、なんの役にも立たない。自分の心臓を刺したいとおまえに思いこませればすむ。簡単だ」

空き地の向かい側に、火祭で会った南部の魔術師が立っていた。周囲の風景に溶けこむ緑色のゆったりとした上着に同色のズボンを身につけ、平然と腕を組んで木の幹にもたれかかっている。女が雇ったならず者たちが、いつ森から出てくるかわからない。ナイフを構えたまま、ゆっくり円を描きながら周囲を監視した。

「安心していい。わたしたちだけだから」魔術師は軽い調子で言った。

動くのはやめたが、武器を握る手を緩めるつもりはない。

「あなたの言うことなんか信じられない。この間は、わたしを殺させようとしたくせに。便利な紐《ひも》まで用意してあげて」そこで突然思い出した。魔術師には殺し屋を雇う必要がない。魔術を使えばいいのだ。慌てて毒の名前を頭の中で暗唱し始めた。

魔術師は、子どもの幼稚な振る舞いを面白がる大人のようにけらけら笑った。「そんなことをしても無駄さ。祭りのときに効果があったのは、ヴァレクがあの場にいたからだ」

女がこちらに一歩踏み出したので、脅すようにナイフを振りかざした。

「イレーナ、落ち着きなさい。わざわざおまえの心にイメージを投影して、ここにおびき寄せたんだよ。本当におまえを殺したかったら木から突き落としていたさ。イクシアでは、殺人よりも事故のほうがあとで面倒がない。おまえもよく承知しているだろう?」

魔術師のあからさまな揶揄《やゆ》を無視した。「じゃあ、なぜ祭りで事故を起こさなかったの? それに、ほかにもチャンスはあったはず」

「おまえの近くにいる必要があるからだよ。魔術で人を殺すには、相当なエネルギーが必要なんだ。だから、できるだけ平凡な手段を使いたい。祭りは、ヴァレクがそばにいないときにおまえに近づくチャンスだった……と思っていたのだけれどね」魔術師は悔しそうに頭を振った。

「なぜ祭りのときに魔術でヴァレクを殺さなかったの? そのあとならわたしの処分も簡単だったでしょう?」

「ヴァレクには魔術は効かない。耐性があるからね」

もっと質問したかったが、女は急《せ》くように遮った。「全部説明している時間はない。ヴァレクがもうじきここに来るから、用件だけ言うよ。イレーナ、おまえに提案があるんだ」

前にも同じような台詞《せりふ》を聞いたことがあるが、提案には必ずどこかに落とし穴がある。ヴァレクの場合には、毒見役になるか絞首刑かという選択だった。「あなたが何をくれるっていうの？　わたしには仕事があるし、色が決まった制服もあるし、命を預けた雇い主もいる。これ以上、欲しいものなんかないわ」

「シティアへの亡命はどうだ？」魔術師の口調は切迫していた。「シティアに来れば、力をコントロールし、有効に使う訓練もできる」

「力？」思わず甲高い声を漏らしていた。「力って、いったいなんのこと？」

「とぼけるのはおやめ。気づいていないはずはないだろう。城で、少なくとも二度は魔術を使ったじゃないか」

眩暈《めまい》がした。魔術師は、わたしの〝生存本能〟のことを言っているのだ。命が危険にさらされたときに出てくるあの奇妙な振動音は、やはり魔術だったのか。絶望で全身の感覚を失った。余命を宣告されたような気分だった。

「隠密《おんみつ》調査をしているときに、おまえの未熟で野性的な魔術の悲鳴が聞こえた。そのもとが最高司令官の毒見役だと突き止めたとき、救出して南部にこっそり連れ出すのは不可能だと悟ったよ。いつもヴァレクが一緒か、すぐ近くにいるからね。今ですら、わたしは途方もないリスクをおかしているんだ。しかし、そのままにしておくわけにはいかない。訓練されていない魔術師が北にいるのはとても危険だ。今まで隠しおおせたのは奇跡だったが、おまえの命を断つ以外に選択肢はない。だから殺そうとしたのだが、思ったより難しかった。ただし、不可能というわけではない」

「わたしを殺そうとした人を信用しろっていうの？　生贄《いけにえ》用の羊みたいに、おとなしくシティアについていくとでも？」

「イレーナ、この演習でおまえが城とヴァレクのもとを離れると知っていたから、殺さずに待っていたんだよ。そうでなければ、今ごろおまえはとっくに死んでいる」

目の前の女を信じるべきかどうか迷った。わたしを助けて、なんの得があるのだろう？　わたしを殺す能力があるなら、なぜわざわざリスクをおかして救い出そうとするのか？　ほかに隠している理由があるに違いない。

「わたしが信用できないらしいね。それなら、ちょっとした実演はどうだい？」苛立《いらだ》ったように唸《うな》ると、魔術師は頭を片方に傾け、口を固く結んだ。

焼けつくような鋭い痛みが、頭の中を稲妻のように走った。反射的に頭を両手で抱えたけれど、痛みは頭蓋骨の内部でどんどん膨らんでいく。激痛と混じり合う警報のような音は、わたしの口から出る叫び声だ。このままだと圧力で脳が爆発する。吐きそうになって、前のめりになったとたん、拳大の見えない力が額に叩《たた》きつけられ、後ろによろめいて仰向けに倒れた。そのとたん、始まったときと同じくらい急に痛みが消えた。

涙でにじんだ目で、魔術師の姿を捜した。女は、相変わらず空き地の隅に立っている。少なくとも、わたしの身体《からだ》にはまったく触れていない。けれども、魔術師がわたしの心に繋《つな》げたパワーは、いまだに綿帽子のように頭を覆っている。

「今のはなんなの？　歌を歌うんじゃなかったの？」攻撃のせいで朦朧《もうろう》としていた。まわりの空気は液体になったように重く、起き上がろうとすると渦巻きが起こり、波が立った。

「火祭のときに歌ったのは、親切心からだよ。わたしが本当におまえを殺すつもりならこうやって話すような時間の無駄はしないし、殺すためにわざわざシティアまで連れていったりはしない。それをわからせるためにやったのさ」

ふと魔術師が口をつぐんだ。ささやき声に耳を澄ませるかのように首を傾けている。

「ヴァレクが、ひっそりと隠れるのをやめて、猛スピードで移動し始めた。そのあとを男がふたり追跡しているが、ヴァレクではなくおまえだと思いこんでいるようだ」女は、意識を集中して唇をきっと結んだ。「追っている男たちの足を止めることはできるが、ヴァレクは無理だ」そう言って、遠くに向けていた視線をわたしに戻した。

「わたしと一緒にシティアに来るかい？」

言葉がなかった。歌で殺すのが親切心だという魔術師の考え方があまりにもショックだった。茫然《ぼうぜん》としたまま彼女を見返す。

なんとか声を絞り出した。「行かない」

「なんだって?」女は驚いたようだ。断られるとは思ってもいなかったのだろう。「毒見役の仕事がそんなに好きなのか?」

「好きなわけないでしょう。でも、あなたと一緒に行ったら、死ぬことになる」

「ここに残ったら、確実に死ぬぞ」

「それでも、運を試すわ」立ち上がって、服から泥を払い落とし、ナイフを取り上げた。毒のことは話したくなかった。これ以上、わたしが不利になるような情報を相手に与えたくはない。だが、無駄な努力だった。魔術でわたしの心と直接繋がっているので、《蝶の塵》のことを考えただけで読まれていた。

「解毒すればいい」魔術師が答えた。

「明日の朝までに解毒剤を用意できるの?」

女は首を振った。

「いや。もっと時間が必要だ。われわれの治療師《ヒーラー》は、まず身体のどの部分に毒が隠れているのか見つけ出す。血液なのか、筋肉なのか、内臓なのか。それを見極めたうえで、毒がどう作用するのか知らなければ消すことができない」わたしが理解していないのがわかったのか、魔術師は説明を続けた。「わたしたちの力、つまり、部外者が魔力と呼ぶ力の源は、世界を取り囲む毛布のようなものなのだよ。精神をその源に繋ぎ、そこから細い糸を引き出すようにしてそれぞれが持つ独自の魔力を強くする。他人の心を読んだり、直接触れることなく物質的世界を変えたりする能力は、どの人間にも潜在的に備わっている。だが、ふつうの人間は力の源に繋がることができないから、魔術を使えないんだ」

　魔術師は、無念そうにため息をついた。

「イレーナ。おまえの野性的な能力が、なんの抑制もなく噴出するのをそのままにしておくわけにはいかないんだよ。魔力の源から細い糸を引き出す代わりに、おまえはまわりにある大きな毛布をわしづかみにしているんだ。このまま年齢を重ねると、魔力を蓄えすぎて自爆するか、燃え尽き《フレイムアウト》を起こす。この燃え尽きは、おまえを殺すだけでなく、魔力の源を捻《ね》じ曲げ、引き裂き、徹底的に破壊する。若いうちには力の引き出し方を訓練することができるが、いったんある年齢を超えるとそれができなくなる。燃え尽きはなんとしても止めなくてはならない。だから、手遅れになる前におまえを殺すしかなくなる」

「あと戻りできなくなるまでの猶予は？」

「一年だ。おまえが魔力を抑制できるなら、もう少し長引かせることができるかもしれない。それを超えたら、もうわたしたちが助けることはできない。だが、シティアにはおまえが必要なんだよ、イレーナ。おまえのように強い能力を持つ魔術師は、ほとんどいなくなってしまったから」

　選択肢がめまぐるしく頭に浮かぶ。魔術師が見せつけた能力は、予想以上の脅威だ。そんな者を心から信頼するのは愚かだ。しかし、彼女と一緒にシティアに行かなければ、この場で殺されてしまう。そこで、避けられない事態をあとに延ばすことにした。

「じゃあ、一年猶予をちょうだい。その間に、完璧に毒を消す解毒剤を見つけ、シティアに逃亡する方法を見つけてみせるから。一年だけ、あなたに殺されることを心配しないですむ時間が欲しい」

魔術師は、わたしの目をじっと見つめた。彼女の精神の触手が、わたしの心に触れたのがわかった。強く押しつけてくる。騙《だま》していないかどうか、あちこち探っているようだ。

「わかった。一年やる。ちゃんと誓約しよう」魔術師はそこで言葉を止めた。

「言いたいことがあるなら言って。どうせ、別れる前に脅しておきたいんでしょう？　言うことを聞かない場合にわたしがたどる悲惨な結末の話？　遠慮なくどうぞ。そういうのには慣れているから平気」

「強がりを言っているが、わたしが一歩でも踏み出したら小便を漏らすだろうに。ズボンが濡《ぬ》れて台無しになるぞ」

「あなたの血でね」魔術師に向かってナイフを振りかざしてみたけれど、真顔を保つのがやっとだった。自分の耳にもばかばかしく聞こえる脅しだ。思わず口をほころばせると、女も笑った。

ふと、魔術師が真剣な顔つきになった。また首を傾《かし》げて耳を澄ましている。まるで、透明人間の付き人から報告を聞いているみたいに。

「ヴァレクが近づいている。もう行かないと」

「もうひとつだけ教えて」

「何を？」

「わたしが逃亡役をするのを、どうやって知ったの？　それも魔術？」

「魔術ではない。明かすわけにはいかないが、情報源がある」

了解のしるしに頷《うなず》いた。それ以上の詳細を得ることは不可能でも、尋ねた価値はあった。

「気をつけるんだよ、イレーナ」そう言い残して魔術師は森に消え去った。

そういえば、名前を聞いていなかった。

「アイリスだ」頭の中で魔術師がささやいた。

そして、わたしの心から彼女の魔力が離れた。

アイリスの話を頭の中で繰り返しているうちに、どんどん疑問が湧いてくる。演習の情報漏れなんかより、もっと重要な質問をするべきだった。けれども、アイリスはすでに遠くに行ってしまったはずだ。呼び戻したい衝動を抑えて、地面に座りこんだ。

ショックの名残で全身がまだ震えている。危なっかしい手つきで背嚢《はいのう》にナイフをしまい、水筒を取り出してごくごく飲んだ。自分がばらばらになって誰だかわからなくなり、押し潰《つぶ》されそうな気分だ。水なんかより、強い酒が欲しい。喉を焼いて、胃を熱くするようなもの。途方にくれた気持ちを忘れさせてくれるもの。

ヴァレクとその追跡者たちが到着するまでに、考える時間が必要だ。鉤《かぎ》とロープを取り出し、登るのにちょうどいい木を探した。高い場所に戻ると、引き続き南に向かった。幹をよじ登り、枝から枝に飛び移って肉体をこき使いながら、魔術師が与えてくれた情報を頭の中で整理した。

森の小道にぶつかったところで、そこを通る者を監視するのにぴったりの枝を見つけた。楽な場所に座り、ロープで身体を幹に繋いだ。アイリスは一年猶予をくれると約束したけれど、念のために簡単に突き落とせないようにしておいたほうがいい。魔術師やその誓約のことなどまったく知らないから、アイリスが気を変えないという確信はなかった。

アイリスは、わたしに魔力があると言った。生存本能だと思いこんでいたのは魔力だという。窮地に陥ったときにはいつも、何かに取り憑《つ》かれた気がしていた。自分ではない何者かがわたしの身体を一時的に支配し、死の淵《ふち》から救い出し、そして去っていくのだ。

わたしの喉から溢《あふ》れ出て命を救う振動音が、アイリスが使っているのと同じ魔力だなんて、あり得るのだろうか？　そうだとしたら、この秘密は厳守しなければならない。そして、燃え尽きとやらを避けるために、魔力を制御できるようにならなくては。でも、どうやって？　生命の危機に陥らないようにすればいい。だが、トラブルに巻きこまれないようにする、という発想は笑《わら》い種《ぐさ》だ。こっちがどんなに努力しても、トラブルのほうからやってくる。孤児になり、拷問され、毒を盛られ、今度は、魔術の呪い。どんどんリストが長くなる。

頭の中でぐるぐるまわり続ける複雑な問題を解決する時間はない。今やるべきことだけに集中しよう。そう決めて、眼下にある小道を観察した。細い道の部分に小さな若木がいくつも侵入し、森にのみこまれそうになっている。シティアとの国交があったころに、貿易に使われていた道なのだろう。

そこでヴァレクが来るのを待った。きっと魔術師に会ったときのことを尋ねられるが、答える準備はできた。

頭上の葉がかすかに揺れる音を聞くまで、ヴァレクが近くに来ているのに気づかなかった。見上げると、高い場所にある枝から彼が、蛇のようにするすると下りてくるところだった。ヴァレクは、音もたてずにわたしの脇に下りた。

アイリスと同じように緑色の迷彩服に身を包んでいる。どうやら、今日流行の衣装らしい。ヴァレクの服は身にぴったり合ったもので、髪と首を覆うフードがついている。茶と緑のフェイスペイントが塗られた顔に、青い目がひときわ映える。

あり合わせの自分の迷彩服を見下ろした。くっつけた葉っぱの端はぼろぼろになっているし、制服も枝に引っかかってところどころ破れている。次に森を逃げる機会があったら、ディラナに頼んでヴァレクのような服を縫ってもらおう。

「まったく、信じられない奴《やつ》だな」ヴァレクが言った。

「いい意味ですか？　悪い意味ですか？」

「いい意味だ。最初から簡単には捕まらないだろうと信じていたけれど、ここまでやるとは想像もしてなかった」ヴァレクは葉っぱのついたシャツを指差してから、両腕を広げて森を示した。「それだけではなく、南の魔術師にでくわしたのに、まんまと逃げおおせた」

最後の部分には皮肉な響きがある。つまり、説明を求めているのだろう。

「いったい何が起こったのか、わたしにもよくわからないんです。森を全速力で通り抜けて、気づいたら空き地に出て……そこに魔術師が待ち受けていたんです。わたしがレヤードを殺したから計画が台無しになったと言うと、突然わたしの頭が割れるほど痛くなって……」魔術師から攻撃されたときの記憶はまだ生々しい。そのときに感じた恐怖と痛みを正直に顔に出した。実際に何があったのか少しでもヴァレクに怪しまれたら、わたしの命はアイリスが約束した一年ももたない。それに、魔術師が攻撃した理由にレヤードが絡んでいるというのは、ヴァレクの仮説通りでもある。

大きく息をついて続けた。「火祭のときのように毒の名前を暗唱して、それから、痛みを押しのけようと抗《あらが》いました。そうしたら突然、攻撃がやんだんです。魔術師はあなたが近づいていると言い、わたしが目を開けたときには姿を消していました」

「なぜ、その場でわたしを待たなかったんだ？」

「魔術師がどこに消えたのかわからないので、動き続けるほうが安全に思えたんです。どうせ、あなたが見つけてくれると思っていましたから」

ヴァレクは、わたしの説明を吟味しているようだ。不安を気づかれたくなくて、背嚢の中身を整理した。

しばらくして、ヴァレクはにやりと笑った。「これで、最高司令官に間違いを認めさせることができるな。君が午前中に捕まると思いこんでいたから」

ほっとして、にっこり笑い返した。せっかくの上機嫌に乗じて尋ねてみた。「なぜ最高司令官はあれほど魔術師を嫌うんですか？」

ヴァレクの表情から笑みが消えた。「理由はいくつもある。まず、魔術師は前国王の仲間だ。行動が常道を外れているし、私欲のために魔力を使う。富や宝石を貯《た》めこみ、病死にかけている者の家族に巨額の治療費をふっかける。治療費が払えなければ治療はしない。国王専属の魔術師は、あたり構わず心理ゲームを仕掛けて国に大混乱を起こしたんだ。最高司令官は、そんな連中とはいっさいかかわりたくないんだよ」

興味が湧いたので、もう少し踏みこんでみた。「目的のために、彼らを利用したらいいんじゃないですか？」

「最高司令官は、魔術師など信用ならないと思っている。わたしには異論があるんだが……」ヴァレクは遠い目をした。「最高司令官の懸念はわかる。国王に仕えていたすべての魔術師を殺すのもいい戦略だった。だが、魔力を持って生まれた新しい世代は、諜報《ちょうほう》機関にスカウトできると思うんだ。この点で、わたしと最高司令官は意見が分かれた。わたしの抗議にもかかわらず、最高司令官は……」そこでヴァレクは口を閉じた。続けるかどうか迷っているようだ。

「最高司令官はどうしたんですか？」

「魔力を持って生まれた子どもは、たとえその力がわずかであっても即座に殺すように命じた」

南部からのスパイと国王時代の魔術師が処刑されたのは知っていたが、子どものことは知らなかった。母親の腕からもぎ取られて泣き叫ぶ赤ん坊と、半狂乱で子どもを守ろうとする母親の姿を想像し、あまりの残酷さに息をのんだ。「なんてひどい……」

「たしかに無慈悲だ。だが、それほど残酷ではない」ヴァレクの目には悲しみがにじんでいた。「魔力の源に繋がる力が現れるのは、十六歳前後の思春期だ。誰かが魔力に気づいて報告するまでに一年ほどかかる。その間にシティアに逃げるか、わたしが見つけるかのどちらかだ」

ヴァレクの言葉の持つ意味が重くのしかかってきて、息ができない。十六歳というのは、ブラゼルがわたしを実験に抜擢《ばってき》した年齢だ。そして、ブラゼルとレヤードの拷問から身を守ろうとして〝生存本能〟が噴き出し始めたのもその年。彼らはわたしに魔力があるかどうか試したのだろうか？　それなら、魔力があると知ったときに、なぜ通報しなかったのだろう？　ヴァレクが殺しに来なかったところを見ると、最高司令官はいまだに何も知らない。

ブラゼルが実験で何を得ようとしたのかわからない。ただ、わたしが命を失う理由がもうひとつ増えたのはたしかだ。魔力を持っていることがばれたら殺される。誰かが最高司令官の食事に毒を盛ったら死ぬ。ブラゼルが工場を建て終えたら復讐《ふくしゅう》される。どちらを向いても死が待ち受けている。《蝶の塵》で死ぬのがだんだん魅力的に思えてきた。死ぬタイミングを自分で選べるのは、その方法だけだ。

自己憐憫《れんびん》にどっぷり浸りそうになったとき、ヴァレクがわたしの腕を掴《つか》んで、緑色に塗られた自身の唇に人差し指を当てた。

遠くから蹄《ひづめ》の音と男たちがしゃべる声が聞こえる。一瞬、魔術師が頭に幻影を送ってきたのかと思ったが、じきに荷車の行列が目に入った。行列は、貿易が途絶えたあとは使われてないはずの小道いっぱいに広がり、押し分けられた枝や茂みが鞭《むち》のように車輪を叩いている。六台の荷車はそれぞれラバ二頭が引っ張り、商人の茶色い制服を着た男がひとりずつラバを導いている。最初の五台の中身は、穀物か小麦粉を入れるような麻袋。最後の一台に積んであるのは、黄色い楕円形《だえんけい》の奇妙な莢《さや》だ。

静かなはずの蛇の森なのに、今日はずいぶんと賑《にぎ》やかだ。あとは、火の踊り子が森から飛び出して、踊りを披露してくれたら完璧だ。

ヴァレクとわたしは、木の上から行列が通り過ぎるのを静かに眺めた。男たちの制服は汗でぐっしょり濡れている。躓《つまず》かないようにズボンの裾をたくしあげている者が何人かいた。シャツの腹のボタンが引っ張られてはじけそうになっている者もいれば、ぶかぶかのシャツをベルトできつく締めている者もいる。ちゃんとした居住地がない行商人なのだろう。でなければ、こんな格好で外に出ることを裁縫師が許さない。

商人たちが見えなくなり、声が届かない場所まで遠ざかると、ヴァレクがささやいた。

「わたしが戻るまで、ここから動かず待っていろ」そう言うや、音もなく地面に下り、荷車を追った。

しばらくすると、そわそわしてきた。アイリスは、ふたりの兵士がわたしだと思ってヴァレクのあとを追っていると言っていたけれど、そろそろ追いつくのではないか。ヴァレクが戻る前に見つかったらどうしよう。もう、太陽が沈もうとしている。日中の暑い空気も涼しくなってきた。じっとしているせいで硬くなった筋肉が痛み始め、わずかしか残っていなかったエネルギーも尽きそうだ。一日中木登りをした重労働が、遅ればせながら身にこたえてきた。ひとりきりで森の一夜を明かすことを想像して、不安になる。こんなに長く逃げられるとは想像もしていなかった。

ようやくヴァレクが戻り、手を振って木から下りるように合図した。しばらく身動きしていなかったので、全身がこわばってうまく動けない。ロープを腰に巻きつけ、疲労で震える筋肉を騙しつつ、ゆっくりと下りた。

ヴァレクは、持っていた小さな袋をわたしに手渡した。中には、最後の荷車に積んであった黄色い莢が五つ入っている。ひとつ取り出して、子細を調べた。長さ二十センチほどの楕円形で、縦に十本の溝が走っている。真ん中が太くなっていて、わたしが両手をまわすと指が少しだけ重なる程度だ。

白昼堂々と動いている荷車からものを盗めるヴァレクの手腕に驚いた。「どうやって、これを手に入れたんですか？」

「企業秘密だ」ヴァレクはにやりと笑ってから続けた。「莢を盗むのは簡単だ。面倒なのは、男たちがラバに水をやるまで待たねばならなかったことだよ。その間に麻袋の中身を調べた」

莢を袋に戻すとき、底に茶色の小石のようなものがあるのに気づいた。一握り取り出し、消えかけている太陽の光にさらして調べた。豆のように見える。

「なんですか、これは？」

「麻袋の中身だ。これをアンブローズ最高司令官に届けてくれ。これがなんなのか、どこから来たのか、わたしにもわからないと報告してほしい。わたしは隊商を追って、どこに行くのか確かめる」

「あの隊商は、何か違法なことをしているんですか？」

「それはまだわからない。豆がシティアから来たものなら違法だ。南部と取引するのは禁じられているからな。ひとつだけたしかなのは、あいつらが商人ではないことだ」

どうしてそれがたしかなのか尋ねようとしたとき、答えが頭に浮かんだ。「制服が身体に合っていませんでしたね。借りたのか、あるいは盗んだのか」

「盗んだ確率が高いな。借りるなら、自分の身体に合ったものを選ぶ」ヴァレクはしばらく黙りこみ、森の音に耳を澄ました。ついに日が沈み、あたりには虫の声が鳴り響いている。

「イレーナ。昼に君が見かけたふたりの男を捜し出して、城まで同伴してもらえ。ひとりきりになってほしくない。魔術師がまた攻撃してくるかもしれないが、あとふたりいたら、相手にするのをためらうだろう。それに、もうそれだけのエネルギーは残っていないと思う。ああ、それから、木に登ったことは誰にも話すな。魔術師のことも、隊商のことも秘密だ。最高司令官にだけは、すべてを報告しろ」

「わたしの解毒剤は？」

「最高司令官が予備を持っている。報奨のほうも、気にせずに受け取れ。それだけの仕事は十分したんだから。戻ったら、ちゃんと手配するから心配するな。わたしはもう行かないと。でないと、隊商に追いつくのに一晩中かかってしまう」

「ヴァレク、待って」強い口調で止めた。ちゃんとした説明もなしに置いてきぼりにされるのは、今日はこれで二度目だ。もう、うんざりしている。

ヴァレクは動きを止めた。

「ふたりをどうやって捜せばいいんですか?」日が沈んだので、方向感覚がなくなってしまった。兵士たちを見た場所すら見つける自信がないのに、ひとりでは城に戻れない。

「この小道に沿って歩けばいい」ヴァレクは、隊商がやってきた方向を指差した。「君に追いつくときに尾行を振りきったから、彼らは南西に向かった。たぶん、この小道を張りこんでいるだろう。論理的には最善の戦略だ」

小道を駆けていくヴァレクの後ろ姿を見送った。鹿のように軽やかな優雅さとスピードだ。身体にぴったりした迷彩服の下で筋肉が波打っている。

ヴァレクの姿が見えなくなると、道の小石をわざと踏んで音をたてながら歩き始めた。鮮やかだった森が黄昏《たそがれ》で色を失い、暗闇が降りかかる。だんだん不安になってきた。物音がするたびに、心臓が口から飛び出そうになる。ヴァレクがいてくれたらと願いながら、何度も後ろを振り返った。

ふいに、叫び声が空を切り裂いた。それに反応する前に、大きな影が近づき、わたしを地面に押し倒した。

16

「捕まえたぞ！」背中に馬乗りになった男が高らかに叫んだ。

砂利道に顔を押しつけられ、口の中が土だらけになった。この格好では見えないけれど、声の主には心あたりがある。昼に見かけたふたりの兵士の、荒っぽい声のほうだ。彼は、わたしの両腕をぐいと引いて後ろにまわした。手首に冷たい金属が食いこみ、手錠をかける音がした。

「ジェンコ、ちょっとやりすぎじゃないか？」別の声がたしなめた。

ジェンコと呼ばれた男は、背中から下りると、わたしを地面から引きずり起こした。立ち上がってからその男を見ると、山羊髭《やぎひげ》をはやしている。薄暗くなっているので色がはっきりわからないが、黒か濃い茶色の髪を軍人スタイルの短髪に刈りこみ、痩せていて、右の額から耳にかけて太い傷あとがある。そして、右側の耳たぶがない。

「ようやく見つけたってのに、逃げられたらたまらないからな」言い訳するようにぼやいている。

相棒のほうは、背丈は同じくらいだが、横幅は二倍ほどありそうだ。その全部が筋肉で、迷彩柄のつなぎがはちきれんばかりに盛り上がっている。汗で濡《ぬ》れて頭に張りついているカールがかかった短い髪はたぶんブロンドで、この距離からだと瞳孔以外が無色に見えるほど目の色が薄い。

突然逃げ出したくなった。森は暗くなりかけているのに、手錠をかけられたうえに、見知らぬ男ふたりと一緒なのだ。彼らは最高司令官付きの兵士だし、職務に徹しているのだから、信頼できると理屈ではわかっている。でも、不安で胸が早鐘のように打つ。

「おまえは俺たちの面目を丸潰《まるつぶ》しにしたんだぞ」ジェンコが言う。「今日の演習に参加した兵士は、みんな便所掃除に配置換えされちまうだろうよ。それも全部、おまえのせいだ」

「ジェンコ、いいかげんにしろ」色がない瞳の兵士が、喚《わめ》いている相棒を止めた。「少なくとも、僕たちは床を拭かなくてすむさ。脱走者役を見つけたんだから。それより、彼女の格好を見てみろよ。自分で迷彩服を作るなんて、誰ひとり想像しなかったよな。だから捜すのに苦労したんだ。それにしても、大尉がこれを見たら、ぶったまげるだろうな」

「大尉はもう城に戻っているの？」城に早く戻りたくて尋ねた。

「いや。ここよりさらに南西部にいる。僕たちはまず、そこに報告しに行かなければならない」

ため息が出た。早く帰りたかったのに、これでは遅くなりそうだ。「相棒の彼が大尉に報告に行く間に、あなたがわたしを城に連行するというのはどう?」

「悪いけど、パートナーが別行動をするのは禁じられている。例外は認められない」

ジェンコがわたしのほうを見て、口を開いた。「ええっと……」

どう呼んでいいのか困っているようなので、助け舟を出した。「イレーナ」

「そうか。イレーナ、なんでそんなに急いで城に帰りたいんだ?」

「暗闇が怖いの」

無色の瞳が鼻で笑った。「ちょっとそれは信じがたいな。ジェンコ、手錠を外してやれ。逃げたりはしないだろうから。この演習の目的はそういうことじゃなかっただろ」

ジェンコは戸惑っている。

「お願い、ジェンコ、逃げないって約束する」わたしも真摯に頼んだ。

ぶつくさ文句を言いながらもジェンコが手錠を外してくれたので、自由になった手で顔の泥を拭い、礼を言った。「ありがとう」

ジェンコは黙って頷《うなず》き、相棒を指差した。「こいつはアーデナス」

「長いから、アーリでいいよ」アーリは、握手を求めて右手を差し出した。兵士が握手するのは同等とみなした相手だけなので、わたしに敬意を払ってくれているのだ。その栄誉に応えて厳粛に手を握り返し、三人揃《そろ》って大尉に会いに向かった。

城に戻る道中は、まるで喜劇だった。まったくの喜劇と思えなかったのは、酷使した筋肉がこわばって、歩くたびに悲鳴をあげたくなるほど痛かったからだ。骨の髄まで疲れていて、石のマントを着ているみたいに身体《からだ》が重い。そうでなければ、その後の成り行きをもっと楽しめただろう。

わたしたち三人が到着すると、パーフェット大尉は頭から湯気を出して荒れ狂っていた。

「おやおや、お嬢さんたちふたりがようやく誰かさんを見つけたようじゃないか」

大尉の禿《は》げ頭から粒になった汗が両頬を伝って落ち、制服の襟にたまっている。大尉にしてはやや年配だけれど、この嫌味《いやみ》な性格のせいで昇進が遅れているのかもしれない。

パーフェットは、アーリとジェンコに向かって怒鳴り始めた。

「最高司令官の護衛の中から一番優秀な兵士をつけてもらったはずなのに、このざまはなんだ？　そのあばずれ女を見つけるのに、なんで十七時間もかかったんだ？　儂《わし》の命令の、どれに従ったらそんなに時間がかかるのか、優秀なおふたりにお教え願おうじゃないか」

薄暗くても、ふたりを罵り続けるパーフェットの顔が紫色になっているのがわかる。

がなり声を無視して、そっと部隊を観察した。何人かは、大尉に同意して頷き、嘲笑を浮かべている。パーフェットの癇癪《かんしやく》に慣れているのか諦観している者もいるが、残りは疲れきったような、退屈そうな顔だ。その中でひとり、気味が悪いほどわたしをじろじろ見ている兵士に気づいた。前髪だけ残して頭をつるつるに剃《そ》り上げた奇妙な髪型の男だ。わざと視線を合わせると、男はすっと大尉のほうに視線をそらした。

「ニックス、その雌犬に枷《かせ》をつけろ」パーフェットが命じると、わたしを見ていた例の男が、金属でできた重たそうな枷をベルトから外した。それからまたパーフェットは、ジェンコとアーリのほうを向いた。「どうやらプリマドンナさんたちは、わが部隊の規則になど従う必要もないと思し召《おぼめ》したようだからな」

近づいてくるニックスを見て焦った。ジェンコとの約束は城まで手錠をかけないというものだった。重い枷は手錠ではないと言われたら、どうしよう？　わたしの不安を察したのか、アーリがわたしの肩に手を置いた。

「大尉、彼女は逃げないと誓っています」

「その女の言葉に意味があるとでも思っているのか」パーフェットは地面に唾を吐いた。

「彼女は逃げないと誓っているんです」アーリは同じ言葉を繰り返した。だが、今度は低い唸《うな》り声が混じっている。まるで、大型犬が威嚇するときのような。

パーフェットは、しぶしぶ枷をつけるのを諦めた。そして、やり場をなくした癇癪をぶつけるために、兵士たちに厳格な隊形を組ませ、城まで早足で行進するよう命じた。

まるで優勝トロフィーのようにアーリとジェンコに挟まれて歩き始めたわたしに、アーリが、大尉は想定外のことが苦手なのだと説明してくれた。一日中森でわたしに振りまわされて鬱憤がたまっているらしい。

「そのうえ捕まえたのが俺たちだったから、さらに怒り心頭ってわけさ。ほかの兵士はパーフェットが選んだ兵士だけど、俺たちを任命したのはヴァレクだからな」ジェンコが補足する。

途中で猟犬チームに追いつかれ、パーフェットの機嫌はますます悪くなった。犬のけたたましい吠《ほ》え声を皮切りに、大人数の兵士が合流し、あたりは混沌《こんとん》としている。猟犬がこちらに向かって走ってくるのを見て一瞬怯《おび》えたけれど、目の前に来た犬たちは尻尾を振って手をなめようとしてくる。その様子に、思わず頬が緩んだ。犬の耳をかいていたらパーフェットから睨《にら》まれ、隊形を乱すなと怒鳴られた。

犬舎の責任者のポーターも猟犬チームに加わっている。猟犬たちは首輪をつけていないけれど、ポーターの命令に従って速やかに集まってきた。猟犬チームを率いた女性大尉は、わたしを先に見つけられなかったのが残念そうだけれども、アーリの大尉よりも潔く敗北を受け止めている。近寄ってきてわたしに自己紹介をしたエタ大尉は、一緒に歩きながら脱走の詳細を質問し始めた。話してみると、エタ大尉はとても気さくで礼儀正しい。濃いめのブロンドの髪は軍規違反すれすれに長くて、そんなところにも好感を抱いた。

エタ大尉の質問には、答えられる範囲でなるべく事実を話した。けれども、犬が途中でわたしの匂いを失った理由については、ヴァレクの命令があるので嘘をつくしかない。川に入って水の中を北に進み、それから東に向かったのだと説明した。

エタは悔しそうに頭を振った。「南に向かっているだろうと思いこんでいたから、別の筋書きを考えなかったわ。東を選んだパーフェットは正しかったってことね」

「最終的には南に向かうつもりでした。でも、その前に犬を混乱させたかったんです」

「成功ね。でも、演習の出来に関しては、最高司令官は不服だと思うわ。アーリとジェンコが見つけてくれてほんとによかった。朝まで見つけられなかったら、どちらのチームも降格になっていたでしょうからね」

城までの残り三キロメートルほどの道のりは、疲れすぎてほとんど覚えていない。涸《か》れかかったエネルギーを振り絞り、ただひたすら足を前に進めた。兵士たちに遅れないことだけを考えていたので、城の領地に戻ったのに気づかなかったくらいだ。

深夜を過ぎて静まり返っている城の石壁に、帰還した部隊の喧騒《けんそう》が大きくこだました。猟犬はポーターのあとについて犬舎に戻ったが、疲労困憊《ひろうこんぱい》した残りの部隊は最高司令官に報告に行かなくてはならない。執務室に続く謁見室でようやく行進が終わった。

開け放った執務室のドアから角灯《ランタン》の光が漏れていた。入り口の両脇に立っている護衛たちは面白がるような表情を浮かべているが、微動だにしない。パーフェットとエタは、観念した面持ちで最高司令官への報告に向かった。

大尉たちが執務室に姿を消すやいなや、わたしは近くにあった椅子に、崩れ落ちるように座りこんだ。一度座ったら、立つのが大変だとはわかっている。でも、そのときはそのときだ。

じきに大尉たちが戻ってきた。パーフェットの顔は不機嫌そうに歪《ゆが》んでいたが、エタはなんの感情も浮かべていない。大尉ふたりがそれぞれの部隊を解散させたので、わたしも残りの力を奮い起こしてなんとか立ち上がろうとした。こわばった身体を持ち上げるのに苦労していると、その様子に気づいたエタがやってきて、手を貸してくれた。

「ありがとう」

「最高司令官が報告をお待ちよ」というエタの伝言に頷き、執務室に向かった。入り口で一瞬ひるんだ。謁見室の薄闇に目が慣れていたので、執務室の角灯が眩《まぶ》しすぎる。

「入りなさい」最高司令官が命じた。

命じられるままに机の前に立った。最高司令官は、いつものごとく、冷静沈着で無表情で、不動だ。どこか現実離れした滑らかな顔には皺《しわ》ひとつない。ふと、最高司令官はいったい何歳なのだろうと疑問に思った。短く刈りこまれた頭には白髪が交じっている。最高司令官という階級だけでも、ある程度の年齢以上だということはたしかだ。けれども、スリムな体つきや若々しい顔を考えると、四十歳前後のような気がする。とすると、ヴァレクより七つくらい年上だろうか。わたしが推定したヴァレクの年齢が正しいとしての話だが。

「報告したまえ」

促され、枝の間を移動したことや、南の魔術師に出会ったことも含め、いっさいを詳しく報告した。ヴァレクに話したのと同じ内容だ。そして、怪しい隊商を見つけたことや、ヴァレクの命令で城に戻った経緯を説明し、最高司令官からの質問を待った。

「ということは、アーリとジェンコがおまえを捕まえたわけではないのか」

「捕まえたのではありませんが、わたしに接近できたのはあのふたりだけです。ほかの人は、まったく見当違いの場所を捜していましたから。アーリとジェンコは、わたしが隠れていた木の真下を通りましたし、しばらくヴァレクを追跡できたほど技能があります」

最高司令官は黄金の目を遠くに向けてしばし口をつぐんだ。情報を消化しているようだ。

「ヴァレクが獲《と》ってきたものはどこにある？」

背嚢《はいのう》の中から豆と莢《さや》を取り出して、机の上に置いた。

最高司令官は黄色い莢を手に取り、色々な角度から調べたあとで机に戻した。次に豆を一掴《ひとつか》みし、宙に放って重みと手触りを確かめている。そこからひと粒選んで匂いを嗅ぎ、半分に割った。わたしも傍らから眺めたが、中身を見ても豆の正体は見当がつかない。

「イクシア産ではないな。シティアから来たに違いない。イレーナ、これを持っていって調査しなさい。この植物が何で、どこで栽培されているのかを探し出して報告するんだ」

「わたしがですか？」唖然《あぜん》とした。最高司令官に渡したら、役目は終わりだと思っていた。

「そうだ。ヴァレクが、おまえの能力を過小評価するなとよく忠告してくれる。あまり信用していなかったが、おまえ自身が今回の演習でそれを証明した。せっかくブラゼル将軍がよい教育を受けさせたのだから、無駄にしたくはない」

反論したかったけれど、謁見は素っ気なく打ち切られてしまった。ため息をつきつつ、重い身体を浴場まで引きずった。身体中の痛みをこらえながら葉っぱで覆われた制服を脱ぎ、顔と首の泥を洗い落とし、熱い湯に浸《つ》かった。

湯の中で、痛む筋肉を徐々にほぐしていく贅沢《ぜいたく》を味わった。糊《のり》が少しでも落ちてくれることを願いながら、まとめていた髪を解いて湯に浸けた。長い髪が扇のように湯面に広がる。柔らかな水の音を聞いているうちに、睡魔が襲ってきた。

いきなり、力強い手がわたしの両肩を掴んだ。目を開けると、湯の中にいた。驚いて声をあげようとしたが、口と鼻に水が流れこんでくる。息ができない。溺れる。

混乱し、肩を掴んでいる手を鷲掴《わしづか》みにして力いっぱい突き放した。その勢いでまた底に沈みかけ、とっさにさっき引き離した腕を掴んでしまった。襲ってきた者にすがる自分の愚かさを罵る前に、浴槽《よくそう》から引きずり出され、冷たい床に放り投げられた。

飛び起きて、裸のまま次の襲撃に備えて構えを取った。

だが、目の前に立っているのは、太った顔を不機嫌にしかめているマージだった。濡れた手と袖からは水が滴り落ちている。ぞくっと身震いした。顔にかかっている濡れた髪を後ろにやり、「どういうつもり？」とマージに向かって叫んだ。

「なんの価値もない命を救ってやっただけじゃないか」マージは刺々《とげとげ》しく返す。

「救ったですって？」唖然とした。

「礼は言わなくてもいいぞ。こっちは、あんたを助けても嬉《うれ》しくもなんともないからな。正直言って、死んでくれたほうが嬉しかったよ。ついに正義が報われて、めでたしめでたしだ。だが、最高司令官にあんたの面倒を見るように命令されたから仕方ない」棚からタオルを掴むと、わたしのほうに放り投げた。「ヴァレクと最高司令官を騙《だま》して頭がいいと思いこませたようだが、風呂の中で寝る奴《やつ》のどこが賢いんだ？」

ディラナの忠告を思い出して、失礼な言葉には失礼な言葉でやり返したかったけれど、何も浮かんでこない。疲労で、頭に水がたまっているみたいだ。マージがわたしの命を救ったという信じがたい事実が、頭の中でちゃぷちゃぷ音をたてている。あまりにも現実離れしていて、どう考えたらいいのかわからない。

マージは鼻で笑った。わたしへの憎しみはあからさまだ。

「こっちは命令に従っただけだ。でも、あんたを助けるなんて、仕事の範囲を超えた奉仕だよ。だから、この恩を忘れんなよ、ドブネズミ」そう言い放つと、くるりと踵《きびす》を返した。けれど、長いスカートが足にもつれて戸口で躓《つまず》きそうになっている。せっかくの捨て台詞《ぜりふ》が台無しね、とタオルで身体を拭きながら思った。

マージへの感謝の気持ちなんかない。本人は助けたと言っているが、救助する前に浴槽に沈めた可能性はおおいにある。それに、借りもない。《マイ・ラブ》の毒を飲んだときにはわたしを吐物の中に置き去りにし、ヴァレクの続き部屋の掃除を拒否していやがらせのメッセージまで書いたくせに。何よりも許せないのはブラゼルにわたしの情報を漏らしたことだ。万が一、溺れているところを救ってくれたのが本当だとしても、たくさんある貸しのうち、ほんのひとつ返してもらっただけだ。わたしに借りがあるのは、マージのほうだ。

邪魔は入ったけれど、温かい風呂のおかげでこわばっていた筋肉が少しほぐれ、両手から葉っぱをはがせた。髪についた葉っぱはしっかりついたままだが、そのまま飾りのようにして編みこめば、なんとかごまかせるだろう。

ヴァレクの続き部屋までの道のりがいつもより長く感じる。ベッドに倒れこんで眠ることだけを考えながら、数えきれないほどの廊下や十字路を、ゾンビのように歩み続けた。

翌日からはこれといって何もない、ふつうの生活に戻った。だが森での自由を味わったおかげで、すっかり外の世界が恋しくなった。木から木に飛び移ることは無理でも、散歩ならできる。そこで、ヴァレクの留守の間、調査がてらに城を散策することにした。

日誌に書き写しておいた城の見取り図を使って、図書室を見つけた。城の一画を占めている室内にはいくつもの階があり、どの階のどの部屋にも本が溢《あふ》れ返っている。けれども、すっかり人々から忘れ去られたように、埃《ほこり》とカビの匂いが充満していた。最高司令官は、国民が仕事に必要な知識以上を自学自習するのをよしとしない。そのために、これほど膨大な知識の蓄積が無駄になってしまうのは悲しいことだ。

軍隊では、それぞれの軍人の職務に必要なことしか訓練しない。知的好奇心にかられて自分の仕事に関係ないことを学んだりすると、眉をひそめられ、疑いの目で見られる。

図書室が見捨てられた場所だと確信したので、重い本をヴァレクの家に持ち帰る代わりに、豆と莢を持ってきた。ゆっくり調べられるよう人目につかない隠れ場も見つけた。木の机があり、正面の楕円形の大きな窓から光が燦々《さんさん》と差しこんでいる。机から埃を払うと、立派な仕事場になった。

まずは黄色い莢をふたつに割ってみた。中には、白くてふわふわした粘着性の果肉がぎっしりと詰まっている。口に入れると、甘い柑橘系《かんきつけい》の風味に混じって、腐りかけたような酸っぱい味もわずかにする。

果肉の中には種がたくさん入っていた。果肉を取り除いて種だけを取り出すと、三十六個あった。種は隊商からヴァレクが盗んだ袋に入っていた豆に似ている。けれども、陽光に照らして比べてがっかりした。豆は茶色だけれど、莢から出てきた種は紫色なのだ。種を噛《か》んだら強烈な苦さと渋みが口に広がったので、すぐに吐き出した。豆のほうは素朴な酸っぱい味だったので、全然違う。

莢が果実で、豆は食べられると仮定し、図書室の中から植物に関する本を全部探し出して机に積み上げた。それから棚に戻り、今度は、毒に関する本をすべて抜き出した。毒に関する本は、植物のものよりずっと数が少ない。たぶん、興味深い本はヴァレクが持ち出してしまったのだろう。最後に魔術に関する本を探したけれど、収穫はなかった。

代わりに見つけたのは、空っぽになったセクションだ。こんなに本がぎっしり詰まった図書室で空いている棚があるのは不自然だ。ある分野の本がすべて取り除かれたのだろう。最高司令官が魔術を忌み嫌っていることを考えたら、政権交代後に魔術に関するすべての本が処分されたと見るのが妥当だ。ここには魔術の本があったに違いない。

本がたくさん並んでいたころには、棚の向こう側に滑り落ちた本があったかもしれない。棚の一番下の段にある本を全部取り出し、底を探った。推察が的中して、指が薄い本に触れた。引っ張り出すと、表紙に『魔力の源』というタイトルがついている。脈が速まり、とっさに本を胸に抱きしめた。

素早くあたりを見渡す。誰もいない。ほっと一息つき、冷や汗で濡れた手で本を背嚢に隠した。読むのはあとだ。部屋に戻って、扉に鍵をかけてから。

禁じられた本を入手した興奮と緊張で浮き立った気分のまま、いくつもの続き部屋を歩きまわるうちに、座り心地のよさそうな椅子が目に入った。紫のベルベットでできたクッションを叩《たた》いて埃を払い、即席の仕事場に運んだ。こんなに優雅な椅子は、城内でも見たことがない。いったい誰が座っていたのだろう？　死んだ国王は読書家だったのだろうか。その答えは、図書室の充実ぶりを見ればわかる。でなければ亡き国王は、図書室司書を相当ひいきしていたに違いない。

何時間もかけて植物の本を隅から隅まで読んだのに、めぼしい情報は何も見つからなかった。最高司令官の毒見をしたり城内を散歩したりしたので、調査がとぎれとぎれになって退屈しないのはよかったけれど、時間を無駄にした気分だった。これからは、自分のための情報収集のついでに莢と豆の謎解きをしよう。

演習から四日が経《た》っていた。今日の散歩には特別な目的があるので、こちらから東門がよく見えて、門を出る者からは目立たない場所を探さなくてはならない。

昨夜の閉会式で一週間続いた火祭は終わったけれど、ヴァレクはまだ隊商の追跡から戻っていない。今朝の毒見で二日酔いが抜けていないランドに会ったとき、ブラゼルと兵士たちが今日城を去ることを教えてもらった。ブラゼルたちが東門から出るというので、それをこの目で確かめるための散歩だ。

兵士の宿舎は、城の領土の北東部と南西部の二箇所に分かれている。北東部の兵舎は、両端が北門と東門を繋《つな》ぐL型をしていて、建物の東側に長方形の訓練場がある。それを囲んでいる木の柵によく城の使用人たちがもたれかかって兵士の訓練を見物しているのだが、今日はその中に加わることにした。そこからは、戦いの訓練だけでなく、東門が目に入るからだ。

ランドの情報は正しかった。緑と黒の制服を着た兵士たちが行進して門を出ていく。その最後尾に、腹心の顧問たちに囲まれて縞模様《しまもよう》の馬に乗るブラゼルの姿が見えた。ブラゼルの従者たちは、城の者をいっさい無視している。

去りゆくブラゼルの背中を見つめていると、いきなりレヤードの幽霊がわたしの隣に現れた。笑顔で父親に別れの手を振っている姿を見て、背筋がぞっとした。こんなに現実感があるのに、本当に誰にも見えないのだろうか？　周囲を見渡すと、さっきまで一緒に立っていた人たちがいなくなっている。レヤードが追い払ったのだろうか？　振り向くと、レヤードも消えていた。

誰かがわたしの腕に触れた。びくりと身を引いて、そちらに顔を向けた。

「厄介払いできて、せいせいしたよ」アーリが、東門のほうに顎をしゃくった。日中に彼に会うのは初めてだ。陽《ひ》の光の下で見ると、アーリの目は薄い青色だった。あまりにも薄いので、夕暮れの薄闇では色がないように見えたのだ。

アーリは、ジェンコと一緒に柵の向こう側に立っていた。兵士が訓練のときに好んで着る袖なしシャツと短パン姿だ。顔には汗と泥がつき、身体はできたての切り傷と青痣《あおあざ》だらけだ。

「あいつらがいなくなって、おまえも嬉しいだろうな」ジェンコは、練習用の木刀を柵にたてかけ、シャツの端で顔の汗を拭っている。

「うん、嬉しい」正直に答えた。

わたしたちは、東門から去っていくブラゼルの行列を、まるで同志のように揃って静かに見つめた。

「君に礼を言いたかったんだ」アーリが切り出した。

「なんの?」

ジェンコが代わりに続けた。「最高司令官が俺たちふたりを大尉に昇格させてくれたんだ。おまえが、俺らの手腕を褒めてくれたそうだな」

最高司令官がわたしの意見を聞いてくれたのは意外だった。嬉しくて、思わずふたりに笑顔を返した。アーリとジェンコを見ていると、ただの同僚ではなくて、友情と信頼、忠誠心の固い絆《きずな》で繋がっていることがわかる。三年前にはわたしにも同じように仲間と思えるメイとカーラがいたけれど、レヤードに引き離されてしまった。仲間を失った心の痛みは、まだ消えない。今友だちと呼べるのはランドくらいだけれど、心を許せるほどの仲ではない。アーリとジェンコのように心から信頼できる誰かと繋がれたら、どんなにいいだろう。でも、毒見役の立場では、そんな夢はかなわないとわかっている。来年まで生き延びる確率がほとんどない毒見役などと、誰が友だちになりたいものか。

「俺たちは、最高司令官につく精鋭護衛官をスカウトしてるところなんだ」ジェンコは誇らしそうに話した。

「君には恩がある。僕たちにできることがあったら、いつでも言ってくれよな」

アーリにそう言われて、ふと大胆なアイディアが浮かんだ。だが、口を開く前に、めまぐるしくその賛否を考えた。頼むことで問題を引き起こすかもしれない。でも、ブラゼルがいなくなっても永久に危機が去ったわけではないのだ。

「じゃあ、さっそくお願いしてもいい？」

ふたりは一瞬あっけに取られた表情になった。まさか今すぐとは思っていなかったのだろう。先に我に返ったアーリが、警戒しながら尋ねた。「どんなことだい？」

「襲われたときに、自分の身を守れるようになりたいの。護身術と武器の使い方を教えてくれない？」いっきに言ってから息を止めた。ふたりの厚意に甘えすぎだろうか？　断られるかもしれない。でも、拒否されても失うものなんかない。だめで元々なのだ。

アーリとジェンコは顔を見合わせた。眉を上下させ、頭を傾け、唇を結んで手を小さく動かしている。わたしの要求について言葉を使わずに話し合っているふたりを、感心しながら眺めた。

「どんな武器を使うつもりなんだ？」質問するアーリの声には、まだためらいがある。

急いで考えた。制服に隠すためには、小さい武器でないといけない。「ナイフがいい」

ランドに借りたナイフは厨房《ちゅうぼう》に返さなくてはいけないけれど。

ふたりはまた無言の会話を交わし始めた。アーリは賛成してくれそうな雰囲気だが、ジェンコは受け入れがたいらしく、苛立《いらだ》っている。

ふたりが合意できないようなので、ついに口を挟んだ。

「だめなら遠慮なくそう言って。あなたたちを厄介な立場に追いこみたくないから。それにジェンコ、あなたがわたしのことをどう思っているのかは、ちゃんと知ってる。〝あの女は犯罪者なんだぞ〟って言ってたでしょ。だから、気にせずに断って」

アーリとジェンコは、驚愕《きょうがく》したようにわたしを見つめた。

「なんでそれを——」ジェンコがしゃべり出すと、アーリがその腕を拳で叩いた。

「森で僕たちの会話を聞いたんだよ、ばか」それからわたしのほうを向いた。「どのくらい近くにいたんだい？」

「五メートル」

「くそっ」アーリが悔しそうに頭を振ると、短いブロンドのカールが飛び跳ねた。「僕たちはいいけれど、心配なのはヴァレクがどう言うかだ。ヴァレクが反対しなければ訓練してやるってことで、了解してくれる？」

「もちろん」

わたしはアーリと同意の握手を交わした。ジェンコのほうを見ると、彼は何やらじっと考えこんでいる。すると、いきなりわたしの手を掴んで叫んだ。「飛び出しナイフだ！」

「え？」

「ただのナイフよりも、飛び出しナイフのほうがいい」

「その飛び出しナイフとやらを、どうやって持ち運ぶの？」

「太腿にホルダーをつけるんだよ。ズボンのポケットに穴を開けて、そこからホルダーに手がとどくようにする。敵から襲われたら、ホルダーから抜いてスイッチを押す。すると二十五センチの刃が飛び出すという具合さ」

ジェンコはアーリを突き刺すふりで実演し、アーリは大げさに腹を押さえて倒れる演技でそれに応えた。

完璧だ。護身術を身につけるという考えに、だんだん興奮してきた。「それで、いつ始める？」

山羊髭を撫《な》でながらジェンコが言った。「ヴァレクがまだ戻ってきていないから、護身術の基礎から始めるというのはどうだい？　それなら誰も文句はつけないだろ」

「そうだな。兵士の訓練を見るだけで学べる程度のことなら、教えても問題はないはずだ」アーリも同意する。

ふたりは声を揃えて答えた。「じゃあ、今始めよう」

17

大柄なふたりの兵士に挟まれて、メロンの間に陳列されたスモモになった気分だ。最初は素晴らしいと思えた計画が、ふいにばかばかしく感じてきた。アーリのように大きな男に襲われて、どうやって身を守るというのか？　訓練された男にとって、わたしのように小柄な女を担ぎ上げるのは簡単だし、そうなったら、為《な》す術《すべ》がない。

「まず護身術の基礎から始めよう。反射的に基本の動きができるようになるまでは、武器は使わない。使い方を知らない武器を手にするくらいなら、素手で戦ったほうがいいんだ。戦いに慣れている者なら、簡単に君から武器を取り上げてしまうからね。襲ってくる相手に武器まで与えたら、防衛はさらに厄介になる」

訓練用の木刀をジェンコの刀の横に置くと、アーリは訓練場のほうを眺めた。ほとんど空っぽだが、まだ練習している者もいる。

「君の強みはなんだ？」

「強み？」

「何か、得意なことがあるだろ？」

質問の意味がのみこめずにいると、ジェンコが助け舟を出した。「走るのはどうだい？足が速いのは立派な特殊技能だぞ」

ようやく何を尋ねられているのかわかった。「柔軟性ならあると思う。曲芸をしていたから」

「それはいい。曲芸の運動能力と敏捷性《びんしょうせい》はとても役に立つ能力だ。それに……」アーリはいきなりわたしの腰を抱えて空中に放り投げた。

とっさのことに驚いて、闇雲に手足をばたつかせた。けれども、身についた習慣は簡単に消えないようで、無意識のうちに顎を胸につけて手足をたたみこみ、宙返りをしていた。ぐらついたものの、両足で着地して身を立て直した。

かっとしてアーリのほうを向き、なぜそんなことをするのかと尋ねようとしたら、先を越された。「曲芸の訓練を積んだ者の長所は、どんなにバランスを崩しても、すぐに両足で立てることだ。さっきの君のように、反射的な対応ができるかどうかで生死が分かれるんだよ。そうだよな、ジェンコ？」

ジェンコは、欠けた右の耳たぶあたりを撫《な》でながら同意した。「役立つのはたしかだな。でも、曲芸師のほかにも闘士に向いた意外な職種がある」

アーリが肩を落とした。ジェンコが何を言い出すのかもうわかっていて、諦めの心境になっているようだ。

余計に好奇心がわいた。「どんな職種が闘士に向いているの?」

「踊り手さ。炎がついた杖《つえ》をぐるぐる振りまわしていた火の踊り手たちをちゃんと訓練したら、すごいだろうな。あの杖を操るダンサーは、向かうところ敵なしだ」

「水桶《みずおけ》一杯の水を別にすればな」アーリが言い返すと、ジェンコは怒り狂った火の踊り手が相手ならその程度では対処できないと言い張る。それを皮切りに、ふたりは、燃え盛る杖に対する戦術について熱のこもった討論を始めた。興味深い論議だけれど、毒見の時間が迫っているので途中で遮った。

ときおり火の踊り手について皮肉なやりとりを挟みながら、アーリとジェンコはパンチから頭や身体《からだ》を守るテクニックをまず教えてくれた。それが終わると、今度は蹴りを遮る練習。続けるうちに、防御の盾に使った前腕が麻痺《まひ》してきた。

ふいにアーリが練習を止めた。視線を追うと、こちらに近づいてくる兵士がいる。それまでリラックスしていたアーリとジェンコが身体をこわばらせて身構えた。演習のときに、わたしをじろじろ見ていた兵士のニックスだ。丸めた頭が赤く日焼けし、一箇所だけ残っている黒い前髪が汗で額に張りついている。彼が近づいてくるにつれ、きつい体臭が漂ってきて思わず吐き気を覚えた。ニックスの無駄のない筋肉は縄のようにくっきりとしているけれど、この縄は、引っ張りすぎると危険かもしれない。

「おまえら、いったい何をしてるんだ?」ニックスは、アーリとジェンコを怒鳴りつけた。

「それを言うなら、〝いったい、何をなさっているのですか?〟じゃないのか?」ジェンコが切り返す。「俺たちは、おまえより階級が上になったんだぞ。上官には敬礼してくれてもいいんじゃないか」

ニックスは薄ら笑いを浮かべた。「犯罪者と仲よくしていることをおまえらの上官が知ったら、すぐに降格さ。この女をさらに腕のいい殺し屋にするなんて、どこの能なしが思いついたんだ? 次に死体が見つかったら、おまえらも共謀者だぞ」

ジェンコが殺気立った形相でニックスのほうに一歩踏み出すと、アーリは肉厚の手を相棒の肩に置いて止めた。けれども、ニックスに向かって答えたアーリの声には威嚇がこもっていた。

「僕たちが自由時間に何をしようと、おまえには関係ない。パーフェット大尉のところにさっさと戻ったらどうだ? さっき便所に入ったのを見たから、急がないと大尉の尻を拭くのに間に合わないぞ。おまえの特技はそれくらいだからな」

数で負けているニックスは退散することにしたようだ。だが、それでは気がすまなかったのだろう。捨て台詞《ぜりふ》を残していった。

「その女には恩人を殺す癖があるからな。俺なら、首をかかれないように用心するよ」

ニックスが訓練場から離れるまでじっと睨《にら》んでいたアーリとジェンコは、姿が見えなくなるやいなや、わたしのほうを振り向いた。

「初めての訓練にしてはなかなかよかったな」アーリが口を開いた。今日の訓練はこれで終了ということだ。「次は、明朝の日の出の時間に会おう」

「ニックスはどうするの？」

「どうもしやしないさ。僕たちが対処する」アーリはさらりとかわす。自分の能力を信じているからこんなに落ち着いた態度が取れるのだ。その自信と能力が羨ましい。わたしではニックスには対抗できない。それにしてもなぜニックスはあれほどわたしを憎むのだろう？　レヤードを殺した犯罪者への嫌悪感だけではないような気がする。

「明け方は、最高司令官の朝食の毒見をすることになっているから」

「じゃあ、そのあとでいい」

「何をするの？」

「走るのさ。俺たち兵士は、体力を維持するために毎日走ってるんだよ」ジェンコが横から答えた。

「君も、兵士と一緒に走れ」アーリが言う。「少なくとも、城壁の内側を五周はしろよ。もっと走れるなら、それに越したことはないが。僕たちのレベルになるまで、徐々に増やしていくからね」

「あなたたちは、何周するの？」

「五十周」

息をのんだ。そんなにも走るなんて想像もできない。

城に向かって歩きながら思いを巡らせた。訓練には相当な時間と尽力が必要なのだ。護身術をちゃんと身につけるためには、曲芸のときのように地道な努力を積み上げていかなくてはならない。中途半端にできるようなものじゃない。最初は素晴らしい思いつきだと悦に入っていたけれど、少し練習しただけでブラゼルの兵士たちと簡単に戦えるようになるなんて、お伽話《とぎばなし》もいいところだ。考えれば考えるほど、気まぐれでやるべきことではない。

それほど時間を費やすのなら、毒や魔術について勉強したほうがいいかもしれない。どんなに身体を鍛えても、アイリスの魔力に対抗することはできないのだから。

沈んだ心のせいで、身体も石のように重たく感じる。足を引きずるようにして歩きながら自分を叱った。ごちゃごちゃ考えずに、やればいいじゃないか。なのに、どこかに落とし穴があるんじゃないかと疑って躊躇《ちゅうちょ》する。そんなことをしているから、トランポリンを使った空中回転みたいに上下しているだけで前に進まないのだ。でも、今のわたしは、ひとつでも選択を誤ったら命を失うのだから慎重になるのも仕方ない。自由に失敗ができたころに戻りたい。

最高司令官の執務室に到着したときには、やはり護身術は身につけたほうがいいという結論に達していた。魔術師以外にも敵はたくさんいるし、訓練がいつか命を救ってくれるかもしれない。どんなものであっても、知識は武器と同じくらい役に立つものだ。

毒見に取りかかろうとしていると、男が少女を引きずるようにして執務室に入ってきた。男の赤い制服の襟には黒いダイヤ模様が縫いこまれている。つまり、城で勤務している教官だろう。少女は、学生用の赤いジャンパーを着ていた。イクシアでは、十二歳になると才能に応じて将来の職業を与えられ、指示された教官のもとで四年間学ぶことになっている。執務室に連れこまれた少女は十五歳くらいで、茶色い瞳は涙で光っているけれど、恐れだけではなく、挑戦するような気概のある表情を浮かべている。

「いったい何事かね、ビーヴァン？」苛立《いらだ》ち混じりに最高司令官が尋ねた。

「この反抗的な生徒が、授業の妨害ばかりするんです」

「妨害とは？」

「ミアは、知ったかぶりなんですよ。正しいやり方で数学の問題を解くことを拒否するばかりか、生徒全員の前でわたしの間違いをただそうとする。まったくふてぶてしい問題児です」

「なぜわたしのところに連れてきたのだ？」

「この子に懲罰を与えてほしいんです。鞭打《むちう》ち刑のあとで、女中に配置転換していただきたい」

その言葉を耳にしてミアと呼ばれた少女は静かに涙を落とした。けれど、姿勢は威厳を保ったままだ。この若さにしては珍しい、成熟した態度だ。

最高司令官は、黙ったまま細い指を組んで人差し指を立てている。ビーヴァンの要望をどうしたものか考えているのだろう。少女が気の毒で、わたしも身をすくめた。教育幹事を通すべきなのに、ビーヴァンは直訴したのだ。一教官がこんな些事《さじ》で最高司令官の邪魔をするなんてとんでもない。愚かなのはビーヴァンだが、最高司令官を苛立たせる原因を作ったミアにとっては不利だ。

ようやく最高司令官が口を開いた。

「わたしが対処する。下がれ」

ビーヴァンはショックを受けたように身体を揺らし、口をぱくぱくさせている。引きつった表情からすると、この対応は期待していなかったようだ。ようやく気を取り直したビーヴァンは、ぎこちなくおじぎをして執務室を出ていった。

最高司令官は床を蹴って椅子を後ろにずらし、ミアに近づくよう命じた。ミアが応じると、目線を合わせて尋ねた。「おまえの言い分はどうだ？」

「わたしは数学が得意なんです」細く震える声でミアは答え、ためらうように口をつぐんだ。大胆なことを言って、たしなめられるのではないかと不安になったのだろう。けれども、最高司令官が無言のままなので、ミアは続けた。「ビーヴァン教官のやり方で数学の問題を解くことに飽きてしまったので、それより速い方法を考えただけです。教官は、数学をよくわかっていないんです」そこでまたミアは言葉を切った。叱咤《しった》を待ち構えるように身をすくめている。「教官の間違いを指摘したわたしが悪かったんです。申し訳ありません。最高司令官、お許しください。お願いですから、鞭で打たないでください。もう、二度としないと約束します。これからは、ビーヴァン教官の言うことにすべて従いますから」真っ赤になった少女の頬に涙が伝った。

「その必要はない」最高司令官が答えると、少女は怯《おび》えたような顔になった。

「怖がらなくてもいい。イレーナ?」朝食のトレイを持っているときに突然名前を呼ばれたので、びっくりしてお茶を少しこぼしてしまった。

「はい、最高司令官。なんでしょうか?」

「ワッツ顧問官を呼べ」

「はい。ただいま」机にトレイを置くと、すぐさま部屋を出た。ワッツには一度会ったことがあった。最高司令官の金庫番で、わたしに逃亡者役の報奨を渡してくれたのがワッツだ。

ワッツは机に向かって仕事をしている最中だったが、直ちに中断してわたしのあとについてきた。

「ワッツ。前に助手が必要だと言っていたが、今でもそうか?」

「はい、最高司令官」

「ミア、今日一日機会を与えるから、おまえに価値があることを証明しろ。証明できたら、それがおまえの仕事になる。だが、ワッツ顧問官がおまえの数学の才能に感心しない場合には、ビーヴァンの教室に戻る。それでいいな？」

「はい、最高司令官。ありがとうございます」ワッツ顧問官のあとをついていく少女のかわいい顔は、喜びで輝いている。

わたしは最高司令官の行動に驚いていた。ミアへの思いやりを見せ、言い分をちゃんと聞き、機会を与えるなんて、まったく予想しなかった。これだけの権力がある人が、ただの生徒のためにわざわざ時間を割くなんて……。面目を失ったビーヴァンや教育幹事が不機嫌になるとわかっていながら、なぜ一介の生徒を励ましたりするのだろう？

最高司令官の机の上には、対処が必要な書類が山のように積み上げられている。邪魔をしないようにそっと退出し、豆の調査を続けるために図書室に向かった。

日が傾いてきたので、部屋に持ち帰る植物の本を一冊選んだ。ここでは角灯《ランタン》を使いたくない。明かりが漏れたら図書室を使っていることを知られてしまうかもしれない。

廊下には蝋燭《ろうそく》の陰鬱な光が揺れている。伸びたり縮んだりしながら壁を伝っていく自分の影を眺めながら、ヴァレクの続き部屋を出て以前の部屋に戻るべきだろうかと考えた。もともとブラゼルの攻撃に備えた一時的な措置だったから、第五軍管区全員が去った今、ヴァレクと一緒にいる理由はない。けれども、毒の盛り方を討論したり、あれこれ話したりする相手がいない小さな部屋に戻ることを想像すると、胸にぽっかり穴が空いたような気分になる。ヴァレクが留守にしているこの四日間だけでも、ときおり胸の痛みを感じるのだから。

部屋の中が真っ暗だったのでがっかりした。でも、なぜこんなに落胆しているのだろう？　ヴァレクがいなくて寂しいのだと気づき、愕然《がくぜん》とした。わたしが、ヴァレクを恋しがっている？　とんでもない。そんな感情は、絶対に持ってはいけない。

そんなことよりも、生き延びる方法を考えなければ。この部屋に住んでいる間に、ここにある毒の反作用についての本を読んで、《蝶の塵》の解毒剤を発見するのが賢いやり方だ。どっちにしても、わたしがヴァレクについてどう思うかなんて関係ない。戻ってきたヴァレクがブラゼルが去ったことを知ったら、元の部屋に移れと命じるはずだ。

居間の角灯に火をつけてから、長椅子《カウチ》に座って図書室で借りてきた植物の本を読み始めた。生物学は得意分野ではなかったので、つい上の空になってしまう。集中しようとしたが、いつの間にかぼんやり空想にふけっていた。

ドスンというくぐもった音がして、はっと我に返った。本が床に落ちたような音だった。あたりを見渡したが、読んでいた本は膝の上にある。開いているのは、果樹についての格別に退屈なページだ。居間のあちこちに積み上げられた本の山のいずれかが崩れたのだろうか。けれども、乱雑すぎて、倒れたかどうかもわからない。思わずため息が出た。

ふと、恐ろしい想像が頭をよぎった。音は二階から聞こえたのかもしれない。しかも、本が落ちたのではなく、誰かが侵入した可能性もある。こっそり忍びこみ、わたしが眠りにつくまで待ってから殺すつもりだとしたら……。考え始めたらじっと座っていられなくなり、角灯を掴《つか》んで寝室に駆けこんだ。

ランドが何も言ってこないので、厨房《ちゆうぼう》から拝借したナイフをまだ返していない。箪笥《たんす》の上に置いてあった背嚢《はいのう》からナイフを取り出す。ふと、使い方を知らない武器を持つのは危険だとアーリに忠告されたことを思い出した。たぶん愚かなことだろうが、ナイフを手に握っていたほうが安心できる。ナイフで武装すると、居間に戻って次の手を考えた。二階の部屋を調べるまでは安心して眠ることはできない。

階段を上るにつれ二階の暗闇が重くのしかかってくる。螺旋《らせん》階段が右に曲がり、一階の居間とよく似た、広々とした部屋に着いた。本や箱、家具があちこちに散乱し、角灯で照らされて奇妙な影を作っている。それらの間を慎重に歩きながら、闇に光を当て、潜んでいる者がいないか確かめた。緊張で口の中が乾き、耳の中で血がごうごうと音をたてて流れる。

暗闇に浮かんだ突然の光に驚いて、思わず口から小さな悲鳴が漏れた。とっさにそちらを向くと、遠くの窓に反射しているわたしの角灯だった。止めていた息を吐いてから、まわりを見渡した。

居間の右手には三つの部屋がある。侵入者がいないのを確認してからよく見ると、階下の間取りと同じだ。でも、二階の居間の左手には長い廊下がある。その右側にはドアが並び、反対側は滑らかな石の壁だ。

廊下の突き当たりに鍵がかかった両開きの扉があった。黒檀《こくたん》の扉に綿密に彫られているのは、狩猟の光景だ。扉の前に白い粉がうっすらと撒《ま》かれているところを見ると、これはヴァレクの寝室だ。足あとがついていたら誰かが侵入したとわかる。粉に乱れがないのを見て、ほっと安堵《あんど》の息をついた。

残りの部屋を、廊下にそってひとつひとつくまなく調べていった。探っているうちにわかったのは、ヴァレクが相当なためこみ屋だということだ。暗殺者というのは闇の世界に生きる存在で、一箇所に長くとどまらず軽装で旅をするのだろうと想像していたのに、ここは長年かけていろいろなものを集めた老夫婦の家みたいだ。

妙な例えを想像したおかげで上の空になり、最後のドアを開けたときに中の光景がよく理解できなかった。ほかの部屋に比べてほとんど空っぽで、奥の壁の中央に雫《しずく》型の大きな窓が見えた。窓の下には長いテーブルがあり、床には灰色の石が大きさの順に並んでいる。ヴァレクの執務室や居間のいたるところに置かれていてよく躓《つまず》かされる、あの石だ。

部屋に足を踏み入れると、分厚く層状になった埃《ほこり》がざくざくと音をたてた。テーブルの上の埃が積もっていない部分には、彫刻刀、ヤスリ、砥石《といし》がある。削りかけの小さな彫刻が、それらの道具の間に散在していた。灰色の石が彫られて研磨されると、黒い光沢を放つ美しい彫刻になるのには驚いた。灰色の間に混じった白い縞《しま》は銀色に変わる。それを知って嬉《うれ》しくなった。

角灯をテーブルの上に置いて、銀の斑点が光る蝶《ちょう》の完成作品を取り上げた。わたしの手のひらにすっぽりとおさまるサイズで、いまにも羽ばたきそうな精緻な仕上がりだ。ほかの彫刻も素晴らしい。テーブルには、動物や虫、花などが並んでいて、それぞれが、まるで本物のような精密さで丹念に彫られている。この彫刻家は、自然を題材にするのが好きみたいだ。

そしてヴァレクこそ、この彫刻家なのだ――突如それに気づいて唖然《あぜん》とした。彼にこんな一面があるとは想像もしなかった。最も個人的な秘密に立ち入ったような気分になった。ヴァレクが妻子と愛犬まで揃《そろ》った幸せな家族をひた隠していて、それを知ってしまったような後ろめたさだ。

これまでにも、ヴァレクの机の上にある彫刻には気づいていたし、最高司令官の執務室にある雪豹《ゆきひょう》も毎日眺めてきた。装飾を嫌う最高司令官が彫刻を飾っているのを不思議に思っていたのだが、ようやくその重要な意味がわかった。あの雪豹は、ヴァレクが最高司令官のために彫ったものなのだ。

かすかなすり足の音が聞こえ、ぎくりとして振り向いた。黒い人影が襲いかかってきたかと思うと、次の瞬間には手からナイフがもぎ取られ、その刃先がわたしの首に押しつけられていた。

恐怖で気管が締めつけられ、息ができない。またがっていたレヤードの死体から兵士たちに引き離され、武器を取り上げられたときのことがフラッシュバックする。けれども、目の前にあるのはヴァレクの顔で、そこに浮かんでいるのは、怒りではなく、押し殺したような笑いだった。

「覗《のぞ》き見か?」身を離しながらヴァレクは尋ねた。

安全だとわかっても、さっき味わった恐怖を追いやるのは容易ではない。しばらく喘《あえ》いだあと、ようやく呼吸を取り戻して言い訳を始めた。「物音が聞こえたので、二階に上がって――」

「調査しようと思った」ヴァレクがわたしに代わって言葉を終えた。「だが、侵入者を探すのと、彫刻を観察するのとは違う」ナイフの先で、わたしが握りしめている蝶を指した。

「間違いなく、覗き見だ」

「はい。そうです」

「好奇心はおおいにけっこう。いつ二階を探索に来るのかと思っていた。それで、何か興味深いものは見つかったか?」

蝶を目の前に掲げた。「ええ。とても美しいものが」

ヴァレクは軽く肩をすくめた。「彫っているときは、精神を集中できる」

彫刻をテーブルに戻したが、なかなか手を離すことができない。この蝶を太陽の下でじっくり眺めてみたい。でも、諦めて角灯を持ち上げ、ヴァレクについて部屋を出た。

「物音を聞いたのは本当です」

「わかってる。本を落としたのはわたしだから。君がどういう行動を取るのか試してみたんだ。それにしても、ナイフを持ってくるとは思わなかったな。厨房からなくなったナイフか？」

「ランドから聞いたんですか？」裏切られた気がした。ヴァレクに報告する代わりに、返してくれと言えばいいのに。

「そうじゃない。厨房にある大きなナイフの数を常に確認しておくのは道理にかなったことだ。数が減っていたら、そのナイフで襲われると予測できるからな」ヴァレクはナイフをわたしに返した。「厨房に戻しなさい。君を襲う者はプロだ。刃物など役には立たない」

それからヴァレクと一緒に階段を下りた。長椅子に広げていた植物の本を取り上げると、ヴァレクが尋ねた。

「最高司令官は、あの莢《さや》についてどう言っていた？」

「シティアから来たものだろうとおっしゃってました。それが何か突き止めるよう命じられたので、図書室で調べているところです」そう言って手に持っている本を見せた。

ヴァレクは本を手に取って中をパラパラと眺めた。

「何かわかったか？」

「まだです」

「最高司令官は、演習での君の仕事ぶりに感心したようだな。ふつうなら、こういったことは科学分野専門の顧問に任せるのが慣《なら》わしだから」

それを聞いて不安になった。莢と豆の正体を見つける自信はない。最高司令官の期待に背いたらと想像すると、不安で吐き気がした。話題を変えよう。

「隊商はどこに行ったんですか？」

ヴァレクは身動きを止めた。わたしに話すかどうか決めかねているようだ。しばらくして口を開いた。「ブラゼルの新しい工場だ」

それが意外だったかどうか、彼の表情からは判断できない。そういえば、ブラゼルの工場についての討論は耳にしたけれど、なんのための工場なのかは知らない。

「工場で作る製品はなんですか？」

「飼料工場ということになっている。だが、あの莢と豆がなぜ必要なのかはわからない。牛乳の生産量を増やすために加える秘密の原料かもしれない。もしそうなら酪農家は、自分で飼料を作るよりも、ブラゼルのものを買うだろう。この分野には詳しくないからよくわからないが、まあそういったことだ。見落としている点があるかもしれないから、もう一度申請書を読み返してみるつもりだ。わたしの部隊から何人かをあの道に張りこませ、工場に潜入するよう手配した。どちらにしても、そのうちに情報が得られるだろう」

「ブラゼルが今日の午後、城を去りました」

「戻る途中で行列を見かけた。問題がひとつ減ったな」

ヴァレクは部屋を横切って机に行き、たまっている書類に目を通し始めた。しばらくその背中を眺めたままじっと待った。ヴァレクは、わたしがまだこの続き部屋にいることについて何も言わない。ようやく勇気を奮い起こして口を開いた。

「ブラゼルもいなくなったし、元の部屋に戻るべきでしょうか?」口に出したとたん、自分の優柔不断な言いまわしを激しく後悔した。でも手遅れだ。

ヴァレクは書類に書きこんでいる手を止めた。わたしは息を詰めて答えを待ち構えた。

「いや、その必要はない。危険は残っている。南部の魔術師はまだ目的を遂げていないからな」そう言うと、ヴァレクはまたペンを動かし始めた。

嬉しいようなほっとしたような気持ちが、熱波のように身体を通り抜けた。そのあまりの強さに、今度は不安を覚えた。なぜ、ヴァレクと一緒にいたいんだろう? ここに残るのは理にかなわないし、危険じゃないか。禁断の魔術の本は背嚢に隠したままで、ヴァレクがお得意の隠れ技を使って見つけ出さないように持ち運んでいるくらいだ。どう考えても、わたしにとっては最悪の状況なのに。

　自分に腹が立ってたまらない。心配事はすでに十分あるのに、それでは足りないとでも思っているのか。ヴァレクのことなんか恋しがるべきじゃない。もっと真剣に逃亡計画を練るべきだ。豆の謎を解くんじゃなくて、邪魔するべきなんだ。ヴァレクを尊敬するべきじゃない。もっと非難するべきだ。べきだというのは頭ではわかる。でも、心はそう簡単に納得してくれない。胸の中で渦巻く葛藤を抑えて尋ねた。

「具体的にはどう魔術師と戦うつもりですか？」

　ヴァレクは身体をひねってわたしのほうを見た。

「前に言っただろう」

「でも、彼らには魔力が――」

「わたしには効かない。近づくと、魔力が肌に押しつけられ、振動しているのは感じる。それに、魔術師に接近すると、濃厚なシロップの中を動いているような感じになる。ふつうの人間を相手にするようなわけにはいかないが、最後には必ずわたしが勝つ。例外なく、必ず」

　無意識に魔力を使ったことが二度あるが、どちらのときもヴァレクは城の中にいた。わたしを疑ったことはないのだろうか？

「どのくらい近づくと、魔力を肌に感じることができるんですか？」

「同じ部屋にいる必要がある」

胸を撫でおろした。ヴァレクは気づいていない。少なくとも、まだ。

「なぜ、火祭のときに南部の魔術師を殺さなかったんですか？」

「イレーナ、わたしは無敵ではない。魔術師が全力で魔力を投げかけている最中に四人の男と戦うのは骨が折れるんだ。そのあとであの女を追うのは、無駄な努力だ」

ヴァレクが言ったことを考えてみた。「魔力への耐性も、一種の魔力では？」

「違う」ヴァレクの表情が硬くなった。

「じゃあ、あの刀はどうなんですか？」壁にかかっている長い刀を指差した。真っ赤な血が角灯の光の中で輝いている。ここで暮らし始めてから三週間経《た》つのに、まだ血が乾いていないのだ。

ヴァレクは笑った。「あれは、わたしが国王を殺したときに使った刀だ。国王は魔術師だったが、魔力でわたしを止めることはできなかった。あの刀で心臓を貫いたとき、死ぬ寸前に国王はわたしに呪いをかけたんだ。手が永久に血に汚れたまま殺人の罪悪感に一生苛《さいな》まれるように、という呪詛《じゅそ》を。まるでメロドラマみたいだったよ。だが、わたしの風変わりな免疫のおかげで、刀のほうに呪いがついてしまったんだ。一番気に入っている刀を使えなくなったのは残念だが、いい記念品だ」

18

肺が焼けつくように痛む。顔を火照らせ、全身汗だくになりながら、わたしははるか先を行く兵士たちのあとを走った。これで四周目。あと一周の我慢だ。

今朝、毒見を終えて北東兵舎の近くで待っていると、走りこみの兵士たちが見えてきた。アーリはわたしの姿を見つけると、集団に加わるよう手招きした。兵士たちが気を悪くしないか心配したけれど、よく見ると中には給仕や厩舎《きゅうしゃ》の見習いも混じっていたのでほっとして紛れこんだ。

最初の二周は、脈が速くなって息が切れる程度だったけれど、三周目で脇腹が痛くなり、四周目では脚が鉛のように重くなった。いくら息を吸っても酸素が足りない。喘《あえ》いでいるうちに視界がだんだん狭まってきて、目の前の地面しか見えなくなる。目標の五周を終えるやいなや、近くの草むらを見つけて、胃の中の朝食を吐いた。

胃を空っぽにして立ち上がると、ジェンコがにやにや笑いながら親指を立てて〝上出来〟のサインをしながら走り過ぎていった。ジェンコのシャツは乾いたままだ。汗のひとつもかいておらず、辛《つら》そうなそぶりもない。

口元を拭いていると、アーリが横にやってきた。

「次は、午後二時に訓練場で」

「え、でも……」言い訳しようとしたときには、アーリはすでに走り去っていた。まともに立つこともできないほど疲れているのに、これ以上身体《からだ》を使うなんて想像もできなかった。


それでも言われたとおりに訓練場に行くと、アーリとジェンコは柵にもたれ、剣を交えるふたりの男を眺めていた。金属と金属がぶつかる大きな音がこだまし、そこにいる兵士全員の目が中央で剣をさしかわすふたりに釘付《くぎづ》けになっている。そのひとりがヴァレクなのに気づいて驚いた。明け方まで起きていたのを知っていたので、まだ眠っていると思いこんでいた。

ヴァレクの流れるような動きについ引きこまれた。技を極めた踊りの名人だけが演じられる複雑なスピードとリズムがあり、戦いなのに〝美しい〟という表現しか浮かんでこない。それに比べると、対戦相手は生まれたての仔馬《こうま》みたいだ。手足をぎくしゃく動かし、立ち方もまだ知らないように見える。ヴァレクは攻撃を優雅にかわし、あっけなく相手の剣を宙に飛ばした。

　ヴァレクは数人の兵士たちが集まっている場所を剣先で示し、その輪に加わるよう相手に指示した。それから、今度は別の者に向かってくるよう身振りした。

「いったい何しているの？」

「ヴァレクの挑戦試合だよ」ジェンコが答えた。

「挑戦試合？」

「ヴァレクに挑戦して勝てば、右腕の防衛副長官にしてもらえるんだよ。使う武器は挑戦者が選べる。素手でもいい」アーリが説明している間に、ヴァレクはもう三人目と戦っている。「みな一度はヴァレクに挑むから、基礎訓練の卒業試験のようなものになってるんだ。でも、何度挑戦してもいいんだよ。大尉たちはこの挑戦試合を見て才能がある兵士を引き抜くし、ヴァレクに気に入ってもらえれば精鋭 諜報《ちょうほう》機関に入るチャンスがある」

「それで、あなたたちの出来はどうだったの？」

「まあまあ、かな」アーリは遠慮がちに言った。

「まあまあだって？」ジェンコは鼻で笑った。「もうちょっとで勝てそうだったのに。ヴァレクはアーリを気に入ってるみたいなのに、こいつはスパイになるくらいなら今の任務のままでいいと思っているんだ」

「中途半端なものは欲しくない」アーリの静かな声からは、強い決意が感じられた。

　しばし三人で観戦を続けた。挑戦者が変わるたびにアーリとジェンコは技術的な説明をしてくれる。でも、ふたりの説明はろくに頭に入らず、わたしはヴァレクの動きから目を離せずにいた。今度の相手はふたり。ヴァレクの剣が太陽の光を反射したかと思うと、次の瞬間にはふたりとも峰打ちにされていた。それからヴァレクは剣の平たい部分で彼らをぽんぽんと叩き、一滴の血も流さぬまま、守りを破ったことを知らせた。

次の挑戦者は小刀を選んだ。

「まずい選択だな」アーリがつぶやく。

ヴァレクは剣を地面に置くと、小刀を取り出した。流れるような最初の動きだけで、すでに試合が終わっていた。

「ヴァレクは、小刀の達人だからな」ジェンコが解説した。

次に現れたのは女性だった。長身で、身のこなしが軽い。武器は、アーリが〝ボウ〟と呼ぶ長い木の弓杖だ。ふたりの打ち合いはこれまで観《み》た六つの対戦より長く続いたけれど、女性兵士のボウが音をたてて真っぷたつに割れて試合が終わった。ヴァレクがその兵士と話をしている間に、観衆はまばらになっていった。

アーリが横から話しかけてきた。「あれはマーレンだ。ヴァレクの諜報機関に加わって姿を消すかもしれないけれど、そうでないなら、ボウの使い方を教えてもらうといい。君のように小柄な者が長身の相手と戦うとき、ボウなら攻撃範囲が広くなる」

「でも、ボウを隠し持つことはできないでしょう?」

「城の周辺ではもちろん無理だ。だが、森を歩くときに持つ杖を疑う者はいないだろう」

マーレンをあらためてじっくり眺めた。頼んだら手を貸してくれるだろうか？　いや、その可能性はおそらくない。彼女にとって得るものは何もないのだから。

わたしの心を読んだかのようにアーリが答えた。

「マーレンは口が悪くて攻撃的だけれど、後輩の面倒見がいいところもある。女性の新人兵士が加わるたびに、相手が望まなくてもあれこれ世話を焼く癖があるんだ。厳しい訓練についていけず脱落する女性兵士が多いから、なんとか続けてもらおうと手助けしているんだよ。女性の衛兵が増えたのはマーレンのおかげだ。ただし、男を訓練することにはまったく興味がないみたいだね。任務のためにボウが役立つと思うから何度か教えてほしいと頼んだのだけれど、ずっと断られてる」

「でも、わたしは新人兵士じゃなくて毒見役だし、わたしのためにマーレンが時間の無駄遣いをするわけないわ。明日には死んでるかもしれない人間なんだから」

「誰かさんがご機嫌ななめだな。今朝、運動しすぎたからかなあ」ジェンコが上機嫌でからかう。

「うるさい！」わたしが怒っても、ジェンコは平然とにやにや笑い続けている。

「もうそれくらいにして、そろそろ練習を始めるぞ」アーリが割って入った。

それから夕方まで、自分の手の骨を折らずに相手を殴るコツを学び、正しい蹴り方を練習した。サンドバッグを繰り返し叩《たた》いたせいで、両手の関節は真っ赤だ。前蹴りも、朝の走りこみで腿の筋肉がこわばり、いつもの柔軟性がないから難しい。

ようやくアーリが練習の終わりを告げてくれ、ぼろぼろになった身体を引きずるようにして城に向かった。

「それじゃ、また明日の朝な！」背後からジェンコのやけに嬉々《きき》とした声が聞こえてくる。

やり返すつもりで振り向くと、そこにいたのはヴァレクだった。とっさに息を止めた。訓練を見られてしまったのだ。

「パンチが遅い」ヴァレクはわたしの手を取り、サンドバッグを叩いていた部分を調べた。内出血したところが紫色になりかけている。「だが、テクニックは悪くない。手だけで殴ろうとせず、体重をかけるんだ。そうすればこういう怪我《けが》もしないし、スピードも上がる」

「訓練を続けてもいいんですか？」あっけに取られて尋ねた。

ヴァレクはまだわたしの手を握ったままだ。そしてわたしも、手を引き抜く気になれずにいた。彼の手の温《ぬく》もりが身体中を駆け巡り、さっきまで感じていた痛みが消えていく。

さきほど目にした華麗な戦いぶりを思い浮かべながら、ヴァレクのたくましい顔をじっと見つめた。彼の煌《きら》めく危険な青い瞳には、初めて会ったときから惹《ひ》きつけられていた。これまでは生き残るためにヴァレクの表情を必死に読み取ろうとしてきたけれど、こんなふうにして見るのは初めてだ。ヴァレクは、矛盾の見本のような存在だ。繊細で美しい彫刻を作る一方で、汗ひとつかかずに七人の対戦相手を屈服させるのだから。ヴァレクとのやりとりは、いつも綱渡り。安心して足を踏み出せると信じた次の瞬間には、バランスを失って落ちそうになる。

「訓練するのはいいことだ。だが、どうやって〝最強の双子〟に頼んだんだ？」

「最強の双子？」

「アーリの威力とジェンコのスピードを合わせたら、向かうところ敵なしだろうな。ただし、あのふたりが一緒に挑戦してきたことはないから、この仮定はまだ試されてはいない。副長官の職はひとつだけだとは言っていないのだが……。これをあいつらにバラしたりはしないだろうな？」

「はい、しません」

「よし」ヴァレクはわたしの手を軽く握りしめてから離した。

「あのふたりは、この城でたぶん最高の教師だろうな。どこで会った？」

「森でわたしを捕まえたのが、アーリとジェンコだったんです。そのおかげで最高司令官がふたりを昇格させたので、彼らの感謝の気持ちを利用したというわけです」ヴァレクに触れられた手が、まだじんじんとしている。

「便乗主義でずる賢いということか。なかなかけっこう」ヴァレクは高らかに笑った。

一緒に城に戻る間、ヴァレクは上機嫌だった。たくさんの対戦相手を倒した快感の余韻なのだろう。でも、城の東扉口に着いたところでヴァレクがふいに立ち止まった。「だが、ひとつ問題がある」

動悸《どうき》が激しくなった。「なんでしょうか？」

「訓練は、おおっぴらにしないほうがいい。噂《うわさ》はすぐに広まる。ブラゼルが耳にして苦情をつけてきたら、最高司令官が禁止するだろう。それに、脱走か謀反を企《たくら》んでいると疑われるかもしれない」

ヴァレクの言うとおりだ。アーリたちと訓練場で行っているこの訓練は、すでに反感を買っている。特に、練習中ずっとこちらを睨《にら》みつけていたニックスだ。敵意がこもった視線が肌に焼きつくようだった。

薄暗い城内に足を踏み入れると、ひんやりとした空気が身を包んだ。照りつける太陽から逃れられて、救われた気分だ。

「城の半地下には、使っていない貯蔵室がたくさんある。訓練にはそのどれかを使ったらどうだ？　朝の走りこみは、今のまま続けても構わない」

ありがたい提案だった。でも、走りこみは禁止してくれてもよかったのに。

城の中に入ってから、ヴァレクはいったん無言になった。毒見のために最高司令官の執務室に向かうと、彼も一緒についてきた。

「ブラゼルの話で思い出したのだが、以前から尋ねたかったことがある。最高司令官が気に入っているクリオロだが、君も好きか？」

言葉を注意深く選んで答えた。「ええ。とてもおいしいと思います」

「もし、もう食べられなくなったら、どう思う？」

「そうですね……」どう答えていいのか戸惑った。なんのための質問なのか、よくわからない。「正直言って、がっかりすると思います。毎朝、クリオロを食べるのが楽しみですから」

「むしょうに食べたくなったことはあるか？」

ヴァレクが何を知りたがっているのかようやくわかってきた。「つまり、依存症のようなな？」

ヴァレクは頷《うなず》いた。

「依存症ではないと思います。でも……」

「でも、なんだ？」

「わたしは一日にひとつだけですが、最高司令官は、毎食後にひとつ、そのうえ夜食としてもひとつ食べますから……。でも、どうして突然そんなことを心配するんですか？」

「ただの直感だ。なんでもないかもしれないが」そのあとまたヴァレクは無言になった。

執務室に揃《そろ》って入ると、最高司令官は即座にヴァレクに尋ねた。

「新たに昇格した者はいるかね？」

「いいえ。マーレンはとても優秀なんですが、残念なことに、諜報機関に加わるつもりはないし、副長官としてわたしの部下になる気もないようです。ただわたしを負かしたいだけらしいですよ」ヴァレクはにやりと笑った。マーレンの挑戦が気に入ったようだ。

「マーレンにおまえを負かすことができるのか？」最高司令官は、驚いたように眉を吊《つ》り上げた。

「時間をかけてきちんとした訓練をすれば。マーレンのボウ攻撃には威力はあります。でも、もう少し戦術が必要ですね」

「それでは、マーレンの扱いをどうすればいい？」

「おしゃべりな老人たちを引退させて、将校に昇格させたらどうですか。高官レベルでの人材の入れ替えが必要になっていますよ」

「ヴァレク、おまえは軍事組織のことがいまだに把握できていないようだな」

「では、マーレンを今日中尉に昇進させ、明日は大尉、明後日《あさって》は大佐、しあさってに将軍にすればいいじゃないですか」

「検討しておこう」最高司令官は苛立《いらだ》ったような視線をわたしに向けた。毒見にわざと時間をかけているのに気づいたのだ。それからヴァレクのほうを向いて尋ねた。「ほかに何かあるか？」

　さっさと毒見を終えてトレイを最高司令官の机に置き、部屋を出ようとしたところを、ヴァレクが腕を掴《つか》んで止めた。

「実験をしたいんです。一週間連続で最高司令官がクリオロを食べるたびにイレーナにも食べさせ、その次の一週間はわたしが毒見します。クリオロを食べなくなったイレーナに何が起こるか試してみたいんです」

「だめだ」ヴァレクが反論しようと口を開けると、最高司令官は手を上げて制した。「おまえが何を案じているのかはわかっている。だが、見当違いの心配だ」

「見当違いでも構いませんから、やるだけやらせてください」

「ブラゼル将軍が提出したレシピをもとにしてランドがクリオロを作れるようになったら実験しよう。それでいいな?」

「承知しました」

「よし。では、キットヴィヴァン将軍との会議に加わってくれ。猛暑が過ぎたばかりだというのに、もう雪豹《ゆきひょう》の被害を案じているようだ」最高司令官が横目でわたしを見た。「イレーナ、おまえは下がってよい」

「承知しました」

　浴場で汗を流したあと厨房《ちゅうぼう》に立ち寄り、ボウルとザルを借りて図書室に向かった。まだ手をつけていない四つの莢《さや》は腐りかけて茶色に変色している。ボウルの中にザルを入れ、残った莢を開けて種から果肉を取り除き、そこに入れた。強烈な匂いがあたりに立ちこめたので、空気を入れ換えるためにボウルを窓枠に置き、窓を開けた。科学的な実験ではないけれども、果肉の部分が発酵するかどうか試してみよう。もしかしたら、ブラゼルがこれでアルコール飲料を作っているのかもしれないから。

植物の本を読みあさったが、役立ちそうな情報は見つからない。毒に関する本は興味深いけれど、《蝶の塵》についての記載は皆無だ。ただ、読んだ本四冊すべてに欠けているページがあり、破り取った痕跡もある。毒見役が調べるのを予期したヴァレクが、先まわりして取り除いておいたのだろう。

ため息をつきながらテーブルの端に本を積み上げた。よく考えたら、ヴァレクが最高司令官の会議に出席しているのは、めったにない好機ではないか。思いきって背嚢《はいのう》に隠してある魔法の本を取り出した。表紙にぎらりと光る銀文字の表題を見て、緊張で胃が硬くなる。

薄い本の中身は、魔力の源泉についての専門的な解説だった。詳細の大部分はよく理解できないけれど、魔力のエネルギー源が全世界を包んでいて、どこにいてもそこからエネルギーを引き出せることはうっすらとわかった。

それぞれの魔術師に異なる能力があり、それに応じて魔力を使う。つまり、源泉の魔力は同じでも使い方が違うらしい。ものを動かす者もいれば、他人の心を読んで操る者もいる。身体を癒す、火をつける、心で会話をする、といった魔術もある。そのうちのひとつしかできない魔術師もいるが、能力が高い魔術師は多くをこなす。また、力が弱いと心を読むことしかできないが、強力な魔術師は会話を交わし、操ることもできる。アイリスに心を操られたときのことを思い出して身震いした。

源泉から魔力を引き出すときには細心の注意が必要だ。力強く引きすぎたり、使い方を誤ったりすると、深刻な連鎖反応を起こすからだ。魔力の源泉に〝ワーピング〟と呼ばれる連鎖反応が起きると、巨大な魔力が集中する場所と、まったく魔力のない砂漠地帯ができる。そうなったら、魔力の量は波のように上下し、予測不能に移動するようになるのだ。異なる波がぶつかり合うこともあり、すると、魔力がまったくない空っぽのポケットができてしまう。魔術を使うためには源泉から引き出した魔力が必要なのに、それがない場所があちこちにできてしまうのだ。いったんワーピングが起きたら、それがどれほど続くのか誰にも予期できない。

本には、過去最悪のワーピングの記録が載っている。強力な魔術師が源泉から大量の魔力を引き出して独り占めしたときの事例だ。極めて熟練した魔術師だったため、誰にも知られず、魔力の毛布を引き裂かずにこっそり魔力を盗みおおせたのだ。突然魔術が使えなくなった魔術師たちは、団結してこの悪漢魔術師を捜し出した。最終的には犯人が盗んで集めた魔力を利用して殺し、魔力を無事源泉に戻したものの、それまでの戦いで多くの魔術師が命を失った。ふたたび魔力の源泉が元のように世界を覆うようになるまでに、二百年もかかったという。

エンボス加工を施された本の題名を指でなぞりながら、考えた。アイリスが、わたしを魔術師として訓練できないなら殺すと固く決意しているのが、これで納得できた。わたしが燃え尽きたら、魔力の源泉に大きな波を起こしてしまうからだ。

魔法の呪文やトレーニング方法が書いていなかったことにがっかりして、椅子の背に深くもたれかかった。なぜわたしに魔術師の能力があるのか、どうやって使えばいいのか、そういった具体的な質問への答えを探していたのに。そのうえ《蝶の塵》の解毒剤の情報も見つからなかった。

考えが甘すぎた、それだけのこと。こうして希望的観測にすがるのは危険だ。希望や幸福、自由は、わたしの未来にはないのだから。いや、未来だけでなく、無知な子ども時代からずっとなかったじゃないか。ふつうの人生を夢見ながら、ブラゼルの孤児院で実験動物として育てられたあのときから。

日没まで椅子に深く沈みこんだままでいた。今日は思いきり自己憐憫《れんびん》に浸ることにしたのだ。やがて、同じ姿勢を続けたせいで足が痺《しび》れてきたので、ようやく立ち上がって暗い気持ちを振り払った。《蝶の塵》の解毒剤を本で見つけられないなら、ほかの方法で探し出そう。政権交代から十五年間毒見役がいたのだから、誰かが何かを知っているはずだ。

誰も助けてくれないなら、解毒剤を盗み出すか、ヴァレクのあとをつけて保管してある場所を探す。尾行の腕はまだないけれど、そのうち身につけてみせる。

前日の失敗から学んでいたので、翌朝は空腹のまま走りこみに行った。兵士の集団に加わって走り始めると、アーリとジェンコが颯爽《さっそう》と追い抜いていった。ジェンコが、いたずらっぽい笑みを浮かべてわたしに手を振る。じきに集団から取り残され、しばらくひとりでのろのろと走っているうちに、背後から足音が迫ってきた。もうすでに一周先を走ったジェンコがからかいに来たに違いない。

追い越しやすいようにと横によけたが、走り手はわたしの真後ろをぴったりついてくる。奇妙だと思って後ろを振り向くと、ちょうどニックスが拳を突き出したところだった。背中を殴られて、前のめりに転んだ。ニックスは、地面に倒れたわたしの身体を踏みつけ、さらにブーツの先で喉仏を蹴った。声を漏らすことも息を吸うこともできず、苦しさに膝を抱えて身体を丸めた。

酸素を求めて肺が痛む。芋虫のようにもがくうちに、空気がようやくわずかに喉を通るようになった。なんとか身を起こして地面に座ると、何もなかったかのように、兵士の集団がわたしを避けながら流れていく。ニックスの攻撃を目撃した者はいないのだろうか？ニックスがわたしを思いとどまらせるつもりでやったのなら、逆効果だ。あいつみたいに卑怯《ひきょう》な男にやられないためにも、自己防衛の術《すべ》を身につけなくてはならないと決意を強くした。

　ニックスが次の周でやってくるのを待っていたが、現れなかった。代わりに異変に気づいたアーリが立ち止まった。「何があったんだ？」

「なんでもない」ニックスもマージと同様に、わたしの個人的な問題だ。解決したかったら、自分ひとりで対処するしかない。けれども、その発想へのわずかな疑いも心をよぎる。牢獄《ろうごく》で絞首刑を待つはめになったのは、自分だけでなんとかしようとしたせいじゃないか。

「顔が血だらけだぞ」アーリは心配そうだ。

　袖で顔を拭いた。「転んだだけ」

　それ以上質問される前に話題を変えることにした。隠れて訓練したほうがいいというヴァレクの忠告を伝えると、アーリも同意した。「たしかに秘密訓練のほうが賢明だね。場所を見つけておくよ」

　マーレンに話しかける機会を見つけるのに、一週間かかった。

　その日、わたしは早朝の走りこみのときに彼女の脇に加わり、しばらくペースを合わせて並んで走った。ブロンドの髪をポニーテールにしたマーレンの肩は筋肉質で広く、ウエストはぎゅっと締まっている。バランスが悪く見えるほど極端な逆三角形の体型だ。アスリートらしい長いストライドで楽々と流す彼女についていくためには、全力を出さなくてはならない。

「マーレンよね？」苦しい息の合間に尋ねた。

マーレンは、横目で素早くわたしを値踏みした。

「なんだ、ゲロ吐きじゃないか」

マーレンのあからさまな挑発には目的があると直感した。わたしの反応を窺《うかが》っているのだ。相手にする気がなければ無視してスピードを上げているだろうに、わざわざ侮辱してわたしの応答を待つのには理由があるはずだ。

「その程度の悪口には慣れてる」

「なんでこんなことやってんだ？」

「こんなって？」

「なんで、吐くまで走るのさ？」

「五周走るように言われたから。ちゃんと、やり遂げたいの」

マーレンは、まだ品定めするような目でわたしを見ている。こちらは息をつぐのに精一杯で、とぎれとぎれにしか声を出せない。このまま会話を続けるのは無理だから、さっさと切り出すことにした。「あなたがヴァレクに挑戦しているのを見たの。ボウの扱いでは、あなたの右に出る人はいないと聞いたから。ボウの使い方を教えて」

「わたしのこと、誰に聞いた？」

「アーリとジェンコ」

詐欺師に騙《だま》された者を嘲笑《あざわら》うかのように、マーレンは鼻を鳴らした。「あいつらと友だちなのか？」

「ええ」

数々のことが突然頭の中で繋《つな》がったかのように、マーレンの口がかすかに開いた。「そうか、森で脱走役を捕まえたのはアーリとジェンコだったんだ。ふたりから訓練してもらったのに途中で挫折したって噂だったけど、あいつら、わたしに代役を押しつけようってつもり？」

「噂の困ったところは……」何度か息をついてから続けた。「真実と嘘の見分けがつきにくいところね」

「貴重な時間を寄付して、わたしになんの得があるのさ？」

これは尋ねられると覚悟していた。「情報はどう？」

「何についての情報？」

「挑戦試合でヴァレクに勝ちたいんでしょう？」

灰色の目がきっとわたしを睨んだ。視線が鋭い刃のように突き刺さる。

大きく息をついでからいっきに言った。「今日の午後二時に城の東扉口に来てくれたら、教えてあげる」

これ以上ペースを合わせて走るのは無理だ。諦めてスピードを緩めると、マーレンは前に走り去り、その後ろ姿は兵士の集団に混じって消えた。

マーレンと交わした会話を、午前中ずっと頭の中で繰り返していた。あれでよかったのだろうか？　毒見をしながらも、彼女がどう出るか考えてばかりいた。

ようやく二時になり、約束の場所で唇を噛《か》みながら待った。アーリとジェンコが訓練中断の噂をせっかく流してくれたのに、それが嘘だとマーレンにほのめかしたのは大きな賭だった。だから、ボウを二本抱えた長身の兵士がこちらに向かってくるのを見たときには、少しほっとした。

マーレンは、廊下に足を踏み入れるとあたりを見渡した。壁に寄りかかっているわたしを見つけた彼女が口を開く前に、ついてくるよう身振りで示した。

人目につかない場所で待っていたジェンコたちを見ると、マーレンはアーリに向かって言った。「人の噂は信用ならないってことだね」

「そのとおり。だが、信じさせておきたい噂話もある」アーリの声には威嚇が混じっている。マーレンはそれを無視してわたしのほうを向いた。

「おい、ゲロ吐き。朝話していた情報ってのは何さ。くだらないものだったら帰るよ」

アーリの顔が真っ赤になった。言いたいことをぐっとこらえているようだ。ジェンコはいつものようににやにや笑いを浮かべて成り行きを見物している。

「わたしたちはあなたからボウを習いたいし、あなたはヴァレクに勝ちたい。四人で助け合えば、それぞれが目標を達成できると思うの」

「わたしがおまえたちを助けたって、ヴァレクを倒せるわけじゃない。なんの関係があるのさ？」

「あなたはボウの技術には長《た》けているけれど、戦略に欠けている。アーリとジェンコがそれを教えてくれるわ」

「ゲロ吐きの奴《やつ》、たった一週間の訓練で、もう戦いの専門家になったつもりでいるぞ」マーレンが呆《あき》れはてたようにアーリに話しかけた。アーリは何も言い返さなかったが、顔がどす黒くなっている。

「わたしは違うけど、ヴァレクは専門家だから」

マーレンはわたしに冷たい視線を投げかけた。「ヴァレクがわたしのことをそう言ったの？」

無言で頷いた。

「いいだろう、ボウを教えたら、お返しにアーリとジェンコは戦略を教えてくれるかもしれない。でも、おまえがなんの役に立つのさ？」

答えの代わりに、手を広げてここにいる四人を示した。こうやって集まる機会を作ったのはわたしだ。そして、ためらいながら付け加えた。マーレンの気持ちを変えるには十分ではないかもしれないけれど。「タンブリングを教えてあげるわ。柔軟性とバランスが身につくようにも手伝ってあげる。きっと戦いに役立つと思う」

「おお、やるじゃないか」ジェンコが感心して唸《うな》った。「イレーナはいいところを突いているぞ。それに、訓練には三人より四人のほうが効率的だ」

マーレンがむっとしたように振り向くと、ジェンコはわざとにっこり笑顔で応じた。

「わかった。じゃあ、一時的措置ということで引き受ける。でも、うまくいかなかったらやめるからね」ほかの者が口を挟む前にマーレンは付け加えた。「心配しなくていいよ。噂話に耳を傾けても、加わらないのがわたしの信条だから」

ようやく肩の荷が下りてほっとした。マーレンと握手をしてから、この一週間使っている秘密の部屋に向かった。

「使い心地がよさそうじゃないか」マーレンは仮設訓練場を眺めまわした。誰も足を踏み入れない城の南西の端にある半地下の貯蔵室を、アーリが見つけたのだ。天井近くに窓がふたつあるので、そこから入ってくる光で十分明るい。

その日はマーレンからボウの基本的な使い方を教わった。訓練のあとで、マーレンがわたしに言った。

「なかなかの出来だよ、ゲロ吐き。見こみがありそうだ」

ボウを取り上げて去ろうとしたマーレンの肩に、アーリが大きな手のひらを置いた。

「彼女の名前はイレーナだ。もし、ちゃんとした名前を呼びたくないなら、明日から来なくていい」

マーレンは口をぽかんと開けてアーリを見返したが、わたしのほうがもっとびっくりしていた。マーレンは無言でぞんざいに頷いてから、アーリと握手して出ていった。その後ろ姿を見て、明日戻ってくるのかどうか心配になった。

でも、マーレンはちゃんと翌日も訓練に現れた。それから二カ月の間、一日も欠かさずに。その間に晩夏が初秋に変わり、空気も清涼になっていった。暑い季節に咲き乱れていた花はしおれ、木々の葉がオレンジ色になり、やがて茶色く枯れて、雨が降るたびに地面に落ちるようになった。

謎の莢の調査は行き詰まっていたが、ヴァレクが気にしている様子はない。たまにわたしたちの訓練を見に来て、意見を言ったり提案したりするだけだ。

早朝の走りこみでのニックスの妨害も続いた。石を投げてきたり、足をかけて躓《つまず》かせたり、唾を吐きかけたりしてくるので、顔を合わせないように、誰よりも早い夜明けに城壁の外側を走ることにした。初級レベルの防衛技術でニックスと対決するのは無理だ。少なくとも、現時点では。

走りこみの場所と時間を変えたのは名案だった。内側の地面は固い土だけれど、外は芝生に覆われていて柔らかい。それに、みなの目に触れなくなったので、訓練だけでなく走りこみも脱落したという噂を広めるのに役立った。

涼しい季節が終わりかけ、すっかり日も短くなっていた。午後の訓練が終わるともう日没だ。その日も、打撲で痛む肋骨《ろっこつ》をかばいながら、わたしは風呂に向かっていた。ジャックウサギのようにすばしっこいジェンコに、防御の隙を突かれたのだ。

浴場の入り口に着いたとき、大きな影が石壁の上を動いた。身の危険を感じて、とっさに攻撃の構えを取った。頭の中を恐怖、動揺、疑念が入り混じり、駆け巡る。自分の身を守るべきか？　でも、本当にできるのか？　走って逃げたほうがいいのか？

巨大な影から足を踏み出したのはマージだった。それを見て、少し警戒を解いた。

「なんの用？　忠犬らしく、またご主人さまの言いつけを果たしに来たの？」

「忠犬のほうが、罠《わな》にかかったドブネズミよりましだよ」

行く手を塞ぐマージを肩で押しのけて風呂に向かった。侮辱し合うのは娯楽にはいいかもしれないが、時間の無駄だ。

「ドブネズミはチーズが欲しいんじゃないか？」

マージの言葉に振り返った。「いったいなんの話？」

「チーズ。報奨、金貨のことさ。あんたはチーズのためならなんでもするドブネズミだろ？」

19

思ったとおりだ。情報を流していたのはマージだった。今度はわたしをスパイに使うつもりらしい。待ちに待った証拠を押さえる好機だ。

「チーズをもらうためには、何をすればいいの？」

「情報を持ってくれば、それを欲しがってる奴《やつ》に売ってやる。ちびのドブネズミにぴったりの仕事だよ」

「どんな情報？」

「最高司令官の執務室やヴァレクの部屋をこそこそ動きまわっているうちに耳にしたことなら、なんでもいい。報奨はスライド制だ。情報に旨味《うまみ》があればあるほど、チーズもでかくなる」

「報酬はどうやって受け取るの？」尋ねながらめまぐるしく考えた。今の段階ではヴァレクに報告しても、マージがわたしの言い分を否定したらおしまいだ。その前に確固たる証拠を押さえなくては。どうせなら、マージを告発するだけでなく、情報を集めているスパイも一緒に差し出したい。

「情報を渡せば、連絡役のところに行ってあたしが金を受け取ってきてやる。あたしの十五パーセントの手数料を差し引いた分をやるよ」

「元の額を知らないのに、あなたが差し引いたのが本当に十五パーセントだけなのかわからないじゃない」

マージは肩をすくめた。「それがいやなら、やんなくてもいいさ。あんたみたいに飢えてるドブネズミなら、どんなにちっぽけなチーズでもありがたがると思ったんだがね」

立ち去りかけたマージに後ろから声をかけた。

「受け渡しの場に、わたしも一緒に行くのはどう？　それでもちゃんと手数料は取れるでしょ」

マージは立ち止まった。肉付きのよい顔が迷うように歪《ゆが》む。「連絡役に相談してみるよ」

そう言って廊下の暗闇に姿を消した。

浴場の前でしばし考えこんだ。これから数日間マージのあとをつけようかとも思ったが、それはやめた。連絡役がわたしの提案をはねつけたら、マージにもう一度チャンスをくれるよう懇願しよう。惨めな姿を見せてマージを喜ばせるのはいやだけれど、目的を果たすためには仕方ない。そのときになってから、尾行してスパイを見つければいい。それにしても、ヴァレクにマージが裏切り者だと打ち明けられるのが楽しみでならない。

風呂に割り当てていた時間をマージとの会話に費やしてしまったので、そのまま最高司令官の執務室に向かった。到着すると、ランドの使い走り役のサミーが、夕食のトレイを持って部屋の前でおろおろしていた。閉じたドアの向こうから、くぐもった怒声が聞こえてくる。

「どうしたの?」サミーに尋ねた。

「言い争ってるんだ」

「誰と誰が?」

「最高司令官とヴァレク」

「もう行って大丈夫。ランドが待っているでしょ」冷めかけている夕食のトレイをサミーから受け取った。ふたり揃《そろ》ってここで待つ必要はない。

サミーは肩の荷が下りたように、にっこり笑って謁見室を駆け抜けていった。夕食時の厨房《ちゅうぼう》はいつも、調理人と給仕たちがあちこちに群がって蜂の巣をつついたように混沌《こんとん》としている。大声で指示を出すランドはさながら女王蜂だ。その怒りにサミーも触れたくないだろう。

最高司令官が冷たくなった食事を嫌うのを知っているので、部屋に入るタイミングを狙ってドアの近くに立ち、会話が途切れるのを待った。ここからはヴァレクの声だけがよく聞こえる。

「後継者を変えるなんて、どういうつもりですか?」ヴァレクが強い口調で問い詰めている。最高司令官の返事は静かすぎて聞き取れない。「あなたに十五年仕えてきましたが、一度だって決断を変えたことがなかったじゃないですか」ヴァレクはそこで分別ある口調に切り替えて続けた。「後継者の名前を聞き出そうとしているわけではありません。なぜ気が変わったのか、その理由を知りたいんです。なぜ、今変えなければならないのか」

最高司令官の返事は聞こえなかったが、ヴァレクが満足できるようなものではなかったようだ。皮肉たっぷりにヴァレクが答えた。「いつもながら、仰せのままに」

ドアが勢いよく執務室の内側に開いたので、転げるように中に入った。

ヴァレクの表情は氷のように冷たく、目だけが怒りで燃え上がっている。氷河の下にマグマが煮えたぎっているようだ。

「イレーナ、いったいどこをうろついていたんだ? さっきから最高司令官が食事をお待ちかねだぞ」返事など求めていないのは明らかで、ヴァレクはさっさと背を向けて去っていった。謁見室にいる顧問や兵士たちは不機嫌なヴァレクを恐れるように、早足で歩く彼のために道を空けていく。

ヴァレクの怒りは度を越しているような気がした。八人の将軍のうちのひとりが最高司令官の後継者として選ばれているのは、イクシアの国民なら誰でも知っている。だが、疑い深く偏執的な統治をする最高司令官らしく、彼が選んだ後継者の名前は極秘だ。暗号化したメッセージを八つのパズルにし、それぞれの将軍にパズルの一片が入った封筒を渡してある。最高司令官が死んだら、全員がパズルを合わせて暗号を解くという仕組みになっている。暗号を解くためには鍵が必要で、その鍵を持つのがヴァレクなのだ。選ばれた後継者は、軍と最高司令官の参謀全員から自動的に忠誠を得る決まりになっている。

こんなに入り組んだパズルが作られたのは後継者を知られないようにするためだ。それが誰かわかっていると、最高司令官を快く思わない者が後継者と手を組んでクーデターを起こす可能性がある。また、次の政権を握る野心を持っている者にとっては、最高司令官を暗殺しても自分の政敵が後継者になれば、今よりも状況が悪化することになる。そういった抑止力も狙える対策なのだ。

最高司令官が後継者を変更してもイクシア国民の日常生活にはほとんど影響を与えないだろう。そもそも最初の選択が誰だか知らないのだから、最高司令官が亡くなるまでは何度変更されても、国民にとってたいした意味はない。

トレイを持って机に近づくと、最高司令官はヴァレクの癇癪《かんしゃく》など気にもとめない様子で平然と報告書を読んでいた。素早く毒見して、食事を渡す。最高司令官はそっけなく礼を言ったあとは、わたしを無視した。

浴場に行く途中で、さっき耳にした情報はマージの雇い主にどのくらいの値段で売れるのだろうかと考えた。でも、そんな好奇心はすぐにかき消した。お金のために反逆罪をおかすつもりは毛頭ない。ただ、生き延びたいだけ。それにヴァレクのことだから、いずれマージとの密会を嗅ぎつけるだろう。だからこそ、マージがわたしのことをどう思っていようが、自分がスパイではないことを証明しなければならない。怒りに燃えるヴァレクの目に見据えられるところを想像しただけで、雷に打たれたように恐怖が全身を走る。

ジェンコに突かれた肋骨《ろっこつ》の痛みを熱い長風呂で和らげた。夜も早いし、ヴァレクはまだ不機嫌だろうから近づかないほうがいいだろう。そこで、遅めの夕食をとるために厨房に立ち寄った。残り物のローストビーフを皿に取り、まだ働いているランドのところに行くと、彼の前のテーブルには鍋やボウル、材料が散乱していた。ランドの血走った目の下には大きな隈《くま》ができていて、濡《ぬ》れた手でかきむしった茶色い髪はところどころ立っている。

椅子を探してきて、何も置いていないテーブルの隅に腰掛けて夕食を食べ始めた。

「最高司令官の命令で来たの？」ランドが尋ねた。

「違うけど、どうして？」

「二日前にようやくヴィンからクリオロのレシピを受け取ったんだ。そのあとどうなったのか最高司令官が知りたがっているんじゃないかと思って……」

「何も聞いてないけど」

ブラゼルが去ってから大量のクリオロが二度届いたのに、どちらにもレシピは含まれていなかった。そのため最高司令官は、礼状を送るときにレシピを繰り返し要求したのだが、ようやく届いたらしい。ただ、その前にも十分な数のクリオロを受け取っていたので、最高司令官はランドがいろいろ試せるようにいくつか渡していた。喜んだランドは、クリオロを溶かして温かい飲み物に混ぜたり、新しいデザートを作ったり、細かく砕いてから花の形にしてケーキやパイの飾りにしたりしていた。

目の前のランドは、マホガニー色の生地を苛立《いらだ》ったようにかき混ぜている。

「クリオロ作りは、うまくいってる？」

「全然だめ。レシピどおりに何度も試してみたけれど、できるのは、ひどい味の泥だけ」そう言いながら、くっついた糊《のり》のような生地を落とすために、ボウルの縁にスプーンを叩《たた》きつけた。「どろどろのままで固形にもならない」ランドは、茶色の染みと小麦粉で汚れた白い紙を手渡した。「僕のやり方のどこが間違っているか、わかる？」

紙に書いてある材料のリストからはふつうのレシピにしか見えない。専門家ではないので調理法には自信がないが、味見のほうは得意になってきた。ランドが作った生地をすくい取って舌にのせると、気分が悪くなるほどの甘さが口に広がった。舌触りはスムーズで、クリオロのように舌にまつわりつく。けれどもクリオロ特有の、甘みをうまく生かす木の実のようなほろ苦い風味がない。

「レシピのほうが間違っているんじゃないかな」紙をランドに返しながら言った。「ヴィンの立場になって考えたら当然かも。アンブローズ最高司令官が惚《ほ》れこんでいるクリオロのレシピを持っているのが自分だけだとしたら、誰かに渡すと思う？　それを武器にして城での職を狙おうとするんじゃない？」

ランドは崩れるように丸椅子に座りこんだ。「どうしたらいいんだ？　クリオロが作れなかったら、最高司令官に左遷されるだろうな。そうなったら、僕の自尊心は立ち直れないほどぼろぼろになっちゃうよ」弱々しい微笑《ほほえ》みを浮かべようとする。

「レシピが偽物だと最高司令官に訴えてみれば？　クリオロを作れないのはヴィンのせいだと」

ランドは両手で顔をこすりながらため息をついた。「僕は政治的なプレッシャーに弱いんだよ」寝不足なのか、指の先でまぶたをもんでいる。「こういうときには、珈琲《コーヒー》が欲しくてたまらなくなるよ。でも、ワインでなんとかするしかないな」そう言って、戸棚の中をかきまわし、ボトルとグラスふたつを取り出してきた。

「珈琲って何？」

「そうか。君は子どもだったから知らないんだよな。政権交代の前には、珈琲という最高に素晴らしい飲み物をシティアから輸入していたんだ。最高司令官が国境を閉じてから手に入らなくなった贅沢品《ぜいたくひん》は数えきれないけれど、その中で一番僕が恋しいのが珈琲だ」

「闇市はどう？」

ランドは笑った。「たぶん買えるだろうな。でも、誰にも知られずに城の中で珈琲をいれるのは無理だよ」

「ばかな質問かもしれないけど、なぜ？」

「匂いだよ。いれている間に、独特の芳醇《ほうじゅん》な香りが城中に漂ってしまうからすぐにバレる。政権交代の前には、毎朝珈琲の匂いで目覚めたもんだ」ランドはまたため息をついた。「珈琲豆を挽《ひ》いてポットに水を入れるのが僕の母さんの仕事だったんだ。お茶をいれるのに似ているけれど、お茶よりもずっとおいしい飲み物だよ」

〝豆〟という単語を耳にして背筋を伸ばした。「珈琲豆って何色？」

「茶色だけれど、どうしてさ？」

「ちょっと興味があっただけ」落ち着いた声で返したけれど、心の中では興奮していた。あの謎の豆も茶色だったし、ブラゼルは珈琲のことを知っている。ランドのように珈琲が恋しくて工場で作っているんじゃないか？

莢《さや》の果肉を発酵させようとした実験は失敗で、ただの腐った栗色《くりいろ》の液体になってしまった。でも、果肉に包まれた紫色の種がびしょびしょになって蠅《はえ》がたかっていたので窓際で乾かしたところ、隊商からヴァレクが盗んできた豆とそっくりの色と味になったのは発見だった。莢と豆の繋《つな》がりがわかって胸が躍ったけれど、そのあとはまったく進展がなくてがっかりしていたのだ。

「珈琲って甘いの？」

「いや、苦い。母さんは砂糖とミルクを混ぜていたけれど、僕はそのまま飲むのが好きだったな」

謎の豆も苦い。ランドに尋ねてみたいけれど、ヴァレクは南から来た豆のことを知られたくないかもしれない。まずは、ヴァレクが珈琲のことを覚えているかどうか確かめなくては……。そう思ったら、じっと座っていられなくなった。

ランドはまだワインを飲みながら、鬱屈した表情でクリオロの失敗作を見つめている。わたしはランドにおやすみを告げて、ヴァレクの続き部屋に駆け戻った。

中に入ったとたん、何かを投げつけるような音が聞こえた。ヴァレクは荒れ狂ったように居間を歩きまわり、本の山を蹴り散らかしている。床には粉々になった灰色の石が散らばり、壁のあちこちには石が当たった窪《くぼ》みができている。そして、両手には石を握りしめていた。

珈琲の仮説を話し合いたかったけれど、この調子では、あとまわしにしたほうがよさそうだ。でも、まずいことに、凝視しているところをヴァレクに見つかってしまった。「なんの用だ？」

「別になんでもないです」小さくつぶやいて、寝室に逃げこんだ。

それから三日間、虫の居所が悪いヴァレクにじっと耐えた。顔を見かけるたびに八つ当たりされる。解毒剤は投げつけるように渡されるし、話しかけてもまったく口をきいてくれないか、ぶっきらぼうな返事をされるだけだ。わたしが居間に入ると怒ったような目で睨《にら》みつけてくる。

部屋に逃げこむのにも、避け続けるのにもうんざりしてきたので、こちらから近づくことにした。背を向けて机に向かっているヴァレクに話しかけた。

「あの豆が何かわかったかもしれません」遠慮深く切り出したけれど、本当は〝いったいどうしたんですか？〟と尋ねたかった。でも、無難なアプローチのほうが賢明だろう。

ヴァレクはくるりと振り向いた。燃えさかる怒りが消えて、骨まで凍えるような冷たさに変わっている。「それで？」わたしが莢や豆の正体を突き止めたとは信じていないし関心もない、といった口調だ。以前語り合ったときの目の輝きは消え失《う》せている。

思わずあとずさりした。怒りよりも、この冷淡さのほうが恐ろしい。「あの……」口が乾いて、唾をのみこんだ。「ランドと話していたときに、彼が珈琲が恋しいって言ったんです。珈琲のことを覚えてますか？　南の飲み物の」

「いや、知らん」

「もしかしたら、あの謎の豆は珈琲じゃないかと。あなたが知っていればと思ったんですが……。あの豆をランドに見せてもいいですか？」口ごもりながら提案した。まるで、お菓子をねだる子どもみたいに聞こえて自分でもいやだった。

「勝手にやればいい。ランドと心ゆくまで意見交換すればいいじゃないか。君の大親友のランドとね。君もランドとそっくりだな」皮肉たっぷりの冷たい声だ。

愕然《がくぜん》とした。「どういう意味ですか?」

「だから、好きなようにやればいい。わたしの知ったことではない」言い放って背を向けた。

よろめくように寝室に戻り、震える手でドアに鍵をかけた。壁にもたれかかって、先週の出来事を頭の中で繰り返す。ヴァレクに突き放されるようなことを何かしただろうか? 特に思いつかない。それどころか、ほとんど会話も交わしていない。今の今まで、ヴァレクが不機嫌なのは最高司令官との口論のせいだと思いこんでいたのに。

もしかすると、わたしが隠していた魔術の本を見つけたのかもしれない。わたしに魔力があることを疑っているのかもしれない。さっきまでの混乱が恐怖に変わった。ベッドに横たわりながらも、一晩中ドアから目を離せなかった。いつヴァレクに襲われるかと思うと、全身の神経がぴりぴりする。過剰反応とはわかっているけれど、抑えることができない。さっきわたしを見返したヴァレクの目は、すでに死んだ者を見ているようだった。

無事に夜は明けたが、一日中、ゾンビのように動きまわっただけだった。ヴァレクからはすっかり無視されている。ジェンコのいつものユーモアでさえ、落ちこんだ気持ちを晴らしてくれない。

二日ほど待ってから、ランドに豆を見せに行った。前に会ったときよりも調子がよさそうで、満面の笑みとシナモンロールで迎えてくれた。

「お腹《なか》は空《す》いてないから」とシナモンロールを断った。

「ずっと何も食べてないじゃないか。いったいどうしたんだい？」

ランドの質問をかわしてクリオロのことを尋ねた。

「君の提案はうまくいったよ。最高司令官にヴィンのレシピが間違っているって伝えたんだ。そうしたら、対応してくれるって。それから厨房のスタッフについて質問された。ちゃんとみんな働いているかどうか、もっと人数が必要かどうかとか。びっくりして最高司令官の顔をじっと見つめちゃったよ。間違った部屋に来ちゃったんじゃないかってね。だって、これまでは猜疑心《さいぎしん》を持たれたり、脅されて軽くあしらわれたりしてきたんだから」

「いい関係じゃなかったみたいね」

ランドはボウルを積み重ねたり、並んでいるスプーンの位置を直したりしている。顔からは笑みが消えていた。「最高司令官やヴァレクと僕の関係は、控えめに表現しても不安定だからね。政権交代のときには僕も若かったし、反抗的だったから、機会を狙ってはあれこれいやがらせをした。最高司令官にはいろんなものを出したよ。酸っぱくなったミルク、干からびたパン、腐った野菜……。生肉をそのまま出したことだってある。危害を与えるつもりじゃなくて、ただ困らせてやろうと思っただけなんだ」ランドはスプーンを取り上げて、膝を叩いた。「それが、いつの間にか最高司令官と僕の意志の戦いに変わったんだ。最高司令官は僕をちゃんと彼の料理人に仕立てあげると決意し、僕は異動されるか逮捕されようと決意した」ポン、ポン、ポン……。膝を叩き続けるランドの声がかすれてきた。「ところが、ヴァレクが僕の母さんを毒見役にしたんだ。あのころには今のような『行動規範』はなかったんだよ。母さんが食べるものだから、それまで最高司令官に出していたようなゴミはもう作れなくなった」ランドの顔が過去の悲しみで歪んだ。口をつぐみ、指の間でスプーンをまわしている。

言葉を失った。ランドの母親がたどった運命を想像して背筋が寒くなった。

「毒見役として避けられない悲劇が起きたあと、僕は南部へ逃げようとしたんだ。でも、国境の手前で捕まっちゃった」ランドは左膝に手をやった。「奴らは僕の膝の骨を砕いて、馬みたいに足を縛ったんだよ。今度逃げたら、もうひとつの膝も同じように砕いてやるって脅された。その成れの果てが今の僕さ」自嘲するように鼻を鳴らし、いきなりテーブルの上のスプーンを全部腕で掃き落とした。金属が石造りの床に当たって跳ねる音が鳴り響く。「僕がどれだけ変わってしまったかわかるだろ？　さっきみたいに最高司令官にちょっと優しくされただけで、浮かれてるんだ。昔は、いつか戦いに決着をつけるためにあいつを毒殺することを夢見てたけど、その犠牲になるかもしれない毒見役のことが気になってできなかったんだ。オスコヴが死んだとき、もう二度と他人のことなんか気にかけないって誓ったのに……。またその誓いをやぶっちゃったよ」そう言うやいなや、ランドはワインのボトルを持って自分の部屋に去った。

わたしのひとことがランドの悲しい過去を呼び起こしてしまった。テーブルに屈《かが》みこんでそれを悔やんだ。ランドに見せるつもりだった豆がポケットの中で重くなる。ライザは、ランドの感情の起伏がわたしのせいだと言ったけれど、あながち間違ってはいなかった。母親を毒見役にされるなんて、ランドにとって過酷すぎる罰だ。けれども、最高司令官の命を守るのが職務のヴァレクの立場では、理にかなった対策だったのだ。

次の二日間は、まるで霧の中で暮らしているような感じだった。毒見、訓練、毒見、訓練……。すべてがぼんやりと過ぎていった。アーリとジェンコが元気づけようとして叱咤《しった》したり、冗談を言ったりしてくれても無駄だった。待ちに待ったナイフを使った訓練を開始すると言われても、嬉《うれ》しさも、興奮も感じない。手に持ったボウのように、身体《からだ》が固い木に変わったような気分だ。

ある日、訓練を終えたあとにマージが現れて、密会は翌日の夕方になったと告げた。でも、彼女のいつもの嫌味な態度にやり返す力は、ほとんど残っていなかった。

可能な限りすべてのシナリオを考えた。でも、どんな場合でも必ず同じ結論に達する。密会してから報告しても、誰もわたしの言うことなんか信じてくれないだろう。だから、会合には証人と護衛の両方の役割を果たしてくれる人間が必要だ。候補者として真っ先にアーリを思いついたけれども、うまくいかなかったときに彼がスパイの嫌疑をかけられては困る。マージが情報を売る相手にも上役がいるかもしれないし、密告者の巨大なネットワークがあるかもしれない。わたしの手に負えない事態になることはおおいにあり得る。愚かだけれども、考えつくのはただひとつ。ヴァレクに伝えることだ。

ヴァレクに話しかけると考えただけで気が重くなった。最近のやりとりは、解毒剤を受け取るときの気まずい沈黙だけになっている。

最高司令官の夕食を毒見したあと、腹をくくってヴァレクに会いに行った。動悸《どうき》が激しくなり、胃が痛む。ヴァレクの執務室には鍵がかかっていたので、続き部屋に向かった。居間に姿はなかったが、上階からかすかに音が聞こえる。

階段を上ると、彫刻部屋のドアから明かりが漏れていた。邪魔するには最悪のタイミングだと思うが、密会は明日だからこれ以上待てない。勇気を奮い起こしてノックし、返事を待たずにドアを開けた。

角灯《ランタン》の光が揺れ、ヴァレクは彫刻の研磨を止めた。研磨機の車輪は静かにまわり続け、灯火《ともしび》がそれに反射して壁と天井で回転している。

「何か用か?」ヴァレクは背を向けたまま尋ねた。

「申し出を受けたんです。最高司令官に関する情報を買いたいという人から」

ヴァレクはくるりと振り向いた。半分影になった顔は、手に持っている石のようにこわばっている。「なぜそれをわたしに報告するんだ？」

「追跡したいんじゃないですか？　わたしの情報を漏らしている密告者と同一人物かもしれませんし」

ヴァレクはわたしを凝視している。

ふと、ヴァレクの頭を大きな石で殴りつけたい衝動にかられた。彼が今手に持っているような重い石で。「スパイ行為は犯罪です。だから、あなたがこの密告者を逮捕するか、偽の情報を流したいんじゃないかと思ったんです。以前、スパイのことを話し合いましたよね。覚えてませんか？　それとも、もう飽きてしまったんですか？」これまでじっと我慢してきた憤りが噴き出しそうだった。

息をついでさらに続けようと思ったけれど、言葉にならない。食いしばった歯の間から息が漏れた。

ヴァレクの表情がわずかに柔らかくなった。まるで、ずっと固く緊張させてきた筋肉を突然緩めたかのように、かつての顔がゆっくりと現れた。

ヴァレクはようやく口を開いた。「密告者は誰なんだ？　接触があったのは、いつのことだ？」

「マージが、つてがあるから情報を売れと言ってきたんです。明日の夜、その相手と会うことになりました」伝えながらヴァレクの表情を観察した。マージの背信行為に驚いていていないか？　信じていたものに裏切られて傷ついていないか？　だが、まったく読めない。ヴァレクの本心を推し量るのは、知らない異国の言語を解読するようなものだ。

「わかった、計画どおりに進めなさい。密会の場所まで君を尾行し、相手の実態を突き止める。君を信用させるために、最初は正確な情報を提供したほうがいい。最高司令官が後継者を変更した情報ならうまくいくだろう。どうせじきに公表する情報だから与えても害はない。そこから次の動きを考えよう」

それから一緒に詳細を煮詰めた。ようやく以前のヴァレクが戻ってきたのが嬉しかった。自分の命を危険にさらすというのに、なぜか気分が明るくなった。でも、この状態がどれほど続くのだろう？　また、いつあの冷酷なヴァレクになるかわからない。そう思ったら、警戒心がじわじわと戻ってきた。

話し合いが終わり、そろそろ寝室に戻ることにした。

「イレーナ」

ドアのところで呼び止められて、振り向いた。

「前に、レヤードを殺した理由を話したとしても、わたしにはそれを信じる心の準備ができていないと言ったことがあるな。今なら君を信じられる。話してくれないか？」

「でも、わたしのほうは、あなたに伝える心の準備はできていません」

それだけ言って、部屋をあとにした。

20

腹が立って仕方なかった。

四日間も冷たくあしらっておきながら、わたしが簡単に心を許すとでも思っているのか。レヤードを殺したことは最初から認めているし、憲兵が捕まえたのは真犯人。ヴァレクはその事実だけ知っていればいい。

真っ暗な階段を下りて寝室に向かう途中、〝ここを出ていかなくてはいけない〟と思った。その思いがだんだん強くなり、我慢できないほどの強い衝動になった。解毒剤なんかもうどうでもいいから逃げ去りたい。逃げろ、逃げろ、逃げろ。頭の中で歌声が聞こえる。レヤードに囚《とら》われていたときに耳にした馴染《なじ》みのある声だ。心の奥底にしっかり鍵をかけておいたのに、ヴァレクが今日ひびを入れた割れ目から、過去が漏れ出そうとしている。ヴァレクのせいだ。ヴァレクのせいで、耐えがたいあの記憶を抑えこんでおけなくなった。

部屋に入ってドアの鍵を閉めた。振り返ると、レヤードの幽霊がベッドの上でくつろいでいる。首の傷がぱっくりと開き、滴り落ちた血が寝間着を黒く染めている。それなのに、髪は最新流行のスタイルに整い、口髭《くちひげ》も完璧に切り揃《そろ》えられ、薄い青色の瞳は活《い》き活《い》きと輝いている。

「出ていって」レヤードは実体がない幽霊なんだから、怖がる必要はまったくない。自分にそう言い聞かせた。

「昔馴染みに、ずいぶんなご挨拶じゃないか」そう言うと、レヤードはベッド脇の小卓から毒に関する本を取り上げて、ぱらぱらとページをめくり始めた。

愕然《がくぜん》としてレヤードを見つめた。わたしの心に話しかけることができ、しかも本を手に持てる……。そんなばかな。幽霊なのに。でも、ただの幽霊だと何度心の中で繰り返してもレヤードは消えない。彼は高らかに笑った。

「もう死んでるくせに。今ごろは地獄で業火に焼かれているはずじゃないの？」

レヤードは手に持っている本を振りかざして、わたしを揶揄《やゆ》する。「先生のお気に入りってとこか。僕のためにこれくらい努力していれば、成り行きはずいぶん変わっていたのにな」

「そうならなくて、よかった」

「毒を盛られて、追いかけられて、精神病質者《サイコパス》と暮らすのがそんなにいい人生なのかい？それに、死にはそれなりの特典があるんだぞ。おまえの惨めな生き様を見て楽しめる。イレーナ、なんで絞首刑を選んでおかなかったんだ？　時間を節約できたのに」

「出ていって」ふたたび言った。冷や汗が背中を伝い、動揺で声が甲高くなりかけている。
「生きてイクシアから逃げられないのはわかってんだろ？　おまえは落ちこぼれ。昔からそうだし、これからもそう。その事実をそろそろ受け入れたらどうだ？」レヤードはベッドから起き上がった。「せっかく理想的に育ててやろうとしたのに、おまえはすべてしくじった。覚えてるだろ？　父上がおまえに愛想を尽かして、僕にくれたときのことを」

覚えている。あれは去年、火祭が行われていた週のことだった。

レヤードはテッソ将軍とその一行の訪問で気もそぞろだった。ことに将軍の娘カンナをもてなすのに夢中で、わたしのことをいちいち監視しなかった。レヤードの信用を得るためにしばらくおとなしく従っていたから、彼は威嚇で服従させたと自惚《うぬぼ》れていたようだ。それまでは彼の続き部屋にある小さな寝室にわたしを閉じこめていたのに、気を許したのか、ひと月ほどわたしの寝室に鍵をかけるのを忘れていた。

その前の年、練習を見つかって折檻《せっかん》と恥辱を与えられ、二度と火祭には行かないよう命じられていた。けれども、祭りが近づくにつれて我慢できなくなってきた。一年前の屈辱的な罰を思い出しても、思いとどまるどころか、言いなりにならないことに頑固な誇りを覚えた。見つかるのは怖かったし、心のどこかで捕まるのを予期していたのに、運を天に任せることにしたのだった。それほど、火祭はわたしにとって大きな存在だった。人生で自由を味わえたのは、火祭のときだけ。ほんのつかのまの自由と幸福にすぎなくても、危険をおかす価値はあると思っていた。だから競技会に参加した。

その挑戦的な心構えが曲芸にも反映して、競技会での演技は大胆になった。乱れのない宙返りと完璧な着地、そして尽きることのないエネルギー。五つの予選ラウンドは軽々と通過し、迎える決勝戦は祭りの最終日だった。

レヤードがカンナと友だちを連れて狩猟に出かけた間に、競技用の衣装を急いで準備した。決勝にふさわしい衣装を作るために、二週間かけてこっそりと必要なものをかき集めていたのだ。赤い絹の羽根を黒いレオタードに縫いつけてから銀色のシークインを貼りつけ、翼は演技の邪魔にならないように小さく折りたたんで背中に紐《ひも》でくくりつけた。髪は編みこんで長いお下げにし、頭にくるりと巻きつけて赤い羽根を後ろにつける。手作り衣装の出来に満足して曲芸のテントに向かった。

決勝戦が始まったときには、テントは人で溢《あふ》れ返っていた。群衆の声援も、演技を始めると耳に届かなくなり、背後の雑音に変わる。聞こえてくるのは、手足がトランポリンを打つポンという音、二回転半捻《ひね》り宙返りをしている最中のロープのしなり、見事に着地できたときの鋭い響きだけだ。

最後は床演技だ。マットの隅に爪先で立ち、大きく息を吸うと、汗やすべり止めの粉の匂いが肺を満たした。これがわたしの世界だ。自分らしく生きることができる唯一の場所。雷雨の寸前のように空気がびりびりと震えている。そのエネルギーをためこみ、稲妻のようにタンブリングを始めた。

あの夜のわたしは、空中を自由自在に飛びまわった。床にはほとんど足をつけなかったくらいだ。心は鳥のように空高く飛翔《ひしょう》し、身体《からだ》は歓喜に震えた。最後の宙返りの着地寸前に背中にたたみこんでいた翼を両手で掴《つか》んで、頭上に開いた。真っ赤な絹の翼が背後に流れ、会場は割れるような歓声に包まれた。喝采が胸にじんじんと響く。惜しみない賞賛に、わたしの心は炎のような翼と一緒に舞い上がった。

結果は優勝。何もかも忘れ、わたしは純粋な喜びに浸った。二年間忘れていた笑みがこぼれた。頬の筋肉が痛くなるほどにこにこ微笑《ほほえ》みながら表彰台に立ち、司会から賞品の魔除けのお守り《アミュレット》を首にかけてもらった。炎の形をした血のように真っ赤な宝石には、競技名と優勝した年が刻まれている。

わたしにとって人生最高の瞬間だった。でも、観客席にいるレヤードとカンナを見つけたとたん、人生で最悪の瞬間に変わった。カンナははじけるような笑みを浮かべているが、厳しい表情でこちらを睨《にら》むレヤードの唇は怒りを抑えて引きつっていた。

人がいなくなったあとも更衣室に残って思案した。テントの出入り口はふたつともレヤードの衛兵が見張っている。捕まったらアミュレットを取り上げられるのはわかっていたので、土がむき出しになっている地面を掘って、そこに埋めた。

予想どおり、レヤードはわたしが外に出るやいなや腕を掴み、引きずるようにして館に連れ戻した。ブラゼル将軍は報告を聞き、〝頑固で、強情で、自立しすぎている。いくら指導してもわたしのグループには入れない〟と息子にわたしを与えたのだ。

そうしてブラゼルの実験は中止になった。わたしは失敗作だったのだ。レヤードは父親の前ではなんとか憤怒《ふんぬ》を抑えていたが、彼の部屋でふたりきりになったとたん、拳と足を使って怒りを発散させた。

「僕に背いたおまえを、殺したかった」レヤードの幽霊が滑るように部屋を横切ってくる。「すぐではなく、ゆっくり時間をかけて味わうつもりだったのに、先を越されてしまったな。ずいぶん前からあのナイフを僕のベッドに隠していたんだろう」幽霊は考えこむように眉を寄せた。

ナイフを盗んでマットレスの下に隠したのは、一年前に曲芸の練習を見つかって折檻されたすぐあとだった。隠す場所にレヤードのベッドを選んだ理由は自分でもよくわからない。ただ、必要になるときがくるということと、それが自分の部屋ではなく、レヤードの部屋だという虫の知らせのような予感があった。

誰かを殺すのを夢見るのはたやすいけれど、実行するのはそんなに簡単ではない。数えきれないほどの苦痛と屈辱を与えられても、正気は失わずにいた……あの夜までは。

「何が引き金だったんだ?」幽霊が尋ねた。「それとも、今みたいに優柔不断に決断を先延ばしにしていただけなのか? 護身術の練習なんかしているようだが……」レヤードが嘲笑《あざわら》う。「自分で自分の身を守れると、本気で思っているのか？　正面から対決したら、おまえなんかがもちこたえられるわけない。僕がよく知ってる」レヤードは目の前でゆらゆら浮かび、強引にわたしの過去を引き出そうとしている。

目の前にいるレヤードと、彼が呼び起こした記憶にたじろいであとずさりした。「さっさと消えてよ」そう言い放ってベッドに横たわり、無視する決意をして毒の本を取り上げた。本を読み始めると幽霊の輪郭が薄れていくが、横目で見るたびにまた鮮やかになる。少し長く見つめすぎたときにレヤードが尋ねた。

「引き金になったのは、僕の日誌か？」

「違う」反射的に出てきた答えに驚いた。なぜかというと、自分でも、二年間の我慢が限界に達したのは日誌のせいだと思っていたからだ。

苦痛に満ちた記憶が蘇《よみがえ》り、その衝撃で全身が震えた。

あの日、わたしは殴られて意識を失い、気づいたときにはレヤードのベッドに裸で横たわっていた。彼は自分の日誌を見せびらかして中を読むように命じた。そして、おぞましい内容に打ち震えるわたしを眺めて悦楽にふけったのだった。

レヤードの日誌には、過去二年間にわたしが彼を怒らせたことがすべて記されていた。わたしが命令に背いたり、彼の気分を害したりするたびにそれを記録し、どのように罰したいのかを書きこんでいたのだ。

おどろおどろしい加虐性愛の妄想が、詳細にわたって描写されていた。父親の実験にわたしが必要だったときにはレヤードは妄想で我慢してきたのに、今は制約なしに実行に移せる。それを思うと、息ができなくなった。最初に頭をよぎったのは、隠していたナイフで自殺することだった。けれども、隠しているのは枕元に近い向こう側だから手が届かなかった。

「今夜は、最初のページから始めようじゃないか」レヤードは期待で猫のように喉を鳴らしながら、玩具箱《おもちゃばこ》から拷問器具を次々と取り出していった。

震える指で、最初のページをたぐった。最初に会った日にレヤードを〝閣下《サー》〟と呼ばなかったのがわたしのおかした罪だった。彼がその罰として考えたことがその次に綴《つづ》られていた。完璧な服従のしるしとして、わたしを床に四《よ》つん這《ば》いにさせ、鞭《むち》で打つたびに「閣下、もっとお願いします」と答えさせる。そのあとにレイプし、その間も続けて〝閣下〟と呼ばせ、なおいっそう仕置きを続けるように懇願させる……。

感覚が麻痺《まひ》した手から日誌が滑り落ちた。ナイフを取るためにベッドの向こう側に飛び移った。逃げるつもりだと思ったレヤードは、すぐにわたしを捕まえて石の床にうつ伏せに押さえつけ、首の後ろで両手を鎖で繋《つな》いだ。

想像を膨らませて不安に怯《おび》えるほうが、実際にそれが行われるときよりも恐ろしいものだ。これからどんな拷問を受けさせられ、いつレヤードがやめるのかわかっていたのは、不幸中の幸いだった。抵抗したら怒らせてさらに長引くだけだとわかっていたので、求められる役を演じ、なされるがままになり、ただひたすら陵辱が終わるのを待った。

ようやく恐怖が潮のように引き始めたときには、背中と股間は血まみれになっていた。ベッドの隅で、身体をボールのように丸めた。全身はずきずき痛んでいたけれど、心は死んだように何も感じなかった。隣に横たわるレヤードが耳に息を吐きかける。彼の指はまだわたしの中にあった。

今なら、ナイフは手の届く場所にある。自ら命を断とうかと考えていたときに、レヤードが口を開いた。「また新しい日誌を始めなくちゃいけないな」

無言のままでいた。

「おまえが失敗したから、父上と僕は別の子を訓練することになったんだぞ」レヤードはベッドの上で起き上がった。指をわたしの内部にさらに深く埋《うず》めながら。「おい、四つん這いになれ。次のページを始める時間だ」

「やめて！」わたしは大声で叫んだ。「絶対に許さない！」そう言うと、残っていた力を振り絞ってマットレスの下からナイフを取り出し、レヤードの喉に切りつけた。

皮膚をかすめただけの浅い傷だったが、驚いたレヤードはベッドから転げ落ちた。その胸の上に飛び乗り、今度はもっと深く切りこんだ。刃が骨を削り、血が飛び散る。わたしの股間の血が自分のものかレヤードのものか、もはや見分けはつかない。胸が熱くなるような満足を覚えた。

「そうか。またレイプされると思ったのが引き金だったのか」レヤードの幽霊が言った。

「違う。あなたが、孤児院の別の子を虐待するのが許せなかった」

「ああ、おまえの友だちか」幽霊が鼻で笑った。

「ただの友だちじゃない。妹たちよ。殺したのは、あの子たちのためだけれど、わたし自身のためにもっと早く殺しておくべきだった」激しい怒りが全身を駆け巡り、両手の拳を前に構えてレヤードを部屋の隅に追い詰めた。

幽霊を傷つけることなど不可能だと心のどこかでわかっていながらも、明け方まで繰り返しレヤードを殴りつけた。窓から差しこんだ暁の光が触れるとようやく、幽霊は消え去った。

泣きじゃくりながら床に崩れ落ちた。しばらくして我に返ると、でこぼこした石の壁を殴り続けたせいで、手が血まみれになっている。疲れきって、すべての感情がなくなってしまったかのようだ。朝食の毒見にも遅刻している。

それもこれも、すべてヴァレクのせいだ。

「ちゃんと注意を払わなくちゃだめじゃないか」アーリが木製の小刀でわたしの腹を突いた。「実戦なら死んでるぞ。今日はこれで四回目だ。いったい、どうしたんだ?」

「寝不足なの。ごめん」

　アーリに促され、壁際にあるベンチに一緒に座ってマーレンとジェンコの練習試合を眺めた。ジェンコのスピードがマーレンの技術を圧倒し、彼女は壁に追い詰められていた。

「マーレンは背が高くてスリムだけれど、この試合には勝てないな」歌うようにジェンコがからかう。これはマーレンを怒らせるための戦術で、今までいつもうまくいっていた。彼女には、かっとすると重大なミスをおかす癖があるのだ。けれども、今日のマーレンは冷静さを保っている。ボウの先をジェンコの足の間に差しこんで彼の武器を封じこめ、差しこんだボウをてこにして宙返りし、彼の後ろに立った。後ろから首を羽交い締めにされたジェンコは降伏するしかない。

　わたしが教えた技を使ってマーレンが勝ったので、暗い気分が少し晴れた。憤然としているジェンコの顔には千金の値打ちがある。ジェンコが再戦をしつこく要求し、ふたたび騒々しい一騎打ちが始まった。アーリは、そのままベンチに座ってわたしと一緒に観戦を続けた。今日のわたしには訓練するエネルギーがないと察したようだ。

「何かあったんだろう?」

「わたし……」言いかけて口ごもった。ヴァレクの冷たい仕打ちと急な心変わりや、自分が殺した男の幽霊との夜通しの会話をアーリに話せるだろうか?　いや、話せるわけがない。だから、代わりに尋ねた。「わたしがやっていること、無駄だと思わない?」避けられないことを優柔不断に先延ばしにしているだけだというレヤードの言葉には、もっともなところがある。大事な問題を考えたくないし、解決したくないから、訓練で時間稼ぎをしているのかもしれない。

「時間の無駄だと思っていたら、僕はここにいない」アーリの声にはかすかに怒りがこもっている。「イレーナ、君には訓練が必要だ」

「なぜ？　護身の機会がある前に死ぬかもしれないのに」

「君の得意技は、逃げて隠れることだ。マーレンに話しかける勇気を奮い起こすまでに一週間もかかったし、僕が何も言わなかったら、今でも彼女は君のことを〝ゲロ吐き〟と呼んでいただろう。君は、もっと自分が求めるもののために戦い、立ち向かうことを学ぶべきだ」アーリは木製の小刀を手の中でいじくりまわしている。「君は、何かいやなことが起こったら逃げ出せるように、いつも端っこのほうで身構えているだろう？　でも、ジェンコの手からボウを打ち落とし、僕を足元からすくい投げられるようになったら、自信がつく。もし、ほかにやらなくちゃいけないことがあるなら、やればいい。訓練の代わりじゃなく、訓練と並行してやるんだ。そうしたら、次に誰かが君を〝ゲロ吐き〟と呼んだら、胸を張って〝くたばれ〟と言い返せる」

アーリがわたしをよく見抜いているのに驚いた。同意も、反論の言葉も出てこない。ほかにやりたいことがあるのは事実だ。それが何かアーリは知らないだろうけれど、わたしにはわかっている。《蝶の塵》の解毒剤を探すのだ。

「もしかして、励ましてくれてる？」震える声で尋ねた。

「そうだよ。だから、訓練をやめる言い訳を探そうとしないで、僕を信頼しろ。ほかに必要なものがあるのか？」

アーリの静かな声に潜んでいる厳しさに、背筋がぞくっとした。わたしが何を企《たくら》んでいるか知っているのだろうか？　それとも、推察しているだけか。

逃げろ、逃げろ、逃げろ。あの声が歌うように、解毒剤を手に入れてシティアに逃げるのがわたしの計画だ。アーリの言うことは正しい。南に逃げきるためには、体力は万全でなければいけないし、追手の兵士から身を守らなければならない。けれども、ひとつだけ考えるのを避けている難問がある。ヴァレクだ。

ヴァレクならシティアまで追ってくる。国境を越えることができても、彼からは逃れられない。自分の責務としてわたしを捕まえるか殺すだろう。アイリスが魔術を使ってもわたしを守るのは無理だ。直面するのが怖くて避けてきたのは、このジレンマだ。解決するだけの知恵がないのを思い知るのが怖くて、考えなくてすむように訓練に集中してきたのだ。解毒剤を入手するだけでなく、ヴァレクを殺さず、ヴァレクに殺されず、なんとか逃げきる計画を立て直さねば。でも、アーリがその解決策を提案してくれるとは思えない。

ボウの攻撃を荒い息で受け止めながら、ジェンコがマーレンに声をかける。

「今のだとヴァレクに勝てるかもしれないぞ。あまりの弱々しさにヴァレクが大笑いしているうちに、隙を見て攻撃すればな」

マーレンは黙ったまま攻撃のスピードを上げた。ジェンコは後ろに下がっていく。

ジェンコの言葉で何かが閃《ひらめ》いた。いちかばちかの計画が頭の中で形になってくる。

「アーリ、錠前を破る方法を教えてくれる？」

しばし無言で考えこんでから、アーリはようやく口を開いた。「ジェンコに教えてもらえばいい」

「ジェンコ？」

アーリは意味ありげな笑いを浮かべた。「人畜無害の脳天気な奴《やつ》に見えるけれど、ジェンコは子どものころは、始末に負えない悪さをしてたんだよ。でも、ついにのっぴきならない状態になって、牢獄《ろうごく》に行くか、軍隊に入るかのどっちかを選ぶことになったんだ。それが今や大尉なんだからな。ジェンコの最大の強みは、相手に過小評価させるところさ。みんなあいつがいいかげんな奴だと思うだろう？　じつはそれが狙いなんだよ」

「今度ジェンコが冗談を言いながらわたしの肋骨《ろっこつ》を狙ってきたら、思い出すことにする」

マーレンはまたジェンコを打ち負かした。

「五回の対戦のうち三回勝ったほうが勝者というのでどうだい？　お嬢さまは拒否できないだろ？」飽きることもなくジェンコが挑戦する。

マーレンは肩をすくめ、「あんたの自尊心が粉々になっても構わないのならね」と言うが早いか、ボウでジェンコの足をすくおうとした。反射神経がよいジェンコは軽々と飛びすさって攻撃をかわし、即座に反撃する。カーン、カーンという律動的な木を打つ音が練習部屋に鳴り響く。

アーリが立ち上がり、守りの構えを取った。わたしも元気を取り戻して立ち向かった。

訓練のあと四人で休憩しているときに、ヴァレクがやってきた。何もせずに座っているのが失礼だと思ったのか、マーレンは飛び上がるように立ち上がった。でも、あとの三人はくつろいだ姿勢のままでいた。ヴァレクが近くに来るたびにマーレンの態度が微妙に変わるのは、見ていて面白い。刺《とげ》のある態度が柔らかくなり、笑顔が増え、ヴァレクに話しかけたり、試合を持ちかけたりする。ヴァレクのほうも、たいていの場合はそれを受けて彼女の戦術を批評し、練習試合に応じる。そのたびにマーレンは縄張りで一番大きな雄猫に飛びかかる野良猫のように、誇らしげな顔をするのだ。

でも今日はマーレンが話しかけようとすると、ヴァレクはそれを制し、わたしに話があると言った。ふたりきりになりたいと言うので、ほかの三人は練習部屋を出ていったが、去り際にマーレンはボウの打撃くらい威力がこもった目でわたしを睨んだ。たぶん明日の訓練でこのツケを払うことになるだろう。

ヴァレクは何かに苛立《いらだ》っているときの癖で、練習部屋をぐるぐる歩きまわっている。いつものように投げる石でも探すのではないかと不安になってきた。

「どうしたんですか？　今夜の密会のことですか？」

マージの裏切りをヴァレクに明かす機会をずっと心待ちにしてきた。けれど、自分が直面する危険を考えたら、その興奮も薄れて不安で落ち着かない。こんなことをしても、ただの時間の無駄ではないか。命をかけてするほどの価値はない。

いや、落ち着いて考えよう。何もかも疑いの目でしか見えなくなっているのは、レヤードの幽霊のせいだ。わたしが火祭に行くのと、森で逃亡者役をするのをアイリスに告げた者がいる。わたしの命にかかわる重大な情報を漏らしたのはマージに違いない。その証拠を握って、これ以上勝手なことをできないようにさせなくては。

「いや、その件じゃない。今夜は計画どおりだ。話したいのは最高司令官のことだ」ヴァレクはそれだけ言って口をつぐんだ。

「最高司令官がどうかしたんですか？」

「今週、変わった者と会ってはいないか？」

「変わった者？」

「君が知らない人物や、ほかの軍管区の将軍とかだ」

「わたしが知る限りではいません。でも、なぜそんなことを訊《き》くんですか？」

ヴァレクはまた黙りこんだ。わたしを信用していいものか迷っているのだ。

「最高司令官がシティアからの外交使節を迎え入れることに同意したんだ」

「それって、悪いことなんですか?」

「最高司令官は、南部の人間を嫌っているんだぞ。シティアからは、毎年会合の申し入れがあるが、政権交代から十五年間、最高司令官はずっと拒否してきた。それなのに、来週に使節団が到着するというんだ」ヴァレクが歩きまわる速度が上がる。「君が毒見役になり、クリオロが到着してから、最高司令官の言動がおかしくなった。始めのうちはただの違和感でしかなかったが、最近起こったふたつの出来事で、最高司令官に重大な異変が起きていると確信した」

「ふたつの出来事というのは、後継者の変更と南部からの使節団ですか?」

「そのとおり」

ヴァレクの質問には答えようがない。身近で知るようになった最高司令官は、想像していた軍事独裁者とは正反対だった。他人の意見を聞いて選択肢も考慮するし、公平で、断固としている。生活も信念に沿った質素なものだ。顧問や軍の上官は最高司令官を尊敬し、ゆるぎない忠誠を誓っているけれど、独裁者に対するような恐れを感じているわけではない。権限も明白で、最高司令官の命令は速やかに遂行される。政権交代前の暗殺は悪名高いけれど、そのあとに関してはランドの母親のことだけが、わたしが耳にした残酷な話だ。

ヴァレクは立ち止まって、大きく息をついた。「一部のクリオロをわざと間違えてわたしたちの家に送るように手配した。最高司令官が食べるときには君も同じように食べてほしい。だが、決して誰にも告げてはならない。最高司令官にもだ。これは命令だ」

「承知しました」反射的に答えたが、頭の中ではほかのことを考えていた。今ヴァレクはわ、わたしたちの家と言ったような気がするのだが、聞き間違いだろうか？

「今夜のマージとの密会は予定どおりに進めろ。わたしもそこに行く」

「マージに南部の使節団のことを伝えるべきでしょうか？」

「いや。最高司令官の後継者が変更になるほうを使え。すでに噂《うわさ》が流れているから、君の情報はそれを裏づけることになる」そう言ってヴァレクは訓練場を出ていった。

訓練部屋を誰かに見つかった場合に備えて練習用の武器を隠し、使った証拠を片付けてから鍵をかけた。今夜の密会についてつい深く考えこんでしまう。あれこれ思案しながら浴場に向かう途中、開けっ放しになっているドアの横を通り過ぎた。頭の隅で、貯蔵庫のドアはふだん閉じているのに、と思ったときには手遅れだった。

視界の左端から黒い影が現れ、わたしの腕を掴んで部屋の中に引き入れた。ドアが音をたてて閉じる。暗闇の中で思いきり突き飛ばされ、顔面から石の壁にぶつかり、衝撃で肺から音をたてて空気が抜けた。すぐさま振り返り、壁を背にして喘《あえ》いだ。

「動くな」唸《うな》るような男の声だ。

声の方向に蹴りを入れたが、空気をかすめただけだ。嘲るような笑いが響く。蝋燭《ろうそく》の覆いが外され、黄色い薄明かりを反射して、ぎらりと光る長い刃が浮かび上がった。

恐怖に打ち震えながら、視線をナイフの先から柄を持つ手へ、手から顔へとゆっくり移動させた。

ニックスだ。

21

ニックスは蜘蛛《くも》の巣だらけのテーブルに蝋燭《ろうそく》を置いて、こちらに近づいてきた。

「俺って頭がいいよな。それに比べて、どいつもばかで呆《あき》れるよ」

もう一度蹴りつけたが、たやすくかわされてしまった。

「警告してやったのに、なんで訓練をやめなかったんだ？」そう言ってニックスは、わたしの喉にナイフの刃先を押しつけた。「もっとわかりやすくしようか？」と、蝋燭の揺らめく光の中でじりじりと身体《からだ》を寄せてくる。それにつれ、茹《ゆ》でたキャベツを思わせるいやな体臭が漂ってきた。

吐き気がしたけれども、身動きせず、動揺を隠した冷静な声で尋ねた。

「なんで訓練しちゃいけないの？」

「おまえが危険だからだよ。誰も気づいていないようだが、アーリやジェンコやマーレンなんかより、俺のほうがずっと利口だから仕方ない。それどころか、ヴァレクよりも俺のほうがずっと頭脳明晰《めいせき》だ。そう思うだろ？」何も答えずにいると、喉に突きつけられた刃先に力がこもった。「そうだよな?」

　喉に鋭い痛みが走る。これ以上刃が食いこまないように、「そうね」と声を絞り出した。いつの間にか空中に漂う埃《ほこり》の中からレヤードの幽霊が姿を現し、ニックスの背後でしたり顔の笑みを浮かべている。

「俺が仕えているお方が、おまえに訓練をやめてもらいたがっているんだ。殺すなと命じられているのは残念だけど……」ナイフを持っていないほうの手でわたしの頬を撫《な》でた。

「忠告は与えるように言われている」

「パーフェット大尉が、なんでわたしのことを気にしなくちゃならないの?」ニックスの注意をそらすためにしゃべりながら、アーリに教わった、刃物の攻撃から身を守る術《すべ》を思い出そうとした。もっと真剣に練習しておけばよかった。

「あいつは関係ない。おつむが弱いパーフェットの頭にあるのは昇進のことだけだ。だが、ブラゼル将軍は違う。おまえの新しい趣味にとてもご興味をお持ちなんだよ」ニックスは、空いているほうの手をわたしの脚の間に滑りこませ、身体をすり寄せてきた。

　つかのま凍りついたように動けなくなった。混乱と恐怖で、せっかく学んだ護身術がすっかり頭から消えてしまった。代わりに、頭の中でいつもの振動音が鳴り始める。でも、魔法を使ってはいけない――自分に言い聞かせて振動音を抑えこみ、子どものころによく聞いた童謡の旋律に変えた。静けさが全身を満たしていく。落ち着きを取り戻すと、やるべき護身術の動きが目の前に鮮やかに浮かんできた。

わざと悦楽の声を漏らして腰を寄せ、脚を少し開いた。ニックスは芝居にも気づかず、満足そうににやついている。「思ったとおりの売女《ばいた》だったな。これからお仕置きしてやるよ」差しこんでいた手を抜くと代わりに腿を割りこませ、片手でわたしの帯を外し始めた。

次の瞬間、ニックスの脚の間に膝を滑り入れ、腿を撫で上げるふりをしてそのまま股間を蹴り上げた。ニックスがうめき声をあげて身体をふたつ折りにしたところで、突きつけられていた刃先を両手で掴《つか》み、それ以上喉に食いこまないよう止めた。手のひらに鋭い痛みが走る。苦痛に顔を歪《ゆが》めながら、〝手を切っても首よりましだ〟というアーリの声を思い出してこらえた。ナイフを力いっぱい身体から引き離すと、ニックスは後ろによろけた。

「あばずれ！」怒鳴り声をあげ、ニックスがナイフを振りかざした。

その刃先が身体に当たる寸前にニックスのほうに踏み出して、向きを変える。右肩を彼の胸につけて手刀《しゅとう》で上腕と前腕を打つ。攻撃者の力を利用する武術だ。打たれたニックスの腕がだらりとぶら下がり、武器が床に落ちた。

すかさずニックスの腕を掴み、後ろ手にして甲を天井に向けた。身体を回転させて肩にニックスの肘を置き、上腕を思いきり引き下ろすと、ぼきりと骨が折れる音がした。ニックスの悲鳴が響き渡る。くるりと振り返って叫んでいる彼に真正面から向き合い、拳で鼻を二度殴る。鼻から鮮血が飛び散り、ニックスがバランスを失ってよろめくと、膝蓋骨《しつがいこつ》を蹴り上げた。骨が砕け、彼はついに床に崩れ落ちた。

わたしはなおも、転がっているニックスの肋骨《ろっこつ》を蹴り続けた。全身の血が煮えたぎる。いまだ抵抗しようとするニックスを見て逆上し、さらに蹴りつけた。この精神状態で続けていたら、死ぬまでやめなかったかもしれない。

そのとき、レヤードの幽霊が嬉《うれ》しそうに声をかけた。「その調子だぞ、イレーナ。やっちまえ。もうひとり殺したら、今度こそ絞首台だ」

皮肉なことにレヤードの言葉がわたしの理性を呼び覚ました。ようやく蹴るのをやめて荒い息をつきながら見下ろすと、ニックスは動かなくなっている。膝をついて脈を探し、強い拍動に触れてほっとした。けれども、ニックスに肘を掴まれたとたん安堵《あんど》がかき消えた。

驚いて叫び声をあげ、反射的にニックスの顔を殴った。わたしの肘を握る手が緩んだ隙に腕を引き抜く。ジェンコが何度も繰り返した〝殴って逃げる〟という護身術のアドバイスに従おう。床に落ちているナイフを取り上げ、駆け出した。走って逃げるときにはいつも恐怖にかられているけれど、今回は違う。もっと力強い感覚だ。曲芸で優勝したときの演技中に感じた、躍動するような気持ち。あのときの真っ赤な翼が後ろにたなびいている。

興奮を静めるために全速力で駆けた。浴場に着くと、早い時間だったのでまだ誰もいない。タオルが置いてあるテーブルの下にナイフを隠し、鏡で傷の具合を調べた。首の傷からの出血は止まっているが、手のひらの切り傷は深くて治療が必要だ。そのとき、自分の目に怪しい光が宿っているのに気づいた。野良猫のような目だ。鏡に向かって猫のように歯をむいてみる。少なくとも、わたしはもうこそこそと這いまわるドブネズミじゃない。

さて、どうしたものか？　もうじき毒見の時間だけれど、最高司令官の夕食を血まみれにするわけにはいかない。ニックスとの格闘で噴出したアドレナリンが消え、ときおりふわりと気が遠くなる。失神する前にたどり着けるよう祈りつつ、診療所に向かった。

診療所のママはわたしの姿を見ると、すぐに診察台を指差した。わたしは台の隅にちょこんと座り、手当てしてほしい両手を見せた。

「いったい――」医師が尋ね終える前に遮った。

「割れたガラスで切ったんです」

女医は考えこむように唇を固く結んで頷《うなず》いた。「診療セットを持ってくるわ」

診察台に横になっていると、女医が医療器具の並んだトレイを持って戻ってきた。ランドの糊《のり》が入った瓶は、仰々しい道具に囲まれて玩具《おもちゃ》のように見える。戦っている最中にはアドレナリンのせいで感じなかったけれど、傷がずきずき痛んできた。消毒されるときの心臓が止まりそうな痛みを思い出して顔を背けると、ヴァレクが診療所に飛びこんでくるのが目に入った。よりによって、と思わずため息が出た。まったく最悪の日だ。

「何があった？」ヴァレクに問い詰められたので、医師のほうをちらりと見た。

女医はわたしの手を取ると、傷を消毒し始めた。「割れガラスの傷はぎざぎざになるけど、この傷はすっぱり綺麗《きれい》に切れているから、刃物だということは明らかよ。こういった場合には報告するのがわたしの義務だから」

なるほど、医師がヴァレクに告げ口したのか。こうなったら、説明しない限りヴァレクは引き下がらないだろう。手の痛みから注意をそらすためにも、しぶしぶ彼のほうに目をやった。「襲われたんです」

「誰に？」険しい声だ。

わたしが女医を横目で見ると、ヴァレクは意図を察した。

「少しふたりきりにさせてくれないか？」

女医は迷うように口をすぼめた。医療の場では彼女のほうがヴァレクよりも権限がある。

「じゃあ、五分だけね」そう言って女医は診療所の奥にある机に向かった。

「誰に襲われた？」

「ニックスです。パーフェットの部隊の兵士ですが、ブラゼルに雇われていて、訓練をやめろという忠告らしいです」

「殺してやる」

殺気立ったヴァレクの声に驚いた。本気なのだ。心配になって、なるべく強い声で返した。「そんなことしないでください。それより、ニックスを利用するのはどうですか？

ブラゼルに繋《つな》がる鍵なんですから」

ヴァレクの鋭い目が、わたしの心の奥底を探るようにじっと見つめた。

「どこで襲われた？」

「わたしたちが訓練場に使っている部屋から、四つ目か五つ目の貯蔵室です」

「もうとっくに逃げているだろうな。兵舎のほうに部下を送る」

「たぶん、ニックスは兵舎にはいないんじゃないかと」

「なぜだ？」そう尋ねた表情が最高司令官に似ていた。まったく感情が読み取れない無表情を保ち、眉だけ上げて説明を促している。

「貯蔵室にはいなくても、あの状態ではあまり遠くには逃げてないと思います。それに、送るのはひとりよりふたりのほうがいいかも」

「なるほど。つまり、訓練の成果が出てきたということだな」

「思ったより」

ヴァレクが去るやいなや、口の軽い女医が戻ってきた。苦々しい気分で、次回は、医師に裏切られないように自分で傷を治そうと決意した。ランドが作った糊はまだ背嚢《はいのう》の中にあるし、切り傷のひとつやふたつに医者なんかいらない。

消毒されている間、唇を噛《か》んで我慢した。両手を強く包帯で巻いたあと、きちんと治すために丸一日は水に浸《つ》けてはいけないし、一週間はものを持ち上げるのも書くのも控えなければならないと言われた。つまり、当分は訓練ができないということだ。

しばらくしてヴァレクの部下たちが入ってきて、ニックスを別の診察台に放り投げた。女医は、訝《いぶか》しげな視線をわたしに向けてから、うめき声をあげる新しい患者のほうに急いだ。注意がそれた隙に、さっさと診療所を抜け出した。

最高司令官の執務室に急ぐと、ちょうどヴァレクが出てくるところだった。

「夕食の毒見はやっておいた」後ろ手にドアを閉めると、わたしの肘を掴んで謁見室の机の間を縫って歩いていく。まだ夕方の早い時刻なので、部屋には顧問が数人いるだけだ。

「マージを見つけて、今夜の密会を中止しろ。それから部屋に戻って寝なさい」

「でも、中止なんかしたら怪しまれますよ。手袋をすれば包帯を隠せるから大丈夫です。このごろは夜になると寒いし、手袋をしても変だとは思われません」ヴァレクが何も答えないので、ふたたび付け加えた。「わたしは大丈夫です」

ヴァレクが微笑《ほほえ》んだ。「大丈夫かどうか、鏡を見てみろ」それから、顔をしかめて考えこんだ。どうするか決めかねていたようだが、ようやく口を開いた。「わかった。予定どおりに決行しよう」

ヴァレクは自身の執務室の前で立ち止まった。「わたしは残った仕事を片付けるが、君は部屋で休め。今夜のことは心配するな。わたしが近くにいるから」そう言って鍵を差しこんだ。

「ヴァレク？」

「なんだ？」

「ニックスをどうするんですか？」

「怪我《けが》を治してやってから、調査に協力させる。しないなら何年も牢屋《ろうや》に放りこむと脅す。用がすんだら第一軍管区に異動させよう。それで満足か？　それとも、殺しておこうか？」

第一軍管区はイクシアで最も寒くて荒涼とした地区だ。雪豹《ゆきひょう》に襲われるニックスを想像してつい口元が歪んだ。「十分です。ニックスに死んでもらいたかったら、もう自分でやっています」

ヴァレクがふいに背筋を伸ばし、振り向いた。わたしを見つめるその顔に、驚き、警戒心、面白がるような感情が次々によぎり、またいつもの無表情に戻った。

こちらはジェンコのいたずらっぽい笑顔を真似《まね》してにっこり笑ってから踵《きびす》を返した。

休む前に今夜の準備をしなければならない。まずは手袋と外套《がいとう》だ。秋が深まり、朝晩は冷えこむようになっている。早朝は霜に覆われた芝生に朝日が当たり、ダイヤモンドのように輝く。

運よくディラナはまだ裁縫部屋に残っていた。四方山《よもやま》話をしてから欲しいものを頼んだ。

「あらまあ。寒い季節の服を全然持ってないのね」ディラナは心配性の寮母みたいな声をあげて制服の山をかきまわし始めた。動きまわるたびに、蜂蜜色の柔らかな巻き毛が飛び跳ねる。「なんでもっと早く来なかったのよ？」と咎《とが》められて、思わず笑った。

「だって、今まで必要がなかったから。あなたって、いつもお母さんみたいに城のみんなの世話を焼くの？」

ディラナは手を止めて振り返った。「まさか。世話を焼くのは、お母さんが必要な子だけよ」

「手間がかかる子で悪かったわね」親しみをこめて皮肉たっぷりに答えた。

数分後、ディラナが集めてくれた冬用の衣類の山で埋もれそうになった。これだけのフランネルの下着、羊毛の靴下、防寒ブーツがあれば、氷の中でも何週間か生き延びられそうだ。衣類を部屋の隅に集め、ヴァレクの続き部屋に運んでもらうように頼んだ。

「まだあそこに住んでいるの？」にやにやしながらディラナが尋ねる。

「今のところは。でも、いろんな問題が片付いたら、前の部屋に戻ると思う」本当に解決するかどうかは疑わしいけれど。

ディラナが集めてくれた衣類の山から黒い外套を取り出し、分厚いニットの手袋をポケットの奥に押しこんで腕にかけた。外套の左胸には手のひらサイズの赤いダイヤの刺繍《ししゅう》がふたつ並んでいて、防寒というより雨よけの大きなフードがついている。

「たぶん、あなたはヴァレクのところにずっといるんじゃないかなあ」ディラナが言った。

「なぜ？」

「ヴァレクがあなたのことを気に入ってるから。彼が毒見役にこれほど関心を持つのは初めてなんだから。ふつうは、訓練を終えたら毒見役は放ったらかし。何か問題を嗅ぎつけたときだけ、部下の課報《ちょうほう》部員を使って探りを入れるの。そういうときでもヴァレクは自分で直接かかわらないのに、一緒に住むなんて！」格別の娯楽を楽しむようにディラナの顔は輝いている。

「ばかなこと言わないで」

「実を言うと、ヴァレクってこれまで女に興味を持ったことがなかったのよ。もしかすると、男性課報部員の誰かがお目当てなのかと疑い始めていたんだけれど……」そこで、劇的に間を置いてから続けた。「かわいくて賢いイレーナが、氷のようなヴァレクの心を溶かしたってわけね」

「ディラナったら、もっと裁縫室から外に出るべきよ。新鮮な空気を吸って、現実をきちんと見て、妄想する癖を直したほうがいいと思う」ディラナの言葉を信じるつもりはまったくない。けれど、つい頬が緩んでしまった。

そそくさと逃げ出すと、鈴を転がすようなディラナの笑い声があとを追ってきた。

「わたしの勘に間違いはないわよ」

薄暗い廊下を歩きながら自分に言い聞かせた。ヴァレクがわたしに興味を持っているとしたら、その唯一の理由は、彼にとってわたしが〝解かずにはいられない難問〟だからだ。いったん南部の魔術師とブラゼルの謎への答えを得たら、使用人宿舎にある前の部屋にさっさとわたしを送り返すだろう。だから、それ以上のことを考えてはいけない。逃亡計画を妨げない程度の憧れを抱くだけならいいだろう。でも、ヴァレクがわたしと同じような感情を抱いているなんて、断じて期待してはいけない。絶対に。でないと、悲惨な結果になる。

ディラナは親切で思いやりがあるけれども、想像力がありすぎるのは困ったものだ。絶対に間違っている。そう何度も自分に言い聞かせながら厨房《ちゆうぼう》に向かった。そして、オーブンのまわりで足を引きずりながら動きまわっているランドの姿を見つめ、ヴァレクは何人も人を殺した情け容赦がない人間だと自分に思い出させた。前王の血が、まだ壁の刀から滴り落ちているではないか。ヴァレクは、危険で、気分屋で、忌々しい男。全部わかっているのに、それでも口元がほころんでしまう。

いつものように遅い夕食をとっていると、子豚の丸焼きの串をまわしていたランドがやってきて隣に座った。豚がローストされるおいしそうな匂いが漂ってくる。

「何か催しがあるの？」子豚の丸焼きは、料理人が丸一日つきっきりにならなくてはいけないので、特別な行事か催事でないと目にしない。

「将軍が全員集まるんで、僕のとっておきの料理を全部注文されたんだ。来週も饗宴《きようえん》があるからその準備もしなくちゃならないし忙しいよ。それにしても、饗宴なんて久しぶりだなあ……」そこで口をすぼめて首を傾《かし》げた。「そういえば、最高司令官が政権を取ってから初めてだ」ランドはため息をついた。「行事のおかげで、クリオロ作りにかける時間がない」

「忙しいときに邪魔して申し訳ないけど、これが何か知っている？」ポケットから謎の豆をひと握り取り出してランドに渡した。この機会をずっと狙っていたのだ。「古い貯蔵室で見つけたんだけど、あなたが言っていた珈琲《コーヒー》の豆じゃないかと思って」

ランドはすぐさま顔を豆に近づけて匂いを嗅いだ。「残念だけど、珈琲豆じゃないね。これが何かは知らないけれど、珈琲豆はもっと丸くて、表面は滑らかだ。この豆は楕円形《だえんけい》だし、ほら、でこぼこしてるだろ？」テーブルの上に豆を広げると、ひとつ取り上げて噛み、苦さに顔をしかめた。「見たこともないし、味わったこともない豆だ。どこで見つけたの？」

「城の半地下だけれど、どの部屋かよく覚えてない」曖昧に答えた。だめで元々と思ってはいたが、失望で肩を落とした。この難問を解いてアンブローズ最高司令官に報告したかったのに、また行き止まりだ。

「そんなに重要なこと？」落胆を察したようでランドが尋ねた。

黙ったまま頷いた。

「わかった。豆を僕に預けておいてくれたら、饗宴のあとでいろいろ実験してみるよ」

「実験？」

「すり潰《つぶ》したり、煮たり、焼いたりしてみる。食材は、熱を加えると舌触りや味が変わるものなんだ。そうすれば、僕の知っている味になるかもしれない。それでどう？」

「でも、忙しいのに迷惑かけたくないし」

「迷惑じゃないよ。挑戦するのは好きだし。それに、いったん饗宴が終わったらふだんの退屈な毎日に戻るから、楽しみにできることがあったほうがいい」ランドは豆をガラス瓶に入れると、同じように謎めいた食材が入った瓶が並ぶ上のほうの棚に置いた。

饗宴のためのメニューについて話し合っていると、ランドが豚をまわす時間がきた。

「一時間ごとに四分の一周まわすんだ」その言葉でマージと会う時間が近づいていることを思い出した。ランドにおやすみを告げながらも、緊張で胃が痛くなった。

隠しておいたニックスのナイフを密会に持っていこうと思って浴場に立ち寄ると、たくさん人がいて取り出すのは無理だった。高ぶる神経をなだめながら、何も持っていかないほうが無難だと自分に言い聞かせた。身体検査をされるかもしれないし、そのときに武器を持っていたらかえって面倒なことになるだろう。

待ち合わせの城郭の南門で、マージはいつもの嫌悪感たっぷりの表情でわたしを出迎えた。挨拶代わりにお決まりの嫌味を交わすと、あとは無言で城下町に向かった。約束どおりヴァレクが近くにいますようにと祈りつつ、マージに疑いを抱かせたくないので、肩越しに振り向きたい衝動は抑えた。

雲ひとつない星空には満月が輝き、地面にくっきりとした影を落としている。町に向かう土道は通行人の足で踏み固められて平らになり、荷車が作った二本の深い溝ができている。夜の清々《すがすが》しい空気を大きく吸いこんだ。土と枯葉の濃い香りが身体を清め、生き返らせてくれるようだ。

町の外れに来ると、四階建ての木造の建物が整然と並んでいるのが見えた。いろいろな形の窓や部屋がある無秩序な形態の城に慣れているので、均整が取れた建物や平凡な町の様相にかえって違和感を覚える。商店も居住区の建物と同じように合理的なパターンで並んでいる。

町ではほとんど人の姿を見かけず、見かけても何かの用事で目的地に向かう人だけだ。町の憲兵のほかには、立ち止まっておしゃべりしている人も、散策している人もいない。政権剥奪《はくだつ》のときに活躍した兵士たちは、現在はイクシア領のあちこちで憲兵になり、『行動規範』に沿って夜間外出禁止令や服装規制を徹底させている。怪しい者がいたら検問して書類を確認し、場合によっては逮捕する。よその町からの訪問者は、宿を探す前にまず軍事警察本部に申告するのが義務だ。

憲兵に目をつけられないよう、密会は早めの時間に始まることになっていた。それなのに、道を見張っているふたりの憲兵の目は、通り過ぎるわたしたちを追っている。厳しい視線を肌にぴりぴりと感じ、次の瞬間には止められて職務質問されるに違いないという不安で胸が苦しくなった。

憲兵がいない通りの途中で、マージはどこといって特徴のない建物の前で立ち止まり、ドアを二度ノックした。しばらくしてドアが内側に開き、宿屋の管理人の制服を着た赤毛の背が高い女が頭を突き出した。女はマージの顔を確かめて頷くと、尖《とが》った鷲鼻《わしばな》をこちらに向けた。真っ黒な瞳に見据えられ、つい、そわそわしてしまう。冷や汗が背中を伝い落ちるのがわかる。ようやく目をそらした女の鼻が、わたしたちが来た道に向けられた。罠《わな》の匂いを嗅いでいるのかもしれない。満足したようで、女はドアを広く開けてマージとわたしを中に招き入れた。四階までの階段を上がる間も、誰も言葉を発しなかった。

建物の最上階にある部屋は、目がくらむほどの眩《まばゆ》さだった。夥《おびただ》しい数の蝋燭が幾重にも円を描き、林檎《りんご》の香りがする煙が部屋を暖めている。黒魔術の準備を疑いたくなるような怪しさに息苦しくなる。これだけ明るいのに、なぜ外から見えなかったのだろう？　窓のほうに目をやると、床まである分厚い黒いカーテンで覆われていた。

本棚、書机、部屋のあちこちに置かれた安楽椅子から想像するに、ここは書斎なのだろう。わたしたちを案内した女が座った書机の両端には、角灯《ランタン》の上に輪っかをつけたような金属の彫像が飾られていた。棚や机の上には、そのほかにも不思議な置物が風雅に配置されている。天井からは、見たこともないような飾りがぶら下がっていて、わたしたちが脇を通り過ぎたときの空気の動きで、くるくると舞い踊った。

鷲鼻の女が椅子に座るようにすすめなかったので、マージとわたしはそのまま机の前に立った。女は深紅の髪を後部でまとめていたが、そこから巻き毛が少しほつれて落ちていた。

「毒見役じゃないか。わたしのために働くようになるのは、時間の問題だとわかっていたよ」

そう言うと、唇の端を持ち上げて満足そうな笑みを浮かべた。

「そういうあなたは誰なの？」心理的な駆け引きなんかするつもりがないのをはっきりさせるためにも、最初から単刀直入に尋ねた。

「スター大尉と呼んでくれればいい」

反射的に彼女がまとっている宿屋の管理人の制服に目をやると、スターが疑問に答えた。

「アンブローズの軍隊じゃない。わたしは自分の軍隊を持っているんだ。ところで、情報の取引についてマージはもう説明したかね？」

「ええ」

「よろしい。取引の規則は簡単だ。わたしが欲しいのは重要な情報だけだ。おまえが情報をくれたら、わたしがその価値に相当する金を支払う。お遊びじゃないから、裏付けのない噂《うわさ》やおしゃべりはいらない。わたしの仕事やわたし自身についての質問や詮索はするな。おまえはわたしの名前だけ知っていればいい。わかったか？」

「わかったわ」スターの信用をまず勝ち得なければならないので、問題を起こすつもりはない。少なくとも今の時点では。

「よし。ところで、おまえが持ってきた情報はなんだ？」尖った鼻に導かれるように、スターが椅子から身を乗り出した。

「最高司令官が、跡継ぎの将軍を変更しました」

スターはこの情報の持つ意味を吟味するかのようにじっとした。マージのほうに目をやると、わたしがこんなに重要な情報を掴んでいたことに驚き、不快になっているようだ。

「その情報をどうやって手に入れた？」スターが尋ねた。

「最高司令官とヴァレクの会話を耳にしたんです」

「ああ、なるほど。ヴァレクか」納得したようにつぶやいてから、わたしに鼻を向けた。

「なんでヴァレクの家に住んでいるんだ？」

「あなたには関係ないことです」強い調子で答えた。

「おまえの情報が信頼できるという保証は？」

「ここに来たことがばれたら、ヴァレクに殺されます。それはあなたもよくご存知でしょう。それほど命をかけた情報なんです。それより、わたしの情報にいくらくれるんですか？」

　スターは黒いベルベットの巾着袋を開けて金貨をひとつ取り出し、飼い主が犬に骨を与えるようにわたしに放り投げた。金貨を空中で受け止め、痛みに顔が歪みそうになるのをこらえた。ニックスのナイフでできた傷がうずき始めている。

「おまえの分の十五パーセントだ」

　今度は、銀貨ひとつと銅貨ひとつがマージに向けて飛んでいった。スターのやり方に慣れているらしく、マージは難なくそれらを受け止めた。

「ほかに情報はないのか？」スターが尋ねる。

「今回はこれだけです」

「次に情報を得たときにはマージに言え。密会の日時を整えてくれる」そう言うと、スターはわたしたちを追い払うように手を振った。

　スターの家を出てマージに導かれるまま暗い路地に入ったとたん、闇からヴァレクが姿を現した。なぜこんなところにいるのか不思議に思う暇もなく、路地に面した扉から小さな部屋に引っ張りこまれた。

　ヴァレクが前触れなく現れたことに驚き、混乱した。もう少し待ってからマージを捕まえるつもりだと思っていたのに。

情報を売っていることがヴァレクに見つかって、さぞかしマージはショックを受けているだろう。わたしは、この瞬間のために彼女のいやがらせに耐え、危険をおかしてきたのだ。ところが、わたしに続いて部屋に入ってきたマージは、嘲るような笑みを浮かべている。こんなに嬉しそうなマージの顔は見たことがない。わたしが想像していた表情とは正反対ではないか。どういうことなのか説明してもらいたくて、ヴァレクに向かって首を傾けた。

「ヴァレク、あたしが言ったとおりじゃないか。こいつは、金貨のために最高司令官を売ったんだよ。この女のポケットを調べてみな」マージがせっついた。

「じつは、イレーナは密会の前にわたしのところに来ているんだ。おまえのスパイ活動を暴露するつもりでいたらしいな」

ヴァレクがそう言うと、マージの表情から笑みが消えた。「なんで、それを教えてくれなかったんだ？」

「時間がなかった」

ふたりの会話を聞いて、すっかり混乱してしまった。「情報を漏らしていたのはマージじゃなかったんですか？」

「ああ、違う。マージはわたしの部下だ。スターが興味を持ちそうな情報を提供しながら、ほかの情報提供者を見つける仕事をしてもらっていたんだ。スターは、君を説得するようマージにしつこくせがんでいたし、わたしも君の忠誠心を試すいい機会だと思った」

だからヴァレクはあんなに機嫌が悪かったのだ。わたしが彼と最高司令官を裏切ると思いこんでいたから。そんなことを信じるなんて、ヴァレクは、わたしという人間をまったく理解していない。誤解が解けた安堵、怒りと失望が心に渦巻き、言葉にならなかった。

「ドブネズミがいるべき場所は牢屋なんだ。そこに戻してやろうと思ったのに」マージはヴァレクに文句を言い始めた。「野放しにしたら、またこそこそ動きまわるに違いない。こいつは信用ならない危険な奴《やつ》だ」気分を害したマージは太い指でわたしの腕を突いた。

間髪をいれず、マージの腕を捻《ひね》って背中にまわした。その腕を高く持ち上げると、甲高い悲鳴をあげてマージは前のめりになった。

「わたしはドブネズミなんかじゃない」食いしばった歯の隙間からマージにささやく。「忠誠心は証明したんだから、もう放っておいて。机の埃に悪質なメッセージを書くのも、わたしの持ち物を勝手に調べるのも、やめて。次にそんなことをしたら、腕の骨を折るから」そう言って、掴んでいた腕を思いきり振り放した。

ヴァレクは黙って頷き、マージに向き直った。

「イレーナの言い分はわかったか？　わかったなら、もう行っていい」

ヴァレクに突き放されたマージは、ぽかんと開けていた口をきっと結び、踵を返して部屋を出ていった。

「あまり親しみが持てる人じゃないですね」わたしはつぶやいた。

「そうだな。だが、だからこそわたしはマージを気に入っているんだ」しばらく黙って入り口に目をやったあと、ヴァレクは口を開いた。「これから見せるもので君はいやな思いをするだろう。だが、それでも知っておいたほうがいい」

思わず皮肉が口をついて出た。「あなたに忠誠心を試されて、いやな思いをしなかったとでも?」

「ときどき毒見役を試すと忠告しただろう」

言い返そうとしたところをヴァレクに制された。

「静かにしろ。音をたてないように気をつけて、わたしのすぐ後ろにつけ」

路地に出て、闇に隠れてスターの家まで戻り、入り口が見える場所に潜んだ。

「スターに君の情報を売っていた者がもうじきやってくる」耳元でささやくヴァレクの唇がかすかにわたしの頬に触れ、背筋にぞくりと痺《しび》れが走った。それに気を取られて、言われたことにあまり注意を払っていなかった。

左足をひきずりながら歩いてくる背の高い人影を目にして初めて、ようやくヴァレクの言葉の意味がわかった。

22

その歩き方には見覚えがあった。闇の中から現れたランドがスターの家の扉を二度叩《たた》くのを見て、胸が張り裂けそうになった。

ランドの顔を見るやいなや、スターは躊躇《ちゅうちょ》もせず家に招き入れた。扉が閉じるパタンという音が、わたしの胸に虚《うつ》ろに響く。

「これもわたしを試すテストなんですか?」追い詰められた思いでヴァレクに尋ねた。「ランドもマージみたいに、あなたの命令に従っているんですか?」

でも、ヴァレクが残念そうに首を横に振る前から、心の奥底では答えがわかっていた。あたかもすべての感情を搾り取られたかのように、胸が空っぽになった。もう限界だ。レヤードの幽霊につきまとわれ、ニックスに襲われ、ヴァレクから忠誠心を試されたあとで、こんなひどい仕打ちには耐えられない。意思も、感情も、願いもすっかり消えてしまい、ぼんやりとヴァレクを見返した。

身振りでついてくるよう命じられたので、夢遊病者のように従った。建物の裏をまわって左側の戸口から入り、階段を上る。屋内は家具もなくがらんどうで、最上階にヴァレクの部下らしき男がいた。男は、スターの書斎と隣り合った壁にもたれて床にあぐらをかいて座り、蝋燭《ろうそく》一本の光を使って手帖に何やら記している。

ここからは、ランドの声がはっきりと聞こえる。ヴァレクが手振りで何かを伝えると、部下の諜報《ちょうほう》部員は手帖を渡して階下に消えた。さっきまで部下がいた場所に座ったヴァレクは、自分の横を軽く叩いて、わたしも座るよう促した。

壁のほうを向いて、その場所にしゃがみこんだ。ランドの裏切りは聞きたくないけれど、立ち去る意志の力もない。木製の壁にいくつか空いた穴をヴァレクが指差すのでそのひとつを覗《のぞ》きこんだが、見えたのは家具の裏側だけだ。どうやら、盗聴用の穴らしい。壁に額をつけて、目を閉じ、ランドの声に耳を澄ました。

「将軍たちが今週、城にやってくるんだ。それ自体はよくあることだけど、今回は最高司令官が饗宴《きょうえん》の準備を命じた。つまり、何か特別なことが起こるんだよ。重要なことが。でも、それが何かはまだ探り出せていない」

「わかりしだい教えてくれ」わざとらしく間を置いてからスターは付け加えた。「もしかしたら、イレーナが知っているかもしれないな」

自分の名前を耳にして心臓がどきりとした。逃げろ、逃げろ、逃げろ。いつもの声が頭の中で叫ぶ。けれども逃げ出す代わりに、さらに強く額を壁に押しつけた。

「知らないと思うよ。饗宴の話をしたら驚いていたんで、それ以上尋ねなかったんだ。でも来週には何か耳にするかもしれないし、もう一度訊《き》いてみるよ」

「その必要はない。イレーナにはわたしが直接訊くから」スターは、舌なめずりするように滑らかな口調で言った。衝撃の効果を最大限にする好機を待っていたのだ。

「なんだって?」驚いたようにランドが叫んだ。「イレーナがおまえに情報を売るなんてあり得ないよ。そんな子じゃない」

「じゃあ、ヴァレクのスパイだというのか?」スターの声が警戒心でこわばった。

この成り行きに、壁の向こうにいるふたりに負けないほど動揺した。ヴァレクを見ると、心配するなというように手を振る。

驚きから立ち直ったランドが答えた。「いや、イレーナはスパイなんかやらない。ただ、びっくりしただけだよ。でも、驚くほうがおかしいよな。イレーナだってお金が必要だし、情報を売ったからといって彼女にがっかりするような資格は、僕にはない」

「そもそも、おまえはイレーナのことなんか考えるべきじゃないんだ。使い捨ての道具にすぎないんだから。わたしが心配なのは、あの子が死んだときに誰が次の毒見役になるのか、いかに素早くそいつを囲いこめるのか、ということくらいさ」

「いつもながら、あんたの考え方には吐き気を覚えるな。ますます、借りた金をさっさと返して自由になりたくなったよ。今日の情報でいくら返したことになるんだい?」

「銀貨二枚だ。帳簿にはつけておくが、いくらであっても変わりはないさ」

「どういう意味さ？」

「まだわからないのか？　おまえが借金を返済するのは絶対に無理だ。もう少しで払いきれそうになると、必ず賭をしてまた膨大な借金を作る。おまえは意志が弱すぎるんだよ、ランド。すぐ感情に振りまわされるし、依存症になりやすいし、優柔不断だ」

「他人のことをよく批判できるもんだな。魔術師だって言うけど、僕の心を読んだことがあるのかい、スター大尉さま。大尉だなんてお笑《わら》い種《ぐさ》だ。本当に魔力があるなら、ヴァレクがとっくの昔に見つけて殺しているはずだ。おまえは、自分で思っているほど賢くないんだよ」ランドが部屋を出ていくのだろう。壁を通して不規則な重い足音が聞こえた。

ランドがこんなに辛辣な言葉を口にするのは聞いたことがなかったので、唖然《あぜん》とした。それに、スターが魔術師だと主張していることも驚きだった。もし彼女が本当に魔術師だったら、わたしは深刻な窮地に立たされるかもしれない。思いを巡らせたけれど、何もかもが複雑すぎて今はじっくり考えられない。

出ていくランドにスターが背後から声をかけるのが聞こえた。

「おまえの心なんか読む必要はないさ。おまえの過去を調べれば、すべて明らかなんだから」

静けさが訪れた。スターの書斎から聞こえてくるのは、紙をめくるような音だけだ。先に立ち上がったヴァレクがわたしを引き起こした。さっきまで場を外していた諜報部員がいつの間にか戻っている。その男に手帖を渡して、ヴァレクは階段を下りていった。

ヴァレクのあとについて城下町の暗い道を歩いた。憲兵に見つからないように闇の中を静かに移動する。町の境界を越えたところでヴァレクは肩の力を抜き、そこから城まではわたしと並んで大通りを歩いた。

「残念だったな。ランドは友だちだったのに」

ヴァレクがだったと過去の表現にした事実が、刃物のようにわたしの胸を突き刺した。

「いつから知ってたんですか？」

「疑い始めたのは三カ月前だが、証拠を掴《つか》んだのは今月だ」

「疑いを持った理由は？」

「君の毒見試験の準備を手伝ったのは、ランドと彼の部下だ。わたしが食べ物と飲み物に毒を入れる間、ランドはそこにいた。桃の飲み物が入ったカップは、間違って何かが混じりこまないように机の上に置いておいた。試験そのものは公平だったんだ。あのカップに《黒苺毒》が入っていたのは事実だが、入れたのはわたしではない」ヴァレクはいったん言葉を切り、わたしがここまでの話を把握するのを待った。「《黒苺毒》には興味深い特性がある。穀類が原料の特殊なアルコールにイースト菌を混ぜ、特定の温度で注意深く煮詰めないと毒性を発揮しないんだ。ふつうの料理人や、まして助手程度にはあんなに純度が高い《黒苺毒》を作る高度な技術はないし、知識もない」まるで、難しい毒を作ることができるランドの手腕に感嘆しているような口ぶりだ。

ランドは、わたしを毒殺しようとしたのだ。その事実を理解したとたん、足元をすくわれたような気がして、よろめいた。突然吐き気がこみあげ、道の脇の茂みに嘔吐《おうと》した。胃が空っぽになったあともまだ痙攣《けいれん》が止まらない。胃と身体《からだ》の震えがようやくおさまったとき、ヴァレクがわたしの身体を背後から抱えているのに気づいた。強い腕が腰を抱き、額には冷たい手が当てられている。

「ありがとう」葉っぱで口を拭ってつぶやいた。足に力が入らないので、ヴァレクに抱えられるようにして城に向かって歩き始めた。もし彼が支えていてくれなければ、そのまま朝まで地面に丸まっていただろう。

「ほかにもまだあるんだが、聞きたいか？」

「もう聞きたくないです」それが本音だ。けれども、城の外郭が視界に入ったとき、いくつものパズルが突然頭の中で繋《つな》がり、醜い事実が見えてきた。

「火祭での事件は、ランドがお膳立てしたんですか？」

「見ようによっては」

「それじゃ、答えになっていません」

「君を襲った南部の男たちは、菓子の展示場の近くで待ち伏せしていた。だからランドがスターに前もって君が来る場所を教えたのだろうとそのときは思った。ところが、ランドは君を守るかのように、傍らにぴったりついていた。君が見当たらなくなったときランドがどんなに取り乱していたか、覚えているだろう？　そして、君が五体満足でふたたび現れたのを見て、あからさまにほっとしていたことも」

「酔っぱらってるんだと思ってました」

「あれを見て、ランドはいやいやながら手助けしているのだと推察した。毒見の試験のときには、まだ君のことをよく知らなかったから毒を盛ることができたが、友情が深まるにつれて苦しい心境に追いこまれていったんだろう。スターは大きな組織を動かしているから、わたしが数人片付けたくらいではならず者の数に困らない。賭の借金を払わなければ、そいつらがスターの言いつけで骨のひとつやふたつは簡単に折る。君を傷つけたくないが、借金を返さないと恐ろしい目にあう。その狭間でランドが悩んだ結果が、火祭のときの辻《つじ》褄《つま》が合わない行動だ。少しは気持ちが楽になったか？」

「いいえ」自分でも驚くほどランドの裏切りに心を乱されている。人に裏切られるのは初めてではないし、これが最後でもないだろう。そうわかっていても、この強い怒りと悲しみを抑えることができない。父親のように敬愛し、忠誠を尽くしたにもかかわらず、ブラゼルはわたしを騙《だま》して利用した。あんなにひどい実験をされていたのに、愛着を捨ててありのままのブラゼルを見られるようになるまでに一年もかかった。だがブラゼルの場合には、愛されていると誤解するような特別扱いはされなかったから、わたしの敬愛が一方的なものだと最初からわかっていた。だから、彼の残忍さを受け入れやすかったのかもしれない。

けれども、ランドとの友情は本物だと思ったのだ。ブラゼルに裏切られてから心の周囲に作った防御壁にようやく小さな穴を開け、そこからときおり抜けだして友情を楽しめるようになっていた。今や防御壁はばらばらと崩れ落ち、瓦礫《がれき》の下深くにわたしを埋めてしまった。もう二度と人を信じることなどできそうにない。

城の南門に着いたところで、わたしは歩みを止めた。

「ほかにも隠していることがあるんじゃないですか?」胸につかえていた疑いが口から飛び出した。「ニックスの攻撃をお膳立てしたのはアーリとジェンコですか? ほかにも、わたしの忠誠心を試すテストを用意しているんでしょう? 今度こそ、失敗するかもしれませんね。ずっとこんな気持ちでいるくらいなら、いっそ裏切ってしまったほうが楽かもしれない」支えてくれていたヴァレクの腕を振りほどいた。「ときおり抜き打ちに試験をするというのは、毒見のことだと思いこんでました。でも、口に入れる毒以外にも、心を蝕《むしば》む毒があったんですね」

「人生では誰もが選択を迫られる。いい選択をするときもあれば、悪い選択をするときもある。それが生きるということだ。人生の舞台から下りたいのなら、止めないから好きにすればいい。だが、泣きごとを言いながら冥土の手前でうろつくのはやめろ」ヴァレクは突き放すように言った。「地下牢《ちかろう》に放りこまれるまでにどんな恐ろしい目にあったのか知らないが、今夜よりずっとひどかったんじゃないか？　それを思えば、わたしに試されたり、ランドに裏切られたりしたくらいで、嘆いてはいられないだろう」そう言い残すと、大股で城の中に去っていった。

外に置き去りにされたまま、冷たくて固い城壁にもたれて額をつけた。ここにずっととどまっていれば、わたしの心も冷たい石に変わってくれるかもしれない。そうすれば、裏切りにも、忠誠心のテストにも、毒にも、もう蝕まれる心配がない。でも、とうとう寒さを我慢できなくなって中に入った。

「レンチに力を入れるんだ。でも、入れすぎちゃだめだぞ。しっかりと、慎重にやらなくちゃ」ジェンコが説明する。

ニックスとの一件で負傷した手のひらは治りかけていたけれども、まだ痛みが残っている。ぎこちない手つきで鍵穴に差しこんだレンチに力を入れた。

「今度は、レンチで固定したピンをダイヤモンド製のピックを使って持ち上げるんだ。ブレイクするまでね」

「ブレイクって何？」

「中に入っている金属棒が同じ位置に並ぶことをブレイクって呼ぶんだよ。鍵にはでこぼこの山があるだろう？　シリンダー錠の中にはそれぞれ長さが違う金属棒がいくつか入っていて、鍵の山でその全部を押し上げてまっすぐに並ばせると、シリンダーをまわして鍵を開けられるんだ。錠破りするときには、一個ずつ棒を持ち上げていかなくちゃならない」

レンチの横にピックを滑りこませ、五つの金属棒をひとつひとつ持ち上げていった。ブレイクすると、カチッと、かすかながら確実な手応えがある。五つ全部並べ終えると、シリンダーがまわって鍵が開いた。

「やるじゃないか、イレーナ！　飲みこみが早いぞ」ジェンコはそこで口をつぐみ、眉を曇らせた。「でも、これをばかな目的に使って俺たちを面倒に巻きこんだりしないだろうな？」

「どういうのがばかな目的なの？」ジェンコが驚いたように目をむいたので、付け加えた。「心配しないで。何があっても、あなたたちを巻きこんだりしないから」

ジェンコが納得してほっとしたようなので、また別の扉で練習した。ここは城の半地下のため、誰にも邪魔されずにすむ。

ランドの裏切りを知った夜から四日が過ぎていた。ヴァレクからは、ランドの前では何事もなかったかのように振る舞うよう命じられている。スターを逮捕して組織の存在を明るみに出す前に徹底的に調べたいらしい。ヴァレクは正真正銘の捕食動物だと苦々しく思った。飛びかかって殺す前に獲物をじっくり観察するところまでそっくりだ。

以前のようにランドと接する自信がなく、ずっと彼を避けている。でも、避けるのはそう難しくはなかった。将軍と取り巻きが集まった城は混雑していて、ランドを含めた使用人の仕事が増えている。みんな忙しく走りまわっているから顔を合わせることもない。

公の場を避けるもうひとつの理由はブラゼルだ。第五軍管区の黒と緑の制服を着た兵士が城中に散らばり、彼らに会わないようにするのは難しくなっていた。でも、ヴァレクの続き部屋に身を隠しているのはちっとも気にならない。ヴァレクが一箱くすねてきたクリオロを、最高司令官が食べるのと同じタイミングで食べるという実験を楽しんでいたから。

アーリとジェンコとの訓練は将軍たちが城を去るまで中断だけれど、解錠の個人授業だけは続けている。ジェンコを説得するのには、スターから受け取った金貨が役立った。隠《おん》密《みつ》捜査は毒見役の職務ではないので報酬として受け取っておけばいいとヴァレクは言ったが、ポケットの中にある金貨の重みがランドの裏切りを思い出させるので、有効に使ってしまおうと思ったのだ。

「今日最後の鍵穴には金属棒が十本ある。これを開けられたら、城にある回転式のシリンダー錠はすべて開けることができるだろう。例外は、地下牢の閂《かんぬき》だ。とても複雑だし、練習できるような場所にはない」ジェンコが眉間に皺《しわ》を寄せた。「地下牢の閂を開ける練習なんか、しなくていいよな？」

「その必要がないことを、心から祈るわ」

「それを聞いて安心したよ」

何度か失敗したあとで、最後の錠も開けることができた。

「これからは、ただひたすら練習するだけだ。解錠は速くできればできるほどいい。俺のピックセットを貸してやるべきなんだろうが、俺自身、いつ必要になるかわからんしね」

そう言ってジェンコはいたずらっぽくウィンクした。「そういうわけで……」とポケットから黒い布製の袋を取り出した。中から出てきたのは錠前のセットだった。「おまえからもらった金貨で買ったんだよ」

「あのお金は、授業料として渡したのに」

「お釣りは十分あるさ。これを買ったあとでもね」そう言って、今度は手のひらほどの長さの黒檀《こくたん》色の棒を見せびらかすように差し出した。ぴかぴか光る銀のボタンがついていて、脇には銀のシンボルが彫りこまれている。

「なんなの？」

「ボタンを押してごらん」ほくそ笑みながらジェンコが促す。

銀のボタンを親指で押すと、ぎらりと光る長い刃が飛び出してびっくりした。飛び出しナイフだ。あまりにも驚いたのでプレゼントを茫然《ぼうぜん》と見つめた。

「ありがとう、ジェンコ。でも、どうしてこんなにたくさん贈り物をくれるの？」

「罪の意識かもね」

「罪の意識？」その答えは予期していなかった。

「俺も昔は犯罪者だったんだよ。でも、それは過去のことだし、もう誰も俺を差別しない。なのに、初めて会った日におまえを犯罪者って呼んだじゃないか。だから罪悪感を持ってたのさ。それに、おまえにピックとナイフが必要になる悪い予感がするんだよ。兵舎を偉そうにのし歩いているブラゼルの兵士たちが、レヤードを殺した女を始末するのは自分だって豪語し合ってるんだ。あいつらの想像力がたくましすぎるもんだから、アーリが決闘を挑みそうになるのを何度も止めなくちゃならなかったよ。いくら凄腕《すごうで》のアーリと俺でも、十対一の割合じゃ分が悪いからな」

「ブラゼルの兵士には近寄らないように気をつける」

「それがいいな。じゃ、そろそろ行くよ。夜勤の籤《くじ》を引いちまったんだ。でも、その前に部屋まで送っていくよ」

「その必要はないわ」

「ちゃんと送らないと、アーリに殺されるよ」

ヴァレクの続き部屋に近づいたとき、護衛の兵士の目につかない曲がり角でジェンコが止まった。「忘れるところだった」制服のポケットからジェンコが取り出したのは、飛び出しナイフのホルダーだった。「右の太腿につけるんだ。ナイフを引き抜くときに布に引っかからないよう、ズボンのポケットには大きな穴を空けておけよ」

立ち去ろうとするジェンコを呼び止め、ナイフの脇についている銀色のシンボルを指差した。「これはなんなの？」

「古代の王がメッセージや命令を送るときに使った文字さ。使者が途中で敵に捕まっても解読されないようにできている。今でもけっこう使っている兵士はいるよ。軍事訓練には役立つからね」

「これにはなんて書いてあるの？」

ジェンコはにやりと笑った。「そう簡単に教えたらつまんないじゃないか。おまえのことだから、そのうち答えを見つけるよ」いたずら者のジェンコは、嬉《うれ》しそうに笑った。わたしが思い悩むのがわかっているのだ。

「こっちに来て。小突いてやる」

わたしの軽いパンチをかわして、ジェンコは後ろに飛び退《の》いた。「願いをかなえてやりたいところだけれど、遅刻しそうだからやめとくよ」

23

ジェンコからの贈り物をポケットの奥深くに隠してから、扉を開けて続き部屋の中に入った。机に向かって仕事をしていたヴァレクは、居間にわたしが足を踏み入れるやいなや目を上げた。まるで、わたしが戻るのを待っていたみたいだ。

「どこに行ってたんだ？」

「ジェンコと一緒にいました」警戒しつつ答えた。仕事に遅れない限り、これまで自由時間の行動について尋ねられたことはなかったのに。

ヴァレクは立ち上がって腰に両手を当てた。

「ジェンコと何をしていたんだ？」問い詰めるような口調だ。

喜劇に出てくる嫉妬深い夫の紋切り型を連想して、つい笑いそうになるのをこらえた。

「戦略について話し合っていたんです」

「そうか」ヴァレクはほっとしたようだが、やり場に困った腕を気まずそうに動かしている。過剰に反応したのをごまかそうとしているみたいだ。「それならいい。だが、これからは必ず居場所を知らせるようにしろ。それと、しばらくは目立たないようにしたほうがいい。ブラゼルが君の生首を持ってきた者に報奨金を出すと言っているらしい」

「報奨金？」恐怖が喉元までせり上がった。

「噂《うわさ》だけかもしれないし、酔っぱらい兵士の戯言《たわごと》かもしれん。だが、あいつらが去るまで君の身を守っておきたい」断固とした口調で言ったあと、付け加えた。「また毒見役を訓練しなおすのは面倒だからな」

「用心深くしますから大丈夫です」

「用心深い程度じゃだめだ。被害妄想になれ。移動するときは人目が多い場所を選び、暗くなってから人がいない廊下を歩くときには必ず付き添いを頼む。わかったか？」

「わかりました。そうします」

「よろしい。ところで、将軍のブランデー会議が明日の夜に決まった。将軍それぞれが持ってきた郷土自慢のブランデーを酌み交わし、イクシア領の政策について深夜まで語り合うという恒例の行事だ。君は、その席で最高司令官の毒見をしなければならない」ヴァレクが重そうな箱を床から持ち上げてテーブルに置くと、中に入っていた八本のガラスの瓶がぶつかってチリリンと美しい音を奏でた。

　ヴァレクは中から小さなグラスを取り出し、わたしに手渡した。

「今夜はそれぞれの瓶から一杯ずつ味見し、明日も少なくとも二度繰り返して、毒が入っていない味を覚えてくれ。持ってきた将軍の名前とブランデーの種類を書いたラベルを、それぞれの瓶に貼っておいた」

無作為に瓶をひとつ抜き出してみた。ディンノ将軍の第八軍管区で作られたさくらんぼのブランデーだ。一口分だけ注《つ》ぎ、少しすすって舌で転がし、できる限り味を記憶してから飲み下した。滑り落ちていく強い酒が喉を焼き、胸に火がつき、頬が火照る。

「今日のところは飲まずに吐き出したらどうだ。でないと酔うぞ」

「そうですね」ヴァレクの提案に頷《うなず》いて、吐き出すためのグラスを探し、順番に全部のブランデーを試した。

ブランデー会議当日、ヴァレクに命じられたようにそれぞれのブランデーを二度味見したあと、さらにもう一度確かめた。わずかな味の違いでどの将軍のブランデーかを当てられるまで、満足できない。

今夜は、会議がある作戦司令室にヴァレクが付き添ってくれることになっている。居間で待っていると、正装軍服に身を包んだ彼が二階から下りてきた。礼服用の赤い縁飾りが両肩を優雅に覆い、左胸には勲章が六つ並んでいる。その姿からは、まぎれもない威厳と風格がにじみ出ていて目を瞠《みは》った。けれども本人は居心地が悪そうで、不機嫌な顔をしている。その姿が、まるでよそ行きの服を無理やり着せられて気分を損ねた子どもみたいで、思わず笑ってしまい、慌てて口を覆った。

「笑うな。一年に一度はこんなばかげた格好をしなければならない。わたしに言わせれば、一度でも多すぎる」窮屈そうに襟を引っ張ると「行くぞ」と出口に向かった。

扉のところで追いつき、あらためてヴァレクの姿を眺めた。鍛え抜かれた筋肉質の身体《からだ》を正装軍服が際立たせている。これを脱いだらどんなに素晴らしい肉体が現れるのだろう？　そんなことを想像して、つい「すてきですよ」と口を滑らせてしまった。恥ずかしさで顔が真っ赤になり、身体まで熱くなる。ブランデーを吐き出していたつもりなのに、けっこう飲みこんでいたようだ。

「そう思うか？」ヴァレクは自分の制服を見下ろした。それから襟を引っ張るのをやめて、背筋を伸ばした。さっきまで不機嫌だった表情も、含みがある笑みに変わっている。

「ええ」正直に答えた。

作戦司令室に着くと、将軍たちが集まりかけていた。黄昏《たそがれ》の光が縦長のステンドグラスを柔らかく輝かせている。角灯《ランタン》をともしたり、食べ物や飲み物をテーブルに並べたりしながら部屋中を忙しく走りまわる使用人をよそ目に、軍人たちは立って談笑していた。全員が正装軍服を身につけ、その胸にはメダルや金のボタンが眩《まぶ》しく煌《きら》めいている。一目で誰かわかる将軍は三人だけ。ほかの将軍たちは、黒い制服についたダイヤ模様の色で判断するしかない。まずは軍管区を推察し、それから顔をじっくり観察して特徴を覚えようとした。あとでヴァレクに試験をされるかもしれない。

ブラゼルはわたしと目が合うと、睨《にら》みつけてきた。その傍らに立っているのは顧問役のムグカンだ。ムグカンの値踏みするような狡猾《こうかつ》な視線にさらされ、全身に震えが走った。ブラゼルとレヤードの実験のとき、ムグカンは必ず近くにいて様子を眺めていた。実験中姿が見えなくても、ムグカンがそこにいたのは肌で感じた。あの感覚が、今でも恐ろしい悪夢として蘇《よみがえ》る。いつもの顧問ではなくムグカンを連れてきたのはなぜだろう？

最高司令官の正装軍服は簡素だが上品で、襟には本物のダイヤモンドが縫いつけられている。彼が楕円型の会議用テーブルの上座に座ると、顧問役に促された将軍たちが残りの席に着き始めた。ヴァレクの席は最高司令官の右横で、わたしはふたりの背後にある丸椅子に座った。会議は一晩中続くと知っていたので、石の壁を背もたれにできるのは嬉《うれ》しい。もうひとつ嬉しかったのは、ふたりの陰に隠れて、こちらに毒々しい視線を投げかけているに違いないブラゼルが目に入らないことだ。とはいえ、ムグカンのあからさまな凝視からは逃れられない。

最高司令官がテーブルに木槌《きづち》を打ちつけると、会話がやんで静かになった。

「予定の議題にとりかかる前に重大な発表がある。このたび新しい後継者を選んだ」

作戦司令室にどよめきが走った。立ち上がった最高司令官は、テーブルをぐるりとまわりながら、将軍ひとりひとりに封蝋《ふうろう》で閉じられた封筒を渡した。それぞれの封筒には暗号化されたパズルの一片が入っていて、後継者の名前を知るためには、それら八つを合わせてからヴァレクの鍵を使って解読しなければならないという。

　室内の空気が張り詰めた。緊張感が膨らんで、はじける寸前の水風船のようだ。驚き、怒り、懸念、黙考が将軍たちの顔に渦巻いている。第七軍管区のラスムッセン将軍は、赤毛の髪と髭《ひげ》と同じくらい顔を赤くして相談役の耳に何かをささやいた。わたしは椅子から身を乗り出してブラゼルの表情を窺《うかが》った。ブラゼルはなるべく平静を保とうとしているようだが、歓喜がにじみ出ている。

　会場内の空気は今にも爆発しそうなほど緊迫し、張りつめていた。にもかかわらず、最高司令官がそれを無視して予定の議事に移ったため、緊張感はしだいに和らいでいった。最初の議題は第一軍管区に関連したもので、それに続いて第二軍管区の問題が話し合われた。キットヴィヴァン将軍のとっておきの白ブランデーがテーブルに行き渡ると、話題は雪豹《ゆきひょう》と採鉱権に変わった。

「雪豹のことなんかもう聞き飽きたよ、キット。儂《わし》らみたいに氷河の上で餌をたっぷり食べさせてやれば、面倒は起こさなくなるさ」第二軍管区のチェンゾ将軍が肉厚の手で真っ白な髪を梳《す》きながら苛立《いらだ》ったように言った。日焼けした茶色い肌に豊かな白髪が印象的だ。

「餌をやって太らせたら、ウサギみたいに繁殖するじゃないか。そうなったらわが軍管区は肉代で破産だ」キットヴィヴァンが言い返す。

議題によって興味が湧くものと、そうでないものがある。会議が進むにつれ、アルコールがまわってわたしの身体は温かくなり、頭がふわふわしてきた。練習では吐き出せるけれど、最高司令官の毒見では飲みこむのが規則だからだ。

それぞれの議題で採決を取るのだが、最終決定権を持っているのは最高司令官アンブローズだ。ほとんどの場合は多数決のままで、そうでないときにも、誰も最高司令官に異議を唱えようとはしなかった。

アンブローズは第三軍管区の出身だ。霊魂山脈の麓で暮らす貧しい家庭で育った。氷河に覆われた峡谷にある家の下にダイヤモンド鉱脈が見つかったとき、前王は鉱脈を取り上げ、アンブローズの一家がそこに住むことを許し、採掘場で働かせた。湿って空気が悪い環境と陥没事故のせいで、何人もの家族が命を失った。

王族の不正を目の当たりにして怒りをつのらせた若きアンブローズは、独学で教養を身につけ、改革を説いてまわるようになった。知性、単刀直入さ、説得力を兼ね備えたアンブローズには、しだいに熱心な支持者がつくようになっていった。

そのとき、議題が第五軍管区に移ったので、わたしは会議に注意を戻した。ブラゼル将軍がブランデーの瓶ではなく銀のトレイをみなにまわし始めると、会場がざわめいた。トレイの上には茶色い石のようなものがのっている。ヴァレクは、それをひとつ取るとわたしに手渡した。

それは、丸い形をしたクリオロだった。

伝統を破ることへの抗議が噴出する前に、ブラゼルは立ち上がってそれを翳《かじ》ってみるように薦めた。一瞬の静けさに続いて、歓喜と賞賛の声が部屋に満ちた。このクリオロの中には、ブラゼルのとっておきの苺《いちご》ブランデーが入っていたのだ。最高司令官に〝安全です〟という合図を送ってから、わたしもゆっくりと味を楽しんだ。木の実のような香ばしさと甘さに滑らかなブランデーの舌触りが加わって恍惚《こうこつ》とする味だ。クリオロとブランデーの組み合わせを考えつかなかったランドは、さぞ悔しがるだろう。でも、わたしを平気で裏切っていた事実を思い出し、少しでも同情したのを後悔した。

賞賛の嵐がおさまったところで、ブラゼルは新しい工場が完成したことを報告した。そのあとは羊毛や綿花の収穫についてのありふれた報告が続いた。第五軍管区は、イクシア領全域で消費する毛糸と糸の産地で、それらを染めてからフラニス将軍がおさめる第三軍管区に送って布にしてもらう。フラニスは頷きながらブラゼルが報告した生産高を書きとめた。彼は将軍の中で最も若く、集中しているときには第三軍管区を象徴する紫色のダイヤ模様を手でなぞる癖がある。

ついうとうとしているうちに、ぼんやりしたイメージがわたしの頭の中で嵐雲のように渦巻き始めた。会議で出されるブランデーや議題になっている国境監視員、許可書が吹雪のように舞い踊っている。ところが、突然映像が鮮明になり、狩猟用の白い毛皮を着た若い女性の姿がくっきりと浮かび上がってきた。

血で真っ赤に染まった槍《やり》を高々と空に突き上げて喜びを露わにする女狩人《かりゅうど》の足元には、死んだ雪豹が横たわっている。槍の先を叢氷《そうひょう》に叩《たた》きつけ、ナイフを取り出すと、女は雪豹の毛皮を引き裂き、溢《あふ》れ出す血をカップに注ぎこんだ。

それを飲み干す狩人の首筋に、口の端からこぼれた赤い筋が伝う。不可能だとみなされてきた偉業を成し遂げた彼女の胸は誇らしさで膨らんでいた。「やり遂げたのは、世界でこのわたしだけだ！」女は雪原に向かって叫んだ。「わたしは、強いだけでなく、狡猾な狩人だ。女の姿に生まれてしまったが、魂は男。雪豹を仕留められたのは、その証《あかし》だ。不当に奪い去られたものを、わたしは取り戻してやる。もう男たちに支配されたりはしない。ほかの雪豹と生きるためには雪豹にならねばならぬ。わたしは、男たちと暮らすために男になる」

狩人が顔をこちらに向けた。最初、最高司令官の妹だろうかと思った。同じように黒髪で、細面で繊細な顔つきだからだ。威厳と自信を外套《がいとう》のようにまとった彼女が、夢の中のわたしをじっと見つめる。アーモンド型の金色の瞳に稲妻のように胸を打たれ、突然気づいた。違う――この女狩人は、最高司令官その人だ。

はっとして目覚めた。心臓が早鐘のように打ち、頭がずきずき痛む。顔を上げると、ムグカンの焼けつくような視線に捉えられていた。ようやくそれに気づいたわたしを見て、彼は満足したようににやりと笑った。

なぜ最高司令官が魔術師をあれほど憎んでいたのか、これでわかった。彼は女性だったのだ。しかも、男に生まれるべきだったと思いこんでいる女。残酷な運命を克服するために性転換しなければならなかった最高司令官は、魔術師に心を読まれて秘密を知られるのを恐れたに違いない。そこまで考えて、首を振った。あまりにもばかげた想像だ。夢を見たからといって、それが事実だというわけではない。荒唐無稽すぎる。でも……本当にそうなのか？

目をこすってからあたりを見渡した。わたしが居眠りしていたのに気づいた人間はいるだろうか？　最高司令官は遠くを見つめていて、ヴァレクは堅苦しい姿勢のまま、不審者や不審な動きを探知しようと周囲に目を配っている。議題は、テッソ将軍の第四軍管区に移っていた。最高司令官に視線を戻したヴァレクは、心配したように肘で腕を突いて注意を促した。「いったいどうしたんですか？　上の空でしたよ」

張り詰めた声でささやくヴァレクに、最高司令官は哀愁を帯びた声で返した。

「遠い昔のことを思い出していただけだ。テッソ将軍の、耐え難いほど細かいとうもろこし収穫の報告を聞くよりずっと楽しいからな」

夢に現れた女性の顔を最高司令官に重ね合わせてじっくりと観察した。完全に一致する。だが、だからといって特に意味があるわけではない。夢は現実を歪《ゆが》めるものだし、最高司令官が雪豹を殺すのを想像するのは簡単だ。

　残りの会議はつつがなく進み、ときおり居眠りしても、奇妙な夢を見ることはなかった。最高司令官が木槌を打つ音で、すっかり目を覚ました。

「諸君、次は最後の議題だ。シティア領が代表団の訪問を申し入れてきた」

　作戦司令室は喧騒《けんそう》に包まれた。まるで中断していた討論を突然再開したかのように、貿易協定の内容からシティア攻撃まであちこちで昔の口論がぶり返している。輸入なんかせず、いっそ侵略して奪い取ればいいじゃないか。自分の軍管区を拡張したい。天然資源も必要だし、人的資源も欲しい。将軍たちはシティア領がイクシア領を攻撃する恐れを忘れて、口々に意見を述べている。

　最高司令官は、将軍たちのそんな提言を黙って聞き流している。そのうち、どよめきもおさまり、それぞれの将軍は自分の見解を明らかにし始めた。北部のキットヴィヴァン、チェンゾ、フラニス、ディンノの四人は、南部の代表団の受け入れには否定的だ。だが、南部のテッソ、ラスムッセン、ハザール、ブラゼルの四人は賛成している。

　最高司令官は首を横に振った。「シティア領に対するおまえたちの懸念は認める。だが、彼らにしてみても、イクシア領を攻撃するより交易したほうがいいと考えるはずだ。軍事力と金属資源ではイクシアのほうが優《まさ》っているのをシティアもよく承知しているからな。わたしたちとて、シティアを侵略するとなれば多くの人命を犠牲にすることは避けられないし、大金を費やすことになる。そもそも、南部特産の高級品を得るために侵略するなんて無意味だ。昔のイクシアは国王のせいで病んでいたが、現在のわが国の状況にわたしは満足している。後継者は今よりもっと多くのものを欲しがるかもしれないが、わたしが在任している間は待ってもらうしかない」

将軍らが交わすささやき声が部屋に満ちた。ブラゼルは最高司令官に同調するように頷いたが、薄い唇には獲物を狙う獣のような笑みが浮かんでいる。

「だが、南部からの使節団を迎えることにはすでに同意している。四日後に到着する予定だ。それぞれ軍管区に帰還する前に、具体的な煩慮や意見をわたしに表明してくれ。これで会議を終了する」最高司令官の打ち鳴らす木槌が作戦司令室に鳴り響いた。

起立した最高司令官の背後に護衛らとヴァレクがついた。ヴァレクがこちらを向いてついてくるように身振りで示したので慌てて立ち上がると、毒見で飲んだブランデーが思ったより身体にまわっているのがわかった。

頭をくらくらさせながらみなのあとについて部屋を出た。背後でドアが閉まる寸前、司令室で大きな物音が響いた。

「しばらく騒ぎになりそうだな」最高司令官が疲れたような笑みを浮かべると、ヴァレクが皮肉な口調で返した。

「第八軍管区で休暇を取るのはしばらく見送ったほうがよさそうですよ。南部の代表団訪問を知ったときのディンノの反応を見ると、海の保養地に砂蜘蛛《ぐも》をまき散らされかねない。砂蜘蛛に噛《か》まれて死ぬくらい悲惨なことはないですからね」ヴァレクは身震いした。

子犬ほど巨大な毒蜘蛛を想像して身の毛がよだった。一行は黙りこんだまま最高司令官の居住区に向かう。ついていくわたしの足元はおぼつかなくて、歩いている実感がない。自分は止まっていて、両脇の壁だけが後ろに流れていくような気がする。

居住区の前に着くと、ヴァレクが最高司令官に忠告した。

「ラスムッセンにも気をつけたほうがいいですよ。後継者の変更をすんなりとは受け入れていないようでしたから」

最高司令官が居住区へのドアを開けた隙に中をちらりと覗《のぞ》いてみた。でも、城全体と同じように実用的で飾り気がなくて少しがっかりした。わたしときたら、いったい何を期待していたのだろう？　もう少し女性的な装飾とか、華やかな色合いを見つけられるとでも？　ばかげた考えを振り切るように頭を振ったら、天井がまわって倒れそうになり、壁に手を突いて支えた。

「ヴァレク、わたしは誰にも気を許したりはしない。それはおまえもよく知っているはずだ」

最高司令官は、そう言い残してドアを閉めた。

続き部屋に戻るやいなや、ヴァレクは制服の上着を脱いで長椅子《カウチ》の上に放り投げ、椅子を指差した。「座れ。話がある」

　椅子に座って、袖なしのアンダーシャツと黒いズボンだけになったヴァレクがいつものように部屋の中を行ったり来たり歩きまわるのを眺めた。むき出しになっている腕の筋肉を見ているうちに、こわばったそれをほぐしてやることを想像して、ついくすくす笑い出しそうになってしまった。ブランデーがまわっているのか、心臓がどきどきしている。

「今夜、大きな問題がふたつあった」ようやくヴァレクが切り出した。

「待ってください、ほんのちょっと居眠りしただけで……」

　言い訳をしかけたら、ヴァレクが立ち止まって怪訝《けげん》な目で見返した。「いや、そのことじゃない。君は十分役目を果たした。わたしが言いたいのは、ブランデー会議での出来事だ」ヴァレクは、また歩きながら説明を続けた。「最初の問題はブラゼルだ。後継者の変更とシティア代表団の訪問の情報を耳にしたとき、異様に満足げだった。南部との貿易条約に乗り気なのは昔からだが、いつもは意志を表明するのにもっと注意深い。もうひとつの問題は、会議場に魔術師がいたことだ」

「え？」息が止まった。ついに気づかれてしまったのだろうか？

「ほんのかすかだが魔力を感じた。あれは、熟練した魔術師のものだ。魔力が肌に触れたのは一瞬だったから、誰なのか突き止めることはできなかった。どちらにしても、わたしが魔力を感じたとすれば、室内にいたことはたしかだ」

「その魔力を感じたのはいつですか?」

「テッソがとうもろこしについてまわりくどい説明をしている途中だった」語り出したヴァレクの肩から少し力が抜けた。懸念をわたしに話すことで、頭の中を整理しているのかもしれない。「ちょうど君のいびきが司令室中に轟《とどろ》き渡ってたころだよ」

「いびきなんかかいていません! わたしのほうも、あなたがあまりにもガチガチなので、死後硬直が始まったんじゃないかと心配してたんですから」

言い返すと、ヴァレクは愉快そうに鼻で笑った。

「窮屈な正装軍服を着て一晩中椅子に座っていたら、君だってあんなに気持ちよく居眠りなんかできないさ。ディラナがわたしの制服にたっぷり糊《のり》をきかせたのは、それが狙いに違いない」

珍しく冗談を言ったヴァレクは、突然真顔に戻って尋ねた。

「ブラゼルの顧問として来ているムグカンとは面識があるのか? 一晩中君のことをじっと見ていたが」

「ええ。レヤードの主席顧問でしたから。レヤードとは一緒に狩りにも行く仲でした」

「どんな人間だ?」

「レヤードやニックスと同類のくずです」漏れ出た言葉に自分でも驚いて両手で口を覆ったけれど、手遅れだった。

ヴァレクはしばしわたしをじっと見つめたあとで口を開いた。「どうやら、魔力を持つ南部のスパイが潜入しているようだ。会議には、目新しい顧問が何人か出席していたから、ひとりひとり調べる必要があるな」ヴァレクは長椅子の端にどさりと腰を下ろした。その肩に疲労が埃《ほこり》のように積もっていくようだ。「まったく。きりがないな」そう言ってため息をついた。

「でも、きりがあったら、あなたの仕事がなくなっちゃうじゃないですか」わたしは考える前に立ち上がり、座っているヴァレクの背後にまわって肩を揉《も》み始めた。口も身体もアルコールに操られていて、脳に少しだけ残っている素面《しらふ》の部分が大声で警告しても、聞く耳を持たなかった。

24

肩に手を触れた瞬間、ヴァレクの身体《からだ》がこわばるのがわかった。わたしが首を絞めるとでも思ったのだろうか？　けれども、肩を揉《も》み始めたら、しだいに緊張を解いていった。

「もし、問題がまったくない完璧な世界になって、偵察をする必要もなくなったら、どうしますか？」

「退屈するだろうな」ヴァレクが愉快そうに答える。

「冗談じゃなくて真面目に質問しているんです」たしなめてから、もう一度質問した。「職業を変えるとしたら、何になります？」親指で首の付け根をほぐしながら尋ねた。「火の踊りの師範とか？」ブランデーが血流と一緒に身体中を駆け巡り、全身が熱くなる。

「それなら、武器での戦闘法を教える師範かな」

「だめですよ。戦いがない完璧な世界なんですから。武器もないんです」両手を肩から背中のほうに下ろしていく。「学者はどうですか？　そこら中に積み上げてある本を全部読んだんでしょう？　まさか、人が忍びこみにくくするための障害物じゃないですよね」

「書物から多くのことを学んだのは事実だ。でも、君の言う完璧な世界には、暗殺学の学者なんかいらないだろう？」

背中を揉んでいた手を一瞬止めた。「絶対に必要ないですね」

「彫刻家ならやってもいい。今より精巧な大作を彫って、城をもう少し華やかにする。ところで、君は何をするつもりだ？」

「曲芸です」思わずそう答えていた。あの日、土に埋めたアミュレットと一緒に曲芸には別れを告げたはずなのに。演習で木々の間を飛びまわったときに、情熱が蘇《よみがえ》ってしまったようだ。

「なるほど、曲芸だったのか！　それであれこれの説明がつくな」

ヴァレクのたくましい肉体に触れているうちに、身体の芯に熱いものが沸き上がってきた。レヤードに植えつけられたあの恐怖を忘れたかった。ヴァレクなら忘れさせてくれるかもしれない。アルコールが抑制を取り払って大胆になっていた。衝動のままに背中から腹に手を滑らせてヴァレクのズボンの紐《ひも》をほどき始めた。

ヴァレクがわたしの手首を掴《つか》んで止めた。「イレーナ。君は酔っぱらっている」その声はかすれていた。

掴んでいたわたしの手首を離して、ヴァレクはいきなり立ち上がった。その場に座りこんだわたしを抱き上げると、彼はわたしの寝室に運んでベッドに横たわらせた。

「少し寝たほうがいい」柔らかくささやくと、ヴァレクは部屋を出ていった。

ヴァレクが去ったあとの闇をじっと見つめた。世界がぐるぐるまわっているけれども、ベッド脇の冷たい石の壁に手を当てたら、回転が止まって少し頭がはっきりしてきた。ヴァレクは毒見役としてのわたしにしか興味はない。ディラナの言葉や、マーレンの嫉妬を真に受けたのがばかだった。拒絶された胸が痛むけれど、それは自分のせいなのだ。

いつになったらわたしは学ぶんだろう？ 人は怪物に変わる。少なくとも、わたしがかかわった人はみな。最初はブラゼル、そしてランド。レヤードはずっと怪物だったけれど。ヴァレクはどうだろう？ 彼もまた怪物になるのか、それとももう怪物なのか。スターが言ったように、ヴァレクのことなど考えるべきじゃない。わたしの心にぽっかり空いた穴を彼が埋めてくれるなどとは、思ってはいけない。

嘲るような笑いが漏れた。酔っぱらいらしい、みすぼらしい笑い声。わたしの心を謳《うた》う壊れた調べだ。自分をよく見てごらんよ、イレーナ。毒を与えられ、幽霊と会話を交わすような毒見役なんて、誰が相手にする？ 生きているだけでありがたいと思わなくちゃ。シティアに逃れて自由を得るという夢以外、求めてはいけない。自由になってから寂しさを満たせばいい。感傷的で弱虫な考えは全部捨てて、生き延びることだけを考えよう。

シティアに逃げても、ヴァレクとの繋《つな》がりは切れないだろう。命取りになる繋がりかもしれないが、今は考えなくていい。《蝶の塵》の解毒剤を手に入れたら、計画したことを次から次へと実行していくのだ。決意を固くし、学んだ解錠の技を頭の中で何度も復習しているうちに、アルコールの深い眠りに引きこまれていった。

夜が明ける一時間ほど前に、割れるような頭痛で目覚めた。口の粘膜が乾ききっていて、息を吸いこむだけでひりひりする。身体を動かすと頭が痛むので、ゆっくりとベッドから這《は》い出し、毛布を肩にかけて水を探しに行った。冷たい水を好むヴァレクが、バルコニーに水差しを置いているはずだ。

外に出ると、爽やかな夜風が、残っていた眠気を吹き飛ばした。月明かりに浮かび上がる城壁が、不気味な雰囲気だ。金属製の水差しの表面にはうっすらと氷が張っている。それを指で壊してから直《じか》に口の中に注ぎこみ、ごくごく飲んだ。

いったん息をつぎ、もう一度水を飲もうとして首を後ろに傾けると、はるか頭上の石壁に黒い蜘蛛《くも》のようなものが張りついているのが見えた。それがわたしのほうに向かって下りてくるのを見ておののいた。蜘蛛ではない、人だ。

隠れるところを探しかけて思いとどまった。どうせ相手はもうわたしに気づいているだろう。家の中に入って鍵を閉め、ヴァレクを起こしたほうがいい。だが、真っ暗な居間に入る前に躊躇《ちゅうちょ》した。この暗闇では黒い服を着た者を見分けるのは難しい。ジェンコから解錠の技を習った今では、鍵をかけても安心できなくなった。

飛び出しナイフを部屋に置いてきた迂闊《うかつ》さに悪態をつきながら、バルコニーの一番端に移って水差しを握りしめた。

壁を這っていた人物がバルコニーにふわりと着地した。その身軽な動きで誰かわかった。

「ヴァレク？」

ヴァレクが黒眼鏡を外すと、真っ黒な影に青い瞳が光った。残りの顔は頭巾に覆われていて、頭巾は身体にぴったり張りついた衣服にたくしこまれている。

「何をしているんですか？」

「偵察だ。ブランデー会議のときには、将軍たちは最高司令官が席を外したあとも遅くまで起きて飲んでいる。だから、みんなが寝つくまで待っていたんだ」ヴァレクは家に入って頭巾を外し、机の上の角灯《ランタン》に火をつけた。ポケットから取り出したのは紙だ。「謎は嫌いだ。これまで十五年間、最高司令官の後継者が誰だか知ろうとは思わなかったが、今夜は誘惑が大きすぎた。将軍八人が寝台の上で踊っても起きはしないほど泥酔しているんだからな。それにしても誰ひとりとして想像力がない。揃《そろ》いも揃って全員が最高司令官から受け取った封筒を即座に書類鞄《かばん》に入れているんだから」ヴァレクが机のほうに来るように手招きした。「解読を手伝ってくれ」

手渡された固い紙には文字や番号が乱雑に書きこまれている。各将軍の部屋で盗み読みした八つの暗号を書きとめたものなのだ。なぜわたしに秘密を明かすのか不思議に思ったけれど、好奇心のほうが強かったので黙って手伝うことにした。椅子を引いて横に座りながら尋ねた。「封蝋《ふうろう》はどうやって開けたんですか?」

「初心者でもできる技だ。切れのよいナイフと小さな炎さえあればいい。それはいいとして、最初の文字列を読んでくれないか?」

文字の順番をいくつか変えて〝包囲攻撃《SIEGE》〟という単語を見つけたヴァレクは、いつの間にか持ってきていた本を開き、何やら探し始めた。ページに並んでいる符号は、ジェンコがくれた飛び出しナイフに刻まれていた銀のシンボルとよく似ている。ヴァレクが手を止めたページには、大きな青いシンボルが載っていた。三つの輪の中央に星がついている。

「それは何ですか?」

「〝包囲攻撃〟を意味する昔の文字だ。死んだ国王が、戦争中に軍の指揮官たちと交信するために使ったんだが、もともとは、著名な戦略家が何百年も前に創りだしたものだ。次の列を読んでくれ。数字のはずだ」

数字を読むと、ヴァレクは文字の列を数えて、その文字を新しい紙に書きとめている。この本を借りれば、ジェンコが飛び出しナイフに入れたメッセージが読めると思いついた。謎を解いたら、ジェンコは驚くことだろう。

メッセージを解読し終わったヴァレクは、身動きもせず考えこんでいる。ついに待ちきれなくなって尋ねた。「誰ですか?」

「当ててみろ」

そう言われてヴァレクを見返した。二日酔いだし、くたくたに疲れていて考えることなんかできない。

「ヒントをやろう。後継者変更で一番嬉《うれ》しそうにしていたのは誰だ？　おかしな場面でいつも出てくるのは誰の名前だ？」

戦慄が身体を走った。もし最高司令官に何かあったら、ブラゼルが国の指導者になるのだ。着任して最初に手がけるのが、わたしの処刑に違いない。ブラゼルがイクシアをどう変えるにせよ、わたしはそれを見届けるほど長生きできないだろう。

わたしの表情から心の内を読んだヴァレクは頷《うなず》いた。「そのとおり。ブラゼルだ」

それから二日にわたって最高司令官は、順繰りに将軍と個別対談を行った。毒見でその場に立ち入るたびに居心地の悪い沈黙が訪れる。将軍たちの従者があちこちで諍《いさか》いを起こし、城の空気は張り詰めていた。

三日目の朝に毒見のため執務室に入ったところ、最高司令官はブラゼルとムグカンとの会話に没頭していた。アンブローズ最高司令官の目はどんよりと曇り、声は単調だった。

「何しに来た、出ていけ！」わたしに向かってブラゼルが怒鳴る。

ムグカンはわたしを謁見室に押し出すと「呼ぶまでここで待っていろ」と命じた。

異様な命令にどう対応するべきか決めかねて、執務室の外で悶々《もんもん》とした。最高司令官かヴァレクからの命令なら迷わずに従うが、ムグカンの言いなりになるのは腹立たしい。それ以上に、ブラゼルが最高司令官の暗殺を狙っているのではないかと不安になってきた。ヴァレクを捜しに行こうと決めたとき、本人が謁見室に飛びこんできた。近づいてくる彼の表情は険しい。

「こんなところで何をやっているんだ？　朝食の毒見はすんだのか？」

問い詰められて答えた。「外で待っているように命令されたんです。最高司令官はブラゼルとムグカンと一緒にいます」

ヴァレクの顔が青ざめた。彼はわたしを押しのけるようにして執務室に入り、わたしもそのあとに続いた。目に入ったのは、ムグカンが最高司令官の背後に立って後ろから額に指先を当てている姿だ。ヴァレクが部屋に踏みこんだとたん、ムグカンは手を離して後ろに退《ひ》いた。

「頭痛が和らいだのがおわかりになったでしょう？　とてもよく効く方法なんですよ」滑らかな声でムグカンがささやいた。

能面のようだった最高司令官の顔にいつもの表情が戻った。「ありがとう」とムグカンに言ってから最高司令官はヴァレクを睨《にら》みつけた。「邪魔するほどの緊急事態なのか？」

「憂慮すべき問題が発生したんです」ヴァレクは殺意がこもった視線でブラゼルとムグカンを見ながら最高司令官に言った。「内密にお話ししたいのですが」

最高司令官は、ブラゼルたちとの会合の続きをあとに変更して、ふたりを退けた。

「今すぐ朝食の毒見をしろ」ヴァレクがわたしに命じた。

「承知しました」

ヴァレクがあまりにも真剣な面持ちで毒見を観察するので緊張した。ブラゼルらが毒を盛ったと思っているのだろうか？　ぬるくなったお茶と冷めたオムレツを二度ずつ口にしたが、異物が混入している様子はない。安全を確信して朝食のトレイを机に置いた。

「イレーナ。今度冷たい朝食をわたしに食べさせたら、鞭打《むちう》ちの罰を与えるぞ。わかったか？」最高司令官の声には抑揚がないが、本気なのはたしかだ。

「はい、承知しました」言い訳は無駄だとわかっている。

「下がってよい」

すぐに執務室から飛び出し、喧騒《けんそう》も耳に入らないほど急いで謁見室を通り抜ける。出口のところで、ふと立ち止まった。頭の中で平坦《へいたん》な声が〝お腹《なか》が空《す》いた〟とささやきかけてきた。突然胃が鳴り、激しい飢えを覚えて厨房《ちゆうぼう》に向かった。

角を曲がったところで、待ち伏せていたムグカンに道を塞がれた。ムグカンはわたしの腕を取り、ひっそりとした城の一画に導いていく。腕を振り払いたくても、身体があたかも自然なことのようにムグカンについていく。怖がるべきだとわかっているのに、その感情が湧き上がってこない。さっきまでの空腹感も消えて、満ち足りた気持ちになっていた。

ムグカンが連れこんだ廊下には人影がない。しかも行き止まりだ。目撃者もいないし、逃げ場もない。絶体絶命の状況で、なぜか危機感を呼び起こすことができない。

ムグカンは光沢のある灰色の瞳でわたしをじっと見つめてから腕をほどき、わたしの制服の腕についた黒いダイヤ模様をそっと指でなぞった。「わたしのイレーナ」独占欲を露《あら》わにしてムグカンがつぶやいた。

ムグカンとの肉体的接触が切れたとたん、恐怖が胸に押し寄せて炸裂《さくれつ》した。さっきまでの精神的な倦怠感《けんたいかん》は消え去ったが、身動きができない。頭は死に物狂いで戦えと命じているのに、筋肉はすっかり無視している。

ムグカンは魔術師だったのか！　ブランデー会議のときに魔力を使ってヴァレクに察知されたのは、ブラゼルの顧問官だったのだ。せっかく重要なことに気づいたのに、じっくり考える暇もなく、ムグカンがわたしに身を寄せてきた。

「おまえがこんなに面倒を引き起こすとわかっていたら、ブラゼルの孤児院には連れていかなかったのに」混乱しているわたしの顔を見てムグカンはにやりと笑った。「おまえを見つけたのはわたしだと、レヤードから聞いていなかったのか？」

「何も聞いてない」答えた声がかすれた。

「ジャングルの中で迷っていたんだよ。六歳のおまえは、器量がよくて、賢くて、とても愛らしかった。将来性があると見こんだから森豹《ひょう》の爪から救ってやったのに、頑固で自立心がありすぎたのは残念だった。思い通りに育てようとすればするほどおまえは抵抗した」ムグカンは手でわたしの顎を掴み、自分のほうに向けて、強制的に視線を合わせた。「ほら、身動きが取れないようにした今でもこうやって抵抗している。でも、おまえの身体を操るのは簡単だ」ムグカンが左手を上げると、わたしの左手もそれに倣って持ち上がった。「だが、心と身体の両方を操ろうとすると、おまえはなんとかして阻止する」信じられないと言いたげな面持ちでムグカンは首を振った。感心すらしているようだ。「幸運なことに、この難問の解決策は、ほんの少し圧力をかけるだけだった」わたしから手を離し、指でつまむような仕草をした。

いきなり気管が閉じ、息ができなくなった。為《な》す術《すべ》もなく床に崩れ落ちた。心では大声で悲鳴をあげていても、声にはならない。けれども、論理的な思考がパニックを押さえてくれた。ムグカンは魔法を使っている。意識を失う前にそれを阻止することができるかもしれない。横たわったまま、ヴァレクに教わったように毒の名前を頭の中で暗唱した。

「なんて強力なんだ」ムグカンはわたしの能力を賞賛するようにつぶやいた。「けれども、今回はそれでは太刀打ちできないぞ」跪《ひざまず》いてわたしの上に屈《かが》みこむと、ムグカンは額に優しくキスをした。まるで父親のように。

安らぎに包まれ、わたしは抵抗をやめた。視界がぼやけてきて、ムグカンがわたしの手を取り、握りしめたのがわかった。

25

上半身を壁にもたせかけて床に座り、遠ざかっていく世界にしがみつくようにムグカンの手を握っていた。身体《からだ》は動かないけれど、心は安らぎで満ちていた。

そのとき、不愉快な邪魔が入るのを感じてびくりとした。気管を塞いでいたものがいきなり取れて、溺れる者のように酸素を求めて喘《あえ》いだ。世界が真っ暗になっていく。

次に意識を取り戻したときには、床に横たわっていた。傍らに目をやると、ヴァレクがムグカンの胸の上に馬乗りになっている。ヴァレクの両手はムグカンの首にかかっていたが、目はわたしに向けられていた。

ヴァレクに引き起こされたムグカンは、不敵な笑いを浮かべている。

「イクシア領での魔術師の罪状はわかっているだろうな。知らないのなら、喜んで説明してやるが」ヴァレクが冷たい声で言うと、ムグカンは制服の皺《しわ》を手で伸ばし、編みこんだ長い黒髪を整えた。

「魔術をはねのける能力があるおまえも、一種の魔術師だと言う者もいるぞ。その点はどうかね、ヴァレク？」

「最高司令官は、そう思っていない。おまえを牢《ろう》にぶちこむ」

「早まると後悔するぞ。虚偽の告発で大失敗する前に、最高司令官とよく話し合うことをお薦めするがな」余裕たっぷりにムグカンが返す。

「なら、今殺しておくというのはどうだ？」ヴァレクはムグカンに迫った。

ヴァレクに返事をする代わりに、ムグカンはわたしのほうを見た。

そのとたん、腹部に焼けつく痛みが走った。甲高い声をあげて床に転がり、腹を守るように丸くなったが、激痛は休みなく襲ってくる。床でのたうちまわり、うめき声をあげた。ヴァレクがもう一歩ムグカンに歩み寄ると、内臓を焼くような疼痛《とうつう》が今度は背中にも走り、頭の周囲を取り巻いて燃え上がった。声が嗄《か》れても悲鳴が止まらない。

「これ以上近づいたら、この娘は屍《しかばね》になるぞ」狡猾《こうかつ》さがにじみ出る滑らかな口調でムグカンが忠告した。

涙で歪《ゆが》んだ視界の中で、ヴァレクが爪先立ちで構えるのが見えた。けれども、そのままの姿勢で身動きしない。

「おやおや、これは興味深い。昔のおまえなら、毒見役を殺されようが気にもかけなかっただろうに。イレーナ、どうやらおまえには、とてつもない価値があるようだぞ」

耐えられない苦痛だった。止めてくれるなら、死んでもいいと思ったくらいだ。気を失う前に見たのは、ムグカンが無傷でその場を立ち去る姿だった。

意識が戻るとあたりは真っ暗で、何か重いものが額に押しつけられていた。はっとして起き上がろうとした。

「大丈夫だ。心配するな」ヴァレクに肩を押されて、また横になった。額を覆っている濡《ぬ》れた布をはがし、眩《まぶ》しい光に瞬《まばた》きする。見慣れたわたしの寝室だった。ヴァレクはカップを持ってベッドの横に立っている。

「これを飲みなさい」と渡されたカップの中身をすすって、薬草の苦さに顔をしかめた。促されるまま飲み干すと、ヴァレクは空のカップをベッド脇のテーブルに置いた。

「寝なさい」と命じてヴァレクは背を向けた。

その後ろ姿に声をかけて止めた。「どうしてムグカンを殺さなかったんですか?」

ヴァレクは首を傾《かし》げてしばらく思案しているようだった。

「戦略だ。わたしがムグカンを始末する前に、ムグカンは君を殺していただろう。君は多くの謎を解く鍵を握っているから、わたしにとって必要な存在だ」そう言うと、大股で部屋を横切ってドアに向かった。けれども、ドアノブにかかったヴァレクの手を見ると、関節が白くなるほど力がこもっている。「ムグカンのことを最高司令官に報告したが……」ためらうようにまわしたノブがカチリと音をたてた。「まったく気にもしていない。だから、ブラゼルとムグカンが城を去るまでわたしが個人的に最高司令官をお守りすることにした。君の護衛に、一時的にアーリとジェンコを任命した。あのふたりの付き添いなしにこの部屋を離れるな。それからクリオロの実験だが、君は食べるのを中止してくれ。最高司令官が食べるクリオロの毒見はわたしがやる。クリオロを食べなくなってから君に何が起こるか知りたい」ヴァレクが後ろ手にドアを閉めると、数えきれないほどの疑問や複雑な思いと一緒に、ひとりで部屋に取り残された。

宣言したとおり、その日からはどんなに最高司令官が不満そうにしても、ヴァレクは彼の傍らを離れなかった。アーリとジェンコはいつもと異なる勤務を楽しんでいたが、わたしはそれ以外の仕事でふたりをこき使った。最高司令官の毒見をしていないときには、アーリとナイフを使った護身術の練習をし、さらに高度な解錠の技をジェンコから学んだ。

明日は将軍たちが城を離れることになっている。つまり、待ちに待った偵察の機会だ。ヴァレクは夜遅くまで最高司令官と一緒にいることがわかっている。アーリとジェンコには早めに就寝すると伝え、夕方早くにヴァレクの続き部屋の前でおやすみの挨拶を交わし、その一時間後に廊下に忍び出た。

思ったより人出が多いが、幸いヴァレクの執務室は人通りが多い場所から離れている。周囲に誰もいないことを確かめてからピックを最初の三つの鍵穴に差しこんだ。緊張しているせいで、いつものようにうまく並べることができない。何度も深呼吸してやり直した。

ふたつの鍵を開けたところで、声が近づいてくるのに気づいた。最後の鍵穴からピックを抜き取り、ドアをノックしているところに、ふたりの男が現れた。

「ヴァレクなら最高司令官と一緒にいるよ」左側の護衛が声をかけてきた。

「ありがとう」そう言って、護衛とは逆の方向に歩き始めた。心臓がハチドリの羽ばたきのように速く打っている。護衛たちの姿が消えてからふたたびあたりを見渡してヴァレクの執務室に駆け戻った。三つ目の鍵が一番難関で、ようやく開けたときには汗だくになっていた。部屋に入るとすぐさま中から鍵をかけた。

最初の仕事は《蝶の塵》の解毒剤が入っている木製の戸棚を開けることだ。そこに解毒剤の作り方が隠されていると睨《にら》んでいたからだ。

戸棚を開いて薄暗い角灯《ランタン》で戸棚の中を覗《のぞ》きこむ。いろいろな形と大きさのガラス瓶が灯火《ともしび》を反射して光っている。ほとんどの瓶には毒の名前が記されていた。探すにつれ、焦りがつのっていく。見つかったのは、解毒剤が入った大きな瓶だけだ。取りすぎたら気づかれてしまうので、ほんの数回分だけを小さな携帯用瓶《フラスコ》に取ってポケットに隠した。

戸棚の鍵を閉め、今度は書机の引き出しに閉まってあるファイルを、端から順番に探すことにした。本や地図で部屋は散らかっているが、書類はきちんと整理されている。マージや最高司令官の個人ファイルもあった。でも、捜しているのは、《蝶の塵》とわたしに関する情報だ。中を読みたい誘惑を抑えて目的に集中した。見つけたわたしの個人ファイルには、毒見の能力についてヴァレクが書きこんだ興味深い感想があったけれど、《蝶の塵》を与えたことや解毒剤についてはなんの記録もない。

書机の調査を終えると、今度は会議机のほうに移った。毒に関する本が、諜報《ちょうほう》の本やファイルに混じって散在している。その中からファイルの中身だけを確認した。急がないと、そろそろ時間が切れる。ヴァレクが最高司令官を居住区に送り届ける前に、続き部屋に戻らないといけない。

会議机の上にあったファイルからも何も見つからなかったことに正直がっかりした。けれども、まだ執務室の半分が残っている。

静まり返った部屋を横切っていると、鍵穴に鍵を入れるかすかな音が聞こえた。カチリという響きに続いて、鍵を引き抜く音がした。

ふたつ目の鍵が開く前に角灯を吹き消し、会議机の後ろに飛びこんだ。テーブルの下に積み上げられている箱の山に隠れたら見つからないかもしれない。お願いだからヴァレクではなく、マージでありますように、と祈った。三つ目の鍵が開く音が心臓を締めつけた。

ドアが開いて、閉まった。静かな足音がして誰かが書机に座った。覗き見しなくても、ヴァレクだとわかる。最高司令官はそんなに早く床についたのだろうか？　自分に与えられた選択肢を吟味したけれど、ヴァレクが部屋を去るまで隠れているか、見つけられてしまうかのどちらかしかない。腹をくくって、もっと楽な姿勢で待つことにした。

数分後、誰かがドアを叩《たた》いた。

「入りなさい」

「あの……例の荷物が届きました」男の声が言った。

「連れてきなさい」ヴァレクの椅子が石の床をこすった。

重い鎖がぶつかり合う金属音と、すり足で歩く足音が聞こえる。

「下がってよい」ヴァレクが命令すると、ドアが閉まった。そして、馴染《なじ》みある地下牢《ちかろう》の饐《す》えた匂いが漂ってきた。

「テンティルだな。次の絞首刑が君だということは知っているか?」

絶望的な運命をたどる囚人への同情が、胸に湧き上がった。どんな気持ちでいるのか、わたしには痛いほどわかる。

「はい。承知しています」ささやくような声が答えた。

書類をめくる音が響く。「三歳の息子を耕うん機で殺した罪で死刑判決を受けた。事故だという申し立てだが、それに間違いないか?」

「そのとおりです。妻が死んで、子守を雇うゆとりもなくて……。だから、息子が耕うん機の下に潜りこんでいたのにも気づかなかったんです」男の声が、苦しげに揺れた。

「テンティル、イクシアでは言い訳が通用しないのはわかっているだろう?」

「はい。わかっています。それに、わたしは生きていたくありません。これ以上罪の意識には耐えられませんから、早く死なせてください」

「ということは、君にとって死刑は適切な罰とは言えないんじゃないか？」ヴァレクはテンティルの答えを待たずに続けた。「生きながらえるほうが辛《つら》い罰だろうな。実を言うと、第四軍管区に収穫がよい農場があるのだが、そこの夫婦が三人の幼い息子を残して死ぬ悲劇があった。君は明日絞首刑になる。少なくとも、みなそう信じる。だが、実際の君は第四軍管区に行ってとうもろこし農場の主《あるじ》になり、三人の子どもを育て、仕事を受け継ぐ。農場主としての最初の仕事は、子どもたちの子守を雇うことだ。わかったか？」

「でも――」

「『行動規範』はイクシアの悪事を減らすのには役立つが、慈悲の心に欠けている。何度最高司令官にかけあっても聞き入れてもらえなかったから、自分の手で対処している。生きていたかったら口外するな。たまにわたしの部下が君の様子を調べに行くからな」

信じがたい成り行きに、わたしは箱の後ろにしゃがんだまま凍りついた。ヴァレクの口から慈悲という言葉が出るなんて、マージが失礼な態度を謝るくらいあり得ないことだ。

また誰かがドアを叩いた。

「入れ」ヴァレクが呼ぶとドアが開いた。「いつもながら完璧なタイミングだな、ウィング。書類は持ってきたか？」

紙を動かすかさかさという音がした。

「これが君の新しい名前と身分だ。ウィングが君を第四軍管区に連れていく」鎖が外れて床に落ちる音がした。

「わたしとの会合はこれで終わりだ。もう行っていいぞ」

「はい……」テンティルの声が割れた。感極まって言葉を失っているのだろう。ヴァレクに自由な人生を与えられたらどんな気持ちになるか、わたしも知っている。

　テンティルという男が去ったあと、耐えられないような沈黙が訪れた。息をするだけで、ここにいることを知られてしまいそうだ。椅子が床をこすり、とんとんというかすかな音に続いて、大きなあくびが聞こえた。

「ところでイレーナ、今の会話は面白かったか？」

　それでも息を潜めたまま身動きしなかった。当てずっぽうに言ってみただけかもしれない。でも次の言葉でそうでないことがわかり、身体をこわばらせた。

「テーブルの後ろに隠れているのはわかっている」

　仕方なく立ち上がった。でも、ヴァレクは怒っていないようだ。両足を机に置いて椅子に仰《の》け反《ぞ》って、くつろいでいる。

「どうしてわかったんですか？」

「君が好んでいるラベンダーの石鹸《せっけん》の匂いだ。それに、誰かが鍵を開けたことがわからないようでは、今まで生き残っていないよ。暗殺者は奇襲を好むからな。鍵がかかった密室に死体を残す謎とか、そういったお遊びが好きなんだよ」そう言って、またあくびをした。

「怒ってないんですか？」

「いや。実を言うと、ほっとしている。いつわたしの部屋で解毒剤の処方を捜すつもりなのかと思っていたから」

にわかに怒りが喉元までこみ上げてきた。「ほっとした？　逃げようとしたのに？　あなたの書類を引っかきまわして、読んだんですよ。どうせわたしには逃げおおせる能力はないと高をくくっているんですね」

ヴァレクはわたしの言葉を熟慮するように首を傾げた。

「安心したのは、逃亡者がとる標準的なステップを君がたどったからだ。それから外れた特別な方法を編み出していたら心配しただろうな。君がどう行動するか理解できれば、次の行動が読める。だが、そうでないときは、わたしが何か見落としているということだ。解錠の練習をしたら、当然こういうことをする。予測どおりだ」ヴァレクは手で部屋の中を示した。「だが、解毒剤の処方は紙に書かれてはいない。わたしだけが知っているから、どんなに捜しても見つからないよ」

何もかもお見通しで自信たっぷりのヴァレクの首を絞めたい衝動を抑えて、拳をぎゅっと握りしめた。「つまり、わたしには逃げる望みはないということですね。テンティルには新しい人生を生きる機会を与えたのに、どうしてわたしにはくれないんですか？」

「もうすでに与えているのかもしれないぞ」机にのせていた足を床に戻すと、ヴァレクは身体を前に乗り出した。「なぜ君は一年近くも地下牢にいたと思う？　オスコヴが死んだときに次の死刑囚が君だったのは、ただの偶然だったのか？　最初に会ったとき、死刑囚が女だったことにわたしが驚いたのは演技だったのかもしれないぞ」

　これ以上心理的な駆け引きには耐えられない。

「ヴァレク、わたしにどうさせたいんですか？　諦めろってことですか？　毒におかされたままの人生に満足しろと？」

「本当に知りたいのか？」ヴァレクの声に真剣さがこもった。立ち上がって近寄ってくる。

「ええ。知りたいです」

「不本意なまま言いつけに従う召使いではなく、忠誠心を持つ同志になってほしい。君は知的で、機転がきき、最近では闘士としても力をつけている。もちろん危険な仕事だが、今の立場のままだと、君の人生は綱渡りだ。ひとつ行動を間違えると、落ちて首の骨を折ることになる。最高司令官の身の安全を守るために、わたしと同じくらい献身的な同志になってくれ。それがわたしの望みだ。かなえてくれるか？」心の奥底まで届くような熱い視線でヴァレクはわたしの目を覗きこんだ。「それに、どこに逃げるつもりだ？　君はこの城に住みついているじゃないか」

　ヴァレクのその提案に心引かれた。けれども、たとえ毒見で死ななくても、ブラゼルに殺されなくても、制御する術《すべ》を学んでいないわたしの野性的な魔力が爆発して死ぬことは避けられない。わたしが死んだあとに残るのは、魔力の源泉を荒立てる波だけだ。解毒剤なしには、最初から勝ち目はない。

「どうしていいかわかりません。わたしは――」

「わたしに話していないことがたくさんあるんだろう？」

言葉にできず、黙ったまま頷《うなず》いた。ヴァレクに魔力のことを打ち明けたら、死ぬ時期が早まるだけだ。

「人を信じるのは容易ではない。誰を信じるべきか判断するのは、もっと難しい」ヴァレクが言った。

「その面での実績はひどいものですから。わたしの弱点です」

「いや、それは違う。君の強みだ。アーリとジェンコを見ろ。わたしが任命するずっと前から君の護衛役を勝手にやっている。それは、君が最高司令官の前で彼らを擁護したからだ。直属の上官ですらしなかったことを君はやったんだ。ここに来てから君が得たものを考えてごらん。最高司令官とマーレンからは尊敬を、アーリとジェンコからは忠誠心を受け取ったじゃないか」

「じゃあ、あなたから得たのは何ですか？　忠誠心、尊敬、それとも信頼？」

「関心だ。だが、わたしが求めるものをくれるなら、すべてを与えてやろう」

翌朝、将軍たちの出発準備が始まった。八組の随行員が集合するのには時間がかかるため、喧騒《けんそう》と混乱は四時間も続いた。最後の行列が外門を出たあと、城そのものが安堵《あんど》の吐息をついたようだった。突然緊張が解けたせいで、城の使用人や護衛は手持ち無沙汰であたりをうろついていた。八つの訪問者用居住区を掃除する前に、あちこちに固まって休憩を取っている。

そんな凪《なぎ》のような静けさの中、最高司令官が、明日シティアの代表団が到着することを出し抜けに公表した。城全体に、雷に打たれたような衝撃が走った。茫然《ぼうぜん》とした沈黙のあと、時間がないことに気づいた使用人たちは、大慌てで準備にとりかかった。

わたしはというと、ムグカンとブラゼルが立ち去るのを見送ったあと、城内をうろつきまわっていた。ムグカンたちが去って安心したものの、落ち着かない。ヴァレクにはまだ返事をしていない。生き延びるためには南部に行かなければならないけれど、解毒剤なしにも生存できない。逃れることができない運命を考えると胸が重くなる。

翌日は、南部の代表団を迎える特別な式典に出席しなければならない。シティア人たちに会うことを想像するだけで胃が苦しくなった。〝イレーナ、よく見てごらん。おまえが絶対に手に入れることができないものだよ〟と誰かにささやかれているような気がする。

王国時代の謁見室は軍人の事務室として使われているので、ほかに式典にふさわしい部屋は作戦司令室しかない。今度もまた正装軍服を着たヴァレクは最高司令官の右横で窮屈そうに立ち、わたしはふたりの後ろに控えた。

選ばれて式典に出席した高級官僚や顧問らからは、緊張と興奮が混じった活力が漏れ出してくる。それに影響されて、それまで感じていた不安が畏敬に変わってきた。シティア代表団の入場が告げられると、もっと見やすい場所に身体を移した。

シティア人たちは、泳ぐように部屋に入ってきた。異国情緒豊かな鮮やかな色合いの長い式服は床まで届き、足を隠している。極彩色の羽毛や毛皮で縁を飾った動物の仮面を被った南部代表たちは最高司令官の前で立ち止まり、V字型に並んだ。

鷹《たか》の仮面をつけた代表団の主席は、改まった口調で語った。「北の隣人のご招待を心より御礼申し上げます。この会議が、イクシアとシティア両国の友好関係を深めるきっかけになりますよう。この試みへの献身を示すため、われわれの身元を明らかにする覚悟をしてまいりました」そう言うと、南部の主席と四人の従者は揃《そろ》って仮面を取った。

あまりの驚きに、何度も瞬きした。目をつぶっている間に、目の前の問題が消えてくれるのを祈ったけれども無駄だった。すでに追い詰められているのに、どうしようもないほど悲惨な状況に追いこまれてしまった。

シティアの主席はアイリスだった。最高司令官のほんの一メートル先に立っているのは、最高師範級の魔術師なのだ。

26

「イクシアは南部の隣人の訪問を歓迎し、これを機に両国が新しい関係を構築するよう祈念します」最高司令官はシティア代表団に公式の挨拶を述べた。

背後で控えている間にあれこれ思いを巡らせた。アイリスが魔術師だということを最高司令官がヴァレクから聞かされたら、シティア人はどうなるのだろう？　それに、シティアの最高師範級の魔術師はどんな混乱と被害をイクシアにもたらすつもりなのか……。最善の筋書きを想像しようとしたが無理だった。たぶん、これがわたしの悲劇的な最期の幕開けだ。

ヴァレクは、南部の代表団と最高司令官がさらに挨拶を交わすのを思慮深く観察している。彼の態度を見る限り、アイリスはまだ魔術を使っていないようだ。外交手順では本格的な交渉に先立って歓待と娯楽の祝宴が行われるため、この式礼から夜の饗宴《きょうえん》までは、代表団は宿泊施設になっている城の一画で旅の疲れを癒やすことになっている。

歓迎の儀式が終わり、集まった人々は会場の作戦司令室を次々と出ていく。それに続こうとすると、ヴァレクが腕を掴《つか》んで引き止めた。残ったのは、最高司令官、ヴァレク、わたしの三人だけだ。

「ヴァレク、言いたいことがあるようだな。また非常事態の警告か？」最高司令官はため息混じりに言った。

「シティア代表団の主席は、最高師範級の魔術師です」ヴァレクの声には苛立《いらだ》ちが混じっている。人にため息をつかれるのに慣れていないのだろう。

「それは想定内だ。魔術師を使わないと、こちらが交易に本気かどうか判断できないだろう？　イクシアが招待を口実に奇襲するかもしれないじゃないか。だから、シティアにとって魔術師を送りこむのは論理的な対策だ」まったく心配していない様子で最高司令官は踵《きびす》を返し、出口に向かった。

「あの女が気にならないんですか？　イレーナを殺そうとした魔術師ですよ」ヴァレクはさらに問いかけた。

作戦司令室に入ってから初めて最高司令官はわたしのほうを見た。

「毒見役を殺したら、わたしの暗殺未遂と誤解されて交渉が中断する恐れがある。まさか、それほど軽率な行動は取らないだろう。イレーナは安全だ……交渉中はな」その後のわたしの安全など気にもならないように軽くあしらい、最高司令官は会場を出ていった。

「くそっ」ヴァレクは憤りを露《あら》わに吐き捨てた。

「どうします？」

答える代わりにヴァレクは近くにあった椅子を蹴った。

「南部の代表団に魔術師が混じっていることは予期していたが、まさかあの女だとは」鬱憤を振り切るように頭を振ったが、声にまだ憤懣《ふんまん》が残っている。「あの魔術師がここにいる間は、君に最強の双子をつける。だが、あの女が君を殺すつもりになったら、双子やわたしに止める術《すべ》はない。ムグカンが君を襲ったときには、すぐ近くにいて魔力を察知できたから運がよかったが……城の客でいる間、アイリスが行儀よくしてくれることを祈るしかないな」

ヴァレクは怒り混じりに手荒く椅子をテーブルに押しやった。「問題の魔術師たちがどこにいるのか把握できていることだけは強みだ。ブランデー会議のときにわたしが魔力を感じたのはムグカンだ。そして、君の命を狙った南部の魔術師は、今城にいる。さらに別の魔術師が現れない限りは、このふたりに注意すれば安全だ」

「スター大尉は？」

「スターはいかさま師だ。雇ったスパイが裏切らないように魔術師のふりをしているだけだ」ヴァレクはため息をついた。「将軍の会議、シティアの代表団、饗宴……仕事が増える厄介事ばかりだな。それはそうと、今日の饗宴には最初から最後までいてくれ。退屈だろうが、少なくとも食事は旨《うま》いはずだ。ランドが、クリオロを使って新たなデザートを作りたいと提案したのに、最高司令官はその要求を拒否したらしいな。これも謎のひとつだ。ブラゼルは荷台いっぱいにクリオロを送ってきているから、ランドが使うくらいの量は十分ある。それと、ブラゼルがほかの将軍にもクリオロを送る約束をしたと耳にした。ブランデー会議で味見してからというものの、将軍連中は、まるで黄金みたいにクリオロを欲しがって騒ぎ立てているようだ」

ヴァレクの目が鋭く光った。「クリオロを食べるのをやめてから、変わった症状はないか？　食欲や感情の変化はないか？」

クリオロを食べるのをやめてから三日たったが、そのせいだと疑う身体《からだ》の変化は特にない。でも、クリオロを食べると、気分が高揚してやけに元気になった。自由になる希望が消えつつある今、あの甘い味はことに恋しい。

「軽い欲求はあります。ときおり思い出して食べたくなりますけど、依存症のようなものではありません」

ヴァレクは顔をしかめた。「まだ症状が出るには早すぎるのかもしれないな。血流に残留している可能性がある。何か気づいたら報告してくれ」

「承知しました」

「よし。じゃあ、今夜会場で会おう」

饗宴の会場になった晩餐室《ばんさん》は仰々しく飾りつけられていた。壁には黒と紅の幕がかかり、赤と金の飾りリボンが天井から絡みながら垂れ下がっている。晩餐会場は煌々《こうこう》と照らされ、即席で組み立てられた高座にある主賓席には、それぞれ最高品質の衣服を身にまとった南部代表団と、最高司令官、ヴァレクが座っている。気の毒なヴァレク。このごろ三度も連続で窮屈な正装軍服を着るはめになっている。高官と高位顧問たちは、部屋の中央を円形に囲むたくさんの円卓に分かれて座っていた。円の中央は空のままだ。部屋の隅で十二人構成の室内交響楽団が静かな曲を奏でているのには驚いた。最高司令官は音楽を時間の無駄として嫌っているから意外だった。

わたしはアンブローズ最高司令官の後ろに座り、彼がまわしてくる料理の皿を次々に毒見していった。予想どおり素晴らしい味で、ランドは期待を超える仕事をしたようだ。

今夜わたしが着ている黒い制服は、壁にかかった黒い幕に溶けこんで目立たないので、円卓に座っている出席者はたぶんわたしの存在に気づいていないだろう。その点を利用して次の皿を待つ合間に、晩餐会の顔ぶれを観察した。アーリとジェンコは入り口のそばにある円卓に並んで座っている。大尉に昇進してから初めて体験する饗宴なので明らかに居心地が悪そうだ。兵舎で仲間とビールを飲んでいるほうがましだと思っているに違いない。

アイリスと従者たちは最高司令官の左側に座っている。南部の代表団の式服は鮮やかな色が混じりあい、角灯《ランタン》に照らされてきらきら輝いていた。アイリスの胸元でときおり眩《まばゆ》い光を放つのは、花形のダイヤモンドの首飾りだ。アイリスはずっとわたしを無視しているけれど、こちらはちっとも構わない。

給仕がテーブルの上の皿を片付けると、会場の角灯の半分が消されて薄暗くなった。それまでゆっくりだった演奏のテンポが速くなり、躍動感あるリズムが伝わって食器まで振動する。いきなり、火のついた杖《つえ》を頭上に掲げた踊り子たちが会場になだれこんできた。火の踊りだ。複雑で入り組んだ動作でぐるぐる回転する踊り手たちを、息をのんで見つめた。火祭のときのテントが観客でいっぱいだったのも納得できる。

途中でヴァレクが後ろに身を反らしてささやいた。「イレーナ、わたしが火の踊り手になりたくても、選抜試験で落とされるよ。この時点でもう髪に火をつけているだろうな」「芸術を極めるためなら、髪くらい犠牲にできるでしょう?」からかうと、ヴァレクは笑った。会場全体の雰囲気が高揚し、活気づいている。最高司令官には次の饗宴まで十五年も待たないでもらいたいものだ。

二度目のアンコールに応じた火の踊り手たちが去ると、アイリスが乾杯のために立ち上がった。アイリスはシティアから持ってきた最高級品のコニャックを最高司令官のグラスに注《つ》ぎ、それからヴァレクと自分のグラスを満たした。最高司令官がそのグラスをわたしに手渡しても、アイリスは気を悪くした様子はない。

温暖な地域で育ったぶどうを使うコニャックには独自の香りがある。琥珀色《こはくいろ》の液体をグラスの中でまわして沸き上がってくる匂いをまず確かめた。少しだけ口に含むと、まず蒸留酒特有の強いアルコールの刺激に圧倒される。その刺激を頭の隅に押しやり、酒を舌でかきまわして、熟成に使うオーク樽《だる》の香りに混じった複雑なアロマをひとつひとつ識別していく。

花梨《かりん》やレモンはイクシアのブランデーにはない香りだ。上質のコニャックらしく、シナモン、蜂蜜、アプリコットフラワーの味もする。喉元を通るときにかすかに感じるのは、胡桃《くるみ》と杉だ。そしてもうひとつ特徴のある酸っぱい味は……サワーアップル。

すぐさま床にコニャックを吐き出した。飲みこまないように、必死に唾を吐く。だが、既に液体は口の奥にまで入りこんでいるし、舌の血管からも吸収しているだろう。えずいているわたしに気づき、はっとした表情でヴァレクが振り向いた。

「《マイ・ラブ》……」ようやくそれだけ口にした。

ヴァレクが残りのふたつのグラスを倒して中身をこぼす間にも、《マイ・ラブ》の毒は素早くわたしの身体にまわっていた。ヴァレクの姿は黒いインクの染みになり、壁に血が流れている。

深紅の海に漂うわたしの頭のまわりでいろいろな色が踊っている。壊れたガラスの欠片《かけら》が床に降りそそぐ音が不思議な音楽を奏でる。白い巻き毛でできた筏《いかだ》に乗って激流にもまれている。

極彩色の嵐の中で、アイリスの穏やかな声がささやいた。〝大丈夫だよ。筏にしっかりつかまっていれば、この嵐を無事に乗りきることができるから〟

目覚めると、自分の寝室にいた。薄暗い角灯がともっていて、ベッドの脇の椅子にジェンコが座って本を読んでいる。最初に《マイ・ラブ》を試したときに比べると、ずいぶんましな扱いだ。自分の吐物にまみれて床で横たわっているより、柔らかいベッドで寝るほうがずっといいけれど、記憶を失って自分の部屋で目覚める習慣はそろそろやめたい。

「あなたが本を読むなんて、相当暇なのね」ジェンコをからかった。出てきた声は嗄《か》れている。喉が痛くて、頭の奥に鈍痛がある。

「ない暇を作ってくれる友だちがいるもんでね」ジェンコが微笑《ほほえ》んだ。「ところで、おかえり」

「わたし、どのくらい意識がなかったの？」

「二日」

「何が起こったの？」

「おまえがおかしくなってからの顛末《てんまつ》か？」

その場面は想像もしたくない。「そう」

「ヴァレクがあんなに素早く動けるのには驚いた」ジェンコは感激したように言う。「おまえを高座から床に押しやってみなの目から隠し、同時に毒が混じった瓶にコルクで蓋をして別のコニャックの瓶とすり替えるなんて、まるで手品師だ。そのうえで、グラスを倒した自分の不器用さを詫《わ》びて、新しいグラス三つにコニャックを注いだんだ。その後、南部の主席がまやかしの乾杯をしたのさ。ヴァレクの対応があまりにもスムーズだったから、主賓席にいた者以外は何も気づかなかった」

ジェンコは山羊髭《やぎひげ》を爪でかいた。「正確には、主賓席とアーリだ。アーリはずっとおまえの様子を見守っていたから、倒れたときにすぐ気づいたんだ。乾杯の間にふたりでこっそり主賓席の裏にまわって、アーリがおまえを抱えてここに連れてきたんだよ。もし俺がナイフを突きつけて寝るように脅さなかったら、アーリは今でもここにいただろうな」

幻覚に出てきた白い巻き毛の筏はアーリだったのだ。

鈍かった頭痛が強くなってきた。小卓に置いてある水差しからグラスに水を注いで、いっきに飲み干した。

「起きたら喉が渇いているだろうってヴァレクが言っていたよ。何度かここにも様子を見に来たけれど、南部の者との対応で忙しそうだ。それにしても、最高司令官を毒殺しようとするなんて、あの女も大胆なことをするもんだ」

「毒を盛ったのは彼女じゃないわ。同じ瓶から自分のグラスにも注いだの。毒を入れたのは別の誰かだと思う」犯人のことを考えようとしても、意識を集中すると頭が割れるように痛くなる。

「道連れ心中するつもりならあり得るよ。捕まって地下牢《ちかろう》で絞首刑を待つより、すぐに死ねるから」ジェンコが反論する。

「ないとは言えないわ」可能性はとても低いだろうけれど。

「ヴァレクもおまえと同じように、毒を盛ったのは南部の魔女じゃないと思っているようだな。まるで何もなかったみたいに、貿易交渉の話し合いが続いているから」ジェンコはあくびをした。「おまえも正気に戻ったみたいだし、俺も少し休むよ」そう言ってわたしをベッドに押し戻した。「夜明けまでまだ四時間ほどあるから寝なよ。また朝になったら戻ってくるから」

それから、じっとわたしを見つめた。何かを思い惑っているようだ。

「アーリが世話しているとき、大声で叫んだり、わけがわからないことを喚《わめ》いたりしていたらしいな。もしレヤードが生きていたら、なんのためらいもなく腸《はらわた》を引きずり出してやるのにってアーリが言ってた。話すべきかどうか迷ったけれど、たぶん知りたいんじゃないかと思って」

兄が妹にするようなキスを額にして、ジェンコは部屋を出ていった。

恥ずかしさに思わずうめいた。何をアーリに聞かれてしまったんだろう？　明日、どんな顔で会えばいいのか？　でも、起こってしまったことは変えられない。もう一度寝ようとしたけれど、空っぽの胃が鳴り続ける。頭に浮かぶのは食べ物のことばかりだ。アイリスがムグカンのように空腹感を使っておびき出そうとしているのか推察してみた。けれども、アイリスがわたしを呼び出すもっともな理由が見つからない。

空腹に負けてリスクをおかす決意をすると、飛び出しナイフを装着し、頼りない足取りで厨房《ちゅうぼう》に向かった。ランドがパン生地を作りに起きてくる前に、前日の残りのパンを取ってすぐに部屋に戻るつもりだった。

パンと一緒に食べるチーズを切り取って、ちょうど厨房を出ようとしたときにランドがドアを開けた。

「イレーナ」驚いた顔だ。

「おはよう、ランド。食べ物を盗みに来ただけだから気にしないで」

「何週間も見かけなかったけど、どこに行ってたのさ？」不機嫌そうに尋ねると、ランドはオーブンのほうに行き、金属製のドアを開けて燃えさしを突いてから石炭を加えた。

「忙しかったの。ほら、将軍たちの会議に南部の代表団、それと饗宴もあったし。饗宴といえば、素晴らしい料理だった。あなたって天才ね」

自尊心をくすぐると、ランドは少し元気を取り戻した。真実を知ってしまった今となっては、もうランドとは口もききたくない。でも、何かあったことを悟られないためには、以前と同じ友情が続いていると信じていてもらわねば……。諦めてパンとチーズをテープルに置き、椅子を持ってきて座った。

ランドは足を引きずりながら近づいてきた。「病気だって誰かが言ってたけど」

「うん、胃腸炎。それで二日も食べていないの。でも、もうよくなったから」そう言って持っているパンを見せた。

「ちょっと待ってて。パンケーキを作ってあげる」

ランドが毒を入れないよう、種を混ぜる姿を注意深く見張った。でも、いったんパンケーキを目の前に差し出されると、疑うのも忘れてがつがつと食べてしまった。パンケーキを焼くランドを椅子に座って眺める、という馴染《なじ》みの状況のおかげで、ふたりの間に漂っていた気まずさが消え、そのうち笑いながらおしゃべりしていた。

けれども、ランドの質問はだんだん具体的になってきて、最高司令官とヴァレクに関する情報をわたしから引き出そうとしているのに気づいた。フォークをきつく握りしめ、パンケーキに力いっぱい突き刺した。

「南部との協定について何か耳にした?」

「何も」声の厳しさに驚いたランドが顔を上げ、不思議そうにこちらを見た。「ごめん。まだ疲れてるみたい。部屋に戻って休むことにする」

「その前に、この豆を返しておくよ」ランドはガラスの広口瓶を棚から下ろした。「炒《いた》めたり、挽《ひ》いたり、茹《ゆ》でたりしたけれど、何をやってもひどい味しかしない」豆を紙袋に入れると、ランドはオーブンの火を確かめに行った。

　石炭を突くランドの姿を眺めるうちに、あることを思いついた。「もしかすると食べるものじゃなくて、燃料なのかも」南部から来たこの豆はブラゼルの工場に運ばれていた。ブラゼルは豆を使ってオーブンを温めているのかもしれない。

「試してみる価値はあるよね」ランドが答える。

　豆をオーブンの火に放りこんで、しばらくふたりで待ってみた。だが、炎が燃え上がることもないし、温度も上がらない。ランドがパンの平鍋を交換している間、火を見つめながら思った。豆の謎を解く鍵はもうこれ以上考えつかない。行き詰まりだ。

「もう部屋に戻らないと。ヴァレクが心配するだろうから」

「ああ、わかった、わかった。さっさと戻ればいい。ヴァレクとこのごろずいぶん仲がいいみたいじゃないか。ついでだから伝えておいてくれよ、もう人は殺すなって」ランドは嫌味たっぷりに言った。

　かっとしてオーブンのドアを力いっぱい閉めた。「少なくともヴァレクは、毒を盛るときに前もって教えてくれたわ」つい口に出してしまってから、言葉を掴んで口の中に戻したくなった。病み上がりで疲れていることや、鬱積していた憤りや、ランドの無神経さのせいにするのは簡単だけれど、言ってしまったことは取り消せない。

　ランドの表情が歪《ゆが》んだ。罪悪感と憤怒《ふんぬ》の間で揺れ動いている。「スターから聞いたの？」

「それは……」返答に詰まった。もしそうだと答えても、いずれスターからそれが嘘だと聞くだろう。でも、否定したら誰が情報源か詰め寄られる。どちらにしても、ランドは真実を嗅ぎつけるに違いない。ヴァレクが時間をかけて進めていた内偵調査をばらしてしまうなんて……。

幸いなことに、ランドはわたしの答えを待たずに愚痴り始めた。

「スターがばらすことは最初からわかっていたよ。いやらしい心理ゲームをするのが好きな奴《やつ》だから。君がここに現れたとき、知り合いになんかなりたくなかった。ヴァレクの毒見試験に毒を紛れこませたときには、スターが約束した大枚の金貨で借金を返すことしか頭になかったんだ」ランドは拳でテーブルを叩《たた》いた。「でも、君はいい奴で、そのうえ僕の良心が頭をもたげて、ややこしくなっちゃったんだ。情報を売ったあとで、君が殺されるのを想像してぞっとした。救いたくても、その気持ちをスターに悟られたらおしまいだ。用心しながら君が死なないよう見守った。毎日、まるで地獄だったよ」

「迷惑をかけてごめんなさい。毒を盛られたことと誘拐されたことを別にすれば、あなたに感謝するべきでしょうね」皮肉たっぷりに言った。

ランドは両手で顔をこすった。「ごめん、イレーナ。追い詰められていて、そこから抜け出すには、誰かを傷つけなければならなかったんだ」

声を和らげて尋ねた。「なぜスターはわたしの毒殺を命令したの?」

「ブラゼル将軍がスターを雇ったんだよ。予想できることだろ」

「そうね」しばらく考えてから口を切った。「ねえ、ランド。そのがんじがらめの状況から抜け出すのを、誰かに助けてもらったら？　たとえばヴァレクとか」

「ヴァレクなんか絶対にだめだ！　なんで君はあいつに好意的なんだ？　人殺しだぞ。《蝶の塵》を盛られただけでも、あいつを憎むべきじゃないか。僕なら絶対に憎んでやる」

「《蝶の塵》のことを誰から聞いたの？」ランドに詰め寄った。「最高司令官とヴァレクだけしか知らないと思ったのに。ほかには誰が知っているの？」

「君の前任者のオスコヴさ。逃げない理由を教えてくれたんだ。でも、この情報だけは誰にも話していない。だめ人間の僕にだって節度はあるよ……。オスコヴのヴァレクへの憎しみは、僕と同じくらい激しかったし、その気持ちがよくわかった。なのに、君とヴァレクは違う。君ときたら……」眉間の皺《しわ》が深くなった。「君は、ヴァレクに惚《ほ》れてるんだ」

「ばかばかしい」わたしはぴしゃりと言い返した。

　ふたりして見つめ合った。次の言葉が出てこない。

　そのとき、木の実のような甘くて香ばしい匂いが漂ってきた。ランドもそれに気づいたらしく、鼻をひくつかせる。匂いを追って謎の豆を放りこんだオーブンにたどり着き、扉を開けたとたん、うっとりするような香りに包まれた。

　クリオロだ。

27

「どこでこの豆を見つけたんだ？」ランドが興奮したように尋ねた。「クリオロのレシピで欠けていたのはこの豆だよ。炙《あぶ》り焼きで風味が変わるとは思いつかなかったな」

「地下にある貯蔵室で」とっさに嘘をついた。脱走演習の最中にヴァレクと一緒に隊商を見つけたことや、隊商がブラゼルの新しい工場に運んでいたのがこの豆だということを打ち明けるわけにはいかない。ランドにどう答えるか考えるより、今わかったばかりの情報で頭がいっぱいだ。ブラゼルの工場で作られているのは家畜の飼料ではなく、クリオロなのだろうか？

「どの貯蔵室？」ランドの声には藁《わら》をも掴《つか》む必死さがある。

「覚えてない」

「頑張って思い出してくれよ。もし僕がヴィンのクリオロを作れたら、転任しなくてもいいかもしれない」

「転任するの？　どこに？」

「ヴァレクから聞いてないの？　君にはもう得意満面で教えてると思ったのに。政権交代のときからヴァレクは僕を追い払おうとしてたからな。転任先はブラゼルの館さ。代わりにヴィンがここに来るらしいけど、あいつなんかじゃ一週間ももたないよ」ランドは苦々しげに吐き出した。

「第五軍管区に移るのはいつ？」

「わからない。公式の異動通知書を受け取っていないから。ということは、まだ転任を止められるかもしれないよね？　君があの豆さえ見つけてくれたらチャンスはあるんだ」

ランドはまだ、わたしたちが友だちだと思っているのだ。自分が毒殺しようとしたことを認め、仇敵《きゅうてき》に惹《ひ》かれていると糾弾したばかりの相手に、窮地を救ってくれと頼んでいる。どう答えていいのかわからず、しばらく迷ったあげく、「やってみる」とひとこと残し、逃げるように厨房《ちゅうぼう》を出た。

朝日が霊魂山脈の頂を縁取り始めたころ、誰にも目撃されずにヴァレクの続き部屋に戻った。居間に足を踏み入れると、黎明《れいめい》の光で薄墨色になった縦長の窓を背に、長椅子《カウチ》に座ってわたしを待つヴァレクの横顔が浮かびあがった。

「もう帰ってきたのか」ヴァレクが皮肉な口調で切り出した。「君の屍《しかばね》を捜す捜索隊を招集するところだったのに、残念だな。南部の魔術師のところに身を捧《ささ》げに行ったと思ったんだが、放り出されたのか？　君があまりにも愚かなんで呆《あき》れられたんだろう。それとも、時間を無駄にして怒らせたのか？」

椅子に腰掛けて、ヴァレクの辛辣な説教が終わるのをじっと待った。どんな言い訳をしても納得はしないだろう。彼の怒りはもっともだ。付き添いなしでひとりで出かけるのは愚行だ。でも、空腹のときに論理的になんてなれない。

ヴァレクがようやく静かになったので口を開いた。「終わりですか？」

「反論しないのか？」驚いたようにヴァレクが尋ねたので、頷《うなず》いた。

「そうか。それなら、これ以上言うことはない」

「よかった。もうすでに機嫌が悪いようですから、ついでに厨房で起こったことも話しておきます。いい話と悪い話があるけれど、どちらを先に聞きたいですか？」

「悪いほうだ」ヴァレクは即答した。「いい話で帳尻を合わせる望みを持てるからな」

覚悟を決めて、ヴァレクの内偵捜査をばらしてしまったことを告白した。予想どおりヴァレクの表情が険しくなった。

「あなたのせいです。あなたの名誉を守ろうとしたんですから」つい本心を口にしてしまった。

それを聞いて、ヴァレクは動きを止めた。

「何カ月もかけてようやくスターの工作活動の証拠を集めたというのに、君がわたしの名誉を守るために暴露したのを、光栄に思うべきだと言うのか？」

「ええ、そのとおりです」そもそも、ヴァレクがスターを使ってわたしの忠誠心を試したり、内密の捜査にわたしを利用したりしなければ、こんな事態に追いこまれることもなかったのだ。罪悪感を覚えるつもりはない。

ヴァレクは肩を落として長椅子の背にもたれかかり、額を指で揉《も》んだ。「逮捕は今月末まで待つつもりだったが、ランドがスターに知らせる前に作戦を締めくくらねば。だが、考えようによっては利点もある。すでにスターは怪しみ始めているらしく、あの事務所で不法行為をするのをやめているんだ。今捕らえれば、誰からシティアのコニャックに毒を入れるよう依頼されたかわかるかもしれない」

「毒を盛ったのはスターなんですか？　でも、どうやって？」

「スターの手下の中に、ある南部の暗殺者がいる。《マイ・ラブ》を混入できる技と機会を持っているのはあの男くらいだ。だが、毒殺未遂はスターの政治的信念には無関係だ。依頼人がそれ相応の金さえ出せばあの女はなんでもやる。南部の代表を危険にさらしてでも暗殺を謀ろうとした依頼人を捜し出さなくては」

ヴァレクはにわかに活気づいて立ち上がった。

「それで、いい知らせのほうはなんだ？」

「あの謎の豆は、クリオロを作る材料だったんです」

「それなら、なぜブラゼルは工場建設の許可を得るのに嘘をついたんだ？　デザートを作るのは違法ではないのに」ヴァレクもわたしと同じように、ブラゼルが工場でクリオロを作っていると直感したようだ。

「豆が南部から来たものだから？　シティアとの交易は違法ですから。少なくとも、現在進んでいる協定がまとまるまでは。もしかしたら、ほかにも南部からの材料や機械を使っているのかも」

「その可能性はあるな。だから貿易交渉にあんなに積極的だったのかもしれない。工場に行ったら、しっかり観察してきてくれ」

「えっ」驚いて口をぽかんと開けた。

「最高司令官は、南部の代表団が去ったら第五軍管区を訪問する予定になった。毒見役の君は、最高司令官が行くところがどこであれ随行しなければいけない」

「あなたは？　もちろんあなたも、行きますよね？」不安が喉元にこみ上げてきて、声が甲高くなった。

「ここに残るよう命じられた」ヴァレクはそっと目をそらした。

「イチ、ニ、サン、シ……ほら、そんな調子で戦っていたら、すぐ死ぬぞ」ジェンコがリズムをつけて歌いながら、ボウを使ってわたしを壁に追い詰める。

ジェンコに払いのけられたわたしのボウが、床に落ちて音をたてた。実戦なら殺されているのを強調するように、ジェンコがボウの先でわたしの額を軽く突いた。

「どうしたんだ？　いつもはこんなに簡単に負けやしないのに」杖《つえ》のようにボウに寄りかかってジェンコが尋ねた。

「ごめん、集中できなくて」第五軍管区に行く予定を知ってからたった一日しか経《た》っていない。

「じゃあ、僕たちはここで時間の無駄使いをしているってことか？」アーリが強い口調で口を挟んだ。その隣にはマーレンがいて、アーリと一緒に、わたしとジェンコの練習試合を観《み》ている。

《マイ・ラブ》の幻覚に襲われているときにアーリにどんなうわ言を聞かれたのだろう。想像すると居心地が悪くて、アーリと目を合わせることができずにいる。

「次はもっと集中する」そう答えてから、ジェンコと今の試合を分析した。「ねえ、どうして練習中に歌うの？」

「攻撃と防御のリズムを保ちやすいからさ」

「でも、ほかの兵士にからかわれない？」

「勝ちさえすれば、何も言われないよ」

二度目の練習試合では、集中するよう努力した。でも、また負けてしまった。

「今度は頑張りすぎ。次の動きを一生懸命考えているのが読めちゃう。だから先まわりして攻撃を封じられるんだよ」

ジェンコの説明にアーリが付け加える。「何度も繰り返し同じ訓練をするのにはちゃんとした理由があるんだ。守りと攻撃の動きは直感的でなくちゃならない。精神をリラックスさせつつ、常に注意を払う。そして、攻められたら防御する。対戦相手に集中しながらも、集中しすぎないことが肝心だ」

「集中して集中しないなんて、矛盾してる」もどかしくなって、つい愚痴が漏れた。

「できるようになったら、感覚が掴めるよ」アーリの説明はそれだけだ。

何度か深呼吸をして、第五軍管区への旅の不安や悩みを頭から拭い去った。両手をボウに滑らせて固くて滑らかな表面に精神を集める。そうしてボウをぐっと握り、隅々まで心を行き渡らせ、自分の身体《からだ》の一部にしようとした。

三回目の対戦に挑んだときには、意識が冴《さ》えわたっていた。ジェンコの次の動きが直感的に読め、一瞬先にボウを構えて攻めを封じこめることができた。切りこまれてから慌てて制御する代わりに、守りと攻撃にゆっくり時間を取ることができる。頭の中で鳴っている音楽に導かれるがまま打撃を加えるうちに、ジェンコをじりじりと壁に追い詰めていた。

そして、ついにジェンコを打ち負かした。

「すごいじゃないか」ジェンコが叫んだ。「アーリの助言に従ったのか？」

「言われたとおりにやってみたの」

「もう一度同じようにやれる？」アーリが尋ねた。

「わからない」

「今度は僕を相手に試してみろ」アーリがボウを手にして構えた。

わたしはボウの木目に指を這《は》わせ、さっき到達した精神状態に戻ろうとした。二回目は容易だった。

アーリはジェンコより体格がいい。敏捷《びんしょう》さではジェンコに及ばないが、それを埋めるだけの力があるので防御の方法を変えなければならなかった。ボウで打撃を受け止めると叩《たた》き伏せられてしまう。だから、かわさなければならない。小柄さを利用してしゃがみこみ、アーリの踵《かかと》の後ろにボウをかけて引くと、アーリは重いずだ袋のようにドサッと床に落ちた。またも勝ってしまった。

「信じられないな」ジェンコがつぶやいた。

「次はわたしの番」マーレンが進み出る。

今度も簡単に先の精神状態に切り替えられた。マーレンの攻撃は豹《ひょう》のように速い。顔を突くふりをして、相手が反射的にそれを止めようとしたときに体躯《たいく》の隙を狙うのが好みだ。今日はその策略が見えたので、罠《わな》にかからず本当の攻めをブロックすることができた。

マーレンは従来のスピードに加え、戦術を使うようになっていた。今度は真正面から向かってきたけれど、わたしがそれに立ち向かう瞬間に脇にそれて別の角度から襲うつもりなのが読めた。そこで、前進する代わりにくるりと身をかわし、突進してくるマーレンの足をボウで払った。躓《つまず》いて床に横たわった彼女に跳びかかって首にボウを押しつけると、ようやくマーレンは降参した。

「くそっ！　弟子が師匠を負かすようになったら師匠は用なしだよ。もうやめる」

そう言い残して出ていったマーレンの後ろ姿を見て、残った三人で顔を見合わせた。

「あれは冗談よね？」

わたしが尋ねると、アーリが答えた。「自尊心を傷つけられただけだよ。そのうち機嫌を直すさ。君が毎回勝つとしたら別だけど」

「その可能性は低いと思うわ」

「低いだろうな」同じように誇りを傷つけられた様子のジェンコがすかさず同意する。

「もう試合は十分だ」アーリが割って入った。「イレーナ、筋肉を冷やさないよう型稽古をしたら終わっていいよ」

武術では技を習得するために、まず決められた動きを何度も反復する必要がある。基本を身につけることで、いつしか身体が自然と動くようになるのだ。稽古では簡単な守りの型から始めて、しだいに複雑な攻めに進めていくことになっている。練習試合のあとの整理体操でも守りの型から始めることにした。

アーリとジェンコは、わたしが型を決めている横で、まるで年寄り夫婦のように何やら言い合いをしている。それを目にして、つい口元がほころんだ。けれども、精神をふたたび集中し、型を決めながら意識を戦いの境地に置いた。息を切らしながら稽古を終えたとき、ようやくアイリスが戸口に立って興味深そうにこちらを見ているのに気づいた。

アイリスはイクシアの鷹《たか》使いの制服を着ていた。髪型も軍規に則《のっと》って後ろできつく縛っている。この格好なら、誰にも気づかれずに城の中を歩きまわれただろう。

護衛役のアーリとジェンコを横目で見た。ふたりともアイリスとわたしのことが目に入らないかのように、会話にのめりこんでいる。不安で胃がきりきりしてきた。アイリスが部屋に入ってきたので、役に立たないとは知りつつもアーリたちのほうに身を寄せた。

「ヴァレクに気づかれるんじゃないの？」熱心にしゃべり続けるふたりを手で示した。アイリスが魔術を使っているのは明らかだ。

「ヴァレクなら城の反対側にいるから大丈夫。でも、誰か別の者が源泉から魔力を引き出しているのを感じた。短いけれど急激な魔力の高まりが二度もあった。つまり、わたし以外の魔術師が城にいるということだ」

「その魔術師を見つけられないの？」

「残念ながらね」

「でも、誰なのかはわかっているんでしょう？」

アイリスは首を横に振った。「南部から姿を消した魔術師は何人かいるけれど、殺されたか身を隠しているかのどちらかだ。隠れている場合には他人とは連絡を取らないからまったく情報がない。おまえにやったように心を繋《つな》げられれば、正体がわかるが……」

そう言いながらアイリスは壁にたてかけてある武器に目をやった。

「それより、最高司令官に何があったんだ？　考えていることがだだ漏れになっているぞ。欲しい情報を楽々と引き出してしまえるような状態だ。シティアの道徳規範では、本人の許可なしに考えを読むのや、他人の心を操るのは禁じられているからやらないがね。ただ、これほど最高司令官の心が開けっ放しになっているのは気になる」

質問に答えられないので、代わりに尋ねた。

「こんなところで何をしているんですか？」

アイリスはにやりと笑って、わたしが握りしめているボウを指差した。

「おまえこそ、こんなところでそんな武器を持って、何をしているんだ？」

嘘をつく理由がないので訓練について正直に説明した。

「それで、今日の調子はどうだった？」

「初めて練習試合で、三人全員を破りました」

「なるほど」なんだか嬉《うれ》しそうだ。

アーリとジェンコはまだ熱心にしゃべっている。それを横目で見ながら「なぜ、ここに来たんですか？　一年猶予をくれるって言ったのに」と尋ねた。でも、恐ろしいことに思い当たり、はっとした。「もしかして、わたしは燃え尽きかけているんですか?」

「まだ時間はある。今のところおまえの魔力は安定しているようだが、早いほうがいい。いつ来る予定なんだ?」

「解毒剤の作り方を探しても無駄だとわかりました。ヴァレクの頭の中から盗んでくれるなら別ですが」

アイリスは顔をしかめた。「そんなことは不可能だ。だが、一カ月持ちこたえられるだけの解毒剤があれば、その間に毒をおまえの身体から抜き取れるのではないかと治療師らは言う。わたしたち代表団が城を離れるときに一緒においで。おまえと同じ身体つきの相談役を連れてきているから、毒見役の制服を着せてヴァレクと追手をそちらにおびき寄せる。その間におまえが相談役のふりをして代表団に紛れこめば、仮面をつけているから誰もわかりはしない」確信に満ちた話しぶりからは、リスクが低いと判断しているようだ。

希望が胸に芽生えた。鼓動が速まる。でも喜ぶのは早い。〝毒を抜き取れるのではないか〟という表現は、成功する保証はないという意味だ。脱走の計画は簡単なようだけれど、どこかに落とし穴や罠があるかもしれない。アイリスを全面的に信じるべきではない。

迷ったけれども率直に尋ねることにした。「先週、城に顧問官ムグカンが来ていたけれど、あなたのスパイ?」

「ムグカン、ムグカン……」アイリスは名前をつぶやきながら記憶を探っているようだ。

「背が高くて、瞳が灰色で、黒い髪を後ろで編んでいる男」説明しながら、アイリスに見えるよう頭の中にムグカンの姿を浮かべた。「魔力があるとヴァレクが言ってました」

「カングムじゃないか！」アイリスが驚いたようにつぶやいた。「それにしても、なんて独創性のない偽名なんだろう。十年ほど前、誘拐組織にかかわっているという噂《うわさ》が流れて、そのあと忽然《こつぜん》と姿を消した魔術師だ。そういえば……」何かを思いついたように息をのむと、わたしを見つめた。強い関心を抱いているのが明らかな表情で尋ねた。「そのムグカンはどこに隠れているんだい？」

「第五軍管区だけど、ムグカンはお尋ね者なんですか？」

「シティアにとって危険人物になればね。それまでは特に容疑はないし、指名手配もされてない。ときおり第五軍管区の方向から魔力が燃え上がるのを感じたけれど、これで理由がわかった」アイリスは、静かな音楽に耳を澄ますかのように首を傾《かし》げた。「ほんのかすかだけれど、城に魔力が流れている。カングム……ムグカンかもしれないけれど、その可能性は低い。わたしが知る限りあの魔術師にそれほどの力はない。もしかすると、魔力の源泉に小さなさざなみが立って漏れ出しているのかもしれないな。毛糸の輪が垂れ下がっているような感じでね。自然に起きることもあるが、この場合は、誰かがわざと最近魔力を引き出したからだろう」少し間を置いて、アイリスはエメラルドグリーンの瞳でわたしを見据えた。「それで、わたしと一緒にシティアに来るのかい？」

アイリスはムグカンの魔力をさほど気にかけていないようだが、不安は拭えない。ムグカンの魔術と最高司令官の奇妙な行動には関連があるはずだ。その理由ははっきりしていないが。

アイリスと一緒にイクシアを離れるかどうかすぐには決断できず、考えこんだ。毒見のときに舌で食べ物をかきまわすように、危険な匂いと味を頭の中で探ってみる。逃げ出すのは、これまでいつも直感的な防衛手段だった。それに、南部に逃げるほうが生き延びられる可能性は高い。数カ月前であれば、この機会に喜んで飛びついただろう。でも、最高司令官がおかしくなっている今イクシアを去るのは、沈みかけた船を見捨てる裏切り者みたいだ。それに、シティアの魔術師は今のところは解毒剤を作る方法を知らない。

ようやく決意して答えた。

「今、南部には行けません」

「正気なのか？」アイリスは呆れ顔になった。

「たぶん。やり終えなければならないことがあるんです。それがすんだら、約束どおりシティアに行きます」

「まだ生きていればの話だがね」

「そのためにも、助けてほしいことがあるんです。魔力の影響を受けないように心を防御する手段を教えてください」

「カングムに心を操作されるのを恐れているのか？」

「ええ。すごく心配です」

「おまえの精神力は強いようだから、やればできるかもしれないな」アイリスがボウを取り上げて手渡してくれた。「目を閉じ、心を清めてから型を決めてみなさい」

ボウを取り上げ、受け身の型を反復した。

「煉瓦《れんが》をひとつ想像してみなさい。それをおまえの目の前の地面に置くんだ。それから、もうひとつ煉瓦を手に取り、さっきの煉瓦の隣に並べる。列を作ったら、今度は漆喰《しっくい》を使って二段目を作る。頭の高さになるまでそれを繰り返して壁を作ってごらん」

指示されたとおりに心の中で煉瓦を積み上げげたら、遠くから煉瓦同士がぶつかるコツンという音が響いた。言われたとおりに壁を作っていくと、途中でアイリスが命じた。

「そこまででいい。目を開けなさい」

目を開けると、壁が消えた。

「さあ、今からわたしの攻撃を防御してみなさい」

いきなり大音響がわたしの頭の中で鳴り始め、圧倒されそうになった。

「さっきの壁を想像して！」アイリスが叫ぶ。

すでに完成した壁が頭の中に閃《ひらめ》いて、たちまち音楽がぴたりと止まった。

「大変けっこう。さっき言ったやりかけのことをまず終えて、それから南部に逃げてきなさい。イレーナ、おまえには強い魔術の能力があるんだ。自分で操作する術《すべ》を身につけなければ、誰かに横から盗まれる。そうなったら、おまえは考える力を失った奴隷になってしまう。気をつけるんだよ」苛立《いらだ》ちを露《あら》わにアイリスは踵《きびす》を返して練習室を出ていった。

出口のドアが閉まる音が聞こえるやいなや、アーリとジェンコはおしゃべりをやめた。深い眠りから目覚めたばかりのように瞬《まばた》きをしている。

「もう型稽古は終わったのか？　ちゃんと全部やったんだろうね」

アーリの質問に、ボウを片付けながら笑った。

「十分やったわ。それより早く片付けようよ。お腹《なか》がぺこぺこなんだから」

その三日後、シティア代表団が城を去る日に突然不安に襲われた。自由を失ってから初めて得た絶好の逃亡のチャンスが、南に戻ってしまう。城に残ってブラゼルの館に行く準備を選ぶなんて、わたしときたら、いったい何を考えていたんだろう？　アイリスの言うとおりだ。正気の沙汰ではない。旅のことを考えるたびに息が詰まる。

最高司令官の訪問団は明日の朝出発だ。

もう決めてしまったことだから、最善を尽くすしかない。わたしは城中を走りまわって旅に必要な物品を集めた。旅用の衣服をもらうために裁縫室に立ち寄ると、惨めな表情のディラナがいた。ついにランドが異動通知書を受け取り、訪問団に同行することになったという。

「わたしも第五軍管区への異動を申請したのだけれど、許可は下りないでしょうね」ディラナは、衣服の山からわたしの旅装束を探しながらため息をついた。「あの横着者がさっさと結婚してくれていたら、こんなことにならなかったのに」

「でも、結婚申請はまだ間に合うんじゃないの？　許可が出たら、結婚するために第五軍管区に行けるし」

「ランドは、わたしをすごく好きだってことをあまり他人に知られたくないんですって。彼を操ろうとしている人がいるらしいの。彼を脅迫して言うことを聞かせるためにわたしが利用されるのが心配だって……」そう言うと、悲しそうに首を振った。シティアとの貿易協定が締結したら美しい絹が輸入されると伝えても、ディラナの沈んだ心を軽くすることはできなかった。

　南部との貿易協定は、リストに載っている特定の物品のみを取引する簡単なものだ。公式の免許と許可証を得た商人のみが固定価格で売買できる。シティアからイクシアへの国境を越える場所は決められており、すべての隊商はそこで検査の対象になる。ランドがあんなに恋しがっていた珈琲《コーヒー》もあと数カ月で飲めるようになるわけだが、たぶんわたしには飲ませてくれないだろう。厨房での口論以来、ランドとは一度も言葉を交わしていない。彼のためにクリオロの豆を探してあげることはできないし、その理由も説明できないから避けていたのだ。

旅立ちは、雪になりそうな灰色の雲が低くたれこめた、どんよりとした朝だった。寒い季節の始まりは、頻繁に旅をする者が故郷に戻って家にこもる時期でもある。それなのに最高司令官はこれから出発するというのだ。いったん雪が降り始めたら旅を続けられないので、雪解けの季節までブラゼルの館に閉じこめられてしまうだろう。想像するだけで身震いする。

　家を出る前、ヴァレクがわたしを止めた。

「これは君にとって危険な旅だ。なるべく目立たないようにして、一瞬たりとも油断せず注意を払うんだぞ。頭の中に浮かぶ思考すらも信用できない。自分のものではない可能性もある」それから銀色の携帯用瓶を手渡した。「《蝶の塵》の解毒剤は最高司令官が持っているが、与えるのを忘れたときのために予備を渡しておく。誰にも言わず隠しておけ」

　ヴァレクからこんな信頼を受けたのは初めてだ。金属の小瓶が手の中で温かく感じられた。

「ありがとう」

　銀の瓶を背嚢《はいのう》にしまっているときに、恐怖で胃がちくりとした。ほかにも注意しなければならない危険があるはずだ。なんだろう？

「イレーナ、ちょっと待ってくれないか」

ヴァレクの声と態度がいつになく堅苦しくなった。

「これを持っていてほしい」ヴァレクが差し伸べた手のひらには、彼が彫った美しい蝶《ちょう》が止まっていた。銀の斑《まだら》が朝日を反射して輝いている。蝶には、前に見たときにはなかった小さな穴が開いていて、そこに銀の鎖が通っていた。

蝶の首飾りを、ヴァレクはわたしの首にかけた。

「これを彫っているとき、君のことを考えていた。見た目は繊細で壊れそうなのに、一見しただけではわからない強靭《きょうじん》さがある」

ヴァレクは、わたしの目をじっと見つめた。胸が締めつけられるようだ。ヴァレクの態度はこれがまるで、もう二度と会うことがない別れのようだ。

わたしの安否を気遣っているのはたしかだ。でも、彼が心配しているのは、大事な毒見役を失うことなのだろうか？ それとも、わたし自身なのか？

28

　第五軍管区への旅には精鋭護衛軍から選ばれた五十人近い兵士が随従している。行列を導く者、馬に乗った最高司令官と顧問官たちの傍らを歩く者、馬を引く使用人の集団を取り囲む者に分かれ、残りは行列の後ろについていた。最高司令官を中心にした訪問団の大きな行列を何時間も先まわりして安全を確認するのが、偵察部隊の大尉としてのアーリとジェンコの役割だ。

　朝の冷えこんだ空気の中を、一行は速歩で進んでいく。夏の鮮やかな色彩はとうに消え、枯れ葉すらすっかり落ちた森に残ったのは、単調な灰色の風景だ。ヴァレクからもらった蝶《ちょう》の首飾りは、目立たないようにシャツの下につけている。胸に止まった蝶が作る膨らみを、シャツの上から無意識に何度も指で触っていた。なぜヴァレクは蝶をくれたのだろう。彼にとって、わたしはただのお気に入りの毒見役にすぎない。その事実をせっかく受け入れたというのに、ヴァレクの意外な振る舞いに心をかき乱されている。

　旅には、背嚢《はいのう》のほかに武器のボウを隠し入れた登山杖《づえ》を持ってきた。兵士の中には疑い深い目でわたしを見る者もいる。ランドは石のように黙りこくり、わたしと目が合うのを避けてまっすぐ前を凝視していた。足を引きずっている彼が兵士の歩調に合わせるのは無理だ。じきに行列から取り残されていくのが見えた。

昼食の休憩を取っただけで、行進は休みなく続く。日没になってからようやく止まり、訪問団を率いるグランテン少佐の指示で、暗くなる前に宿泊用のテントを張ることになった。大きめのものは最高司令官と顧問官用で、使用人が使うのはふたり用の小さなテントだ。そのテントをわたしと一緒に使うのは、顧問官の身のまわりの世話をするブリアという名の女性だ。

ブリアが焚き火《たび》で温まっている間に、小さな角灯《ランタン》を使ってテントの中でヴァレクから借りた本を読み始めた。かつて戦争で使われた古い文字についての本だ。ジェンコが飛び出しナイフにつけたシンボルを解読したかったのだが、最高司令官が新たに選んだ後継者の名前を解読してから今まで、時間がなかったのだ。ナイフの木製の取っ手には銀色のシンボルが六つ彫りこまれている。

上からひとつひとつ解くうちに、頬が緩んでいった。最初の文字は〝敵の包囲に耐える〟ことを意味している。次は〝ともに戦う〟、いや〝戦友のために命をかけて戦う〟という意味だろう。そして最後は、〝永遠の友情〟。ナイフに彫られているのは、〈敵の包囲をともに耐え抜き、互いのために戦い、永遠の友情を誓う〉というジェンコのメッセージなのだ。笑みがこぼれた。ときおりいらいらさせられるけれど、ジェンコはとても心優しい奴《やつ》なのだ。

燻煙《くんえん》の匂いと一緒にブリアがテントに入ってきたので、慌てて本を背嚢にしまった。心配事があるせいか悪夢にうなされてよく眠れず、霧に包まれた早朝に目覚めたときには疲れきっていた。テントの設置と片付け、食事の支度と食事休憩、そして日の短さを計算に入れると、ブラゼルの館に到着するまでに五日はかかるだろう。

二日目の夜、テントに戻ると手紙があった。ジェンコの名前で、大胆な筆さばきの署名がある。薄暗くなっていく外の光にさらしてよく見たけれど、本人のものかどうか自信がない。手紙は、明日の夜兵士がテントを張っている間に、キャンプ場のすぐ後ろの通りと交差する小道を北に向かうよう指示している。

本当にジェンコからの手紙なのか、それとも誰かの仕掛けた罠《わな》か？　ジェンコのメッセージならきっと重要なことだから行くべきだし、安全のためにはキャンプ場に残るほうがいい。悶々《もんもん》と悩むうちに夜が明け、道中も自問を繰り返していた。こんなとき、ヴァレクならどうするだろう？　そう考えたときに策を思いついた。

夕暮れに行進終了の号令が響いたあと、みながキャンプの準備で忙しくなるのを待ってその場を離れた。人目がない場所に着くなり、外套《がいとう》を脱いで裏返す。冬の単調な灰色の風景に溶けこまねばならない状況があるかもしれないと思い、城を離れる前にディラナから灰色の衣服を手に入れ、外套の内側に縫いつけておいたのだ。この偽装が身を隠してくれることを願いながら待ち合わせの場所に向かった。

ちょうどいい木を見つけたので、ボウを背にくくりつけ、飛び出しナイフを右腿のホルダーに差しこみ、背嚢から鉤《かぎ》とロープを取り出して枝にかけた。小道を歩く代わりに木を渡り移ることにしたのだ。身につけている武器や荷物が音をたてるのが心配だったけれど、体重をかけたときに枝がきしんだだけだった。

手紙に書いてあった場所に近づいたとき、そこで待っている茶色い髪の背が高い男が見えた。ジェンコにしては痩せすぎだと思っていると、男がこちらを向いた。ランドだ。こんなところで何をしているのだろう? ランドが立っている空き地をぐるりとまわってあたりを探った。周囲の茂みに危険が隠れていないことを確認してからそっと地面に下りた。ロープは枝からぶら下げたままにして、背嚢は木の幹の後ろに隠す。

森から出てきたわたしの姿を見たランドは「くそっ」と悪態をついた。顔がげっそりとやつれ、目の下には大きな隈《くま》ができている。「来ないと思ったのに」

「こっちは、ジェンコに呼び出されたと思ってたんだけど」

「説明したいけど、時間がない」ランドは取り憑《つ》かれたような目でわたしを見つめた。

「イレーナ、これは罠だ。逃げろ!」

「相手は何人?」背中からボウを取り出して、森を見渡す。

「スターと仲間ふたりがすぐ近くにいるはずだ。君をここにおびき出したら、借金全部を返済できることになってた」ランドの頬に涙が伝った。

ランドのほうをくるりと振り向いた。

「おめでとう。職務を最後までやり遂げたってわけね」

「違う！」ランドが泣き叫ぶ。「僕にはできない。逃げてくれ。頼むから逃げろ」

立ち去ろうとしたちょうどそのとき、ランドの目が恐怖で大きく見開かれた。

ランドが大きな声をあげてわたしを突き飛ばした。地面に倒れる直前、何かが耳元をかすめた。ランドがわたしの隣にどさりと倒れる。目をやると、彼の胸に弓矢が刺さっている。見る間に血が溢《あふ》れ出し、ランドの白い制服を真っ赤に染めていく。

「逃げろ」ランドがささやいた。「逃げるんだ、イレーナ」

「逃げないわ」起き上がり、ランドの顔から泥を拭いながら語りかけた。「逃げるのは、もういや」

「イレーナ、僕を許してくれ。お願いだから……」ランドは痛みに顔を歪《ゆが》め、涙をこぼしながらわたしの手を強く握りしめて懇願した。

「もう許したから」

ため息をひとつついて、ランドは息絶えた。開けたきりの茶色の瞳は輝きを失い、虚無を見つめている。その顔に、外套の頭巾をそっとかけてやった。

「立て！」男の声が命じた。

弓矢の先が目の前に突きつけられた。矢先から目を離さずに、立ち上がる。足の爪先に体重を移して杖に手を這《は》わせながら、心を無我の境地に持っていった。

「大尉、安全確保しましたぜ」男は森のほうに大声で呼びかけ、わたしには「動くな」と命じた。それから弓矢の先を、顔から胸のほうに移した。

足音が近づいてくる。目の前の男が仲間のほうに目をやった一瞬の隙に、わたしは攻撃を仕掛けた。

前腕をボウで打ち払うと、男の手から弓が飛び去り、構えていた矢は森に飛んでいった。間髪をいれずに膝の裏を蹴る。男の身体《からだ》が宙に浮き、仰向けに地面に転がった。驚愕《きょうがく》して瞬《まばた》きをしている男に息をつく暇も与えず、首にボウの先を打ちつけて気管を砕いた。

背中越しに素早く後ろを確かめた。スターともうひとりの男がこちらに駆け寄ってくる。スターがわたしを指差して何かを叫ぶと、男は剣を抜いた。

わたしが小道を駆け出すと、重い足音が後ろから追ってきた。枝から垂らしたままにしていたロープを見つけ、ボウを茂みの中に放り投げて木に登り始めたところ、追いついた男に剣で足を切りつけられた。ズボンが裂けて、冷たい金属が腿に当たる。それでも速度を落とさずに登り続けた。

高い場所まで登って木の間を飛び移り始めると、男の悔しそうな悪態が聞こえてきた。

ますます速度を上げ、男の怒鳴り声が聞こえなくなったところでちょうどいい隠れ場所を探した。低いところにある枝の上で、灰色の外套に身を包んでスターと男を待ち受けることにした。

スターの手下は森の中を突進してきた。わたしが潜んでいる枝からそう離れていないところで立ち止まって耳を澄まし、木の頂上付近に目を凝らしている。緊張で心臓が早鐘を打つ。荒い息が聞こえないように外套で口を覆った。男は、剣を振り上げてわたしを捜している。

わたしが隠れている枝の真下に男が来ると、外套を投げ捨ててその背中の上に両足で飛び下りた。その勢いでわたしも男と一緒に地面に転がったが、男が体勢を立て直す前にくるりと身をかわして起き上がった。すぐさま男の手から剣を蹴り落としたけれど、思ったよりも男の反射神経が鋭くて、足首を掴《つか》まれて引きずり倒された。

気づいたら仰向けに横たわり、男が馬乗りになっていた。「手こずらせやがって。思い知れ」男は両手でわたしの首を絞め、罵りながらわたしの頭を何度も固い地面に打ちつける。そのうち、男の親指が首に深く食いこんできた。

喉を詰まらせながら必死に男の手を引き離そうとしたけれど、無駄な抵抗だった。しだいに朦朧《もうろう》としてくる頭で、ようやく飛び出しナイフのことを思い出した。ぼやけて雪景色のようになった視界を見つめながら、右腿を探った。指先が冷たい木に触れる。ナイフの取っ手だ。柄を握りしめ、引き出した瞬間にボタンを押した。

パチンと音をたてて刃先が飛び出す。それに気づいた男の目に、驚きと恐怖が走った。わたしの魂を覗《のぞ》きこむかのように目を瞠《みは》る男の腹に、ナイフを沈めた。低いうめき声をあげた男は、さらに指に力をこめて首を絞めてきた。どろりと生暖かい血が手から腕を伝ってわたしのシャツを濡《ぬ》らしていく。気を失いそうになりながらも、ナイフを男の腹から抜いて、今度は心臓めがけて刺した。ちょうどそこへ男が倒れこんできたので、ナイフはさらに深々と突き刺さり、わたしの上に乗っている身体は身動きしなくなった。

首への圧力はなくなったが、男の重い屍《しかばね》が肺を押し潰《つぶ》して息ができない。最後の力を振り絞って死体を押しのけた。

よろめきながらも飛び出しナイフについた血を拭い、茂みに投げたボウを見つけてスターを捜しに行った。

人を殺してしまった。ふたりも。まるで殺人兵器だ。殺すのをためらいもしなかった。さっきまで感じていた恐怖と怒りが胸の底に沈殿し、心のまわりに幾重もの氷が張り始めている。

スターは、わたしが最初の男を殺した空き地で待っていた。薄墨色になった黄昏《たそがれ》の森を背景に、燃えるような赤毛が際立っている。もうじき闇がやってくる。

森の中から足を踏み出すと、スターは驚きの声を漏らした。わたしのシャツについた血に目を凝らしている。濡れた布が身体にまといつく。わたしが無傷で血が他人のものだと悟ったスターの鉤鼻が、びくりと上を向いた。手下を捜してあたりを見渡している。

「あの男たちなら、もう死んだわ」

わたしがそう言うと、スターの顔から血の気が消えた。「話し合いで解決しようじゃないか」その声にはこれまでなかった懇願するような響きがある。

「それはできない。見逃したら、あなたは次にはもっとたくさんならず者を連れてくる。最高司令官のところに連行したら、あなたの手下ふたりを殺したことを報告しなければならない。だからわたしには、ほかに選択肢はないの」スターのほうに一歩足を踏み出して立ち止まった。これからやらねばならないことを考えると、心が重くなる。さっきのふたりは、戦いのさなかに自分の命を守るために殺した。でも、これは違う。あらかじめ計画してやることだ。

「イレーナ、やめろ！」背後から誰かが呼びかけた。くるりと振り向くと、最高司令官の護衛のひとりが剣を片手に立っている。

近づいてくる兵士との距離を頭の中で計り、戦いの構えを取った。

それを見た兵士は、立ち止まって剣を鞘《さや》におさめた。毛糸の帽子を脱いだ兵士の肩に、黒い巻き毛が落ちた。

「城に残るように命令されたんじゃなかったんですか？　軍法会議にかけられますよ」

ヴァレクは、わたしが窒息死させたスターの手下の身体を調べながら言い返した。「いい考えがあるぞ。君が告げ口をしないなら、わたしもしない。そうすればどちらも絞首刑を免れる。どうだ?」

「でも、彼女はどうするんですか?」スターのほうに顔を向ける。

「スターの逮捕状は出ている。最高司令官のところに連れていこうとは思わなかったのか?」

「連れていくつもりはありませんでした」

「なぜだ?」ヴァレクは驚きを隠さなかった。「殺人は問題解決の唯一の方法ではないぞ。それとも、それが君の常套手段《じょうとうしゅだん》なのか?」

「常套手段なんかじゃありません! あなたこそ、暗殺の第一人者じゃないですか。王族による横暴な専制政治の解決策が、王とその家族をみな殺しにすることだったのは、歴史の授業で習いました」

ヴァレクの面持ちが険しくなった。

この調子でヴァレクとやりとりするのは危い。戦術を変えることにした。「わたしの行動は、不意打ちをされたときにあなたならどうするかと想像してやったことです」

ヴァレクは黙りこくり、不安になるほど長い間わたしの言葉を吟味している。

スターは、わたしたちの会話に恐れをなしているようだ。逃げ場を探して周囲を見渡している。

「君はわたしのことをまったくわかっていないんだな」ヴァレクがつぶやいた。

「ヴァレク、考えてみてください。もしわたしがスターを最高司令官のところに連行したら、詳細を説明しなければなりません。そうしたら、わたしはどうなると思います？」

ようやくわたしの置かれた状況を悟ったのか、ヴァレクの表情が曇った。わたしはスターの手下を殺した罪で逮捕され、人生の残りの数日を暗い地下牢《ちかろう》で過ごすことになるだろう。そして、ヴァレクは次の毒見役の訓練で忙しくなる。

「ということは、わたしが現れたのは君とスター両方にとって幸運だったということだな」

ヴァレクが鳥の鳴き声のような口笛を吹いた。とたんにスターが駆け出した。

そのあとを追いかけようとしたわたしを、ヴァレクが止めた。「なぜ？」と尋ねる間もなく、暗い森から現れたふたつの灰色の影がスターを両脇から掴み、驚きと怒りが混じったスターの叫び声があたりに響き渡った。

ヴァレクは諜報《ちょうほう》部員ふたりに命じた。「スターを城に連れ戻せ。戻ってからわたしが対処する。ああ、それから、処理班を呼んでくれ。ごたごたの痕跡を誰にも見られたくない」

「待ってくれ」ヴァレクの部下に引きずられながらスターが叫ぶ。「とっておきの情報があるんだ。逃がしてくれたら、シティアとの交易を妨害しようとしたのが誰か教えてやる」

「心配するな」スターを見るヴァレクの青い目は氷のように冷たい。「どっちにしても、そのうちわたしに教えたくなるから」そう言って、すれ違いざまに立ち止まった。「まあ、今明かせば、苦しい取り調べを避けられるが」

ヴァレクの申し出を考慮するスターの鼻がぴくぴく動いている。この期に及んでもまだ自分に有利な取引を考える、ずる賢い商売人なのだ。

「嘘をつけばつくほど状況は悪くなるぞ」ヴァレクが警告する。

「カングムという男だ。第八軍管区の兵士の制服を着ていた」スターは食いしばった歯の間から漏らした。

「ディンノ将軍の軍管区だな」ヴァレクは驚いた様子もない。

「カングムの外見を説明して」ふたりの会話に割りこんでスターに命じた。ブラゼル将軍の顧問官ムグカンの別名だとわかっているけれど、それをどうやって知ったのかをヴァレクに説明することはできないからだ。

「背が高くて、長い黒髪を後ろで三つ編みにしている。高慢な態度のいやな野郎だ。蹴り出してやろうと思ったけれど、あんなに金貨を山積みにされたら断れない」

「ほかには？」ヴァレクが尋ねる。

スターが首を横に振ると、ヴァレクは指を鳴らした。

灰色の迷彩服を着た男たちがスターを連れ去ったあとで、「ムグカンのことじゃないでしょうか?」とヴァレクに切り出してみた。

「ムグカン?」ヴァレクは、わたしの頭がおかしくなったのではないかと疑うような目を向けてきた。「それはない。ブラゼルはシティアとの交易が嬉《うれ》しくてたまらないようだからな。それをぶち壊すようなことはしないだろう。辻褄《つじつま》が合わない。だが、最高司令官に対するディンノの怒りは度を超えていた。スターを暗殺者として送るくらいのことはしかねない」

たしかに、交易で利益を得るブラゼルがシティアとの交渉を危うくするのは理屈に合わない。理由を考えたが、論理的な答えは見つからなかった。どうしたらスターを雇ったのがムグカンだとヴァレクを納得させられるだろう?

興奮が去って、全身が小刻みに震え始めた。血で濡れた制服が身体の熱を奪っているのだ。手についた血は破れたズボンで拭ったけれど、もう乾いているところが見つからない。歩いてきた道を戻って脱ぎ捨てた外套を拾い上げた。それを肩にかけようとしたわたしをヴァレクが止めた。「今着ている服はここに残したほうがいい。血まみれの服で夕食に現れたら大騒ぎになるぞ」

背嚢の中には替えの制服がある。木の陰に隠しておいた背嚢を捜し出して着替える間、ヴァレクは背を向けていた。外套を羽織りながら、まだほかにもヴァレクの諜報部員が森に隠れているのだろうかと思った。

ヴァレクと一緒にキャンプ地に向かって歩く途中、ふたつ目の死体の横を通り過ぎたところで彼が話しかけてきた。

「立派な戦いぶりだったよ。遠くにいたので駆けつけるのには間に合わなかったが、わたしが助けなくても、君はプロの殺し屋にまったくひけを取らなかった。ところで、そのナイフはどうしたんだ？」

「スターから受け取ったお金で買いました」拡大解釈だけれど、ジェンコを面倒に巻きこみたくない。

「ふさわしい使い方だ」ヴァレクは鼻で笑った。

キャンプ地に着き、ヴァレクが兵士の群れに溶けこむのを見てから、毒見のために最高司令官のテントに急いだ。たった一時間半の出来事だったのに、ぼろぼろに傷んだ身体のせいで、まるで何日も留守にしていたように感じる。

その夜は焚き火の前に座って過ごした。戦いで酷使された筋肉がぶるぶると震える。ランドを失った悲しみで胸がいっぱいになっていることに、自分でも驚いた。炎の赤い指がわたしを指差して〝どういうつもりなんだ？〟と責め立てる。おまえのせいで三人の男が死んだ。そんな人間が、ほかの者を助けることなんかできやしない。思い上がりだよ。

南へ行け。最高司令官の問題やブラゼルの企《たくら》みなんかヴァレクに任せておけばいいんだ。ばかな娘だ……。炎が揺らめき、追い払うような仕草をする。

焚き火から暗闇に目をそらして瞬きした。今のはわたしの想像なのだろうか、それとも魔術師に心を操られているのか？　心を守る煉瓦《れんが》の壁を思い浮かべて少し落ち着いたけれど、疑いを消し去ることはできない。

ランドがいなくなったことに、翌朝まで誰も気づかなかった。彼が逃亡したと思いこんだグランテン少佐は少数の捜索隊を送り出し、残りの訪問団はそのまま行進を続けた。

そのあとはこれといった事件はなかったが、ブラゼルの館が近づくにつれ最高司令官がしだいに表情を失っていくのが気になった。周囲の出来事に無頓着になり、ついには指令もまったく出さなくなってしまった。一歩踏み出すごとに、見つめるだけで人々を震え上がらせるあの冷たい知性の輝きが、瞳から消えていく。残ったのはぼんやりとした、がらんどうの表情だ。

寒い季節なのに、なぜか暑くてたまらない。ブラゼルの住処《すみか》が迫ってくると、握りしめたボウがじっとりと汗で濡れた。今にも首を絞めつけようとする両手が背後に迫っているような、不安な気持ちから逃れられない。不意打ちされないかと森に注意深く目を走らせながら歩いていく。湿った柔らかい土にブーツが深くめりこみ、歩くのに余計な労力がかかる。

ブラゼルの館に来ると決めたのは失敗だった。とんでもなく大きくて、取り返しがつかない失敗だ。頭の中でそう繰り返すうちに、不安と恐怖で冷静さを失いそうになる。心を落ち着かせるために心に煉瓦の壁を作り、生き延びる方法を考えた。

あと一時間ほどでブラゼルの館に到着するというとき、クリオロの豊かな芳香が漂ってきた。わたしはそっと行列から外れて森の中に入った。背嚢とボウを隠し、長い髪を頭上で団子状に結って、簡単にほどけないように固定する。万が一のための事前準備だ。

ブラゼルの館の外壁が見えてくると、行進のペースが緩んだ。兵士がいっせいについた安堵《あんど》の吐息がさざなみのように広がっていく。最高司令官を無事に届けるという重要な任務を果たし、帰途につくまでの間ようやくゆっくりと休めるのだ。

わたしの反応は兵士たちとは正反対だ。心の準備はしていたのに、最高司令官と顧問官らについてブラゼルの執務室に入るころには、不安で息ができなくなっていた。鼓膜の中で拍動が大きく響き、頭がくらくらする。

一行が部屋に入ると、書机に向かっていたブラゼルが立ち上がって迎えた。角ばった顔に満面の笑みを浮かべている。その右後ろには、ムグカンがぴったりついていた。わたしは目立たないよう願いながら、入り口付近にとどまって心に防御の壁を立てた。

ブラゼルが形式ばった挨拶をしている間、執務室の中を観察した。飾りつけは贅沢《ぜいたく》で重厚だが、陰気な雰囲気だ。深紅と紫のベルベットのカーテンが窓を覆い、狩りの油絵を黒胡桃《くるみ》の額が囲んでいる。黒檀《こくたん》の大きな書机は、背もたれが高いブラゼルの椅子と、訪問者用の特大のベルベットの椅子ふたつを隔てる砦《とりで》のようだ。

ブラゼルは、最高司令官ではなく顧問官らに話しかけた。「長旅でお疲れでしょう。家政婦長がお部屋に案内しますから、まずはゆっくり休んでください」

それと同時に部屋に入ってきた背の高い女に促され、全員が部屋をあとにした。気づかれないようについていこうとしたとき、ムグカンがわたしの腕を掴んだ。

「そう急がなくていい。おまえには特別なもてなしを用意しているから」

危機感がつのり、ベルベットの椅子に座っている最高司令官のほうを見た。大きな紫色のクッションに包まれて、青ざめた顔と細身の身体つきがいっそう際立っている。

「これからどうするんだ？」ブラゼルがムグカンに尋ねた。

「二、三日はこのまま芝居を続けるんですよ。計画どおりに、こいつを工場に連れていくんです」ムグカンはそう言って最高司令官を指差した。「そして、顧問官たちを楽しませておけばいい。いったん全員がクリオロの虜《とりこ》になったら、もう芝居をする必要はありませんからね」

「この女はどうするんだ？」ブラゼルの唇の端が満足そうに持ち上がった。

ふたりが会話を交わす間も、わたしは心を壁で守っていた。

ムグカンがこちらを見た。「イレーナ、新しい芸当を習ったようだな。それにしても赤い煉瓦とは凡庸すぎるぞ。頑張ったようだが……」すると、かすかに摩擦音が聞こえてきた。石を研磨するような音だ。「弱いところがある。ここと、ここだ」ムグカンが指で宙を指す。「この煉瓦はぐらついているな」

言われたとたん漆喰《しっくい》がぱらぱらと崩れ落ち、心の壁に小さな穴ができた。「時間ができたら、おまえの防御壁を粉々に崩してやろう」ムグカンが嘲笑《あざわら》った。

「そんなのは時間の無駄だ」ブラゼルは腰から剣を抜いた。「今殺してしまえばいい」殺意に燃える目でこちらに迫ってくるブラゼルに、思わずあとずさりした。

「やめなさい」ムグカンが命じた。「ヴァレクにおとなしくしてもらうためにはこの女が必要なんですから」

「しかし、最高司令官はもう手に入れたんだぞ」まるで駄々《だだ》をこねる子どものようだ。

「それだけでは露骨すぎますよ。ほかに将軍が七人いることを考慮しなければ。最高司令官がここにいる間に死んだら、疑いをかけられ、絶対に最高司令官の後継者にはなれませんよ。ヴァレクはそれをよく承知していますから、最高司令官の生命を脅かしても役には立ちません」ムグカンは狡猾《こうかつ》な視線をわたしに向けた。「けれども、この女がここで死んだら、将軍たちは正当な罰が下ったと同意するでしょう。そもそも毒見役なんか死んでも、誰も気にかけはしない。ヴァレク以外はね」

ムグカンが最高司令官に寄りかかって耳元で何かをささやくと、彼はぼんやりした表情のままで鞄《かばん》から携帯用瓶を取り出し、ムグカンに渡した。《蝶の塵》の解毒剤だ。

「今日からは、解毒剤を与えるのはわたしだ」ムグカンが笑顔で言った。

それに答える間もなく、誰かがドアを叩《たた》いた。入室の許可も待たずにふたりの兵士がずかずかと入ってくる。

「イレーナ、おまえの護衛たちだ。丁重に世話をしてくれるだろうよ」それからムグカンは兵士たちに向かって言った。「館内は案内しなくていい。悪名高いイレーナにとっては、里帰りだから」

29

ブラゼルの執務室に入ってきた兵士ふたりをつぶさに眺めた。長刀と短刀に加えて手枷《てかせ》を腰から下げ、完璧に武装している。わたしが誰だか知っているらしく、険しい表情だ。腿に装着した飛び出しナイフの馴染《なじ》みある膨らみを服の上から触ったけれど、今は勝ち目がない。有利な状況になるまで待つことにした。

兵士らはついてくるよう身振りで示した。執務室を出る前に、もう一度最高司令官を見たが、まわりで起きていることにまったく無頓着で、ただ宙を凝視している。

てっきり地下牢《ちかろう》に連れていかれるだろうと思っていたのに、兵士らがわたしを押しこんだのは、狭くて殺風景とはいえ来客用の棟にある小部屋だった。レヤードを殺してから一週間閉じこめられた、ドブネズミがはびこるあの湿った地下牢には絶対に戻りたくなかったので、わずかながらほっとした。胸の中にささやかな希望の火がともる。もしかしたら、逃げるチャンスがあるかもしれない。

扉に外から鍵をかけられてひとりきりになると、まとめ髪の中に隠していた解錠のピックを取り出した。よくあるピンタンブラー錠だから開けるのは簡単だ。作業に取り掛かる前に、先端に小さな鏡がついた細い柄を取り出して、扉の下の隙間から外に滑らせる。周囲を確かめると、部屋の入り口の両脇に兵士のブーツが見えた。さっきの護衛たちが部屋の外を監視しているようだ。

今度は窓から外を見た。部屋は二階で、中央の庭が見える。絶望的な状況になったらここから飛び下りることは可能だけれど、今のところは様子を見よう。

翌日、部屋から出るのを許されたのは最高司令官の毒見のときだけだった。朝食の毒見のあと、ムグカンが解毒剤の入った小瓶をわたしの目の前にぶら下げた。

「これが欲しいなら、質問に答えろ」

心を落ち着かせて、穏やかな声で答えた。「はったりでしょ。本当に殺す気があるなら、今生きているはずないもの」

「はっきり言っておくが、生かしてやっているのは今だけだ。おまえに選ばせてやるのは死に方だ。喉をかき切れば一瞬の痛みですむが、《蝶の塵》の毒だと死ぬまでのたうちまわる。死んだほうがましだと思っても終わりはすぐにやってこない」

「何が知りたいの？」

「ヴァレクはどこにいる？」

「知らない」正直に答えた。森でスターの手下に襲われたときから一度も姿を見かけていない。わたしの言葉が嘘かどうか考え、ムグカンの注意が一瞬散漫になる。その隙を狙い、手から小瓶を取り上げていっきに飲み干した。

ムグカンの顔が怒りで真っ赤になった。わたしの肩を掴《つか》み、護衛のほうに突き飛ばした。

「部屋に連れていけ」

ヴァレクがただ手をこまねいているはずがないとは思っていたけれど、ムグカンの態度を見ると、わたしの推測は正しかったようだ。ヴァレクは何を企《たくら》んでいるのだろう？落ち着かず、狭い部屋の中をぐるぐる歩きまわって考えた。アーリとジェンコとの訓練が恋しい。

それからも数日は最高司令官の毒見のために部屋から出してもらえたが、それもわたしへの配慮ではなく、ムグカンが書いた脚本の一部なのだとわかってきた。ブラゼルは今でも最高司令官が命令を出しているふりをしている。それなのに、毒見役が姿を消したら最高司令官の顧問官たちが疑いを抱くだろう。

ある日、ブラゼルは食事会の途中で最高司令官のほうに屈《かが》みこみ、内輪の会話をしているふりをした。そしてその直後に、最高司令官の要請で翌日工場を案内すると発表した。

意外なことに、わたしも工場見学に加わることになった。ブラゼルの工場で作られているのが、認可された家畜の飼料ではなくクリオロだったというのに、異議や不服を口にする顧問官がいなかったことにはさらに驚いた。みなクリオロを頬張り、満足そうに頷《うなず》きながら、クリオロ製造が素晴らしい事業だとブラゼルに同意している。

工場の内部は、クリオロ豆を焙煎《ばいせん》する巨大な機械から漏れ出す熱でうだるように暑い。焙煎機のところでは、労働者たちがショベルでオーブンの下の大きな炎に石炭を放りこんでいた。彼らの顔は、流れ落ちる汗と黒い埃《ほこり》で見分けがつかないほど汚れている。焙煎がすんだ豆は広間に運ばれていき、従業員たちが木槌《きづち》で殻を割り焦茶色の実の部分だけを取り出す。次に鋼鉄のローラーで実を潰《つぶ》してペースト状にする。ペーストは、直径一メートル五十センチほどある容器に移され、そこにバター、砂糖、牛乳が加えられるという説明だ。従業員は、材料を鋼鉄の大きなピッチフォークで混ぜ、どろりとした滑らかな液状になったものを長方形や正方形の型に流しこんでいた。

工場に漂うクリオロの香りは心を躍らせるけれど、働く者にとってはまったく楽しそうな環境ではない。従業員は無口で不機嫌な表情を浮かべ、制服はクリオロの粉と汗で汚れている。重いショベルを持ち上げ、力をこめて木槌を叩《たた》くときに漏れるうめき声があちこちで聞こえる。それぞれの工程を見学するたびに、秘密の材料か毒を混入させていないか目を配ったが、何も見当たらなかった。

一行がブラゼルの館に戻る途中、顧問官らの顔から表情が消えていくのに気づいた。残ったのは、今の最高司令官と同じようなぼんやりとした無表情だ。クリオロとムグカンの魔力の影響力には関係があるに違いない。ムグカンが顧問官全員の精神を支配するやいなや彼の芝居は終わり、わたしは今の部屋から別の場所に移されてしまうのだろう。これ以上は待てない。

その夜、あたりが闇に沈むと、わたしは窓から外套《がいとう》を外に落とした。それからドアを拳で叩いて、監視している兵士を呼んだ。

ドアが開くなり「お風呂に入る」と宣言し、答えを待たずに廊下を歩き出した。ふたりの護衛は後ろをついてくる。

浴場の入り口でひとりが扉の前に立ってわたしを止めた。もうひとりが中を見て誰もいないことを確認すると、無言のまま頷いて脇によけた。

中に足を踏み入れてから威厳をこめた声で命じた。「観衆はいらないわ。長湯はしないから、ここで待っていて」

嬉《うれ》しいことに兵士らは命じられたとおりに外に残った。急いで入り口から離れた壁に向かう。そこには外からは見えない別の出入り口があるのを知っている。監視の兵士たちはこの館で勤務しているが、こと詳細に関しては、ここで育ったわたしにはかなわない。子どものころは好奇心たっぷりだったので、暇を見つけては館の隅々まで探索したものだ。唯一入りこむことができなかったのは、ブラゼルが住む居住区と執務室、そしてレヤードが使っている棟。皮肉なことに、誰も入れない禁断の場所に招かれた日から、外には出られなくなってしまったけれど。十六歳のときから悪夢のような拷問が毎日繰り返された牢獄。でも、過去の記憶に浸っている場合ではない。目の前の問題に集中しなくては。

隠れ扉の取っ手を引いてすぐに最初の難関にぶつかった。鍵がかかっている。でも大丈夫だ。自分を落ち着かせて解錠のピックを取り出した。鍵はすぐに開けることができたが、今度はもっといやな驚きが待ち受けていた。わたしを浴場に連れてきた兵士のひとりが、開けた扉の外に立っていたのだ。

兵士は余裕の薄ら笑いを浮かべたけれども、わたしは間髪を置かずに突進していった。予期せぬ行動を取ったわたしに戸惑っている男の隙を利用して足を払い、股間を蹴った。ヴァレクから習った汚い手だ。でも、そんなことは気にせずに倒れた男を残して廊下を全速力で駆けた。

建物の南玄関から出て、あらかじめ落としておいた外套を掴み、背嚢《はいのう》とボウを隠している西に向かった。道は眩《まばゆ》い月光に照らされていて、行く方向を見つけるのは簡単だった。でも、これからどうするのかは決めていない。最高司令官を助けたかったけれど、鍵のかかった部屋に閉じこめられているうちは無理だ。しかし、こうして外に逃れたからといって何ができるのか？　ともかく、ヴァレクと会って話し合わねばならない。城から来た一兵士に扮《ふん》して兵舎にいるのはわかっているが、そこに行って捜すのは危険すぎる。

とりあえず、木に登ることにした。わたしに木々の間を飛び移る技があるのを知っているのはヴァレクだけだ。わたしが逃亡したことを知れば、あとを追って捜し出してくれるだろう。

今夜は広場の木の上で過ごすことにした。この広場は、毎年火祭が催される場所だ。枝の上で木の幹に身を寄せ、外套の中で丸くなって寒さに震えた。吐く息が白くなる。一度、遠くから犬が吠《ほ》える声と怒鳴り声が聞こえたけれど、木の上にある仮の寝床に近づく者はいなかった。でも、神経が尖《とが》っているし寒すぎるので、眠ることができない。その代わりに、火祭に行くたびに感じた興奮を思い出して温まることにした。心の中に煉瓦《れんが》の壁を作ったときのように、明るい色の布でできたテントが広場に立ち並んでいるところを想像した。

まずは、大きな天蓋をちゃんとした位置に置く。次に踊り手、歌手、曲芸師たちを広場の中央に並べた。食べ物の屋台は、巨大なテントの周囲に配置する。すると、目の前にまるで本物のような火祭の情景が現れた。恋人たちや親子連れの笑い声が響き、音楽が流れてくる。屋台からはよだれが出るほどおいしそうな香りも漂う。ブラゼルの孤児院に住んでいたときは、毎年夏になると火祭に行ったものだ。人生で一番楽しかったのが火祭だった。レヤードの実験ネズミになった最後の二年だけは火祭が苦痛な思い出になってしまったけれど。

じっとしていられなくなって木から下り、頭の中に作り上げた火祭の中を歩き始めた。曲芸のテントが張ってあった場所に来ると、自然に足が止まる。優勝してアミュレットを受け取ったあの床演技を、今でもできるだろうか？　よく考えもせずに外套を脱ぎ捨て、準備体操を始めていた。木の上に隠れているべきだとはわかっていたし、こんな目立つ場所にいると見つかる可能性があることもわかっている。でも、生きる喜びを心底感じたあの瞬間を、もう一度味わいたくてたまらない。

じきに、ブラゼルも、レヤードも、ムグカンも、何もかも忘れて回転し、空を舞い、宙を切っていた。アーリたちとの練習試合で集中できたときのように、意識がはっきりして心と身体《からだ》が柔軟になっている。ほんのひとときでしかないけれど、ここ数日の間にブラゼルやムグカンから受けた脅しや危険を忘れ、その喜びを存分に味わった。

演技を進めていくうちに、高まった意識を自分の身体を超えた遠くにまで伸ばせることに気づいた。木々を取り囲み、そこに住んでいる動物たちの息吹に触れることもできる。高い枝に止まっているふくろうが野ネズミを狙っているのが見えた。野ネズミの家族はふくろうの視線に気づいていて、茂みを音もたてずにすり抜ける。そして……岩の後ろに女が屈みこみ、わたしを見ているのに気づいた。

隠れているアイリスの心にするりと忍びこむのは、手袋をはめるくらい簡単だった。女魔術師の思考が柔らかい絹のようにわたしの心の中で揺れる。どうやらわたしは、アイリスの妹、リリーを思い出させるようだ。そして、アイリスは寒くて陰険なイクシアでこそこそ隠れるのはもうやめて、家族が待つ故郷に早く戻りたいと思っている。北の状況はだんだん危険になってきたから、シティアに戻ったほうが安全なのだ。しかし、またすぐに北に来なければならないとアイリスは知っている。イクシアで魔力の濫用を強く感じるため、最高師範級の魔術師として放っておくことはできない。それに、ムグカンと自称しているカングムは、異様な量のテオブロマを生産しているだけでなく、違法な操作で魔力を強化している――。

アイリスの思考が突然わたしのほうに向けられた。わたしがアイリスと繋《つな》いだ心の紐《ひも》のようなものが引っ張られた。

〝イレーナ、わたしの頭の中で何をしているんだ？〟

〝どうやって入りこんだのか、自分でもよくわからないんです〟

〝精神を集中しているうちに自然に魔術を使っていたんだな。城でおまえが友だちと練習試合をしているとき、直感的に相手の動きがわかっただろう？　あれは魔術を使っていたからだよ。おまえももう気づいていると思っていた。自分の魔力を抑制する術《すべ》を知ったおまえが次の段階として、自分の身体だけでなく、それを超えた範囲に魔力を広げていくのは当然だ〟

驚きでアイリスとの心の接続が切れた。演技をやめ、冷えきった夜気の中で荒い息を吐いていると、アイリスが森から姿を現した。

「ということは、もう燃え尽きは心配しなくていいんですか？」大事なことを尋ねた。

「魔力は安定したけれど、訓練しなければそれ以上は強くはならない。せっかくの潜在能力を無駄にしたくはないだろう。南に来るなら今だ。追手はすぐそこまで迫っている」

「でも、最高司令官が――」

「完璧に魔術にかかってしまっている。たぶん、精神は身体を離れてしまっただろうから、もう誰にも何もできないね。ムグカンがテオブロマをずっと与えているようだな。ここに着いたときからずっと匂っている」

「テオブロマって……クリオロのこと？　ブラゼルが工場で作っている、焦茶色の甘いお菓子の」

「同じものだろう。テオブロマには、心を開かせて魔術の影響力を高める効果がある。心の守りを緩くして、ほかの者が入りこみやすくするんだ。まだ未熟な魔術師がほかの者と心を繋ぐ訓練をするときに利用する物質だが、しっかり管理された環境でしか使わない決まりになっている。最高司令官は自分への信頼が強いしっかりした人格の持ち主だから、魔術への抵抗力が強い。ふつうなら力がある魔術師でも心に入りこむのは無理だが、テオブロマがその防御を破ったんだ。魔術の技術を学ぶために使うのは同意の上だし、悪用はない。だが、最高司令官の心に侵入して操るのはレイプと同じだ」アイリスは外套の前をきつくかき合わせた。「しかし、テオブロマを使っても、これだけ遠くから最高司令官の心を操作するのは不可能なはずだ。ムグカンは魔術の力を増幅する方法を見つけたに違いない」

アイリスは温まろうとするように両手で腕をこすって続けた。「ムグカンが城を訪問したのは、最高司令官の心に入りこんで鍵をかけ、ここにおびき寄せるためだったのだろう」

「どうやったらその鍵を外すことができるんですか？」

「ムグカンを殺すしかない。だが、それは難しいだろう。強大な魔力を持っているからな」

「ほかに方法はないんですか？」殺人が唯一の解決策ではない——森の中でヴァレクがわたしに言った台詞《せりふ》だ。〝君の常套手段《じょうとうしゅだん》〟という言葉には深く傷ついた。ヴァレクは、わたしのようにどちらにも逃げ道がない状況に何度も追いこまれたことがないのだろう。

「ムグカンが特別な魔力を得ている源があるはずだ。その源を断ち切れば、今のような力はなくなるだろう。奴《やつ》の魔力がまったく消えるわけではないが、今のように増幅されたものではないはずだ」

「その特別な源って、どんなものですか？　どうやって捜せばいいんですか？」

「わたしが思うに、魔術師を何人か雇ってその力を集めたか、あるいは魔力の源を歪《ゆが》めずして濃縮させる方法を開発したかのどちらかだ」そこで言葉を切ると、アイリスはしばし考えた。「ダイヤモンドかもしれないな」

「宝石のダイヤモンドですか？」不安で胃が重くなった。魔力について知らないことが多すぎる。

「そうだ。とても高価だが、焼けた石炭が熱を長く保つように、魔力を集めて貯《た》められる。ムグカンは、魔力を増幅するためにダイヤモンドを使っているのかもしれない。しかし、そのためにはダイヤモンドで特大の輪を作らなければならない。そんなにたくさんのダイヤモンドを隠しておくのは簡単ではないから、見つけられる可能性はある。そうしたらムグカンの魔力を抑えられるかもしれないし、制御できなくても、魔力を別の方向にそらす間に最高司令官を呼び覚ませるかもしれない」

「もし源がたくさんの魔術師だったらどうなんですか？　魔術師を見分ける方法は？」

「残念ながら、イクシアには魔術師用の制服なんかないよ」皮肉たっぷりの声だ。「魔術師より、床に車輪のしるしが描かれている空っぽの部屋を捜したほうがいい。魔術師全員が円の外輪にきちんと並ばないと、魔力を繋げることはできないから」

「館の中をくまなく探してその部屋を見つけるなんて、ひとりでは無理です。助けが必要です。ヴァレクの」

「おまえに必要なのは奇跡だよ」アイリスは唇を歪めて答えた。

「ヴァレクをここに誘い出してくれませんか？」

「もうこっちに向かっているよ。どうやら、おまえたちふたりは強い絆《きずな》を作ったようだね。それが魔術のせいかどうかはわからないが」アイリスは唇をきつく結んだ。「わたしはヴァレクが来る前に去ったほうがいい。もしムグカンの魔力の源を見つけたら、心の中でわたしの名前を呼びなさい。わたしもおまえとの特別な心の絆を作ったようだから、おまえの心の声が聞こえる。交信すればするほど、この絆は強まる。最高司令官の精神を取り戻すのを手伝ってやろうと思うが、約束はできない。わたしの仕事はムグカンを捕まえることだからな」そう言い残してアイリスは森に姿を消した。

ヴァレクを待つ間、固い土の上をぐるぐる歩きながら、ムグカンの魔力の源を捜す方法を考えた。奇跡が必要だというアイリスの表現はむしろ控えめだと言っていい。

気を紛らすため、周囲に意識を向けた。毎年火祭のたびに大勢の人に踏みつけられるため、芝はところどころはげ、むき出しになった土の表面が滑らかに光っている。わたしが最後にこの土を踏みしめたのは、あの火祭の日。土の上で足を踏んばり、力ずくで館に連れ戻そうとするレヤードに抵抗した。あのときもらった優勝賞品のアミュレットは、肌にあとが残るほど強く胸に抱いたあと、レヤードの残酷な手から守るため土の中に隠したのだった。

アミュレットを土に埋めてから、二年が経《た》っている。誰かがもう見つけてしまっただろう。でも練習のつもりで、新しく得た魔力を使って捜してみることにした。

まず意識を地面に向け、足で土に円を描いた。それから広場を歩きまわって、次々に円を描く。機械的に作業を繰り返し、だんだんと飽きてきたとき、ふいに足の裏が熱くなった。気のせいだと思ってほかの場所に円を描き続けていたら、足はすっと冷えていく。あちこち歩きまわって円を描くうちに、また熱を足底に感じた。さっきと同じ場所だ。

木の枝にかける鉤《かぎ》を背嚢から取り出してその場所を掘ってみた。しばらく掘るうちに、色がついた布地が見えてきた。鉤を脇に放り投げ、爪に土が入りこむのも構わず、今度は両手で掘る。そしてついに、擦り傷だらけになった指でアミュレットを掘り起こした。

泥にまみれて輝きを失い、首にかけるリボンの部分は裂けている。それでもアミュレットを胸に押しつけると、温かかった。アミュレットを地面に置いて、わたしは鼻歌を歌いながら穴を埋めた。それから手のひらサイズの宝石をズボンで拭き、ヴァレクの蝶《ちょう》と一緒に銀の鎖につけた。

「最善の隠し場所とは言えないな」背後からヴァレクの声がした。

驚いて飛び上がった。いつから後ろにいたのだろう？

「みんな、君を捜しているぞ。なぜ逃げたんだ？」

そこでヴァレクに、最高司令官、ムグカン、工場、顧問官たちのことをかいつまんで説明した。わたしと同じ結論に達してくれることを願いながら。

「つまりムグカンはクリオロを使って、最高司令官と顧問官たちの心を操っているというわけか。しかし、その特殊な魔力をどこから得ているんだ？」

「わかりません。館の中を調べなければ」

「わかった。わたしがやる」

「わたしも一緒に行きます。育った館のことは隅々まで知っていますから」最初に調べるのはレヤードが実験に使っていた棟だ。「いつ始めますか?」

「今すぐだ。日の出までに四時間ほどある。何を目印に捜せばいい?」

輪に並んだダイヤモンドか床に描かれた車輪を捜すのだと説明すると、その情報を得た経緯を尋ねるようにヴァレクのくっきりした眉が吊り上がった。だが彼はその質問を口にはせず、黙って兵舎に向かった。

外で待っていると、身体にぴたりと張りつく偵察用の黒い衣装に着替えたヴァレクが出てきた。わたしの赤い制服を覆い隠すための灰色のシャツと、まだ火のついていない、小窓で明るさを調節できる角灯《ランタン》を持っている。館の内部をひそかに動きまわるのに外套は邪魔なので、茂みに隠した。

使用人居住区に近い裏口でヴァレクは角灯をともし、小窓をほとんど閉じて細い明かりだけが漏れ出すように調節した。館の中に入ってからは勝手を知るわたしが先導することになった。

レヤードの居住区は東棟の一階にあり、向かい側が実験室だ。東棟は全部レヤードのものので、わたしが実験ネズミだったときにも、いくつかの部屋はずっと鍵がかかったままだった。

探索を続けるうちに、昔の恐怖がじわじわと忍び寄ってきた。肌がこわばって火照り、床から舞い上がる埃にかすかに酸っぱい匂いが混じる――わたしの身体からにじみ出す恐怖の匂いだ。レヤードに実験室に引きずりこまれるたび、香水代わりに身につけた匂い。

重い空気がのしかかり、口の中に灰と血の味が充満する。叫び声を押し殺すときの昔の癖で、知らないうちに手を噛《か》んでいたようだ。

実験室に入ると細い角灯の明かりが、壁にかかる道具やテーブルの上に山積みされている器具を浮かび上がらせた。ひとつひとつが露わになるたび、身体が麻痺《まひ》するような冷たい衝撃を受ける。露呈した器具が作る大きな影から逃れるように、あとずさりした。ここは実験室というより、拷問部屋だ。

叫び声をあげて部屋から逃げ出したくなった。虎挟みにかかった野生動物は、きっとこんなふうに感じるのだろう。なぜヴァレクをここに連れてきたりしたんだろう？　ブラゼルの顧問官たちは主棟の二階に住んでいる。ムグカンがダイヤモンドの輪を作っているとしたら、ここではなくて彼の近くにあるはずなのに。

ヴァレクは角灯をともしてから無言のままだ。実験室を出て、今度はレヤードの寝室の前に立った。全身の筋肉が震え出し、氷のように冷たい汗が制服を濡《ぬ》らす。どうしても足を踏み入れられずに立ち尽くすわたしを廊下に残し、ヴァレクだけが中に入った。部屋の隅にある、レヤードの嗜虐《しぎゃく》嗜好を満たす玩具箱《おもちゃばこ》の邪悪なシルエットが、ここからも見える。あの箱を燃やして灰にしたら、悪夢は消えてくれるのだろうか?

「そんなことはさせやしないさ」背後からレヤードの声がした。

驚いて振り向きざまにあとずさり、壁にぶつかった。思わず小さな悲鳴を漏らし、慌てて口を覆う。

「消えたと思ったのに」怒りを抑えてささやいた。

「まさか。僕はずっとおまえと一緒だよ、イレーナ。僕の血はおまえの霊魂《ソウル》に染みこんでいるから、清めて消そうと思っても無駄な努力だ」

「わたしに霊魂なんかないわ」小声で言い返す。

レヤードは笑った。「ちゃんとあるよ。おまえが殺した男たちの血に染まって、真っ黒に汚れた霊魂がね。汚れきっているから見えないんだ。おまえが死んだら、血を吸って重くなった霊魂は地の底に沈み、そこで永久に業火に焼かれるんだよ」

「経験者だけあってよく知っているわね」怒りで食いしばった歯から声を漏《う》らした。

レヤードの寝室からヴァレクが出てきた。顔からは血の気が失せ、恐怖に打ちのめされたかのような面持ちでわたしをじっと見つめている。あまりにも長く見つめてくるので、言葉を忘れてしまったのかと思ったほどだ。ようやくドアを閉めると、ヴァレクはレヤードの幽霊に気づかずに横を通り過ぎ、次の鍵がかかった部屋に向かった。ドアの前で立ち止まると、ヴァレクは手を額に当て、しばし頭を深く垂れた。

「ここに、幽霊に取り憑《つ》かれるべき奴がいるぞ」レヤードが透明な白い指をヴァレクに突きつけた。「こいつが罪悪感をまったく感じないのは残念だな。死んだ国王なら喜んでつきまとうだろうに」それからわたしに目を向けた。「幽霊を招くのは小心者だけ。そうだよな？」

レヤードの質問には答えず、ヴァレクのあとについた。探索を続けたが、今や東棟はまったく使われていないらしい。残りはあと三部屋だ。

ヴァレクが鍵をふたつ開けている間にもレヤードはしゃべり続ける。「イレーナ、父上がもうじきおまえを僕のところに送ってくれるよ。未来永劫《みらいえいごう》をおまえと過ごせるのが楽しみだ」野卑な流し目を送る。

けれども、レヤードの言葉はもう耳に入ってこなかった。わたしの目は、開いた扉の中の光景に釘付《くぎづ》けになっていた。室内にはたくさんの女性と数人の男性がいて、ヴァレクがかざした角灯の光に眩《まぶ》しそうに身をすくめている。垢《あか》で汚れた顔に脂ぎった髪がかかり、痩せ細った身体にはぼろぼろの布が張りついていた。叫ぶ者もしゃべる者もいない。恐ろしいことに、みな鎖で床に繋がれている。しかも、円形に。アイリスが言っていたように、床には大きな車輪のような線画が描かれていた。人間たちが囲む大きな輪の中に、小さな輪がふたつある。

中に足を踏み入れると、入浴していない人間が放つ体臭と排泄物《はいせつぶつ》の匂いが鼻をついた。吐き気を覚えて口を手で覆う。ヴァレクは囚《とら》われている者たちの間を縫って歩き、尋ねまわっている。君は誰なんだ？　なぜここにいるんだ？　だが戻ってくるのは沈黙だけだ。無数の虚《うつ》ろな目がヴァレクの動きを追う。彼らは鎖で繋がれた場所から動こうともせず、ただじっとヴァレクを見つめている。

薄汚れた顔の中に、いくつか見覚えのある顔を見つけた。昔、一緒に孤児院で暮らしていた年上の生徒たちだ。卒業したあと、第五軍管区の別の地域で職に就いたはずなのに。顔を見渡していくうちに、もつれた赤毛の女の子を見つけて、思わず悲鳴を漏らした。カーラだ。駆け寄ってカーラの肩をさすり、名前を呼んだけれども、柔らかな褐色の瞳には知性の欠片《かけら》も見られない。わたしがかつて面倒を見た自由奔放な少女は、身体だけで心を持たない空っぽの人間になってしまっていた。

レヤードが部屋の中央に浮かび、誇らしげに胸を張った。「落第しなかった僕の生徒たちだ」

「どうしましょう？」震える声でヴァレクに尋ねた。

「まずは捕らえて、それから牢獄行きだ」

背後から聞こえたのは、ムグカンの声だ。

ヴァレクとわたしは同時に振り返った。胸の前で両腕を組んだムグカンが戸口に立ちはだかっている。素早くヴァレクが突進した。瞳には怒りが燃え上がっている。ムグカンが廊下のほうにあとずさり、ヴァレクもそれを追ったが、入り口を出たところで急に立ち止まり、両手を上げた。しまった。ヴァレクを助けようと慌てて駆け寄った。ムグカンは卑怯者《ひきょうもの》らしく八人の護衛兵の後ろに隠れていた。そして、ヴァレクの胸からたった数センチの場所に、八つの刃の先が突きつけられていた。

30

後ろについてくる兵士が背中に剣を突きつけているのがわかる。衣服を貫いて背中に刺さる刃先を意識しながら、ヴァレクのほうを見た。きっとどこかで行動に出るはずだ。牢《ろう》獄《ごく》に連行される惨めな気持ちは抑えて、彼が動いたらすぐに反応できるよう心の準備をしよう。牢屋の正面入り口にある看守室で衣服をはぎ取られ、ごつごつした手で身体検査をされても、屈辱と羞恥を心の隅に押しやって耐えた。当然だが、持ち物もすべて取り上げられた。服を奪われたことより、蝶《ちょう》の首飾りと火祭のアミュレットを失ったことのほうが悔しい。ただひたすら、ヴァレクが攻撃を仕掛けるのを待った。

地下に続く階段を下りる途中も、ヴァレクと隣り続きの独房に放りこまれたときもまだ、ヴァレクが急襲を仕掛けるはずだと思っていた。

だが息を潜めて待っていたのに、大きな金属音をたてて独房に錠がかかった。茫然《ぼうぜん》としていると、兵士が鉄格子の間から制服を投げ入れた。足音が遠ざかったあとに残ったのは、まったく光のない暗闇。制服を手探りで見つけて身にまとい、もたつきながらボタンをかけた。

また、ここに戻ってきてしまった。看守室を通り抜けて薄暗い階段を下り、狭い地下牢に入れられるという、毒見役になってからも繰り返し見た悪夢がついに現実になったのだ。地下牢には廊下を挟んで両側に独房が四つずつ並んでいる。ヴァレクとわたしが入っているのは、階段を下りてすぐ左手にある隣り合わせの独房だ。牢屋特有の饐《す》えた匂いが立ちこめている。悪臭がするねっとりした空気に圧倒されてしばらく気づかなかったけれど、檻《おり》に入れられているのはわたしたちふたりだけだった。

沈黙に耐えきれなくなって口を開いた。「ヴァレク」

「なんだ？」

「どうしてブラゼルの護衛兵と戦わなかったんですか？　わたしも手伝えたのに」

「八人の兵士に剣を突きつけられていたんだぞ。少しでも動く気配を見せたら串刺しだ。どんなに不利な状況でもわたしが勝てると信じてくれるのは光栄だが、四人はともかく、八人は無理だな」まるで面白がっているような口調だ。

「じゃあ、この錠を開けて逃げるんですよね？」ヴァレクは熟練した暗殺者だし、戦いの腕でも知られている。捕まったままではいないはずだ。これまで耳にした風説からも確信がある。

「それができれば理想的だがね。道具がなければ無理だ」その答えに、希望を打ち砕かれた。

手探りで独房の中を調べたけれど、手に触れたのは汚い藁《わら》とネズミの糞《ふん》、そして正体がわからない泥のようなものだけ。意気消沈して、ヴァレクの独房とを隔てている石の壁に背をもたせかけて座りこんだ。

長い沈黙が続いたあと、ヴァレクが尋ねた。

「もしレヤードを殺していなかったら、君もああなっていたのか？　床に鎖で繋《つな》がれて虚《うつ》ろに宙を見つめていた、彼らみたいに」

頭に焼きついたあの光景が蘇《よみがえ》り、悪寒が走った。レヤードの試験に落第したことを、初めて感謝した。

部屋に囚《とら》われていたカーラや孤児院の卒業生について思いを巡らせていると、ふとアイリスの言葉を思い出した。魔術師は、ほかの魔術師から魔力を盗めるのだ。突然、彼らが円になって座っていたことの重要な意味に気づいた。ムグカンの特別な魔力は、鎖に繋がれた彼らから来ているのだ。ブラゼルとレヤードはムグカンと一緒になって、魔術師の潜在能力がある子どもを孤児院でふるいにかけていたに違いない。そして、実験している間に考える力を奪い取って植物人間にし、魔力を根こそぎ吸い上げたのだ。

「ブラゼルとレヤードはそうしたかったんでしょうね。でも、わたしは抵抗した」そこでヴァレクに、今思いついた説を話した。

「この館で君に何が起こったのか教えてくれ」張り詰めた声でヴァレクが尋ねた。

一瞬戸惑った。それから口を開いた。最初は少しずつだったけれど、そのうちに堰《せき》を切ったように言葉が溢《あふ》れ出した。とめどもなく流れる涙と一緒に。どんなに不愉快なことも、むごたらしい詳細も隠さなかった。実験動物として過ごした二年間、レヤードの拷問、残酷な慰み、屈辱、折檻《せっかん》、レヤードに気に入られようとする努力、そして殺人をおかすきっかけとなったレイプ。ずっと胸にためてきたものを吐き出していくうちに、頭も、胸も、身体《からだ》も軽くなっていった。へどろのような記憶が流れ出し、体内が空っぽになっていく。その解放感で頭がくらくらした。

わたしがすべてを語り尽くす間、ヴァレクは無言のままだった。真っ暗な地下牢に沈黙が戻ったとき、ヴァレクが凍りつくような声で言った。

「ブラゼルもムグカンも、破滅させてやる」

わたしへの約束なのか、ただ怒りを吐き出しただけなのかはわからない。でも言葉の調子から、彼が本気なのはたしかだ。

まるで自分たちの名前を聞いたかのようにブラゼルとムグカンが地下牢の正面扉から入ってきた。角灯《ランタン》を掲げた護衛四人に付き添われたふたりはヴァレクとわたしの独房の前で足を止めた。ブラゼルがわたしのほうを向いた。

「おかえり、と言うべきかな？　手がかかったが、ようやく取り戻せて嬉《うれ》しいよ。おまえの血でこの手を濡《ぬ》らしたい衝動はこらえがたいが、ムグカンによると、解毒剤を与えないほうが悲惨な最期になるそうじゃないか」ブラゼルは満足げににっこり笑った。「わが息子を殺したおまえには、耐えられない苦痛にもがくほうがふさわしい。おまえの叫び声を聞きに、またあとで来るよ。どうしても我慢できなくなったら丁寧にこいねがえ。そうしたら苦しみを早めに終わらせてやる。わたしのほうも、おまえの熱い血の匂いを嗅いでみたいしな」

ブラゼルは、今度はヴァレクの独房のほうに顔を向けた。

「最高司令官直々の命令に背くのは死刑に相当する罪だと知っているだろう。さきほどアンブローズ最高司令官はおまえの死刑執行令状を出した。絞首刑は明日正午だ」ブラゼルは首を傾《かし》げて珍獣を見るようにヴァレクを吟味した。「おまえの首は剥製《はくせい》にしよう。わたしが最高司令官になったときに、執務室のいい壁飾りになる」

ブラゼルとムグカンは笑いながら地下牢を出ていった。彼らが去ったあとの闇は、前よりも重く胸にのしかかってきた。理性を失ってしまいそうになる張り詰めた思いが肋骨《ろっこつ》をきしませる。独房の中をぐるぐると歩きまわった。とてつもない恐怖と押し潰《つぶ》されそうな絶望感が交互に襲ってくる。耐えきれずに壁を叩《たた》き、檻の鉄柵を揺らした。

ついにヴァレクが隣の独房から声をかけた。

「イレーナ、落ち着くんだ。今のうちに眠っておきなさい。今夜のために体力を蓄えたほうがい」

「死ぬ前に休養を取ってなんの意味があるんですか？」刺々《とげとげ》しい言葉を返して、すぐに後悔した。ヴァレクもまた、明日には死ぬ運命なのだ。「ごめんなさい。そうします」

汚物の匂いが鼻をつく藁の上に横たわった。でも、努力しても無駄なことは知っていた。あと数時間で死ぬ人間が眠れるわけはない。

だが、意外にもいつの間にか眠りこんでいた。

叫び声をあげて目が覚めた。ドブネズミにたかられている悪夢から覚めると、実際に脚の上にふわふわした温かいものがのっていた。飛び上がって蹴り落とすと、それは壁にぶつかって逃げていった。

「よく眠れたか？」ヴァレクが尋ねた。

「ぐっすりとは言えません。一緒に寝ていた相手のいびきがうるさくて」

ヴァレクがくすっと笑った。

「どのくらい寝てました？」

「太陽が見えないから正確な時間は推察できないが、日没に近いと思う」

最後に解毒剤を飲んだのは昨日の朝だった。ということは、わたしの命は明日の朝までだ。症状は今夜のうちに現れる。

「ヴァレク。話しておきたいことが……」ふいに喉が詰まった。まるで誰かが体内から胃を引きずり出そうとしているような痛みに襲われたのだ。

「どうしたんだ？」

「胃が……引きつれて」

前のめりになって腹を抱え、喘《あえ》ぎながら答えた。痛みの波が引いたあとも、まともに呼吸ができない。

「これって、症状の始まりなんですか？」

「そうだ。ゆっくり始まり、だんだん間隔が狭まって、絶え間ない痙攣《けいれん》になる」

また痛みに襲われ、床に崩れ落ちた。それが去ると、次の痛みに備えて藁の寝床のほうに這《は》っていった。沈黙の中で痛みの発作を待つのに耐えられなくなり、懇願した。

「ヴァレク、何か話して。なんでもいいから、気を紛らせることを」

「例えば？」

「なんでもいいです」

「では、君の慰めになることを言おう。じつは、《蝶の塵》なんていう毒はない」

「なんですって？」金切り声で叫びたかったけれど、そのとたんに前よりひどい痙攣が始まった。ナイフで腹の筋肉を引き裂かれているような痛みにふたつ折りになり、床に嘔吐《おうと》した。

意識が戻ってくると、ヴァレクが説明を続けた。

「そのうちに死にたくなるだろうし、すでに死んでしまったと思うかもしれない。けれども、ちゃんと生き延びる」

「なぜ今教えるんですか？」

「心が身体を操るからだ。死ぬと信じていたら、それだけでも死ぬ可能性がある」

「そうじゃなくて、なぜ今まで黙っていたんですか？」憤りでいっぱいだった。もっと早く教えてくれていたら、症状が始まる前に不安と絶望で苦しまずにすんだのに。

「それが戦略というものだ」

衝動的に嫌味を返しそうになり、唇を噛《か》んでこらえた。ヴァレクの立場で論理的に考えてみた。アーリとジェンコの訓練には戦略も含まれていて、ジェンコは戦いをトランプゲームにたとえ、〝一番強力な札は取っておいて、ほかに方法がなくなったときに初めて使うんだ〟と教えてくれた。

これからどうなるかわからないが、ヴァレクにとってわたしが毒見役に戻る可能性は皆無ではない。昨日のうちに脱獄できていたら、ヴァレクは《蝶の毒》について教える必要はなかっただろう。ヴァレクにとって《蝶の塵》は最強の切り札だ。脱走防止として使えなくなってしまうから、ほかに手段がなくなるまで教えなかったのだろう。

「毒でないなら、どうして胃が痙攣するんですか？」尋ねたとたんに、また発作が起こった。痛みを和らげようとして身を丸めたけれども役には立たない。うめき声をあげながら、のたうちまわった。

「離脱症状だ」

「なんの？」

「解毒剤と呼んでいる液体のほうだ。あれは非常に面白い薬で、人を病気にさせるために使える。薬が切れてくると胃が痙攣し出し、一日寝こまなくてはならない。相手を殺さずに一時的に仕事から引き離すのにちょうどいい薬物なんだ。しかも、飲み続けている限り症状は出ない」

毒や薬に関する本はすべて読み尽くしたけれど、そんな薬のことは記憶にない。

「薬の名前は？」

「《白い恐怖《ホワイト・フライト》》」

死なないとわかったことで、気が狂いそうな恐怖が消えて痙攣をやり過ごしやすくなった。この激痛は、薬を身体から追い出すために必要な道のりなのだ。発作が来るたびにそう思って耐えようとした。

「《蝶の塵》そのものは？」

「だから、そんなものはない。毒見役を監禁せず、監視もつけず、しかも逃げられないようにする脅しが必要だった。そこで思いついた架空の毒が《蝶の塵》だ。本物らしい響きがあるだろう」

ふといやな考えが頭に浮かんだ。

「最高司令官もそれを知っているんですか？」もしそうなら、ムグカンにも知られているはずだ。

「いや。これはわたしだけの秘密だ。最高司令官は君が毒におかされていると信じている。最後まで君にも知らせなかったのは、ムグカンに悟られたくないからだ」

ヴァレクの言うとおりだ。知っていたらムグカンに心を読まれていたかもしれない。

夜が深まるにつれ痛みはますます激しくなり、《蝶の塵》の毒が実際に存在しないことが信じられないほどの苦しみが押し寄せた。胃をずたずたに切り裂かれるような痙攣が拷問のように続く。独房を這いまわりながら悲鳴をあげ、吐くものが何もなくなっても繰り返しえずいた。

途中、ブラゼルとムグカンが現れて嘲笑《あざわら》っているのを、朦朧《もうろう》とした頭の隅で意識した。ぶざまな様子を見られても、笑われても、気にならない。本当に死んでしまったほうが楽だと思った。苦痛を和らげようともがくことしかできない。

ついに、消耗しきった深い眠りについた。

吐物にまみれて目覚めると、鉄柵から右腕を外に突き出していた。まだ自分が生きていることよりも、その手がヴァレクの手を握りしめていたことに驚いた。

「イレーナ、大丈夫か？」心底案じている声だ。

「たぶん……」嗄《か》れた声で答えた。喉がひりひりに乾いている。

そのとき、地下牢の鉄の錠を開ける大きな音が響いた。

「死んだふりをしろ」ふたりの看守が階段を下りてくる間に、ヴァレクがわたしの手を離してささやいた。「それから機会を狙って、あいつらをわたしの独房に近づかせてくれ」

ヴァレクの温《ぬく》もりで温かくなっていた右手を引っこめ、氷のように冷たい左手のほうを柵から出した。

「うわっ。飲み会のあとの便所より臭えや」角灯を持っているほうの兵士が言った。

「もう死んだのかな?」もうひとりがつぶやく。

わたしは壁のほうに顔を向けた体勢で目をつぶり、身体が黄色い蝋燭《ろうそく》の光に照らされている間、息を止めて待った。

男がわたしの左手を触った。「雪豹《ゆきひょう》の小便ほど冷てえ！ 腐りだす前に外に出しちゃおうぜ。今でさえこんなに臭えのに、腐ったらどんなひどい匂いになるか……」錠を開ける金属音に続いて、扉を開けるきしんだ音がした。

兵士のひとりがわたしの足を持って引きずる間、ずっしり重い死体のふりをするのに専念した。わたしを照らしていた明かりが廊下に向けられると、そっと薄目を開けた。角灯を持った兵士が先頭に立っているので、わたしの上半身は暗闇に包まれている。ヴァレクの独房を通り過ぎるときに両手で鉄格子を掴《つか》んだ。

「あっ、ちょっと待ってくれ。どっかに引っかかったみたいだ」

「何にかかったんだ？」角灯を持っているほうが尋ねる。

「わからん。明かりを持って戻ってこいよ」

掴んでいた両手を離し、ヴァレクの独房に腕を入れて鉄柵に肘をかける。

「後ろに下がれ！」角灯を持って戻ってきた兵士はヴァレクに命令した。

肉付きのいい手でわたしの肘を外そうとしたあと、兵士がかすかなうめき声を漏らした。薄目を開けてみると、兵士が持っていた角灯の火がちょうど消えるところだった。

「おい、いったいどうしたんだよ！」もうひとりが叫び、わたしの足を持ったままでヴァレクの檻からあとずさりした。

わたしは膝を曲げて足首を掴んでいる兵士のほうに身体を寄せ、彼の踝《くるぶし》を両手で掴んだ。兵士は驚いて悲鳴をあげ、反射的に逃げようとして後ろ向きに倒れた。でも、頭蓋骨が石の床を打って砕ける不快な音がしたのは計算外だった。兵士は動かなくなり、わたしは震える脚で立ち上がった。

背後でガチャガチャと鍵が鳴り、振り向くとヴァレクが角灯に火をつけていた。鉄柵にもたれかかっているもうひとりの兵士の首は不自然な角度に曲がっている。

薄暗い光の中で、足元に横たわっている男の姿を見つめた。階段の一番下の段に後頭部をぶつけたようだ。暗褐色の血がわたしの足のまわりにたまっている。また人を殺してしまった。そう自覚したとたん、身体が震え始めた。わたしのせいで、四人もの人間が死んだ。霊魂《ソウル》を失ったせいで、無情な殺し屋になってしまったのか？　ヴァレクは人の命を奪っても、良心の呵責《かしゃく》や罪の意識を感じないのだろうか？

ヴァレクは慣れた様子で手際よく看守らから武器を奪っている。

「ここで待て」と命じると、ヴァレクは地下牢の正面扉の鍵を開けてそこから看守室に入っていった。階段で待っていると、叫び声、唸《うな》り声《ごえ》、肉と肉がぶつかる音が聞こえてきた。自分の陣営が勝つためなら、ヴァレクは良心の呵責も罪の意識もなく、なんでもするのだ。

戻ってきたヴァレクが手招きする。見ると、胸や腕に血しぶきが飛んでいた。三人の男が看守室の床に散らばっていたけれど、気を失っているのか死んでいるのかわからない。

看守室のテーブルの上にわたしの背嚢《はいのう》がのっていて、中身があたりに散乱していた。それらを集めて背嚢に詰めている間に、ヴァレクは自由になるための最後の鍵を開けようとしている。価値あるものなどほとんど持っていないけれど、蝶の彫刻とアミュレットはどうしても取り戻したかった。そのふたつを鎖で首にかけると、不思議なことに楽観的な気分になってきた。

「くそっ」ヴァレクが悪態をついた。

「どうしたんですか？」

「ここの鍵を持っているのは看守長だけらしい。開けるのは、看守の交代のときだけなんだな」

「これを試してみてください」さっき髪に入れたばかりのピックを抜いて手渡すと、ヴァレクはにやりと笑った。

ヴァレクが解錠している間に水の入った樽《たる》と水差しを探した。早く逃げようと焦るより、吐物と血を洗い流したくてたまらなかった。顔と手を洗うだけでは満足できず、頭から何度も水を被ってずぶ濡れになった。水差しの水を半分飲みきってから、ようやく思い出してヴァレクに渡す。彼は手を止めて水を飲み、すぐに解錠の作業に戻った。

手強《てごわ》い最後の鍵を開けると、ヴァレクは扉をわずかに開いて廊下をそっと覗《のぞ》いた。「よし。誰もいない」とささやいて扉を大きく開ける。「さあ、行くぞ」

片手に角灯を持ち、もうひとつの手でわたしの手を握ったヴァレクは、驚いたことにせっかく開けた扉を出なかった。その代わりに地下牢に戻り、すべての独房の鍵を外して扉を開け放っていく。

「頭がどうかしたんですか?」ヴァレクに奥へと引っ張られながら小声でささやいた。

「唯一の逃げ道はあっちですよ」扉のほうを指差した。

それを無視して牢屋の奥まで来たヴァレクはささやき返した。

「この惨状と大きく開いた扉を見たら、誰もが外に逃げたと思いこむ。だからここ以上に優れた隠れ場はないんだ。わたしを信じろ」そう言って地下牢の扉から一番離れた独房にわたしを押しこんだ。「わたしたちの脱獄が明らかになったら、ブラゼルは兵士を集めて捜索部隊を送り出すはずだ。館から兵士がいなくなったときがわたしたちの出番だ。それまでここに潜伏する」

ヴァレクは独房の隅に藁を集めて寝床を作り、角灯を消して隠した。暗闇の中で立ち尽くしていると、いきなり腕を引っ張られ、次の瞬間には床に座りこんでいた。もう休む準備をしているヴァレクに背を向けて横になり、濡れた服の中で丸くなって震えた。ヴァレクは藁を上にかけると、わたしを両腕に包んで引き寄せた。驚いて一瞬身を硬くしたけれど、彼の身体から伝わってくる体熱に温められて緊張を解いていった。

小さな物音がするだけでも、誰かが来たのではないかと耳を澄まして心臓がどきどきする。でも、いざそのときになってみたら間違えようもなかった。脱走が発見されたとたん、鼓膜が破れそうな大騒ぎになったから。

怒声や互いを責める声に続いて、捜索隊が集められた。わたしたちの逃亡が一時間前だということでは意見が一致していたが、逃げた方向についてはブラゼルとムグカンの間で異論があった。

「ヴァレクは馴染《なじ》みがある西側に向かっただろう」威厳を持ってブラゼルが断言した。けれどもムグカンは自説を押す。

「論理的な方向は南ですよ。最高司令官はもうわたしたちのものだし、ヴァレクには手の出しようがない。最高司令官を救うのは諦めて自分の命を守ることに精一杯でしょうよ。命がけで逃げているヴァレクたちが戦略的な動きをするはずはありません。馬を走らせて、魔術で森の中を捜索しましょう」

ヴァレクは不快そうに喉を鳴らすと、わたしの耳元でささやいた。

「わたしが最高司令官を見捨てると本気で信じているようだな。忠誠心というものをまったくわかっていない」

しばらくすると地下牢は空っぽになり、静けさが戻った。何時間か経《た》つと、待つことに飽きて、ここから逃げ出したくてたまらなくなった。地下牢の扉は大きく開いたままなので、外から薄明かりが差しこんでくる。

「そろそろ逃げてもいいころでは？」待ちきれなくなって尋ねた。

「まだ早い。日は沈んでいないようだから、暗くなるまで待つ」

時間つぶしのつもりで、最高司令官とどのように出会ったのかヴァレクに尋ねてみた。そんなに立ち入った質問ではないと思っていたのに、彼は黙りこくってしまった。

尋ねたのを後悔し始めたころ、ようやくヴァレクは重い口を開いた。

「わたしの家族は、今は第一軍管区と呼ばれているアイスファレン省に住んでいた。特に積雪が多かったある冬、父が営んでいた革工房が雪で崩れて機械を破損してしまった。事業を続けるためには新しい機械を買う必要があったが、税金の取り立てに来た兵士らは聞く耳を持たなかった」わたしにまわしている腕に力がこもった。

長い沈黙が続いた。

「当時のわたしは痩せっぽちの子どもでしかなかったけれど、兄が三人いた。みな、アーリのようにたくましくて体力もあった。税金を全額払ったら機械を買う金が残らないと父が伝えると……」ヴァレクは胸がつかえたように、いったん口をつぐんだ。「兵士たちは兄を殺した。三人とも。そして笑いとばした。〝養う口を三つ減らしてやったぞ。これで問題は解決だ〟と」ヴァレクの腕の筋肉が張り詰めたように震えていた。

「もちろん復讐《ふくしゅう》してやりたかった。だが、兵士にではない。あいつらはただの使い走りだ。そうでなく、国王を殺したかった。兵士に兄を殺害させた張本人は国王だ。だから、誰にも負けなくなるまで戦いの訓練をして、暗殺の技術を学んだ。国中を渡り歩き、新たに得た技術を使って金を稼いだ。貴族階級は互いを殺し合っていたから、金になる仕事はいくらでもあった。

あるとき、アンブローズという名前の若者を殺す依頼があった。権威への抵抗と革命を呼びかけるその若者は、王族に不満を抱く平民の間で急速に人気を高めていた。演説に大勢の民衆が集まり、国民が王の作った規則に背くようになったころ、彼は忽然《こつぜん》と人々の前から姿を消した。アンブローズは、膨大になっていく軍隊を隠して、秘密工作で貴族階級を次々に暗殺する戦略に切り替えたんだ。そんなアンブローズを恐れるようになった貴族のひとりがわたしの依頼人だった。

アンブローズ暗殺の報酬は大金だった。いつものように不意打ちして襲い、悲鳴をあげるための息を吸う暇も相手に与えず、心臓に刀を突き刺せば終わりだと思っていた。ところが、アンブローズはわたしの攻撃をかわし、気づいたらこっちは命がけで戦っていた。そして、負けたのはわたしのほうだった。

そのまま殺す代わりに、アンブローズは刀でわたしの胸に彼の頭文字Aの文字を刻み、これからは彼のみに仕えるよう命じた。わたしは、国王を殺させてくれるなら永久に忠誠を誓うと答えた。わたしが国王を殺すのに使った刀は、このときのアンブローズのものだ。

わたしの最初の任務は、アンブローズ暗殺を依頼した主を始末することだった。それから今に至るまで、アンブローズがひたむきな決意でひとつずつ目標を果たしていくのをわたしは見てきた。たとえ崇高な目的のためでも、彼は暴力や死は最小限に保とうとした。最高司令官になってからも、権力や欲に目が眩《くら》んだことはないし、常に国民に対して忠実だ。わたしにとって、アンブローズ最高司令官より大切な人間はこの世にいない。いや、いなかったと言うべきだろう。今まではね」

わたしは息を止めた。何気なしに口にした質問だったのに、こんなに個人的な答えが戻ってくるとは思ってもみなかった。

「イレーナ。君がどんなにわたしの心を乱すか知らないだろう。君のおかげで何度苦境に立たされたか。いっそこの手で殺そうと思ったことが二度もある」

ヴァレクの温かい息が耳にかかり、背筋に震えが走った。

「だが、君はいつの間にかわたしの肌に染みこみ、血管に流れこんで心臓をおかしてしまったようだ」

「それじゃあ、まるで人じゃなくて、毒薬みたいじゃないですか」予期していなかったヴァレクの告白に胸が詰まり、何を言っていいのかわからない。

「そのとおり」ヴァレクはすんなりと同意した。「わたしは、君という毒にやられたんだ」

そう言うと、突然わたしの身体を自分のほうに向かせた。驚きの声をあげそうになった口をヴァレクの唇が覆う。飢えたような口づけだった。

彼もまた、わたしのように、いや、わたし以上に長い間ひとりぼっちだったのだ。絹糸のようなヴァレクの髪におずおずと指を絡め、筋肉が盛り上がる背中に手を這わせるうちに、ヴァレクの魂がわたしに触れた。最高司令官のためだけに尽くしてきた十五年の間、冷たい彫刻のような顔の下に隠してきた孤独を、わたしの唇が温めているのだ。

ヴァレクの手がわたしの身体を隅から隅まで探っていく。触れられた場所が火がついたように熱くなり、全身が燃え上がる。血で汚れているはずのヴァレクの手が、心に染みついたレヤードのどす黒い血を拭い去っていく。

そしてふたりはひとつになった。胸の奥底にどろどろと渦巻いていた記憶、怒り、罪悪感のすべてが流れ落ち、代わりに温かいものが染みこんで、満たされていく。

ここが地下牢だということも気にならなかった。このあと何が待ち受けているにしても、このひとときを得ただけで、生き延びるために戦った価値はあった。

31

牢屋《ろうや》の正面扉から差しこむ薄明かりが消え、あたりが闇に包まれた。

「そろそろ出発しよう」

先に立ち上がったヴァレクに腕を引かれて立ち上がった。

「どこに？」制服を整えながら尋ねる。

「まずは、最高司令官がいる部屋だ。救い出して城に連れ帰る」

「それはやめたほうがいいです」

「なぜだ？」

「最高司令官に触れたらすぐに、ムグカンが察知しますから」ムグカンがクリオロを使って最高司令官と精神の繋《つな》がりを作ったことを説明した。

「その繋がりはどうすれば切れる？」

ついに魔術のことをヴァレクに告白するときが来た。彼の反応を想像すると、崖っぷちに立たされているような眩暈《めまい》に襲われる。南の魔術師を嫌い、最高司令官の命令で全員を暗殺してきたヴァレクだ。わたしがそのひとりだと知ったら、同じように憎み、殺そうとするかもしれない。でも最高司令官を助けるためにも、これ以上秘密にはしていられない。

心を決め、深呼吸をしてから、アイリスと森で会ったときのことや、それから何度か交わした会話について語った。そして、彼女に助けてもらう方法も。

語り終えてしばらくヴァレクは身動きもしなかった。その間、わたしの心臓は狂ったように早鐘を打っていた。

「君はアイリスを信頼しているんだな?」ヴァレクが静かに尋ねた。

「ええ」

「わたしに話していないのはそれだけか?」

頭がくらくらした。あまりにもたくさんのことがあったうえに、これから強力な魔術師と対決しなければならない。生きて戻れない可能性は十分にある。ヴァレクにこれだけは知っておいてほしかった。

「愛しています」

言い終えるやいなや、ヴァレクの両腕の中に包みこまれた。

「わたしの心は火祭のときから君のものだ。君があの南部のならず者たちに殺されそうになったとき、君なしの人生など想像したくないと思った。こんなふうになるとは予想しなかったし望んでもいなかったのに、君を突き放すことも、忘れることもできなかった」

このままぴったり身体《からだ》を寄せて、ヴァレクに溶けこんでしまいたかった。でも、やらねばならないことがある。

ヴァレクは身を離すとわたしの手を取った。「さあ、行くぞ」

廊下に出る前に、看守室で制服を盗んで着替えた。第五軍管区の黒と緑を身につけることで館の中を歩きまわっても見つからないよう祈った。

茂みに隠しておいた外套《がいとう》を拾ってから、わたしたちはヴァレクの諜報《ちょうほう》用の道具を取りに兵舎に向かった。兵士全員が捜索部隊に駆り出されたようで、木造の建物はしんとしている。

ヴァレクが兵舎に忍び入っている間、わたしは建物の陰に隠れてアイリスの名前を心の中で呼んだ。今夜のうちに動かねばならない。攻撃のための計画が必要だ。

突然、兵舎の中から怒鳴り声と悪態が聞こえてきた。慌てて駆けつけると、アーリとジェンコがヴァレクに刃《やいば》を突きつけていた。

「やめて！」

わたしが叫ぶと、アーリとジェンコが振り向いた。とたんにふたりとも笑顔になり、剣を鞘《さや》におさめた。

「ヴァレクが君を置き去りにして逃げてきたと思ったんだ」アーリは太い腕でわたしを強く抱きしめた。

「おまえたち、捜索部隊と一緒に逃亡者を追っているはずじゃないのか？」二段ベッドの下から黒い鞄《かばん》を取り出しながらヴァレクが尋ねた。それから、いくつもポケットがついた黒いつなぎ服に着替えている。

「俺らは病気で臥《ふ》せってたんですよ」ジェンコがいつものにやにや笑いを浮かべた。

わたしが驚いた顔をしていると、ジェンコが続けた。

「おまえの罪状がでっち上げなのは明らかだったから、捜索には加わらなかったんだ」

「不服従の罪だな」ヴァレクは鞄から長い刀と投げ矢を出した。

「それが目的ですよ。こんな退屈な場所じゃあ、ほかに牢屋に放りこまれる方法なんかないですからねえ」ジェンコが軽い調子で答える。

唖然《あぜん》としてジェンコを見つめた。ふたりとも、軍法会議にかけられる危険までおかしてわたしを助けるつもりだったのだ。あの飛び出しナイフに彫られた言葉は、本気だったのだ。

「捜索隊はどっちに向かった？」いろいろなポケットに武器をしまい、剣と刀をベルトに差しこみながらヴァレクが尋ねた。

「主要部隊は南と東に向かいましたが、小さな部隊も西と北に送りこまれています」アーリが答える。

「猟犬もか？」

「はい」

「館の守備は？」

「最低限です」

「よし。おまえたちもこの計画に加わる。それでいいな？」

「了解しました」アーリとジェンコは、背筋を伸ばして敬礼した。

「隠密《おんみつ》工作用の衣服に着替えろ。だが、剣が必要になるから忘れるな」ヴァレクが命じると、アーリとジェンコが準備を始めた。

「待って。アーリとジェンコは巻きこみたくない」胸がざわついて、吐き気がしてきた。これからやらねばならないことを考えると、喉に苦いものがこみ上げてくる。

「彼らの助けが必要なんだ」ヴァレクがわたしの肩を強く掴《つか》んだ。

「それだけじゃ足りないね」

闇の中からアイリスの声が響き、三人の男は同時に剣を抜いた。薄暗い角灯《ランタン》の光の中にアイリスが現れると、ヴァレクはほっとしたように構えを解いたが、アーリとジェンコは威嚇するように武器を振りかざした。

「やめろ」ヴァレクが命じる。

それでもためらっているふたりに、わたしも声をかけた。「彼女は、わたしたちを助けに来てくれたの」それからアイリスのほうを向いた。「ムグカンの特別な魔力がどこから来ているか突き止めました」

「なんだったの？」

わたしは捕らわれた男女が鎖で繋がれていたことを報告し、魔力を盗むためにムグカンが彼らの意思を奪ったのではという自説を伝えた。アイリスの目に恐怖と嫌悪が浮かんだ。無愛想で厳めしい外見とは裏腹に、情に篤《あつ》い人なのだ。アイリスは動揺を隠して冷徹な渋面に戻ったけれど、アーリとジェンコは吐き気をこらえるような青白い顔をしている。

「いったい、どういうことなんだ？」アーリが尋ねた。

「あとで説明する。とにかく今は……」言いかけてやめた。唐突に、完璧な攻撃計画が頭に浮かんだのだ。でも、それにはアーリとジェンコの助けが必要だ。彼らを巻きこみたくなかったけれど、ヴァレクの言うとおり、協力してもらうしかない。

「全力でアイリスを守ってほしいの。ものすごく大事なことだから」心から友と呼べるふたりに頼んだ。

すると、さっきまでアイリスを睨《にら》んでいたアーリとジェンコは同時に背筋を伸ばし、敬礼して答えた。

「了解《イエス・サー》しました」

最高司令官やヴァレクに対するようなその態度を、わたしはあっけに取られて見つめた。ふたりは、命をかけてわたしの命令に従うと言っているのだ。

ヴァレクの厳しい目がわたしを見据えた。

「戦略はあるのか？」

「あります」

「聞かせてもらおう」

なぜ自信たっぷりに〝戦略がある〟などと口にしてしまったのか？　静まり返った館にヴァレクと一緒に忍びこみながら、わたしは自分に呆《あき》れていた。十五年以上経験を積んだヴァレクだけでなく、アーリもジェンコも神経をすり減らすような隠密工作に何年も従事してきた古参だ。それなのに、未熟なわたしの計画にみんなが命をかけている。

暗い廊下に立ち、恐怖を飲みこんで頭の中で作戦を再確認する。最高司令官がいる部屋の入り口にたどり着いてから、ほかのみんなが所定の位置につくのを待った。緊張で荒くなった息遣いが廊下の壁にこだましているようで、冷や汗が出る。

ヴァレクがピックで鍵を開け、一緒に中に滑りこんだ。ドアに施錠し、角灯に火をつけて巨大な四柱式ベッドへと進む。最高司令官は服を着てベッドの上に横になっていた。空っぽの目は天井を見つめたままで、わたしたちがここにいることにさえ気づいていない。

最高司令官の傍らに座り、手を取った。アイリスの指導どおりに心の壁を周囲に広げていって煉瓦《れんが》で円蓋を作り、最高司令官とわたしの両方を包みこんだ。ヴァレクは戸口の脇の壁に張りついてムグカンを待ち受けている。その顔は戦闘用の硬い表情に変わっていた。外面は冷たく無感情に見えても、内部には怒りが溶岩のように煮えたぎっている。

鍵穴に鍵が差しこまれる音がするまでそう長くかからなかった。沈黙に続いて扉が勢いよく開き、四人の武装した兵士がなだれこんできた。そのうちひとりは、こちらに気づく前にヴァレクが倒していた。剣を交える大きな音が部屋に響き渡る。

ムグカンは、兵士たちとヴァレクの戦いが熱を帯びてきてからこそこそと入ってきた。振りまわされる刃に当たらないよう身をかわしながらこちらに向かってくる。わたしを見ると、見下すような笑みを浮かべた。

「壁を丸屋根にしたのか。かわいいものだな。しかしイレーナ、わたしの腕をそんなに見くびらないでほしい。せめて石か鋼鉄を使ってくれたら、こちらもやりがいがあるのに」

心に築いた防壁に、正面から強い打撃を受けた。煉瓦が砕け落ちる。わたしは穴が空いた部分の煉瓦を必死に修復しながら、アーリとジェンコとアイリスが、鎖で繋がれている人たちのもとに無事たどり着けているよう祈った。ムグカンが吸い上げている強力な魔力を断つためには、アイリス自身があの部屋にいなければならない。そして、たとえアイリスが魔力を断つことに成功したとしても、わたしはムグカンが元々持っている魔力と戦わなければならない。

ムグカンは一瞬攻撃を止め、はっとしたように首を傾《かし》げた。しばらく遠くを見たあと、わたしに視線を戻した。「なかなか賢い策略を思いついたものだな。おまえの仲間か？　レヤードの棟にいるらしいな。だが十人の兵士を倒さない限りは、わたしの子どもたちのところにはたどり着けやしない」

失望で心が沈んだ。ムグカンは、決意を新たにして攻めてくる。ヴァレクの相手はあとひとりに減っていた。急いで、と心の中で叫んだ。ムグカンに殴打されるたび守りが弱っていく。すべての力を壁に注ぎこんだけれど、ついに煉瓦はばらばらに砕けて崩れ落ちた。

ムグカンの魔力が巨人の手のように伸びてきて、わたしの肋骨《ろっこつ》を掴んだ。激痛に悲鳴をあげて最高司令官の手を離した。弱々しい脚でベッドの脇に立つのと同時に、ヴァレクが最後の兵士の屍《しかばね》から剣を抜いた。

「やめろ。でないと、この女は死ぬぞ」ムグカンがヴァレクに命じた。

ヴァレクはその場で凍りついた。そこに、三人の兵士とブラゼルが到着した。彼らはヴァレクを囲んで剣を奪い取ると、両腕を頭の後ろにまわして床に跪《ひざまず》かせた。

「さあ将軍、この女を殺していいですよ。どうぞおやりなさい」ブラゼルが通れるようにムグカンは横によけた。「ここに戻ってきた日に首をかき切らせてあげるべきでした」

「どうしてムグカンの言いなりになるんですか？」わたしはブラゼルのほうを見て尋ねた。

「信用できない人間なのに――」ふいに激しい痛みが背骨を這《は》い上がってきた。振り向くと、ムグカンが燃えるような目でわたしを睨みつけている。

「どういう意味だ？」ブラゼルは剣を手に持ったまま、ムグカンのほうにちらりと目をやった。

ムグカンが高らかに笑った。「この女は時間稼ぎをしているだけですよ」

わたしはムグカンに目を据えて尋ねた。

「あなたが、シティアとの貿易交渉でコニャックに毒を入れたように？　あれは交易を遅らせるためだったの？　それとも、交易そのものを止めるつもりだった？」

驚愕《きょうがく》したムグカンの表情を見れば、あれがブラゼルへの裏切りだったのは明らかだ。ヴァレクもかすかに驚きを見せたが、無言だった。しかし、いつでも動き出せるように身体中の筋肉を緊張させたのがわかった。

「それでは辻褄《つじつま》が合わない」ブラゼルがつぶやく。

「ムグカンは南部との接触を避けたかったんです。なぜなら――」そこまで言ったとたん、今度は急に気管が閉じて息ができなくなった。首に手をやり、見えない手を外そうともがいた。

ブラゼルはムグカンに向き直った。その顔は怒りで歪《ゆが》んでいる。

「いったい、何を企《たくら》んでいるんだ？」

「シティアと取引する必要なんかありませんよ。これまでだって問題なくクリオロの材料は手に入れているじゃないですか。なのに、あなたはわたしの言うことに耳を傾けようとしない。欲に目が眩《くら》んでいるからだ。南と公に交易を始めたりしたら、すぐにシティア人が国境を越えてやってきてこのあたりを嗅ぎまわり、わたしたちの計画を探り出してしまいますよ」ムグカンは、ブラゼルをまったく恐れていない様子だ。それどころか、説明しなければならない面倒に憤っている。「この女を殺したいなら、さっさとおやりなさい。あなたがしないなら、わたしがやります」

とたんに目の前に黒い点が飛び交い、視界がぼやけだした。

だがブラゼルが何かを言う前に、ムグカンがよろめいた。首を絞めていた魔力が少し緩み、わたしは気道が開いた隙に大きく喘《あえ》いだ。

「わたしの子どもたち！」ムグカンが大声で喚《わめ》いた。そして体勢を立て直すと、こちらを振り向いた。「いや、あの子たちなしでも、おまえなどひと捻《ひね》りだ」

たちまちわたしは釣られた魚のように空中に持ち上げられた。壁に叩《たた》きつけられ、石の壁に頭をしたたかにぶつけた。宙に浮かんだまま、ムグカンが次々に投げつけてくる魔力を全身で受け止める。ひとつひとつがまるで巨大な岩のようだと朦朧《もうろう》とした頭で思った。これでおしまいだ。レヤードが言ったことは正しかった。毒見役になったのは、死期を遅らせただけだったのだ。

目の端に、兵士と戦っているヴァレクが見えた。ムグカンに近づこうとしている。でも、もう手遅れだ。最後の力を振り絞ってムグカンの心に手を伸ばしてみたけれども、強固な防御壁に突き当たっただけだった。意思の力が枯渇し、暗闇が押し寄せてきた。

そのときだった。アイリスの優しい声が頭の中で響いた。〝助けてやろう〟

次の瞬間、アイリスの純粋な魔力が身体の中に流れこんできた。その力を使って新たに心の盾を作り、ムグカンの執拗《しつよう》な攻撃を跳ね返す。さらに強く押し返すと、ムグカンは反対側の壁に大きな音をたてて衝突した。

けれども、魔術の訓練を受けていないわたしでは、魔力があってもムグカンを取り押さえることはできない。間隙を突いてムグカンは部屋を飛び出した。ヴァレクは、剣で武装した兵士三人を相手にナイフで戦っている。最高司令官の寝室は大混乱だった。

ヴァレクを助けに駆け寄ろうとしたが、ブラゼルに腕を掴まれた。ブラゼルはわたしを自分のほうに向かせた。殺意がむき出しの表情だ。

後ろに飛び退《との》いて、ブラゼルが振り下ろした大刀《たち》をよけた。ベッドに追い詰められ、次の攻撃の前にベッドの上に飛び乗る。そこに横たわるアンブローズ最高司令官を見下ろすと、じっと天井を見つめたままだ。わたしを狙ったブラゼルの剣がベッドの四柱のひとつを切り倒したので、すかさず飛び下りてその柱を掴んだ。

この柱は武器になる。ボウのようにバランスが取れていないし太すぎるけれど、ないよりもましだ。

ブラゼルは手強《てごわ》い相手だ。大きな剣で斬りつけられるたびに、ボウ代わりの柱が削り取られていく。

最初のうちブラゼルはわたしの反撃を嘲笑《あざわら》っていた。

「何をやっているつもりなんだ？　痩せこけたちびのおまえなんか、一振りか二振りで仕留めてやる」

だが、いったんわたしが戦いに精神を集中させると、ブラゼルにからかう余裕はなくなった。とはいえ、相手の動きが読めても、剣に対してベッドの柱では歯が立たない。自分を守るのがやっとだ。

レヤードの幽霊が現れて父親を応援し、わたしの注意をそらせようとする。レヤードの思惑どおりに気を取られたわたしは壁に追い詰められ、ついに柱も真っぷたつに切り落とされた。

「おまえもこれまでだな」ブラゼルは満足そうに微笑《ほほえ》んだ。この瞬間を味わうかのように、ゆっくりと剣を振りかざし、勢いをつけてわたしの首に斬りつけてきた。

わたしは手に残った柱の切れ端を強く握りしめた。そして、ブラゼルの剣が目の前に迫ってきた瞬間に、柱を使って攻撃をかわした。刃の先が首からそれ、わたしの腰を走る。服が裂け、腹部に焼けるような痛みが走った。切り裂かれたシャツの端がどんどん血で染まっていく。

これまで一方的に優勢だったブラゼルが、このとき初めて過ちをおかした。わたしを討ちとったと思いこんで防御を甘くしたのだ。その隙を逃さず、わたしは柱を掲げ、死に物狂いでブラゼルの額に振り下ろした。わたしとブラゼルは一緒に床に崩れ落ちた。

天井を見上げたまま息を整えようとしていると、三人の兵士を倒し終えたヴァレクが膝をついて案じるように見下ろした。

「わたしは大丈夫だから、ムグカンを捜して」そう頼むと、ヴァレクは素早く部屋を離れた。

力が戻ってきてから傷を調べた。切り傷に指を這わせ、この程度ならランドの糊《のり》さえあれば大丈夫だと確信した。

冷笑を浮かべたレヤードの幽霊が上に浮かんでいる。こんなやつと一緒の部屋に横たわっているのはごめんだ。腹部から血を滴らせながらも、必死に立ち上がった。

レヤードに指を突きつけて怒鳴った。「消えなさい」

「やれるものなら、やってみろよ」レヤードが挑んできた。

幽霊を相手にどうやって戦えばいいのか？　守りの構えを取ると、レヤードはばかにしたように笑った。そうか。肉体の戦いでないなら、精神の戦いをすればいい。

レヤードの首をかき切ってから一年半の間に何を達成したか考えた。恐れを克服して友だちを作り、敵と対峙《たいじ》し、愛を見つけた。自分自身の捉え方も変わった。

部屋にある飾り額縁つきの姿見を見やり、そこに映る自分の姿を眺めた。髪は乱れ、裂けた服は血で濡《ぬ》れ、顔は泥にまみれている。外見は毒見役になったときとそう変わらない。けれども、どこかが違う。今のわたしからは、自分への疑いが消えている。

心の奥底まで覗《のぞ》きこみ、霊魂《ソウル》を探した。ぼろぼろになって、穴もいくつか空いているけれど、たしかに霊魂はあった。逃げたんじゃない、ずっとわたしの中にあったのだ。もしレヤードとムグカンに霊魂を追い出されていたのなら、わたしもあの部屋に鎖で繋がれていた人々のようになっていたはずなのだ。気を失ったブラゼルの傍らにこうして立っていたりはしない。

わたしを動かすのは、わたし。鏡に映っているのは、何者にも縛られない自由な人間だ。どんな毒にもおかされていない。ブラゼルを見下ろすと、まだ息をしている。わたしの運命だけでなく、彼の運命を今手に握っているのもわたしだ。わたしはもう彼らの餌食《えじき》じゃない。罠《わな》に捕らわれたドブネズミでもない。

「消えなさい」レヤードの幽霊にもう一度命じた。驚愕した表情を浮かべて消えていく幽霊を見て、満足感でいっぱいになった。

だが、喜びは手に止まった蝶《ちょう》のようなものだった――わずかの間休んだら、すぐ飛び去ってしまう。

〝ジェンコが怪我《けが》をした〟アイリスの動揺した声が頭の中で響いた。〝医者が必要だ。早くこっちに来てくれ〟

わたしは兵士の死体から枷《かせ》を取ると、ブラゼルの片手にかけて四柱式ベッドに繋いだ。それから部屋を飛び出し、廊下を駆け抜けた。死なないで、と心の中で叫ぶ。ジェンコが死ぬなんて耐えられない。頭に浮かぶ恐ろしい筋書きに気を取られていたために、知らぬうちにヴァレクとムグカンが戦っている場に飛びこんでいた。

ふたりは刃を交えていた。その状況がなかなか把握できなかったのは、ムグカンのほうが優勢だったからだ。ヴァレクの顔は蒼白《そうはく》で疲れきっていた。動きには舞踏家のようないつもの優雅さがなく、まるで鉛でできた重い刀を振りまわしているようにぎくしゃくしている。それに比べてムグカンの動きは速く、技術にも長《た》けている。欠けているのは、ヴァレクのような上品さだ。

ふたりの戦いぶりを見ているうちに、信じられない気持ちと不安がつのってきた。いったいヴァレクはどうしてしまったのか？　ムグカンが魔術を使っているのかもしれない。でも、ヴァレクは魔術に免疫があるはずだ……。そこでふと、ヴァレクが話していたことを思い出した。魔術に近づくとシロップの中を苦心して動いているような感じになると。水も食べ物も、睡眠も取らずに地下牢で二日を過ごし、最高司令官が休んでいる部屋で七人もの護衛兵と戦ったのだから、いくらヴァレクでも疲労が限界に達してきたのだろう。

わたしに気づいたムグカンの笑みが大きくなった。稲妻のように速い牽制《けんせい》攻撃をしてからヴァレクめがけて剣を突き出した。ヴァレクの刀が床に音をたてて落ち、真っ赤な切り傷が腕に走った。

「なんて素晴らしい日だ！」ムグカンが喜びの声をあげた。「あの偉大なるヴァレクと悪名高きイレーナを、同時にこの手で殺すことができるなんて」

わたしが飛び出しナイフを取り出すと、ムグカンは高らかに笑った。そして武器を落とすように魔術で命令してきた。

わたしがナイフを手放すのとときを同じくして、アイリスが頭の中で尋ねた。

〝イレーナ、何をしてる？　医者はもう見つけたのか？〟

〝アイリス、助けて！〟頭の中で叫んだ。

そのとたん、身体に魔力が満《み》ち溢《あふ》れてきた。膨大なエネルギーを抑えておくのが難しいほどだ。本能的にムグカンに指を突きつけて魔力を送ると、彼の手から剣が落ちた。

今度は、アイリスがわたしにやったように魔力でムグカンを包んで締めつける。最初は毛布のように柔らかく、そしてだんだんきつく……。床に釘付《くぎづ》けになって身動きできなくなったムグカンの顔が恐怖で引きつっていく。声だけ自由になるムグカンは、大声で悪態をついた。

「ドブネズミが産んだ悪魔の娘め！　おまえはこの世界の疫病だ。地獄の化身！　残りの一族とまったく同じだよ。ザルタナの血統は火炙《ひあぶ》りにして、駆除して、抹殺するべきなんだ――」

ムグカンはわめき続けたけれど、わたしはもう聞いていなかった。ヴァレクがわたしの飛び出しナイフを拾い上げてムグカンに近づいていく。ムグカンの罵り声はだんだん大きくなり、やがて半狂乱になった。そして、ヴァレクの目にもとまらぬ素早い動きに続き、悲痛な金切り声が響く。やがて静寂が訪れ、ムグカンの身体が床に崩れ落ちた。

血まみれのナイフをわたしに手渡し、ヴァレクは疲れきった身体で恭しく頭を垂れた。

「わが最愛のイレーナ。君への贈り物だ」

32

わたしははっと我に返った。ジェンコのところに急がなくては。

ヴァレクの腕を掴《つか》むと、医療室に向かって駆け出した。走りながら荒い呼吸の合間に、ジェンコが怪我《けが》をしたことをヴァレクに説明する。破れて血まみれになっているものの、わたしたちが着ているのは第五軍管区の制服だ。そのまま医療室に向かうことにした。

起こした当直の医師は不機嫌な顔で〝上官を通した手続きが必要だ〟とぶつぶつ文句を言っていたが、ヴァレクがナイフを抜くとぴたりと口を閉じた。

レヤードの棟に足を踏み入れたとたん、吐き気がこみ上げた。卒業生たちが閉じこめられている部屋へと続く廊下は惨《むご》たらしい有様だ。あちこちに兵士の屍《しかばね》が横たわり、まるで誰かが藪《やぶ》を切り開いていったかのように腕や脚が転がっている。壁には血しぶきが飛び、床のところどころに深紅の血だまりができていた。

医師が近くに横たわるほかの兵士を看《み》ようとしていたので、ヴァレクが襟首を引いて立たせた。倒れている身体《からだ》の間を注意深く縫って歩きながら部屋にたどり着く。扉を入るとすぐに、アーリの膝に頭をのせて横たわっているジェンコが見えた。

ジェンコは意識がなかったけれど、そのほうがよかったのかもしれない。腹を貫いた剣の先が背中から突き出している。血糊《ちのり》がついたアーリは険しい面持ちだ。彼の傍らにあるのは、たぶん廊下のひどい光景を作った武器なのだろう――真っ赤に染まった斧《おの》だ。

一方のアイリスは、痩せ衰えた人々の輪の真ん中で座禅を組んでいた。額が汗で光り、視線は遠くに結ばれている。そして、鎖に繋《つな》がれた男女が、なんの感情もない目でそれを眺めていた。

医療室までの道のりは頭が朦朧《もうろう》としていて、あまり覚えていない。気がつくとわたしはジェンコの隣のベッドに横たわり、彼の手を握っていた。医師は、できる限りの処置をジェンコに施したと言った。けれど、内臓が傷ついたり内出血したりしていたら、助からないという。その夜、ジェンコは二度も危機を迎え、アーリとわたしは彼を失うのではないかと絶望的になった。

わたしの傷は消毒後にランドが作った糊で処置してもらった。ずきずき痛むけれども、ジェンコのことで頭がいっぱいで気にもならない。ジェンコが助かりますようにと祈りながら、握っている手を通じてわたしのエネルギーのすべてを彼に送りこんだ。

翌日遅く、うつらうつらしている途中で目覚めた。

「おいおい、仕事の途中で居眠りかい？」青白い顔に弱々しい微笑《ほほえ》みを浮かべてジェンコがささやいた。

安堵《あんど》のため息をついた。わたしをからかうだけの余裕ができたということは、きっと回復に向かっていくに違いない。

困ったことに、最高司令官はジェンコのように快方には向かっていなかった。ムグカンの死から四日後、アイリスから、まだ最高司令官の意識が戻っていないことを聞かされた。同じくクリオロの影響で魔術に操られていた顧問官たちはすでに意識を取り戻し、最高司令官から指示があるまでブラゼルの館を占拠し、一時的に第五軍管区を管理していた。隣接する第四軍管区のテッソ将軍と第六軍管区のハザール将軍には、すぐに第五軍管区に駆けつけるよう伝達が送られた。最高司令官の意識が戻らない場合には、将軍たちが次の対策を決める権限を持つ。

最高司令官もそうだが、ムグカンに囚《とら》われていた男女が誰ひとりとして目覚めないのも謎だった。アイリスは彼らの心に入りこみ、自我が隠れている場所にまで潜りこんだ。けれども、無駄だった。彼らの心の内部は、まるで見捨てられた家のようだとアイリスは言う。家具はそのままで暖炉に残り火もあるのに、住んでいる者だけが消えてしまったような状態らしい。

彼らは、居心地がよい館の客用棟に移されてもそれに気づくことすらなく、わたしもアイリスもしぶしぶその事実を受け入れた。だが、幼なじみのカーラを失ったショックはそう簡単に消えない。わたしが悲しみに浸っている間にアイリスは孤児たちが住んでいる場所を探しあて、メイがそこで元気に暮らしていると教えてくれた。ジェンコの体力が回復したらメイに会いに行くと約束した。

病室でジェンコに付き添うわたしに、アイリスが説明した。

「ブラゼルの孤児院にいるのがシティアで攫《さら》われた子どもたちだというのは明白だ。ムグカンの誘拐組織の連中は、犯罪に気づかれないよう離れた場所から攫ったようだな。女の子が多いのは、ふつうは女のほうが魔力が強いからだろう。ムグカンは、これまでに魔術師を生み出している血筋の子どもを標的にしている。だが、魔術師の血筋だからといって大きくなってから魔力を発揮するという保証はない。あの年齢の子どもを集めたのは、賭だったわけだ。それにしても、ムグカンとブラゼルはずいぶん前からこの計画を立てていたに違いないな」アイリスは指で長い髪を梳《す》いた。「ところで、おまえの家族を捜すのはそう難しくないと思うよ」

びっくりして、アイリスを見つめたまま瞬《まばた》きした。「冗談でしょう？」

「わたしが冗談なんか言うわけがない」アイリスはわたしの胸に感情の嵐を巻き起こしたことにまったく気づいていない。むろん、アイリスの言うとおりだ。彼女は冗談を言うような性格ではない。

「ムグカンが死ぬ寸前にザルタナがどうとか言っていたけど――」

「なんと、ザルタナだったのか！」いつもの生真面目な表情を拭い去ってアイリスは高らかに笑った。雨続きのあとにお日様が出てきたような変化だった。「たしか、あの家族は女の子をひとり失っている。おまえがザルタナ一族の娘だったとしたら、驚くことになるぞ。ムグカンの魔術に屈しなかったのがおまえだけだったのも、これで頷《うなず》ける」

質問したいことが次々と口をついて出そうだった。その家族についてもっと知りたい。でも期待しすぎるのが怖くてやめた。ザルタナの家系ではない可能性もある。どちらにしても、シティアに行けばはっきりするだろう。アイリスはすぐにでも南に戻って魔術の訓練を始めたがっているが、イクシアを離れると考えるたびに、なぜか心が重くなる。そこで話題を変えた。

「最高司令官の具合はどうですか？」

アイリスは苛立《いらだ》ちを隠そうとはしなかった。「アンブローズの状態はブラゼルに閉じこめられていた子どもたちとは違う。子どもたちの心は空っぽだけれど、アンブローズは真っ白な場所に引きこもっているんだ。どこに隠れているのかさえわかれば、わたしが連れ戻してやれるかもしれない」

しばらく考えこむうちに、ブランデー会議で居眠りしたときのことを思い出した。「わたしが試してみてもいいですか？」

「だめで元々だ。やってごらん」

わたしがいない間ジェンコが困らないように身のまわりを整えてから、アイリスと一緒に最高司令官の部屋に向かった。無残な戦いの痕跡を恐れていたけれど、死体の山は誰かが片付けたようだ。

ベッドの端に腰掛け、冷たいアンブローズの手を取った。アイリスの手引に従って目を閉じ、意識を最高司令官の心に送りこんだ――。

気がつくと、わたしは凍った地面の上に立っていた。凍《い》てつく風が頬を叩《たた》き、息を吸うと無数の小さな氷の短刀が肺を刺す。あたり一面、眩暈《めまい》を覚えるほどの白さだ。輝きながら舞い踊っているのが雪片なのかダイヤモンドの粉なのか区別がつかない。

歩き始めるとすぐに眩《まぶ》しい吹雪が方向感覚を失わせた。自分は迷っていないと言い聞かせながら、そのまま嵐の中を進む。押し返そうとする寒風と闘いながら、前に一歩ずつ足を踏み出した。歩いても、歩いても、気が遠くなりそうな真っ白な風景ばかりが続く。

雪嵐に降伏しそうになりかけたとき、自分が最高司令官を連れ戻せると信じた理由をようやく思い出した。ブランデー会議の席でうつらうつらしたときに心に浮かんだ映像だ。あのとき若い女は、雪豹《ゆきひょう》を仕留めた快挙に高揚していた。その場面に意識を集中させると、ふいに吹雪がやんであたりが静かになった。

わたしの傍らに、若い女性のアンブローズが立っていた。雪豹を思わせる、白い毛皮でできた分厚い狩猟服に身を包んでいる。

「戻ってきてください」

「戻れないんだよ」そう言ってアンブローズは遠くを指差した。黒い柵がわたしたちをぐるりと取り囲んでいる。まるで鳥籠のようだ。よく見るとひとつひとつの柵は、剣で武装した兵士だ。

「ここを離れようとするたびに、あいつらに押し戻されるんだ」一瞬、激しい怒りが彼女の顔をよぎり、そのあとには疲れた表情が残った。

「でも、あなたは最高司令官じゃありませんか。兵士に命令すればいい」

「ここでは違う。間違った身体に閉じこめられたアンブロージアでしかないんだ。あの兵士たちは呪わしいわたしの秘密を知っている」

どう答えるべきか言葉を探した。取り囲んでいる兵隊は、ムグカンではなくて、アンブロージア自身が創り出したものだ。ふと、彼女の足元にある雪豹の死体に目をやって尋ねた。「その雪豹は、どうやって仕留めたんですか?」

その経緯を話し始めると、アンブロージアの表情は活《い》き活《い》きと輝きだした。雪豹の毛皮をまとって、獣の体臭を浴び、何週間も雪豹のふりをして過ごしたという。いったん群れの一員として受け入れられたら、あとは完璧な機会を待って襲うだけだった。

「雪豹を仕留めたのは、わたしが実際には男なのだという証明だ。これを成し遂げたことで、男として生きる権利を手に入れたんだ」

「では、せっかく手に入れた褒美を身につけたらどうですか？　その雪豹の毛皮は、彼らを倒す役には立ちませんよ」包囲している兵士たちを顎でしゃくった。

黄金の瞳が何かを理解したかのように大きく見開かれる。そして雪豹を見下ろした次の瞬間、アンブロージアは変貌し始めた。肩に触れる長さだった髪は丸刈りに近い短髪になり、顔に細い皺《しわ》が刻まれる。そして、白い毛皮が肩からずり落ちると、中から皺ひとつない制服を着たアンブローズ最高司令官が現れた。彼は足元に絡まっている毛皮から外に踏み出し、用なしになったゴミのようにそれを蹴った。

「そんなことはしないほうがいいですよ。彼女はあなたの一部なんですから。また必要になるときがあるかもしれません」

たしなめると、アンブローズは激しい口調で尋ねた。

「イレーナ、おまえもわたしにとって必要な存在だと言うのか？　女から男に変わった秘密を守ってくれると信じていいのか？」

「あなたを連れ戻しにここまで来たんです。それ自体が十分に返事になっていませんか？」

「ヴァレクは、わたしが胸にAの文字を刻みこんだとき、血をもって忠誠を誓った。おまえもわたしに血をもって誓うか？」

「ヴァレクはアンブロージアのことを知っているんですか？」

「いや、知らない。それより、まだわたしの質問に答えていないぞ」

そこで、ヴァレクからもらった蝶《ちょう》の彫刻を見せた。「胸につけて大切にしているものです。あなたに血の誓いを立てたヴァレクに、この彫刻でわたしは忠誠を誓っています」

最高司令官は蝶の首飾りに手を伸ばし、わたしの首から外した。そして、毛皮からナイフを取り出して自身の右の手のひらに切り傷をつけた。

血が滴る手で最高司令官は蝶を握り、今度は刃先をわたしに向けた。ナイフがわたしの手のひらの皮膚を真横に裂く。鋭い痛みに顔をしかめながら、わたしは蝶を真ん中に挟んで最高司令官と握手をした。ふたりの血がヴァレクの蝶とともに混じり合う。

最高司令官が手を離すと、ヴァレクからの贈り物がわたしの手のひらに残った。わたしはそれを自分の心臓のすぐ近くのいつもの場所に戻した。

「どうやって戻ればいいのだ？」

「最高司令官はあなたです。指示を与えてください」

アンブローズは雪豹の屍に目をやってから兵士たちを見渡し、剣を抜いた。

「戦うぞ」

わたしは雪豹に突き刺さっていた槍《やり》を抜き、血を雪で拭った。その重さを計り、何度か振りまわして型を決める。ボウよりも軽く、鋼鉄の切っ先があるためバランスも取れていない。けれどもなんとかなるだろう。

わたしたちが兵士の群れに突撃すると、すぐさま包囲の輪は狭まった。最高司令官とわたしは背中合わせになって戦った。

兵士たちの技術は優れていたが、最高司令官は、ヴァレクを負かし、雪豹を討ち取ったほど卓越した剣士だ。五人以上の熟練した助っ人《すけと》がいるようなものだった。兵士の心臓を槍で貫くと、爆発して粉雪になり、風に舞って吹き飛ばされていった。

戦っている間、なぜか時間の流れがゆっくりになっていた。兵士の動きがすべてスローモーションのように見えるのだ。向かってくる兵士を次々と倒して粉雪にしていくうちに、突然、時の流れがいつもの速さに戻った。次の相手を探してくるりと振り向くと、もう誰も残っていない。雪だけがわたしたちのまわりを渦巻いていた。

「よくやった」最高司令官はわたしの手を取り、甲に口づけした。「おまえのおかげで本当のわたしをふたたび見つけ、心の底に巣くっていた恐れを消し去ることができた」

雪景色が溶けていく――気がつくと、わたしはベッドに戻っていた。そして、最高司令官の鋭気のこもった目がわたしを見つめていた。

その夜、ヴァレクとわたしは最高司令官のもとに報告に赴いた。彼が意識を操られるようになったブランデー会議から現在に至るまでの経緯を説明しなければならない。ブラゼルへの尋問で明らかになったのは、彼とムグカンが過去十数年にわたって謀反を企てていたということだった。

「ブラゼルによると、ある日ムグカンが子どもらを連れて館に現れ、交渉を持ちかけてきたようです。その子たちを隠してくれるなら、次の最高司令官になるのを手伝ってやると。第五軍管区からあなたの心を操作するのに十分な魔力を蓄えたところで、クリオロをあなたに贈り始めたわけです」ヴァレクが説明した。

「工場はどうした？」

「生産は中止させました」

「よし。機器だけを保管して、工場とクリオロは焼き尽くせ」

「承知しました」

「ほかには？」

「もうひとつ興味深いことがあります。ブラゼルとムグカンは、イクシアの政権を手に入れたあとは、シティアを侵略して占領する計画を立てていたようです」

翌日の軍法会議で、ブラゼルは最高司令官の前に引き立てられた。ヴァレクはいつものように最高司令官の右側にたたずんでいる。誰もが予期したように、ブラゼルは将軍の地位を剥奪《はくだつ》され、地下牢《ちかろう》で終身刑を送ることになった。

最後の言葉を許されたブラゼルは集まった者たちに向かって大声で叫んだ。

「愚か者めが。おまえらが崇《あが》め奉《たてまつ》っている最高司令官は、男の格好をした女なんだぞ！あいつは詐欺師だ。おまえたちは何十年も騙《だま》されてきたんだ！」

室内は沈黙に包まれた。けれども最高司令官の淡々とした表情はまったく揺るがない。じきに笑い声があちこちから湧き上がり、石の壁にこだました。ブラゼルは野次《やじ》と歓声の中を引き連れられていった。狂人の言うことなど、誰も信じはしないということだ。

野次が起こったのはおそらく、女が政権を握っているという発想がばかげているからではない。アンブローズ最高司令官は圧倒的な存在感を持っている。無骨なまでに率直で無愛想な彼が人を誑《たぶら》かすというその誹謗《ひぼう》が、滑稽すぎたのだ。真実を知っているわたしですら、信念と自信を取り戻した最高司令官は男にしか見えない。

公判が終わったあと、ようやく孤児院を訪問することができた。おぞましい記憶ばかりに悩まされてきたけれど、今日は育った場所を見てまわりながら、楽しい思い出に浸った。メイは宿舎にいた。わたしを見つけると、ベッドから飛び下りて駆け寄り、飛びついた。「イレーナ！　もう二度と会えないと思っていたのに」抑えていたものがほとばしるような声で叫んだ。

メイをしっかりと抱きしめた。それから身体を離してしげしげと眺めると、つい頬が緩んだ。穿《は》いているスカートはずれているし、髪もぼさぼさのまま後ろに結んでいる。身体は大きくなったけれど中身は変わっていないらしい。

髪を梳いて三つ編みにしてあげる間、メイはこれまでの出来事を途切れなくしゃべり続けた。でもカーラの話になったとたん、元気がなくなった。やはり、少し大人になったのだ。

髪を編み終えてやると、メイは「もうじきシティアに行けるよね！」と歓声をあげてくるりと振り向いた。じっとしていられない様子で床に置かれた旅行鞄《かばん》を指差す。

「えっ？」

「南から来た女の人が、ここにいるみんなをシティアに連れていってくれるって言ったの。わたしたちの家族を見つけに行くのよ！」

ふいに胸が痛んだ。わたしにとっての家族は、ヴァレク、アーリ、ジェンコだ。マーレンでさえ、気難しい姉のような存在になっている。その家族を残して南に行かねばならないのだ。

「よかったわね」メイの高揚した気分に水を差さないように、心をこめて答えた。

踊っていたメイは、突然我に返ったように立ち尽くした。「もう友だちはあんまり残っていないけど」

「カーラやみんなが気持ちよく暮らせるように、ヴァレクがちゃんと手配してくれるから。心配しないで」慰めるつもりでそう言うと、メイはまた嬉《うれ》しそうな顔になった。

「ヴァレクって、すっごくかっこいいよね」その笑顔があまりにも天真爛漫《てんしんらんまん》で、思わずもう一度メイを抱きしめた。

そんなメイとは対照的に、別れを告げに行ったわたしを、ジェンコは陰鬱な表情で迎えた。アイリスは、明日の朝にはシティアに出発したがっているのだ。

「〝敵の包囲をともに耐え抜き、互いのために戦い、永遠の友情を誓う〟じゃなかった？」

飛び出しナイフに彫られたメッセージを引用すると、ジェンコの目が輝いた。

「まったく油断できないな。もう謎を解いてしまったんだな」

わたしはにっこり笑った。

「ジェンコが治りしだい、一緒に南に行くよ」わたしの看護師役を引き継いでベッド脇にいたアーリが言う。

「シティアで何をするつもりなの？」

「ちょっと肌を焼こうかと思ってね。そろそろ休暇が必要だから」ジェンコがにやりと笑った。

「君を守るためだ」アーリのほうは真顔で答えた。

「南では護衛はいらないわ。それに、最近わたしは指導官ふたりを負かしたんじゃなかった？」

「おやおや、こいつ、もう自信過剰になってるぞ」ジェンコがため息をつく。「今一緒に行くのはやめたほうがいいな。自信たっぷりにふんぞり返られても不愉快だし。そういうのはもうアーリだけで手一杯だから、ふたり同時に面倒を見るのはごめんだ」

「それに、きっと退屈しちゃうわ」わたしも付け加えた。

アーリは不服そうに唸《うな》り、しかめっ面で太い腕を組んだ。

「何かあったら、即座に僕たちに連絡するんだぞ。わかったか?」しつこく念を押す。

「了解。でもね、本当に心配しないで、アーリ。わたしは大丈夫。それに、また戻ってくるから」

「約束しろよ。次の試合は絶対に勝つからな」ジェンコが言う。

だが〝戻ってくる〟と約束するにはまだ早すぎたようだ。ヴァレクやアイリスはわたしの今後について一緒に考えてくれたけれど、最高司令官はまったく別のことを考えていたからだ。

出発を翌朝に控えたその夜、アンブローズ最高司令官はかつてのブラゼルの執務室で小さな公式会議を開いた。招集されたのは、わたし以外にはヴァレク、アイリス、アーリの三人だけだ。シティアとの通商条約はムグカンの魔術の影響下で結ばれたものだが、最高司令官は合意を履行することを認めた。

それから最高司令官は、わたしの運命を告げた。

「イレーナ」改まった口調だった。「おまえはわたしの命を救ってくれた。そのことに関しては感謝する。しかし、おまえには魔術の能力がある。これはイクシアでは容認されない罪だ。最高司令官として、おまえの死刑執行命令書に署名せざるを得ない」

ヴァレクがすかさずアーリの肩に手を置き、最高司令官に飛びかからないよう止めた。アーリは身動きこそしなかったが、煮えたぎるほどの怒りに駆られているのは、顔を見ればわかる。

最高司令官が死刑執行命令書をヴァレクに差し出すのを見て、冷たいものが全身を這《は》った。恐怖で、心も身体も麻痺《まひ》している。

ヴァレクは微動だにせず、静かに口を開いた。

「閣下。わたしは以前から、魔術師を雇えば役に立つのではないかと考えていました。そうしていれば、今回のことも未然に防げたかもしれません。それに、イレーナは信頼できる人間です」

「おまえの言い分には一理ある」最高司令官は、死刑執行命令書を差し出していた手をいったん引っこめて机の上に置いた。「イレーナがわたしの命を救ったのは事実だし、信頼できるというのも事実だ。だが、わたしには『行動規範』に従う義務がある。例外を認めるのは弱さの証《あかし》だと見なされてしまうし、特にムグカンとの一件があったあとでは、そうする余裕はない。それに、われわれがどう思おうと、将軍や指揮官らはイレーナを信用しない。わたしの義務はイクシア国と国民にある。政治が不安定になるようなことはできない」

最高司令官はふたたび、死刑執行命令書をヴァレクのほうに突き出した。取り乱した頭の中で、アイリスが叫ぶのが聞こえた。魔術でヴァレクの動きを遅くするから、その間に逃げなさい、と。

けれど、わたしはきっぱりと答えた。〝逃げません。最後まで見届けます〟

ヴァレクは感情のない平坦《へいたん》な声で答えた。

「命令書は受け取りません」

「わたしの命令に背くのか？」最高司令官が問いただす。

「いいえ。背かずにすむように、命令書そのものを受け取らないのです」

「では、口頭で直接命令したらどうだ？」

「仕方がないので従います。けれども、あなたに仕える最後の仕事になります」ヴァレクは腰から小刀を取り出した。

一瞬遅れて、アーリが剣を抜く金属音が響いた。「それは、僕を倒してからにしていただきます」そう言ってアーリはわたしの前に立った。

たしかにアーリはほかのどの兵士よりも腕があるけれど、ヴァレクに勝てないことはわかっている。そんな戦いに挑んでほしくない。

「やめて」剣を持つアーリの腕に手を置き、下げさせた。そしてヴァレクのほうに進み、傍らに立った。

ヴァレクと目が合った。青い瞳には凄《すさ》まじい決意がこもっている。最高司令官への彼の忠誠心にはゆるぎがない。おそらくヴァレクはわたしの命を奪ったあと、自ら命を断つつもりなのだ。

最高司令官は、わたしたちふたりを静かに見つめている。鋭い視線にさらされ、まるで時が止まったかのように感じた。

「わたしは『行動規範』に従って死刑執行命令書に署名した」最高司令官はそこで言葉を切り、一息置いてから続けた。「だが、執行には別の者を任命する。適任者を見つけるのには数日かかるだろう」それからわたしとアイリスに目をやった。すぐさまイクシアを去るように、という暗黙の示唆だ。「この執行命令はイクシア国でのみ有効である。以上だ。全員下がってよい」

執務室を出るとすぐ、アーリが歓声をあげてわたしを抱き上げた。太い腕にしっかりと包みこまれ、安堵で頭がくらくらした。けれども、軽くなった胸に今度は痛みが押し寄せる。せっかくヴァレクと心が通じ合ったのに、こんなにも早く別れがやってくるとは。

アイリスとアーリが逃亡のための作戦を練りに姿を消すと、ヴァレクはわたしを物陰に連れこんだ。絶望的な情熱と切羽詰まった思いにかられ、口づけを交わした。

息を切らしながら唇を離した。「わたしと一緒に南部に来て」懇願でも質問でもなく、招待のつもりだった。

でも、ヴァレクは痛みをこらえるように目を閉じた。

「それはできない」

思わず背を向けた。わたしはヴァレクが作った黒い彫刻にすぎないのだ。丹精こめて作られても、それきり机の上で埃《ほこり》をかぶって忘れ去られていく、いくつもの作品のひとつ。

ヴァレクはわたしを引き寄せて抱きしめた。

「イレーナ、君にはまだやることがたくさんある。魔術を学び、家族を見つけなければ。翼を広げて、飛べるところまで飛んでみるべきだ。今の君にわたしは必要ないけれども、最高司令官はわたしを必要としている。だからここに残らなくてはならない」

ヴァレクにしがみついた。彼が正しいことはわかっている。でも、必要でなくても、ずっと一緒にいたかった。


わたしたちはその夜のうちにイクシアをあとにした。ブラゼルの孤児院に残っていた少女八人と少年ふたりという寄せ集めの集団は、アイリスの先導で森を通り抜けて南の国境に向かった。わたしは末尾に続き、一行がばらばらにならないように目を配り、尾行されていないことを確かめた。

数時間歩いてから、一夜を過ごすのに適した空き地を見つけた。アーリは旅の途中に必要な食料を十分すぎるほど確保してくれていた。それを見て、〝面倒なことを引き起こすなよ〟という彼の忠告を思い出して微笑んだ。助けが必要になったらすぐに知らせると約束しているのに、それでは満足できないようだ。もしわたしに兄がいたとしたら、あんなふうに過保護なのだろうか？　まだ離れたばかりなのに、もうアーリとジェンコが恋しかった。

一行は、六つのテントを円形に設置した。アイリスが華麗な身振りで魔術を使い、薪《まき》に火をつけると、子どもたちは目を丸くした。

みなが寝静まったあとも、メイが休んでいるテントに戻る気になれず、燃えさしの前に座って物思いにふけった。残り火をボウで突くと、炎がひとつ燃え上がった。じっと見つめるうち、その炎がたったひとりの観客のために踊り出す。蝶の首飾りを触りながら、ヴァレクだけが見送りに来なかったことを思い出した。〝なぜ？〟という疑問を、もう百回も心の中で繰り返している。

ふいに人の気配を感じて立ち上がった。ボウを取り出して構えると、木の間から人影が現れた。アイリスがテントのまわりに張り巡らした魔術の防御壁は、人の視界を妨げる。だから、ふつうの人間には空き地しか見えないはずだった。どうやら魔術が効かなかったらしく、その人影は防御壁を入ったところで立ち止まった。そして、にっこりと笑った。

ヴァレクだ。

差し出された冷たい手を両手で握ると、ヴァレクはテントから離れた森の奥にわたしを導いた。

「なぜ見送りに来てくれなかったの?」木の根元で足を止めると尋ねた。巨大な樫《かし》の木の根が地面に盛り上がって空洞を作っている。

「最高司令官が死刑執行を任命する人間をなかなか見つけられないように工作するのに忙しかったんだ」いたずらを楽しむようににやりと笑った。「それにしても、ブラゼルが引き起こした混乱はひどいものだ。後片付けに驚くほど時間がかかる」

その後片付けに含まれる項目を考えた。

「誰が毒見役をやっているんですか?」

「今のところはわたしだ。だが、スターがいい候補ではないかと思っている。現存の暗殺者をよく知っているし、彼女の協力には計り知れない利点がある」

今度はわたしのほうがにやりと笑う番だった。スターはたしかにいい毒見役になるだろう。もし、毒見の試験に合格すればの話だが。

「おしゃべりはもう十分だ」ヴァレクはそう言うと、根っこの間にある空洞にわたしを引き入れた。「ちゃんとした見送りをさせてくれ」

イクシアでの最後の夜は、ヴァレクと一緒に樫の木の下で過ごした。時間は矢のように過ぎ、満ち足りた気持ちでヴァレクの腕の中でまどろんでいるうちに、昇る朝日に邪魔されて目覚めた。今日こそ本当に、ヴァレクから離れなくてはならないのだ。

わたしの気持ちを察したらしく、ヴァレクがささやいた。

「死刑執行命令すらわたしたちを引き裂けはしなかった。必ず方法はある。いつかわたしたちは一緒になる」

「それは命令ですか?」

「いや、約束だ」

訳者あとがき

アメリカで暮らしているわたしが『Poison Study』に出会ったのは、二〇〇八年のことです。読書が大好きなわたしはアメリカ人の姑《しゅうとめ》や友人たちよりも読む本の数が多く、「どんな本を読めばいい?」と尋ねられることが増えていました。当時高校生だった娘とその友人たちは、「テストが終わったら読みたいから、胸がドキドキするようなファンタジーを探しておいて」といった具体的な注文をします。そのひとつとしてわたしが探してきたのが『Poison Study』だったのです。

この本を手に取ったきっかけは、毒見役の主人公という設定でした。それだけでも興味津々ですが、読み始めると予想以上に面白かったのです。十九歳の死刑囚イレーナは、死刑執行日に〝絞首台に行くか、それとも毒見役になるか?〟という選択を迫られます。簡単な選択みたいですが、そうではありません。毒見役には人権も自由もなく、前任者たちはいずれも無残な死を迎えているのです。簡単な死か、それとも残りの人生を毎日死と隣り合わせで暮らすのか。この究極の選択を与えたのが冷酷な暗殺者のヴァレク。最初のページから、ふたりの心理的な駆け引きに魅了されました。

　舞台になっている北の国イクシアと、敵国であるシティアの政治的な違いも興味深いところです。モラルに厳しい軍事政権のイクシアでは、男女同権も進んでいるし、平等社会だけれども、音楽や芸術が厭《いと》われ、個人の選ぶ権利は限られています。隣国のシティアは芸術や食べ物を愛する文化がありますが、他人の心を自由に操る魔術師が牛耳っています。そういった政治的な背景や、イレーナが隠している過去、薬草や毒の詳細も面白くて、アクションもたっぷり。最後までまったく飽きることがなく、ニューヨーク・タイムズ紙ベストセラーリストに入ったのも納得です。

　娘たちに「これは絶対に面白いよ」と勧めたところ、なんと全員がヴァレクにぞっこん惚《ほ》れこんでしまったのでした。でも、ヴァレクは三十歳を超えた暗殺者ですから、女子高生の母としては少々複雑な心境でしたが……。

　娘とその友人の口コミで、瞬く間に彼女たちが通う高校で『Poison Study』ファンが増えていきました。女子生徒だけではありません。ファンタジーファンの少年たちもです。

また、わたしがブログ『洋書ファンクラブ』でご紹介したところ、「面白かった」という感想をたくさんいただきました。でもツイッターでご紹介すると「英語が読めません。邦訳はされていないのですか?」という質問が来ます。そのたびに「すみません。邦訳版はないようです」と答えてきました。

じつはそういった逸話を、わたしは著者のマリア・V・スナイダーさんに二〇〇九年にメールしました。それからしばらくは「邦訳されるといいね」という会話をメールでかわしていたのですが、特にアクションを起こすわけでもなくそのままになっていました。けれども二〇一三年に開催されたブ《B》ック・エ《E》キスポ・ア《A》メリカで初めて顔を合わせる機会があり、「あの本を日本の読者にも読んでもらいたい」という気持ちがぶり返しました。

そういった気持ちを編集部の松下さんに以前伝えていたのですが、自分で翻訳をするということは考えていませんでした。でもついに本書が邦訳されることになり、「翻訳しませんか?」というお誘いをいただいたとたん、ほかの翻訳者にこの作品を手渡したくなくなってしまいました。

十五歳の頃に『Poison Study』が大好きだった娘とその友だちは、現在、大学で脳科学、宇宙物理、国際関係学を学んでいます。本書を翻訳できることになって報告すると「わ〜。あの本を翻訳できるなんて素敵!」とみんな喜んでくれました。

本書を訳すにあたって、著者のマリアさんと何度も電話やメールをかわしたのも楽しい体験でした。日本にも本書のファンが広まれば、こんなに嬉《うれ》しいことはありません。

二〇二五年七月

渡辺由佳里

解説

堺　三保

異世界ファンタジーの主人公と言えば、読者の皆さんはいったいどんな人物を想像するだろう？　騎士、剣士といった勇者系の人物か、魔法使いや魔女といった異能力の持ち主、いや、いっそ人間ではなく、エルフやドワーフといった異種族だろうか？

本書の主人公がユニークなところは、もっと意外な職能に就くことになってしまったところにある。そう、タイトルに書かれている通り、本書の主人公イレーナは毒見師なのだ。

本書の舞台は、異世界にあるイクシアと呼ばれる国家だ。かつては王族によって支配される国だったこの地は、叛乱《はんらん》によって王家が退けられ、最高司令官と呼ばれる人物を頂点とする軍事独裁政権によって支配されるようになっていた。

物語は、その軍事政権を支える将軍の一人、ブラゼルの息子を殺害した罪で処刑を待つ少女イレーナが、謎めいた防衛長官ヴァレクから、死刑か毒見師になるかという究極の選択を迫られるところから始まる。たとえ、日々死の恐怖と戦うことになっても、一日でも長く生き延びるチャンスがある毒見師への道を選んだイレーナは、ヴァレクの厳しい指導を受けながら、少しずつ毒見師の仕事に慣れていく。

だが、毒見師として成長していくことは同時に、イクシア領内に蠢《うごめ》く謎めいた陰謀に彼女が巻き込まれていくということでもあった。しかし、イレーナは持ち前の強い意志と前向きな性格で、少しずつ仲間を得、目の前に立ちふさがる謎や障害を、一つまた一つと乗り越えていくのだった……。


ものの本によれば、王様や君主などの重要人物の食事の毒見をする仕事は、古くは古代ローマ時代から存在したといい、現在でも、オバマ大統領の食事の毒見担当者がいるという話もあるくらい、連綿と続く重要な役職の一つである。と言っても、現代ならともかく、近代までは、他人に成り代わって先に食事を口にして、万が一毒が入っていたときは死ぬこともあり得るという命がけの仕事であり（しかもこの古典的なやり方だと、即効性の毒には役立つが、遅効性の毒を見破るのは難しいという問題がある）、それこそ古代ローマにおいては奴隷がその任にあてられていたという。

本書の魅力は、そんな危険な職をほとんど強制的に押しつけられてしまったイレーナが、知力の限りを尽くして生き延びようとする姿がリアルに描かれているところにある。彼女は（若干の特技や隠された能力もあるが）ほとんど普通の人であり、頼みとなるのは意志の強さと考える力、そして前向きな性格だけだ。したがって、あっと驚くような奇跡も大逆転も起こせない。

だが、その「英雄らしくない」というか、肉体的ではなく精神的に強い、自立したヒロインが、地道で懸命な努力ととっさの機転とを武器に活躍するところが、我々読者の共感を呼ぶのだ。

さて、主人公の職業の他にもう一つ、本書がユニークなのは、舞台となる国家が、王制を打倒した（歴史の浅い）革命政権によって運営されていることと、その政権が魔法を敵視しているため、国内には魔法使いがいないということだ。しかも、この革命政権、軍事独裁政権ではあるものの、国民の平等に関しては異常なほど厳しい規則があったりして、悪であるか、善であるのか、一概には言えないあたりのもやもやした感じが、妙にリアリティを持っていたりする。

この（西洋の中世らしき封建社会が舞台となることが多い）異世界ファンタジーにしては珍しい設定は、舞台となる社会の歪《いびつ》さを巧妙に表現しており、主人公の立場をいっそう不安定に見せつつ、ドラマの緊張感を高めている感があるのだ。

このあたりの、女性作家らしからぬというと失礼かもしれないが、ドライでロマンティシズムを排した描写は、男女を問わず、ファンタジーのファンにとって新鮮で魅力的なものとなっている。いや、ファンタジーになじみの薄い読者にとっては、逆にとっつきやすいリアリティを持っていると言えるかもしれない。

ここで、作者のマリア・V・スナイダーについて紹介しておこう。本人のホームページによると、スナイダーはアメリカのペンシルベニア州フィラデルフィア出身の女性で、今でも家族とともにペンシルベニア州に住んでいる。

彼女は、ペンシルベニア州立大で気象学の学位を取得したものの、天候を予測する能力に長《た》けていなかったため、予報士になるのを断念。環境気象学者となることを選んだものの、あまりの退屈さと育児の大変さから、いつしか小説を書き始めたという。

そこで、物語を紡ぐことのおもしろさに目覚めたスナイダーは、再び大学に戻って執筆の勉強をすることを決意、シートン・ヒル大学の小説執筆コースで芸術修士の資格を修め、今では同コースで自身が教えているとのこと。

そんなスナイダーの第一長編である本書が刊行されたのが二〇〇五年のこと。本書はローカス賞第一長編部門にノミネートされた他、数々の賞を受賞、多くの読者を獲得し、スナイダーを一躍人気作家の地位に押し上げることとなった。

そしてそれ以降、スナイダーは次々に小説を発表。いずれも好評を得て、今に至っている。以下にこれまでの彼女の著作リスト（長編のみで、雑誌等に掲載された短編は除く）

を掲載しておこう。

1. Poison Study（二〇〇五）スタディ三部作。本書。
2. Magic Study（二〇〇六）スタディ三部作。
3. Fire Study（二〇〇八）スタディ三部作。
4. Storm Glass（二〇〇九）グラス三部作。
5. Sea Glass（二〇〇九）グラス三部作。
6. Spy Glass（二〇一〇）グラス三部作。
7. Inside Out（二〇一〇）インサイダー二部作。
8. Outside In（二〇一一）インサイダー二部作。
9. Touch of Power（二〇一一）ヒーラー三部作。
10. Scent of Magic（二〇一二）ヒーラー三部作。
11. Storm Watcher（二〇一三）
12. Taste of Darkness（二〇一三）ヒーラー三部作。
13. Shadow Study（二〇一五）ソウルファインダー三部作。
14. Night Study（近刊）ソウルファインダー三部作。
15. Dawn Study（近刊）ソウルファインダー三部作。

ちなみに、イレーナの物語は本書を第一話とするスタディ三部作を皮切りに、今年から刊行が始まったソウルファインダー三部作へと続いていくことになっている。これらの物語はさらに、同じ世界を舞台にしつつも、異なる主人公が活躍するグラス三部作と合わせて、《イクシア年代記》という長大なシリーズを形成している。

その他の作品についても簡単に紹介しておくと、インサイダー二部作はデストピアと化した未来世界を舞台にしたSF（この二部作では気象学の知識が存分に生かされており、大学で学んだことは全く無駄にはなっていないのだとか）で、ヒーラー三部作は《イクシア年代記》とは別の世界を舞台にした異世界ファンタジー。唯一の単発作品『Storm Watcher』は現代を舞台に少年の成長を描いたヤングアダルト小説となっている。

いずれの作品も、主人公が自らの人生を切り広こうとしていく姿を力強く描いているところが、読者の共感を呼んでいるのはまちがいない。

本書の続編のみならず、これらバラエティに富んだスナイダーの作品が、今後順調に翻訳紹介されていくことを期待しつつ、本稿の筆をおきたい。

（ライター／脚本家）

二〇一五年七月

訳者紹介　渡辺由佳里

兵庫県出身。助産師、広告業、外資系医療品製造会社など様々な職を経験後、2001年『ノーティアーズ』で小説新潮長篇新人賞を受賞。その後もエッセイやビジネス書の翻訳などを手がけ、ブログ「洋書ファンクラブ」も人気。

ハーパーBOOKS

毒見師イレーナ

2015年7月25日発行　第1刷
2018年1月15日発行　第2刷

著　者　マリア・V・スナイダー
訳　者　渡辺《わたなべ》由佳里《ゆかり》
発行人　フランク・フォーリー
発行所　株式会社ハーパーコリンズ・ジャパン
東京都千代田区外神田3-16-8
03-5295-8091（営業）
0570-008091（読者サービス係）
印刷・製本　大日本印刷株式会社

定価はカバーに表示してあります。

この書籍の本文は環境対応型の植物油インクを使用して印刷しています。

ISBN978-4-596-55002-6